픽션의 가장자리

**AMBASSADE
DE FRANCE
EN RÉPUBLIQUE
DE CORÉE**

*Liberté
Égalité
Fraternité*

주한
프랑스
대사관

문화과

Cet ouvrage, publié dans le cadre du
Programme d'aide à la Publication Sejong,
a bénéficié du soutien de l'Institut français de
Corée du Sud - Service culturel de l'Ambassade
de France en République de Corée.

이 책은 주한프랑스대사관 문화과의 세종 출판 번역
지원프로그램의 도움을 받아 출간되었습니다.

Les bords de la fiction
by Jacques Rancière

픽션의 가장자리

Les bords de la fiction

자크 랑시에르 지음

초의연 옮김

오월의봄

새로운 주체, 공통의 세계를

찾아 나선 지적 여정

일러두기

1. 본문에 옮긴이가 붙인 각주는 '-옮긴이'로 표기했다.
   '-옮긴이' 표기가 없는 각주는 저자가 붙인 것이다.
2. 본문에서 옮긴이가 덧붙인 내용은 '[ ]'로 묶어 표시했다.

픽션을 일상적 경험과 구별하는 것은 결여된 현실성이 아니라 과도한 합리성이다. 이것은 아리스토텔레스가 《시학》 9장에서 정식화한 테제이다. 그에게 극적이거나 서사시적인 픽션의 구성을 뜻하는 시는 역사보다 "더 철학적"이다. 왜냐하면 역사는 어떻게 사태들이 하나하나 개별적으로 잇따라 일어나는지에 대해서만 말하는 반면, 시와 같은 픽션은 어떻게 사태들이 일반적으로 일어날 **수 있는지**에 대해 말하기 때문이다. 시와 같은 픽션에서 사건들은 우연히 일어나는 것이 아니다. 사건들은 인과연쇄의 필연적이거나 개연적인 귀결로 일어난다. 가장 일반적으로 인간의 실존을 결정하는 것들, 즉 행복이나 불행을 인식하는 일, 그리고 어느 하나에서 다른 하나로 이행하는 일은 이와 같은 연쇄의 결과로 제시될 수 있다. 이 연쇄는 더는 신적인 권능에 의해 부과된 숙명이 아니다. 그것은 인간 행동의 질서 및 인간 행동이 인식과 맺고 있는 관계에 내재해 있다. 이것이 바로 픽션의 이성이 수행한 혁명이다. 이제 비극의 주인공이 겪는 불행은 더는 감내해야 하는 운명이 아니라, 실수로 인한 귀결이다. 여기서 실수란 주인공이 행동하며 범하는 어떤 것이지, 더는 신적 질서를 위반하는 것이 아니다. 그리고 이러한 불행은 인과성이라는 특정한 방식에 따라 초래된다. 사실상, 엄격한 연쇄로는 충분치 않다. 연쇄의 결과는 연쇄가 기대하게 했던 것과 어긋날 필요가 있다. 좋은 인과연쇄는 그것이 기대의 세계에 초래하는 반전—급전—에 의해 보증된다. 픽션의 합리성은 외양들—혹은 예상들, 그리스어에서는 같은 단어가 이 두 가지 모두를 표현한다[1]—이 반전된다는 것이다. 이것은 하나의 상태가 정반대의 상태에 이르는 것이고, 동시에 무지의 대상이었던 것이 인식되는 것이다. 번영과 불운, 기대한 것과 기대하지 못한 것, 무지와 지식이라는 세 가지 대립은 서양의 고전적인 픽션적 합리성의 항구적인 모체를 이룬다. 아리스토텔레스에 따르면, 이러한 대립들을 절합하는 전반적인 연쇄는 두 가지 양상을 내포한다. 즉, 전반적인 연쇄는 필연적이거나 개연적일 수 있다. 그러나 실제적으로 필연성의 증명을 떠맡은 것은 개연성이다.

이와 같이 구축된 이론적 모체의 중요성을 잘 살펴볼 필요

---

[1] 여기서 '기대attente' '예상expectation' '외양apparence'의 의미를 내포한 그리스어는 '독사δόξα(doxa)'로 보인다.-옮긴이

가 있다. 픽션적 합리성의 모델은 그 원리에 있어서 결코 시인들의 창작물에만 국한되지 않는다. 이 모델의 적용 범위는 존재들을 그들이 모르는 사이에 행복에서 불행으로, 또는 불행에서 행복으로 인도하는 인과연쇄를 보여주는 것이 문제가 되는 곳 어디로든지 확장될 수 있다. 우리의 동시대인들은 더는 비극을 운문으로 쓰지 않는다. 하지만 오늘날에도 여전히 쉽게 확인할 수 있는 것은 픽션적 합리성에 대한 아리스토텔레스적 원리들이 우리 사회가 그 자신에 대해 생산하는 지식의 항구적인 모체를 이루고 있다는 것이다. 사회나 역사에 관한 원대한 이론은 물론이고 정치인, 전문가, 기자 혹은 수필가의 단기적인, 시시한 잡설들에서도 늘 문제가 되는 것은 우리를 행운이나 불행으로 이끌거나, 이끌어왔거나, 이끌어갈 원인들의 연쇄를 전개시키는 것이다. 또한 어떻게 이 원인들이 외양과 기대를 전도시킴으로써 결과를 초래하는지, 어떻게 시련의 감내 끝에 순탄한 삶이 우리를 기다리고 있는지, 또는 행복의 허상 끝에 재앙이 우리를 기다리고 있는지를 보여주는 것이다. 이렇게 해서 어떻게 불운이, 그 자체로 지식의 대상인 무지로 인해 초래된 결과인지 보여주는 것이다. 결국 필연성과 개연성을 등가적으로 만드는 담론의 형식으로 이 모든 것을 보여주는 것이다. 카를 마르크스Karl Marx, 1818~1883, 지그문트 프로이트Sigmund Freud, 1856~1939, 페르낭 브로델Fernand Braudel, 1902~1985은 각자 그들만의 방식으로 우리에게 이를 가르쳐주었다. 그들에 따르면, 인간 행동과 품행에 관한 바람직한 과학은 픽션적 합리성의 기본 구조, 즉 시간성의 구별, 알려진 것과 알려지지 않은 것 사이의 관계, 원인과 결과의 역설적인 연쇄에 대한 충실성을 통해 분간된다. "숨겨진 것에 관해서만 과학이 존재한다"는 과학적 합리성에 대한 가스통 바슐라르Gaston Bachelard, 1884~1962의 정식이 [가스통 르루의 《노란방의 비밀》에 나오는] 탐정 룰르타비유의 추론과 끔찍이 닮았다면, 이는 둘 모두가 역설적 인과성에 대한 아리스토텔레스의 원리, 그러니까 진실은 외양들이 기대하게끔 한 것의 급변으로 부과된 것이라는 원리를 공통의 기원으로 삼기 때문이다.

이와 같은 환기를 통해 모든 것이 픽션이고, 아리스토텔레스 이래로 변한 것이 아무것도 없었다는 것을 증명하려는 건 아니다. 오히려, 그러한 환기는 우리로 하여금 근대 서양의 사회과학과 문학이 수행했던 픽션적 합리성의 변형들을 따져볼 수 있게 한다. 아리스토텔레스의 픽션적 질서의 원리들을 인간 사건 전반으로 확장하기 위해서는 사실상 하나의 모순을 해결해야 했다. 인과적 합리성은 그 고유의 적용 영역을 제한하는 한에서 사실들의 단순한 경험적 연속과 대조를 이룰 수 있었다. 인과적 합리성은 행동, 행위주체들이 행동하며 범하는 실수들, 그리고 행동의 전개가 초래하는 예기치 못한 결과들과 관련되었다. 하지만 그렇기 때문에 인과적 합리성은 행동하고, 그 행동으로부터 어떤 결과가 나올지를 기대하는 자들과만 관련된다. 어떤 이들은 이로 인해 많은 사람이 인과적 합리성에 관련된다고 말할 것이다. 그러나 사실은 그 반대이다. 그 당시 일반적인 생각은 [행위하는] 주체들의 수가 제한적이라는 것이었다.

왜냐하면 대다수의 인간은 진정한 의미에서 행동하는 것이 아니기 때문이다. 그들은 물건을 만들거나 아이를 양육하고, 명령을 실행하거나 서비스를 제공하며, 그 전날 했던 것을 다음 날 되풀이한다. 이 모든 것에는 당신을 하나의 운명에서 정반대되는 운명으로 이행하게 할 수 있는 어떠한 기대도 없고, 어떠한 기대의 반전도 없으며, 범할 어떠한 실수도 없다. 그러므로 고전적인 픽션적 합리성은 극히 적은 수의 인간 및 인간 활동과 관련되었다. 나머지 사람들은 무질서에, 경험적 실재의 원인의 부재에 종속되어 있었다. 그 결과 우리는 나머지 사람들에 대해—모르다 'ignorer'의 긍정적 의미에서—무지할 수 있었다.[2] 즉, 나머지 사람들에 관심을 두지 않고, 나머지 사람들을 합리화하기 위해 애쓰지 않을 수 있었다.

따라서 그 고전적인 형식에서 픽션의 이성은 무지에 대한 지식의 이중적인 관계를 내포한다. [한편으로] 픽션적 지식은 능동적인 사람들이 행운에서 불운으로, 무지에서 지식으로 이행하게 만드는 사건들을 배치한다. 그러나 [다른 한편으로] 이 지식은 일군의 존재들과 상황들에 대해 무지하고, 이것들을 무시해도 되는 것으로 여기는 방식으로만 펼쳐진다. 그 존재들과 상황들은 단순히 하나하나 잇따라 일어나는 물질적인 사건들과 사태들의 반복적인 세계에 속해 있을 뿐, 기대를 불러일으키거나

---

2   'ignorer'는 '모르다'는 의미 외에도 '무관심하다' '몰라보다' '모르는 체하다' '무시하다' 등의 뜻도 있으며, 랑시에르는 이 책에서 이 단어의 이중적, 삼중적 의미를 살려 논지를 전개한다.-옮긴이

실수를 야기하지 않으며, 따라서 픽션적 행동들의 세계에 합리성을 부여하는 그런 운의 반전을 결코 알지 못한다. 기껏해야 이 픽션의 질서는 희극을 통해 중요하지 않은 사람들에게 일어나는 일상적인 이야기들을 위한 부차적인 자리를 마련해놓고, 그 여백에는 소설을 특징짓는 사회적 조건들의 혼합과 이유 없는 격변을 남겨놓았을 뿐이다. 소설은 앎을 생산하기 위한 것이 아니라 오락을 위한 것이었다.

근대에 전복된 것이 바로 이러한 지식과 무지의 분배이다. 그러나 이 전복의 형태들을 분명히 밝힐 필요가 있다. 지배적이었던 여론에 따르면, 사람들은 이 시대가 명확한 분리의 시대이길 바랐다. 그에 따르면, 한편에는 픽션의 인위적 기교들에서 마침내 해방된 실제적인 관계들의 과학이 있다. 다른 한편에는 실재와 실재의 모방이라는 속박에서 마침내 해방된 문학과 예술이 있다. 그러나 사실은 오히려 그 반대이다. 근대의 문학과 사회과학을 동시에 정초한 본질적인 과정은, 플롯의 픽션적 합리성을 사실들의 경험적 연속에 대립시켰던 분할을 폐지하는 것이다. 근대의 문학과 사회과학은 모두 픽션들을 근거 짓는 이성과 일상적인 사실들을 근거 짓는 이성 사이의 분리를 인정하지 않는다. 그러나 그 둘은 두 가지 대립되는 방식으로 그렇게 한다.

한편으로 사회과학은 픽션적 합리성에 대한 아리스토텔레스의 원리들을 자기 것으로 만들면서도 그 유효 범위를 설정했던 경계를 폐지했다. 물질적 활동과 일상적 일로 이루어진 어두운 세계는 비극적 행동의 배치와 동일한 합리성을 가질 수 있다는 것, 바로 이것이 근대 사회과학을 정초하는 공리이다. 근대 사회과학은 심지어 마르크스와 함께 한 걸음 더 나아가, 옛 위계질서의 완전한 반전을 주장한다. 그에 따르면, 사회를 지배하는 합리성의 원리는 생산 활동의 어두운 세계에 존재한다. 픽션의 주요 형식들에 양분을 제공했던 왕자들의 눈부신 활약은 오직 어두운 세계의 표면 효과일 뿐이다. 그에 대해 무지해도 되는, 즉 무시해도 좋은 사물들과 사람들의 세계는 진실된 세계가 된다. 그러나 이와 같은 어두운 세계의 격상에는 완전한 이면이 있다. 어두운 세계는 그곳에 사는 자들이 그 세계의 진실에 대해 또 다른 의미에서 무지한, 즉 오인하는 세계로서 진실된 세계가 된다. 요컨대 근대 사회과학의 진실된 세계는 민주화된 비극의 세계, 모든 이가 실수의 특권을 나눠 갖는 세계이다. 이렇게 해서 근대 사회과학은 두 가지 무지를 일치하게 만든다. 근대 사회과학은 그저 역설적 연쇄와 외양들의 반전에 대한 지식만을 자신을 위해 남겨놓을 뿐이다.

문학은 정반대의 경로를 택한다. 아리스토텔레스의 픽션적 이성을 민주화함으로써 합리적 지식의 세계에 모든 인간 활동을 포함시키는 대신, 문학은 픽션적 이성의 원리들을 파괴함으로써 픽션에 고유한 실재를 한정했던 한계를 폐지한다. 오노레 드 발자크Honore de Balzac, 1799~1850와 빅토르 위고Victor Hugo, 1802~1885의 시대에 문학은 일상적 삶이라는 배경 무대 및 형태가 지닌 이야기의 역량을 긍정한 최초의 것임이 틀림없다. 하지만 문학은 보잘것없는quelconques 사물, 존재, 사건에 내재한 이러한 역량을 행운에서 불운으로의 이행, 무지에서 지식으로의 이행이라는 주요 도식과 간극을 벌리는 원리로 바꿔놓았다. 근대소설의 변화에 대한 위대한 두 해석자 게오르크 루카치Georg Lukács, 1885~1971와 에리히 아우어바흐Erich Auerbach, 1892~1957가 어떤 의미에서는 그들의 뜻에 반해 확인했던 것이 바로 이 간극이다. 루카치는 발자크의 소설에서 행동의 픽션적 합리성과 역사적 과정의 과학적 합리성 사이의 결합을 높이 평가한다. 그가 말하기를, [《잃어버린 환상》의] 뤼시앙 뤼방프레와 그의 동료들이 행한 처참한 대업은 싹트기 시작한 자본주의 세력을 폭로한다. 그러나 두 합리성 사이의 일치라는 이 이상향은 곧 사라진 것으로 드러난다.《잃어버린 환상》의 무대에서 [에밀 졸라의]《나나》의 무대로 이행하면서, 소설은 내러티브 행위를 물화된 사회적 관계들에 대한 정적인 묘사에 들러붙게 한다. 루카치는 훌륭한 마르크스주의자로서 행위에 대한 아리스토텔레스의 논리가 다른 많은 관념들처럼 "이기적 타산의 차디찬 얼음물"[3]에 잠기게 되는 것이 당연하다고 여겼을 수도 있다. 하지만 그는 일관성 없는 마르크스주의자로서, 사물의 묘사를 위해 행위의 서술을 포기한 소설가들이야말로 자신의 책무를 다하지 못한 이들이라고 결론 내리길 선호할 것이다.

아우어바흐는 문제의 심장부로 향했다. 소설의 혁명은 옛 픽션의 이해 가능성을 정초했던 것, 다시 말해 삶의 형태들 사이의 분리, 인과성의 시간 속에 살아가는 인간들과 연대기의 시간 속에 살아가는 인간들 사이의 분리에 대한 부정을 내포한다. 아우어바흐에게 소설적인 리얼리즘의 역사는 다음과 같은 두 가지 과정 사이의 결합의 역사이다. 하나는 모든 사건을 사회적 과정의 총체 안에 포함시키는 과정이고, 다른 하나는 아무리 보잘것없는 인간일지라도 "진지한" 픽션의 주체, 가장 강렬하고 가장 복합적인 감정들을 느낄 수 있는 등장인물로 만드는 과정이다. 그러나 [두 과정 사이의] 약속된 결합은 결정적인 순간에 자취를 감춘다. 《미메시스》의 끝에서 세 번째 장은 스탕달Stendhal, 1783~1842의 시대에 서양 소설이 "끊임없이 변화하는 정치, 경제, 사회라는 총체적 현실에 가담한 인간만을 재현하는"[4] 그 본질적 완성에 이르렀다고 선언한다. 그러나 아우어바흐는 라 몰 후작댁, 보케르 하숙집, 혹은 보바리 부인의 식당이라는, 변할 가망이 전혀 없는 닫힌 세계를 통해 이 "끊임없이 변화하

3　　"그들[부르주아지]은 신앙심에서 우러나오는 경건한 광신, 기사의 열광, 속물적 애상의 성스러운 전율을 이기적 타산이라는 얼음같이 차가운 물속에 익사시켰다."(카를 마르크스·프리드리히 엥겔스, 《공산당 선언》, 이진우 옮김, 책세상, 2018, 19쪽.) 여기서 "이기적 타산의 차디찬 얼음물"이란 봉건적, 가부장적, 목가적 관계들을 모두 파괴하고, 오직 교환가치를 통해서만 인간들 사이를 매개하고자 한 부르주아지의 논리를 가리킨다. 그리고 《공산당 선언》에서 부르주아지는 종교적, 정치적 환상들로 은폐된 착취를 공공연하게 드러내는 '혁명적인 역할'을 수행한 것으로 평가된다. 이에 빗대어 랑시에르는 루카치가 아리스토텔레스적 논리를 해체되어야 할 또 다른 환상적 관념으로 여겼을 수 있다고 말한다.—옮긴이

4　　Erich Auerbach, *Mimesis. La représentation de la réalité dans la littérature occidentale*, trad. C. Heim, Paris, Gallimard, «Tel», 1987, p. 459. (한국어판: 에리히 아우어바흐, 〈라 몰 후작댁 1-스탕달의 비극적 리얼리즘〉, 〈라 몰 후작댁 2-두 개의 리얼리즘〉, 《미메시스》, 김우창·유종호 옮김, 민음사, 2012, 597~615쪽 참조.)

는 총체적 현실"을 예증함으로써 사실상 앞선 단언을 곧바로 번복한다. 그리고 주목할 만한 방향 전환을 통해, 어떠한 행동의 연속성과도 무관한 임의의 순간의 매혹 속에서 서양 리얼리즘 최고의 성취를 발견하는 마지막 장은 단절되고 공허한 시간을 높이 평가한다.[5]

　루카치가 부인한 것, 아우어바흐가 주제화하지 않은 채 마주친 것, 그것은 바로 픽션적 합리성의 분열이다. 끊임없이 변화하는 역사라는 총체적 현실에 가담한 개인과, 가장 강렬하고 가장 복합적인 감정을 느낄 수 있는 보잘것없는 개인은 단 하나의 동일한 주체를 이루지 않는다. 사회과학은 전자의 인간을 차지했다. 그 대가로 그것은 시간성 사이의 위계와 역설적인 연쇄의 논리를 다른 방식으로 재구성한다. 문학은 후자의 인간에 결부되었다. 그것은 운의 부침과 지식의 불확실성을 겪기 쉬운 삶으로부터 별 볼 일 없는 삶들을 분리했던 장벽을 허문다. 그리하여 문학은 아리스토텔레스의 픽션에 구조를 부여했던 것이자, [오늘날] 사회에 관한 학문적 서사에 구조를 부여하는 것으로서 시간성과 인과성 사이 절합의 주요 형식들을 인정하지 않았다. 문학이 이렇게 했던 이유는 "임의의 순간"이 지닌 역량을 파고들기 위함이었다. 임의의 순간이란, 동일한 것의 재생산과 새로운 것의 가능한 출현 사이 미결정 상태에 있는 비어 있

5　에리히 아우어바흐, 〈갈색 스타킹-새로운 리얼리즘과 현대사회〉,《미메시스》, 684~726쪽 참조.-옮긴이

는 순간이자, 또한 삶 전체가 응축되어 있고, 여러 시간성이 뒤섞여 있으며, 몽상이라는 비활동이 세계의 활동과 조화를 이루게 되는 충만한 순간이기도 하다. 이와 같은 시간의 짜임을 토대로, 문학은 사건들과 행위자들을 식별하는 다른 양식들과, 그것들을 연결하는 다른 방식들을 구축함으로써 공통의 세계들과 공통의 이야기들을 구축하고자 했다.

사실 문학이라는 공인된 픽션에서는 물론이고 정치, 사회과학 혹은 저널리즘이라는 비공인된 픽션에서도 문제가 되는 것은 늘 다음과 같은 것이다. 문장을 통해 상황과 이 상황의 행위자들을 결정하고, 사건들을 식별하며, 사건들 사이의 공존 혹은 연속의 관계를 확립하고, 이러한 관계에 가능성, 실재성 혹은 필연성이라는 양상을 부여함으로써 공통 세계의 지각 가능하고 사유 가능한 형태들을 구성하는 것. 그럼에도 사람들은 지배적인 관행에 따라 두 픽션 사이의 대립에 매달린다. 그것은 사회과학이나 정치학이라는 픽션에 현실의 속성들을 부여하고, 문학과 같은 픽션의 형식들을 이러한 현실의 결과나 왜곡된 반영으로 분석한다. 나는 여러 저작에서 이 분할을 문제 삼았다. 나는 사회과학이 문학적인 픽션의 형식들에 적용했던 해석의 도식들이 문학 그 자체에 의해 창조되었다는 것을 보여주거나, 문학이 행동의 범주들과 개연성의 논리를 와해시켰던 방식을 연구했다.[6] 그렇다고 해서 사회과학의 변형들을 문학의 변형들에서 연역하리라는 반전을 선포하는 것은 어림도 없는 일이다. 오히려 픽션적 합리성의 변형들, 특히 근대 문학혁명에 고유한 것으로서 주체를 구성하는 형식의 변형, 사건을 식별하는 형식의 변형, 공통 세계를 구축하는 형식의 변형에 발견적 기능을 부여하는 것이 합당하다. '뉴스'라는 허섭한 픽션이 멀리 떨어진 곳에서 일어난 참극을 다루는 특종들을 배경으로, 권력을 공격하는 알량한 출세 제일주의자들의 상투적인 연재 기사를 통해 현실의 장을 포화시킬 작정인 시대에, 이와 같은 연구는 우리가 세계라고 부르는 것과 그 세계를 살아가는 방식들을 살펴보고 사유하는 지평을 넓히는 데 유용하게 기여할 수 있다.

총 4부로 구성된 이 책은 픽션의 변형들을 조사하는 데 기여하고자 한다. 각 부는 근대적인 픽션을 이루는 움직임을 상이한 방식으로 분석한다. 이 움직임은 내러티브적 사건들의 매듭으로 이루어졌던 전통적 중심에서 픽션이 그 취소 가능성에 직면하거나 이러저러한 타자성의 형상과 연관되게 되는 가장자리로 중심축을 이동시킨다. 가장자리란 무엇보다 이전까지 픽션의 여백에 머물렀던 존재들과 상황들의 세계, 다시 말해 일상적 삶의 사소한 사건들이나, [픽션에] 포함되지 않는 실재의 잔혹함을 픽션 스스로가 맞이하는 곳이다. 가장자리란 또한 일어나는 일과 단지 지나가는 일 사이의 차이를 지우는 경향이 있는 상황들이다. 나아가 가장자리란 보고된 사건과 창작된 사건 사이의 불확실한 경계들이다. 따라서 가장자리란 픽션이 그 내

---

6   이 주제와 관련해서는 특히 다음을 참조할 것. *Politique de la litterature* (Paris, Galilee, 2007) et *Le Fil perdu. Essais sur la fiction moderne* (Paris, La Fabrique, 2014). (한국어판: 자크 랑시에르, 《문학의 정치》, 유재홍 옮김, 인간사랑, 2011.)

부로부터 분할되고, 자신의 연쇄들을 조정하며, 필요한 경우 새로운 장르들을 창조하는 방식이기도 하다. 이로써 픽션은 경계를 다시 그리거나 자신의 말소를 등재한다. 결국 가장자리는 실재를 기록하고자 하는 역사나 실재에 감춰진 진실을 폭로하길 바라는 과학이 공공연한 픽션의 형식들을 전유하는 곳이다.

1부에서는 창틀의 변형, 그러니까 픽션이 그 안에 특정한 감각 세계의 경계를 획정하고, 등장인물들을 살게 만드는 틀의 변형을 따져볼 것이다. 이를 위해 우리는 프랑스혁명 다음 세기에 창틀에 부여되었던 다소 단순한 형상화에서 출발할 것이다. 그에 따르면, 창틀은 픽션의 선택된 인물과 상황을 비속한 현실에서 분리했던 닫힌 창문들이 열리는 동시에, 여러 계급 및 세계를 분리했던 장벽들이 무너진 세계를 형상화한다. 이어서 우리는 이와 같은 단순한 시나리오가 어떻게 다음과 같은 순간들에서 복잡해지는지 살펴볼 것이다. 새로운 소설이 사회적 종의 백과사전과 동일시되기를 꿈꾸던 넓은 공간이 닫힌 창문 너머의 얼굴이라는 수수께끼로 축소되거나, 아니면 풍경, 빛, 또는 애매한 시간에 의해 촉발된 몽상의 무한함 속으로 사라질 때. 상상력은 거리를 지나는 모든 신체에 미끄러지듯 스며들 수 있다고 믿었지만, 이 신체들이 자신의 비밀을 가두고 공통의 경험이 이야기될 수 있는 창틀을 부수며 줄행랑치는 것을 마주쳤을 때.

2부에서는 어떻게 서사의 합리성과 과학의 합리성이 마주치는지 살펴볼 것이다. 이를 통해 우리는 어떤 현실이 외양의 원인이 되는지에 대해서뿐만 아니라, 그 현실 자체가 어떤 원인의 결과인지에 대해서 말할 수 있을 것이다. 이런 식으로, [《자본론》은] 상품의 비밀에 대해 말하기 위해 과학적 논증, 가공의 서사, 문헌학적 조사, 역사적 서술을 결합해야만 했다. 그리고 같은 시기에, 추리소설은 리얼리즘 소설의 팽창기에 위협받았던 인과적 합리성을 되살렸고, 이로써 과학과 서사는 [《자본론》에서와는] 다른 방식으로 매듭지어질 수 있었지만, 그 대가로 추리소설은 과학의 두 모델 사이에서 진동하고, 자신의 인과성이 내부로부터 분할되는 것을 마주해야만 했다.

3부에서는 사실을 근거 짓는 이성과 픽션을 근거 짓는 이성을 분리했던 장벽들이 다음과 같은 순간에 사라졌을 때, 픽션적 상상력이 취하는 의미와 형태들을 따져볼 것이다. 진실된 상상력은 그 무엇도 창작하지 않는다고 확신하는 소설가가 그럼에도 그가 한 번도 '만나보지' 못한 인물들을 창작해 행동하게 만들 때. 혹은 숙박지의 위치가 지도상에 정확히 지정되어 있는 여행 일지가 각 여정에서 이야기되는 현실의 유형과 여행의 시간성 그 자체를 불확실하게 만들 때.

4부에서는 저명한 논평자[에리히 아우어바흐]의 뒤를 이어, 픽션이 지난 여러 세기 동안 일체화되었던 행동의 배치이기를 그칠 때, 픽션이 그리는 공동체에 관해, 그리고 픽션이 약속하는 인간성에 관해 따져볼 것이다. 이를 위해 우리는 보통 때는 그들에게 어떠한 일도 일어날 수 없고, 일어나서도 안 되는 이들을 포함하는 픽션의 경계들이나, 아무것도 일어나지 않는 세계와 무언가가 일어나는 세계 사이의 분할선 위에 놓여 있는 픽션의 경계들을 탐험할 것이다.

물론 주의 깊은 독자들이라면 이와 같이 정해진 각 부의 연쇄가 다른 여러 순서 중 하나에 불과하며, 이 이야기를 이루는 각각의 에피소드가 장과 부를 분리하는 경계들을 가로지름으로써 이러저러한 다른 에피소드와 반향하고, 그것의 문제들을 다시 취하며, 그것의 대상들과 쟁점들을 재검토하고자 한다는 것을 확인할 수 있을 것이다. 요컨대 각각의 에피소드는 독특한 지적 모험의 서사로, 이 서사는 지적 해방의 사유가 점진적이고 진보주의적인 교육학의 가르침에 맞서 내세우는 평등주의의 원리에 따라 다른 서사들에 반영되고, 다른 서사들을 반영하기도 한다. 또한 주의 깊은 독자들이라면 픽션적 합리성의 근대적 모험에 관한 이 조사연구 자체가 감각적인 모험들, 즉 그것에 의해 새로운 주체들이 구성되고, 공통의 세계들이 형성되며, 세계들 사이의 갈등이 생겨나는 그러한 모험들에 바쳐진 다른 조사연구들과 다양한 방식으로 반향한다는 걸 쉽게 확인할 수 있을 것이다. 다시 말해, 이 감각적인 모험들에 의해 말은 육신이 되어 삶을 그 목적지에서 우회시키고, 밤은 정상적인 낮과 밤의 순환을 동요시키며, 창문을 통한 시선은 프롤레타리아 신체의 분할을 낳는다. 또한 이 감각적인 모험들에 의해 훼손된 조각상들, 벼룩이 들끓는 아이들, 광대들의 재주넘기는 새로운 아름다움을 창조하고, 문자 기호 앞에서의 무지한 자들의 암중모색은 또 다른 지적 삶을 규정한다. 이와 같은 온갖 모험들을 통해 계속되는 것은 바로 아무것도 아닌 것을 모든 것으로 변화시키는 혁명에 대한 하나의 동일한 조사연구이다.

차례

❶

문과 창문

유리창 뒤에서

스탕달과 발자크

1857년 비평가 아르망 드 퐁마르탱Armand de Pontmartin, 1811~1890[1]은
《마담 보바리》(1857)에 대한 비평을 작성한다. 그는 시골의 풍
속소설이 그 속에 빠져버린, 하층민들과 저속한 것들의 리얼리
즘적 과적에 맞서 픽션이 귀족들과 귀부인들의 섬세한 감정을
대상으로 삼았던 호시절을 대립시킨다. 귀족들과 귀부인들은
궁전의 창문이나 호화로운 사륜마차의 문을 통해 오직 멀리서
만 시골과 서민들을 바라봤다. 사회적 계급들을 분리했던 이 창
문들은 또한 소설적 픽션을 일상적 현실과 분리했다. 그리하여

---

1   프랑스의 언론인, 비평가, 문학가로 백과사전파와 자유주의자들을 공격하며
명성을 얻었다. 그의 책 중 가장 유명한 것은 소설의 형태로 동시대 작가들에 대한
악의적이고 재치 있는 초상화를 그린 《샤르보노 부인의 목요일들Les Jeudis de Mme.
Charbonneau》(1862)이다.-옮긴이

이 창문들은 "평민보다는 상류층의 영혼 속에 있는, 해명하기에 더 섬세하고 더 복잡하고 더 난해한 감정들에 대한 분석으로 놀랍도록 가득 찬 넓은 공간"[2]을 드러냈다. 민주주의 시대에 문과 창문은 지나치게 개방되어, 시골의 진흙과 함께 하층민들의 사소함과 좀스러운 것들의 난잡함이 페이지의 공백에 들어서게 둘 것이다.

귀족 출신 저널리스트의 귀족적인 선입견을 비난하는 것은 헛된 일이다. 이것은 자명한 것이다. 그러나 그렇다고 해서, 얼마 전까지 그랬던 것처럼 이 반동적인 작가들과 비평가들이 "자신들의 선입견을 무릅쓰고" 계급투쟁의 현실을 보여주는 통찰력이 있었다고 감탄할 필요도 없다. 계급투쟁의 현실 또한 그들에게는 자명한 것이었다. 따라서 그들은 선입견을 무릅썼기 때문이 아니라 선입견 때문에, 그들의 목표를 픽션적 세계의 지형이 단순히 사회적 현실로 열리는 것이 아니라, 사회적 현실을 가시화하고 각자에게 그들의 자리를 할당하는 상징적 지형으로 열리는 바로 그 지점에 놓은 것이다. 바로 이것이 비평가 퐁마르탱이 언급한 창문과 문이 상징하는 것이다. 우리는 당연히 그가 메타포를 통해 이야기한다는 것을 안다. 하지만 메타포는 생각을 표현하는 비유적인 방식과는 다른 것이다. 메타포는 훨씬 더 심오하게, 사물의 상태에 대한 묘사를 그것의 가시성의

---

2   Armand de Pontmartin, «Le roman bourgeois et le roman démocrate. MM. Edmond About et Gustave Flaubert», *Le Correspondant*, 25 juin 1857.

형태들을 결정하는 상징적 지형에 새기는 방식이다. 바로 이것이 우리의 비평가가 한 일이다. 그는 사교적이고 소설적인 귀족 계급의 행복했던 옛 시절을 갈망할 수 있다. 그럼에도 그가 자신의 시대, 그러니까 근대의 정치적·미학적 혁명의 시대에 속한다는 사실에는 변함이 없다. 그리고 이 시대에 비평의 위상은 변했다. 비평은 예술의 규칙들과 대중의 취향을 만족시키기 위해 작품이 어떻게 만들어져야 하고, 만들어졌어야 했을 것인지에 대해 더는 말하지 않는다. 비평은 작품들이 어떻게 만들어졌고, 어떤 감각적 세계를 구축하며, 그 작품들을 낳은 시대정신을 어떻게 그 안에 반영하고 있는지에 대해 말한다. 바로 이것이 퐁마르탱이 한 일이다. 그는 귀스타브 플로베르Gustave Flaubert, 1821~1880의 소설이 잘못 구상되었거나 형편없이 쓰였다고 말하지 않는다. 그는 플로베르의 소설이 그의 시대인 민주주의 시대, 즉 잔혹한 역사적 폭력의 에너지에 의해 활기를 띠고, 온갖 종류의 잔해들을 그 흐름 속에 질질 끌고 가는 시대와 닮았다고 말한다. 이렇게 말하기 위해, 그는 사태와 감각의 묘사에 초점을 맞춰야 하는데, [이때] 현실의 산물인 사태와 감각은 현실을 보여주는 창문들로 변형된다. 이리하여 그는 소설 그 자체를 소설을 낳은 세계를 향해 열린 문으로 바꿔놓는다.

　　사실상 픽션에는 두 종류의 문과 창문이 있다. [한편으로] 픽션이 묘사하고, 서술의 목적에 기여하는 문과 창문들이 있다. 이를테면, 이런저런 활동에 종사하기 위해 사람들이 지나다니는 문들, 선택된 자를 가둬놓는 장벽이나 사회적 신분을 분리하는 장벽과 같이 사람들이 부닥치는 문들, 젊은이들이 임시변통의 사다리를 이용해 오르는 옛 피카레스크 소설fictions picaresques[3] 속 창문들, 그 너머에서 젊은 여인들은 지루해하지만 때로는 그녀들의 삶을 혼란에 빠뜨릴 예기치 못한 광경에 시선을 고정해 두기도 하는, 감상소설fictions sentimentales[4] 속 새로운 창문들이 있다. 그러나 [다른 한편으로] 말해지지 않은 문과 창문도 존재한다. 예컨대, 소설의 첫머리는 플롯의 구성 요소뿐만 아니라, 존재, 사물, 사건이 이루는 세계의 구조 자체와 이 세계가 실재적인 것이라 불리는 세계와 연속성을 유지하거나 간극을 벌리는 관계를 알려준다. 또한 묘사는 행동의 배경 무대를 생생히 그릴 뿐만 아니라, 세계의 정상적인 질서가 사물과 말 사이에 확립한 관계와 조화되거나 단절된 가시성의 양태를 설정한다. 물론 픽션의 소품으로 이용되는 문과 창문은 언제나 그 자체로 픽션의 가시성의 양태 및 연쇄의 형태에 대한 메타포이자, 픽션이 구축하는 실재의 유형과 픽션을 가능케 하는 현실의 유형에 대한 메타포가 될 수 있다.

바로 이 공간에서 퐁마르탱의 메타포는 움직인다. 그러나

---

3 16세기 중반 에스파냐에서 나타나 17세기까지 크게 유행했던 문학 양식. '피카로picaro'는 '악한'(악독한 짓을 하는 사람)을 가리키는 말로, 피카레스크 소설에는 당시 피카로라는 이름으로 불리던 에스파냐 사회의 무직자, 불량배, 건달 등이 주인공으로 등장한다.-옮긴이

4 정서, 감수성, 감성을 강조하는 18세기 후반의 소설 장르. 고전주의의 계몽사상, 이성주의에 대한 반발로 연민, 비애, 탄식, 절망, 비관 따위에서 비롯하는 감정의 표출을 강조하는 경향을 보였으며, 낭만주의 말기 무렵의 소설들이 이에 해당한다.-옮긴이

당대의 반동주의자들과 마찬가지로 그는 지나치게 성급하게 옛 상류층의 넓은 공간과 귀족적인 대로를 민주주의 시대의 혼잡한 공간과 진흙투성이의 길에 대립시킨다. 이러한 성급함 때문에 그는 픽션의 변형들에 대해 더 정확한 시각을 취하지 못하고, 사회적 신분의 분할에 영향을 끼친 변형들과 이 픽션의 변형들 사이의 관계를 더 명확하게 파악하지 못한다. 실제로 귀족들을 보호하던 옛 창문들과 그 당시 활짝 열린 문들 사이에서 그야말로 너무나 많은 사건이 벌어졌고, 이것들은 퐁마르탱의 해석의 격자로는 다 고려할 수 없는 것이었다. 상류층의 삶을 평범한 삶으로부터 떨어뜨려 놓았던 문들에 뒤이어, 평범한 삶을 사회 및 영혼의 감춰진 비밀로부터 떨어뜨려 놓는 또 다른 문들이 나타난다. 창문은 사회적 신분을 분리하는 데 적절했던 만큼이나 영혼들을 근접시키는 데에도 적절한 것으로 드러났다. 창문은 상류층의 사교계를 곤충학적 시선 아래 두거나, 예술가와 연인의 시선에 사회의 어두운 면이 지닌 시적인 정취를 드러냄으로써 안과 바깥 사이의, 귀족과 평민 사이의 관계를 뒤죽박죽되게 만들었다. 창문은 정념들의 도표, 각 정념의 원인에 대한 병인학, 정념의 표현 형태, 이러저러한 사회적 신분으로의 정념의 할당을 뒤죽박죽으로 만듦으로써 새로운 정서를 창조했다. 이리하여 창문은 사회적 신분을 가르는 경계선뿐만 아니라, 관조와 행위를 나누고, 허구적인 것과 실재적인 것을 나누는 나눔 또한 불확실하게 만들었다.

귀족주의적 비평이 확립한 단순한 나눔에 무엇보다 먼저

어긋나는 것은 궁전의 문과 창문들 뒤에서, 이른바 상류층의 영혼이 양립할 수 없는 두 범주로 분할된다는 발견이다. 어떤 이들은 자신의 감정을 숨기고 자신과 닮은 이들을 가두는 것을 선택함으로써 사실상 천함을 드러낸다. 다른 이들은 창문들의 편, 투명함과 진솔함의 편에 선다. 이 고귀한 본성을 가진 영혼들은 창문을 사이에 둔 채 서로를 알아보고, 이 감성적인 고귀함을 사회적 신분에 관련된 모든 사안과 분리한다. 스탕달의 인물들은 이를 증명한다. 《파르마의 수도원》과 《적과 흑》의 공통된 특이점은 두 작품 모두에서 주인공이 감옥의 벽 뒤에 머무는 시간을 절대적인 행복의 순간으로 경험한다는 것이다. 그곳에서 그는 사회의 헛된 음모들로부터 벗어나 오직 가치 있는 유일한 선, 즉 같은 본성을 지닌 영혼과의 교류를 발견할 수 있게 된다. 브장송의 구식 감옥에서 [《적과 흑》의 주인공] 줄리앙 소렐은 그 어떠한 사회적 야망이나 수치로부터 벗어나 레날 부인을 향한 자신의 순수한 사랑을 다시 경험할 수 있었다. [《파르마의 수도원》의 주인공] 파브리스는 면회가 전혀 불가능한 요새, 성실한 감옥장이 창문에 나무 가림막을 덧대어 외부로의 시선을 차단하는 것을 생각해낸 요새에 갇힌다. 그럼에도 그에게는 목공 일이 끝나기 전, 6피트 아래 25피트 떨어진 거리에 있는 테라스를 발견할 충분한 시간이 있었고, 그곳에서 매일 자신의 새들을 돌보러 오는 폭군의 딸 클렐리아를 발견할 수 있었다. 이리하여 그는 그 젊은 여인이 자신의 지하 독방의 창문을 향해 연민이 담긴 눈길을 던지는 것을 볼 수 있었다. 장 자크 루소Jean

Jacques Rousseau, 1712~1778 이래로, 이러한 눈길은 고통받는 이들에 대한 공감뿐만 아니라 고통받는 자를 자신과 닮은 자로 알아보는 것, 감성적인 영혼이 같은 본성을 지닌 영혼을 알아보는 것을 나타낸다. 그는 저 멀리서 시선을 교환하며 얻은 확신으로, 무거운 목공품에 시선의 대화를 영원히 지속하기 위해 틈을 뚫을 힘을 얻을 것이다. 또한 이 확신을 통해 두 젊은 남녀는 기발함을 얻을 것이고, 그래서 처음에는 신호를 통해, 나중에는 급조한 알파벳에서 오려낸 글자로 만든 낱말들을 통해 소통할 수 있게 될 것이다. 이렇게 해서, 그 지역의 파렴치한 세력가를 대신하여 "자유주의자" 콘티가 관리하는 감옥에 사는 두 고귀한 영혼은 창문을 사이에 두고 서로를 알아본다.

이처럼 쉽게 서로를 알아보는 것은 당연히 독자로 하여금 회의를 품게 할 수 있다. 주인공이 가림막에 구멍을 내기 위해 나무를 자르는 데 오직 회중시계의 태엽만이 적합한 도구로 주어졌다는 것을 어떻게 받아들이겠는가? 그렇게 멀리 떨어져 있는 두 젊은 남녀가 그렇게 작은 구멍을 통해 점점 더 길어지고 복잡해지는 메시지를 주고받을 수 있다고 어떻게 믿겠는가? 그런데 이와 같은 개연성에 대한 요구가 요점을 벗어나 있는 것만은 아니다. 이러한 요구는 요구를 표명한 자에 대한 판단을 내리기도 한다. 요구를 표명한 자는 자신의 요구에 의해 감성적인 영혼들을 몰아세우는 감옥지기의 편에 서게 되는 것이다. [그러나] 감성적인 영혼들은 어떠한 장애물이나 반대도 맞닥뜨리지 않는다. 이 영혼들의 투명함은 상황의 우연에 굴하지 않는다. 두 젊은 남녀가 처음 만난 곳은 대로변이었고, 클렐리아가 탄 사륜마차의 문 앞에 서 있던 파브리스는 당시 열두 살 난 어린 클렐리아에 대해 다음과 같은 겉보기에 당치 않은 판단을 내렸다. "그녀는 매력적인 감옥의 동반자가 될 것이다. 그 얼굴 아래 어떤 심오한 생각이 숨어 있는지! 그녀는 사랑하는 방법을 알 것이다."[5] 파브리스의 석방 이후 이 연인들이 맛볼 3년간의 순정적인 사랑으로 말하자면, 그 사랑은 완전한 어둠 속에서 펼쳐질 것이다. 그 공식적인 이유는 클렐리아가 성모 마리아에게 한 맹세, 즉 사랑하는 사람을 다시는 **보지** 않겠다는 맹세를 지킨다는 것이다. [그런데] 클렐리아가 자신의 남편을 배신하면서까지 약속을 지키는 것을 성모 마리아가 기쁘게 생각하지는 않을 것이기에, 이 어둠의 진짜 이유가 다른 데 있다고 생각해볼 필요가 있다. 그 이유란 바로 한눈에 서로를 알아본 이들은 더는 서로를 볼 필요가 없다는 것이다. 그리고 소설가로서는 이제 어떠한 벽도 그들을 분리해놓지 않는 이 연인들에 대해 더는 아무것도 말할 것이 없기에, 그들의 3년간의 행복에 대해 잠자코 넘어가도록 독자들에게 양해를 구한다.

멀리 떨어진 창문들을 통한 영혼들의 근접은 오래된 내러티브적 위계를 깨뜨린다. 하지만 이러한 단절은 향수에 잠긴 비평가 퐁마르탱이 내세운 옛 시대와 새로운 시대 사이의 나눔과

5　Stendhal, *La Chartreuse de Parme*, in *Romans et nouvelles*, Paris, Gallimard, «Bibliothèque de la Pléiade», t. 2, 1948, p. 99. (한국어판: 스탕달,《파르마의 수도원 1·2》, 원윤수·임미경 옮김, 민음사, 2001 참조.)

조금도 맞아떨어지지 않는다. 설사 스탕달이 델 동고 후작의 둘째 아들[파브리스]의 친아버지가 프랑스공화국의 장교임을 암시한다 할지라도, 이러한 암시가 파브리스를 민주주의의 대표자, 그러니까 이전에는 상류층 영혼들에게 따로 마련되었던 공간에 난입한 자로 만들지는 않는다. 감정과 행동의 귀족주의적 세계에 침입한 소란은 군중의 쇄도에서 기인하는 것이 아니라, 멀리 떨어진 채 이루어지는 소통에 대한 이야기를 창시한 가시적인 것의 체제에서 기인하는 것이다. 그리고 이 가시적인 것의 체제는 그 자체로 시간의 독특한 뒤섞임에 대한 증명이다. 사실상 시선과 태도의 언어를 통한 이 영혼의 알아봄은 미래보다는 과거를 더 바라보는 것처럼 보이기 때문이다. 그것은 18세기에서 유래하는데, 이 세기에는 감성적인 영혼들 사이의 평등이 발명되어, 출생의 우연과 이 우연의 결과들을 뒤죽박죽으로 만들고자 하는 자들의 책략을 동시에 좌절시켰다. 사회적 신분의 차이를 부인하는 루소의 감성적인 영혼들이나, 하녀 나닌의 순박함에 매료된 볼테르Voltaire, 1694~1778의 귀족이 그렇게 하듯[6] 파브리스와 클렐리아는 서로를 알아본다. 그러나 그들은 또한 피에르 드 마리보Pierre de Marivaux, 1688~1763의 소설[7] 속 주인들과 같은 방식으로 서로를 알아본다. 주인들은 하인과 하녀로 변장한 서로를 재빨리 알아보고, 이 변장 덕분에 각자 자기 약혼자의 진정

---

[6]　여기서 언급되는 작품은 프랑스의 대표적인 계몽주의 철학자 볼테르의 희극《나닌》이다. 이 작품은 백작 올방과 하녀 나닌 사이의 사랑과 신분의 차이로 인한 장벽을 다룬다.-옮긴이

한 본성을 은밀히 관찰할 수 있다고 믿는다. 그들은 시선과 몸짓에서 자신의 본성이 드러나지 않을 수 없는 감성적인 존재로서, 그리고 이데올로기와 기호 언어의 시대에 자신의 감정을 알릴 수단이 없어 쩔쩔매지 않는 이성적인 존재로서 서로를 알아본다. 먼 거리와 장소들의 배치로 인한 불편함에도 불구하고, 감옥의 창문을 사이에 둔 소통은 어떠한 오해나 정보의 손실도 야기하지 않는다. 왜냐하면 이 창문들은 이미 서로에게 완전히 투명한 두 표면처럼 자신을 내보이는 두 영혼의 관계를 표현하는 메타포이기 때문이다. 이곳에서는 감정이 시선, 몸짓, 태도 속에서 어떠한 손실도 가장도 없이 드러난다. 또한 그렇기 때문에 시선과 영혼의 교류는 어떠한 염탐으로부터도 안전하다. 졸렬한 정신을 가진 사람들은 감시를 통해 감성적인 영혼들 사이의 소통을 간파할 수 없는데, 이는 아주 단순한 이유 때문이다. 즉, 감시와 소통은 같은 세계에 속하지 않기 때문이다. 진솔한 영혼들은 창에 난 가장 작은 틈만으로도 서로를 알아볼 수 있다. 따라서 감옥지기는 이 틈을 완전히 막아 그들의 시선이 교차하는 것을 방해하는 데 온 힘을 쏟는다. [하지만] 그들이 시선을 주고받을 수 있는 최소한의 빛의 틈새가 생기자마자 감옥지

---

7   여기서 언급되는 작품은 프랑스의 극작가이자 소설가인 피에르 드 마리보의 3막 산문 희극인 《사랑과 우연의 장난Le Jeu de l'amour et du hasard》으로, 귀족의 영애인 실비아와 그녀의 구혼자 드랑토가 서로 상대를 잘 관찰하기 위해 각각 하녀와 하인으로 변장하고, 결국 신분의 차이를 넘어선 서로에 대한 사랑을 확인하고 결합한다는 내용이다.-옮긴이

기의 힘은 사라진다. 이 투명한 창문들은 아마도 지난 세기를 가로질렀던 진솔한 영혼들의 유토피아가 취하는 최후의 형태일 것이다. 그리고 청년 베일은 그 지울 수 없는 유토피아의 흔적을 소설가 스탕달에게 전해줬을 것이다.[8]

스탕달은 오직 후대의 사람들만이 그를 이해할 것이라고 생각했다. 그러나 그는 그 이유를 오인했다. 파르마 감옥의 창문 뒤에서 일어난 순정적인 사랑에 가치를 부여했던 것, 그리고 후세에 그의 성공을 보장했던 것은 시대를 앞서간 그의 심리[묘사]가 아니다. 반대로, 그것은 그의 완벽한 시대착오이다. 발자크와 플로베르의 시대에, 감성적인 영혼들 사이의 직접적인 소통은 과거의 것이었다. 더 정확히 말하면, 이러한 소통은 두 극단으로 나뉘었다. 한편으로 그것은 스베덴보리주의적인 swedenborgienne[9] 영성의 텔레파시적인 우주에 빠져들었다. 다른 한편으로 그것은 기껏해야 디나 피에드페(발자크의 《시골의 뮤즈》)나 엠마 보바리와 같은 감상적인 시골 사람들을 사로잡는 데에만 유용할 뿐인 유혹자의 상투적인 표현으로 변했다. 물론 두 극단이 통하는 일이 일어나기도 하지만, 그것은 일상적인 세계에 다짜고짜 초자연적인 힘을 들여오는 대가를 치른다. [발자크

8　앙리 베일Henri Beyle은 스탕달의 청년 시절 본명이다.-옮긴이

9　에마누엘 스베덴보리Emanuel Swedenborg, 1688-1772는 스웨덴의 과학자, 종교학자, 철학자, 신비주의자이다. 그는 3년간의 영계 체험 후 자연과학자에서 신비적 신학자로 전향했고, 1758년에 《천국의 놀라운 세계와 지옥De Coelo et ejus Mirabilibus, et de inferno》을 출간했다. 그의 신학은 발자크, 보들레르, 에머슨, 예이츠 등 많은 작가에게 영감을 제공했다.-옮긴이

의]《위르쉴 미루에》는 이에 대한 완벽한 예시이다. 발자크는 《파르마의 수도원》을 읽고 난 지 얼마 되지 않아 이 작품을 썼기에, 사비니엥 드 포르탕뒤에르를 향한 젊은 위르쉴의 열렬한 사랑을 창문을 통한 단 한 번의 눈길로 싹트게 했을 때, 그는 틀림없이 파브리스와 클렐리아를 떠올렸을 것이다. 그러나 그의 소설에서 교차하는 두 시선은, 그들을 떨어뜨려 놓는 감옥의 공간을 가로질러 멀리서 서로를 알아보는 것과 같은 그러한 영혼들의 시선이 아니다. 활짝 열린 옆집 창문을 향한 창문을 통해, 젊은 시골 여인은 우선 젊은 파리 남자의 몸짓과 옷 장신구들의 우아함을 감탄하며 바라본다. 그리고 두 영혼이 결국 만나게 된다면, 이는 멀리 떨어진 채 바라보는 전혀 다른 방식, 즉 텔레파시 덕분이다. 텔레파시 덕분에, 스베덴보리주의적인 투시력을 가진 이는 위르쉴의 의심 많은 대부에게 그가 부재한 사이 젊은 여인[위르쉴]의 방에서 무슨 일이 일어났는지를 정확히 묘사할 수 있다. 또한 텔레파시 덕분에, 위르쉴은 나중에 그녀의 꿈속에서 죽은 대부를 만나 그녀의 사촌이 저지른 도둑질을 발견할 수 있다. 영혼들 사이의 이와 같은 매우 비속한 소통의 용법 덕분에, 젊은 위르쉴은 자신의 재산을 회수하고, 맞은편 창문의 젊은 남자와 결혼할 수 있다. 그렇다면 우리는 발자크가 [《위르쉴 미루에》를 집필한 시기와] 같은 시기에 집필한 《파르마의 수도원》에 대한 긴 찬사에서 그가 두 창문을 사이에 둔 진솔한 영혼들의 대화에 대해 무지하다는 사실을 깨닫는다. 투명한 영혼들이 자신과 닮은 영혼을 알아볼 수 있었던 창문 구멍은 발자크에게 불투명한 것이 된다. 그렇다고 해서 발자크의 작품에서 창문들이 그 중요성을 상실했다는 것은 아니다. 도리어 발자크의 창문들은 한 번 이상 서사를 만들어내기에 충분하다. 하지만 그 창문들은 더는 영혼들이 서로 다시 만날 수 있게 되는 창문 구멍이 아니다. 그것들은 시야를 가로막고 포획 장치를 세우는 창틀이다. 이 포획 장치는 우선 사회적 종들의 특징을 파악하는 곤충학적 시선의 면모를 지닌다. 그러나 창틀이 사회적 종들을 나타낸 도표tableau 속에서 새로운 성상의 이미지를 뚜렷이 드러나게 만들 때, 혹은 시선이 몽상의 묘연함 속으로 사라질 때, 포획 장치가 지닌 이 명백한 가시성은 곧 탁해지고, 포획하는 자는 포로가 된다.

포획은 우선 특성 없는 장소인 익명의 보행자들의 거리에서 실행된다. 그리고 포획 [장치]는 특히 [창문] 바깥의 저속함을 향해 시선을 두지조차 않는 상류층 사람들을 노린다. 발자크는 《골동품 진열실》에서 기자 에밀 블롱데에게 모퉁이의 네 창문을 떠올리는 임무를 맡기는데, 블롱데에 따르면 지나가던 사람들은 이 창문들을 통해 그의 유년 시절 에스그리뇽 집안의 거실을 가득 채웠던 분 바른 자동인형들을 마치 유리 상자 속을 들여다보듯 볼 수 있었다. "나는 창유리를 통해 으그러뜨려진 신체들, 잘못 접합된 팔다리들, 그러니까 내가 그 구조나 조직에 대해 단 한 번도 설명해보고자 하지 않았던 사지, 아주 눈에 띄게 각진 턱들, 불룩하게 도드라진 뼈들, 풍만한 둔부를 들여다보았다."[10] 창문 바깥의 저속함으로부터 귀족적으로 등을 돌린 이들은 우리 안의 동물들이나 쇼윈도 안의 자동인형들이 되었다. 이것은 알랑송의 시골길에만 해당하는 특수성이 아니다. 이것은 훨씬 더 일반적으로, 내부에서 외부로 향하는 옛 도정을 역행시킨 새로운 소설이다. 그러나 새로운 소설은 이보다 더 많은 것을 행한다. 새로운 소설은 창문 너머로 호기심 어린 눈길을 던지는 지나가던 사람의 관점과 멸종해가는 사회적 종을 고립시킨 전문가의 관점을 동일시한다. 창문은 현대 세계와 거리를 두고 은거하려는 사람들을 과학적 관찰 대상으로 제공하는 박물관의 진열장이다.

물론 이러한 위협에 간단히 응수할 수도 있다. 인적이 드문 동네에 위치한 폐쇄된 아파트에 칩거해 커튼을 치면 된다는 것이다. [발자크의]《이중 살림》에 등장하는, 역시나 바스노르망디 주 출신인 젊은 그랑빌 부인이 바로 이렇게 한다. 그녀는 신실한 열의를 가지고 그녀의 가족적 삶을 마레 지구 깊숙이 틀어박는다. [하지만] 그녀의 대비는 역시나 부질없는 짓이다. 결과적으로 그녀의 남편은 출근하기 위해 서민 동네의 비좁은 길들을 가로지를 수밖에 없다. 그리하여 이 젊은 판사는 다른 창문들의 힘, 그러니까 구불구불한 길에 드리운 어둠을 서민들의 주거지에 깃든 어둠과 통하게 만드는 창문들의 힘에 노출된다. 가로등이 켜지는 시간, 이 창문들이 포착하게 두는 것은 더는 특

---

10   Honoré de Balzac, *Le Cabinet des Antiques*, in *La Comédie humaine*, Paris, Gallimard, «Bibliothèque de la Pléiade», t. 4, 1976, p. 976.

수한 사회적 종이 아니라 사회의 다른 측면인 노동과 가난의 세계이다. 그러나 그것들은 그 세계를 꽤나 특유한 형태, 그러니까 곧 사라질 예술의 광경, 풍속화로 보여준다. 드니 디드로 Denis Diderot, 1713~1784[11]에게 그랬듯, 이 풍속화에서 그림의 매력은 주제의 도덕성과 분리될 수 없다. 예를 들어, 젊은 바느질공의 손길로 한련꽃, 스위트피, 메꽃이 창살을 타고 올라가게 된 그 창문 너머로, 두 개의 유리 구체가 모은 빛을 받으며 바느질하는 데 열중한 어머니와 딸의 광경이 그러하다.[12] [그러나] 사실을 말하자면, 그림의 도덕성은 악덕의 길로 향하는 하나의 단계에 불과하다는 것이 얼마 못 가 드러난다. 어머니와 딸은 지나가던 사람의 간청을 어렵지 않게 들어줄 것이고, 딸은 정부情婦가 되어 투르니케 생 장 거리의 어두운 주거지를 쇼세 당탕에 있는 아파트와 맞바꿀 것이다. 그러나 요점은 이것이 아니다. 거리를 향해 나 있는 이 창문들이 수행하는 픽션적 위계의 이중적 전복이 요점이다. 창문들은 귀족들을 자연사 박물관에 전시된 동물들로 변형시키고, 역으로 일하기 위해 몸을 구부린 노동자들의 얼굴을 예술의 광경이자 사랑의 대상으로 변화시킨다.

---

[11]   《백과전서》의 편집을 맡아 완성한 계몽주의 철학자이자 문인. 수많은 희곡, 소설 등을 남겼으며 예술비평을 처음으로 문학 장르에 도입했다. 1759년 살롱전(17세기 중엽부터 루브르의 거실에서 열린 미술전람회)에서 풍속화가 장 바티스트 그뢰즈의 작품을 극찬했는데, 이는 그뢰즈가 부르주아 가정의 비극을 묘사함으로써 회화에 도덕성을 부여했다고 평가했기 때문이다. 디드로는 그의 작품을 "회화로 나타낸 도덕"이라고 칭송하며 당대 회화의 최고 이상으로 꼽았다.-옮긴이

[12]   Honoré de Balzac, *Une double famille*, ibid., t. 2, 1976, p. 20.

이와 같은 창문들의 사용은 아르망 드 퐁마르탱이 제안한 것보다 좀 더 복잡한 형상을 픽션의 민주화에 부여한다. 그러나 이 형상은 또한 성에 사는 영혼들 내면의 동요를 변이하는 사회적 종의 거대 도표로 대체하고자 한 소설가의 계획에 차질을 빚게 한다. 왜냐하면 바로 이 지점에서 사회적 신분의 무질서가 [노동자의 모습을 예술의 광경으로 만드는] 회화적 혁명에 결합되어, 사회적 종들에 대한 도표와 같은 것으로서 소설적 전서全書의 기획을 은근하지만 확실히 뒤흔드는 플롯의 형식을 규정하기 때문이다. 아닌 게 아니라 에스그리뇽 집안 거실에 대한 캐리커처는 더 심오한 문제, 발자크가 《이브의 딸》의 서문에서 오직 절반만 표명한 문제를 감추고 있다. 사회적 종들에 대한 도표는 사실 고대사회에 더 잘 어울린다. 그 당시 개개인은 자신에게 주어진 자리에 있었고, 각 개인은 자신의 신분에 맞는 생김새를 지니고 있었다. "부르주아, 상인 또는 장인, 전적으로 자유로운 귀족, 농노의 특징들은 뚜렷이 구분되었다. 이것이 바로 유럽의 고대사회이다."[13] 그러나 바로 이와 같은 개인들의 고정된 사회적 신분의 고착은 "소설적 상황을 촉발할 여지가 거의 없었다". 오히려 소설적 상황을 촉발할 여지가 있는 것은 차이들의 소거, 그리고 이데올로그 발자크가 그로부터 사회의 동질성이라는 참담한 귀결을 보고 한탄하는 평등이다. 그렇다면 발자크의 논증은 민주주의 시대 소설의 쇠퇴에 관한 퐁마르탱

13　Honoré de Balzac, *Une fille d'Ève*, ibid., t. 2, 1976, p. 263.

의 분석을 앞서 반박하는 것처럼 보인다. "오늘날 평등이라는 말은 프랑스에서 무한한 뉘앙스를 불러일으킨다. 오래전 카스트제도는 개개인에게 그를 지배했던 생김새를 부여했다. 오늘날 개인의 생김새는 전적으로 그 자신에게 달려 있다."[14] 이와 같은 개인들의 특권은 만약 그것이 회화의 소소한 혁명, 아니 더 정확히 말해 회화적 가시성의 혁명과 우연히 일치하게 되지 않았더라면 그리 큰 가치가 없었을 수도 있다. 고정된 사회적 유형들의 시대는 잘 그려진 형태들의 시대였다. 개인들과 그들이 갖는 "무한한 뉘앙스"의 시대는, 시간대에 따라 끊임없이 변화하는 빛의 시대이다. 이 시대는 미묘한 톤과 그림자의, 아침 나절을 뒤덮는 가벼운 안개의, 해가 저물 무렵 환상적인 풍경을 그려내는 명암의 시대이다. 이 시대는 또한 예술가의 눈이 옛집의 들보가 만들어낸 이상한 상형문자에, 십자형 유리창을 비스듬히 장식하는 꽃들에, 그 속에서 모습을 드러낸 젊은 여인들, 그러니까 네덜란드 회화 속 인물들처럼 창문들 뒤에서 몽상하며, "예기치 못한 어떤 광경, 어떤 장소의 모습, 읽었던 무언가, 어떤 종교의식을 잠깐 바라보는 눈길, 자연 향기의 조화, 미세한 안개로 뒤덮인 감미로운 아침나절, 부드럽게 울리는 어떤 신성한 음악, 말하자면 영혼이나 신체 속 예상하지 못한 어떤 움직임"[15]에서 자신들의 운명을 읽어내는 여인들의 얼굴에 오랫

---

14   Id.

15   Honoré de Balzac, *Le Curé de village*, ibid., t. 9, 1978, p. 654.

동안 머무르는 시대이다.

따라서 사회를 사회 그 자체로 재현해야 했던 위대한 기념비의 틈새들 사이로 새로운 플롯이 슬그머니 끼어든다. 이 플롯은 어떤 상황에서, 빛의 반사에서, 감정의 미묘한 뉘앙스에서, 어떤 인물을 성상으로 만드는 위험한 창틀에서 [일종의 그림으로] 뚜렷이 드러난 것에서 탄생한다. 그것은 다음과 같은 세 가지 시선 사이에서 펼쳐지는 복잡한 놀이이다. 사회적 종에 대한 과학의 시선, 풍속화에 대한 예술의 시선, 그리고 픽션적 사랑의 대상에 대한 서술의 시선. [발자크의] 《폼paume 경기를 하는 고양이 간판을 단 집》에서는 집주인이 절약을 위해 가게의 조명을 껐기 때문에 마치 피터르 데 호흐Pieter de Hooch, 1629~1684[16]나 근대에 그를 모방한 마르탱 드롤링Martin Drolling, 1752~1817[17]이 그린 실내 그림에서처럼 [창문] 바깥의 시선이 밝게 빛나는 후경後景[가게 뒷방]에 빠져들어 고정되게 된다. 이 후경은 우연히 그곳을 지나가고 있던 예술가의 눈에 "세상의 모든 화가의 시선을 사로잡을 수 있었을지도 모르는 그림"[18] 그러니까 별빛과 같은 램프 빛 아래서 저녁 식사를 하는 가족의 평온하고 축복받은 이미지, 그 램프의 빛이 다이닝룸의 린넨, 은식기류, 크리스털 식

16　17세기 네덜란드의 풍속 화가로, 중산층 가정의 고요한 실내와 정원 풍경을 그렸다.-옮긴이

17　18세기부터 19세기까지 활동한 프랑스 화가로, 네덜란드 거장의 영향을 받아 장르화를 주로 그렸으며, 인물이 있는 내부 정경도 다루었다.-옮긴이

18　Honoré de Balzac, *La Maison du Chat-qui-pelote*, ibid., t. 1, 1976, p. 52.

기류 사이에서 어린 어거스틴의 생각에 잠긴 얼굴을 빛나게 만드는 이미지를 뚜렷이 드러낸다. 그리하여 픽션의 예술은 두 평면 위에서 펼쳐진다. 전경에서는 픽션의 예술이 과학적인 방식으로 사회적 종들을 쇼윈도 안에 진열한다. 그리고 전경을 가로질러 도달하는 후경에서는 회화의 예술이 장인이나 상인의 딸들의 얼굴 위로 이제껏 본 적 없는 서민적 행복의 빛이 밝게 빛나게 함으로써 [픽션의 예술과는] 다른 방식으로 사회적 세계의 전복을 제시한다.

물론 이와 같은 서민적 행복은 여성 노동자를 창문 너머로 꺼내고자 하는 행인이나, 스스로를 그림의 주제나 사랑의 대상으로 변형시키고자 하는 소녀에게는 오직 불행의 약속이 될 뿐이다. 픽션이 연애의 불행을 양분으로 삼는다는 것은 사실이다. 따라서 풍속화를 사랑의 대상으로 변형시키는 실수는 픽션에 아름다운 나날들을 보장하기에 적절하다. 그러나 픽션 그 자체와 관련해서 이보다 더 중요한 것이 있다. 회화적 시선의 행복은 픽션적 사건들의 행복을 내몰고, 픽션적 사건들을 불필요하거나 작위적인 것으로 만드는 경향이 있다는 것이다. 옛 건축물 외관의 기묘함, 그림 같은 길의 굴곡, 늦은 오후의 빛은 우선 **거두절미하고**in medias res 우리를 행위의 시공 속으로 직접 안내하는 것처럼 보인다. 그러나 실제로 그것들은 정반대의 것을 행한다. 그것들은 우리를 과거에 대한 사색이나 순간의 중지 속에, 혹은 길가의 벽들 사이 "시도 때도 없이 떠다니는 수많은 즐거움"[19] 속에 붙잡으면서, 우리를 행위의 시공 속으로 들여보내는 것을 지연시킨다. 행위를 개시하는 데 적합한 요소들을 제공해야 할 묘사는 몽상의 중지된 시간 속에 스스로를 가두는 경향이 있다. 묘사로 인해 행위는 중지된 시간의 부동성 속에서 좌초되거나, 아니면 원양 항해나 주식 투자의 기회, 유산의 착복, 권력자들의 음모나 기자들의 익살, 파산이나 살인과 같은 꾸며낸 사건들의 작위에서 양분을 취하는 데 그친다. 바로 이것이 [《인간 희극》 중] 〈지갑〉이라는 짧은 이야기의 사소한 사건, 그러니까 주인공을 몽상의 무한함에서 픽션적 행위의 급전 속으로 말 그대로 떨어지게 만든 사건이 **초기적으로**in nucleo 보여주는 것이다. 실제로 이 이야기는 "밤은 아직 오지 않았고 낮은 이미 가버린" 순간, "석양빛이 그 부드러운 색조나 기묘한 반사광을 모든 사물에 비추고, 이 빛과 그림자의 놀이와 모호하게 결합하는 몽상을 조장하는"[20] 순간에 대한 긴 사색으로 시작된다. 이 이야기에서 몽상가는 젊은 화가인 이폴리트 쉬네인데, 그는 작업 중인 그림 앞 사다리에 걸터앉아 있지만, 무엇보다 명암의 즐거움과 그것이 불러일으키는 사색에 잠긴 채, 화가에게 감각적인 직물을 제공하는 묘연한 몽상을 향해 화가의 활동이 접혀 들어가는 순간에 빠져 있다. 이와 같은 중지를 멈추고 행위를 시작하기 위해서는, 화가가 어슴푸레한 빛 속에서 발을 헛디뎌

---

19 Honoré de Balzac, *Ferragus*, ibid., t. 5, 1977, p. 794. (한국어판: 오노레 드 발자크, 《13인당 이야기: 페라귀스, 랑제 공작부인, 황금 눈의 여인》, 송기정 옮김, 문학동네, 2018, 19~204쪽 참조.)

20 Honoré de Balzac, «La Bourse», ibid., t. 1, 1976, p. 413.

사다리 밑으로 떨어져야 할 필요가 있다. 실제로 이 추락으로 인해 아래층 세입자는 화가의 집에 들어오게 되고, 자수를 놓은 지갑의 이야기를 둘러싸고서, 결국 청혼으로 끝이 날 최소한의 사랑을 시작할 수 있게 된다. 행위는 마지못한 것처럼, 몽상의 중지[된 순간]을 방해했던 우연한 사고에서 생겨난다. 그리고 행위는 언제나 몽상의 중지[된 순간]으로 돌아가고 싶은 유혹을 받는다. 사회에 대한 도표를 내려다보는 학자의 엄격한 연구와 실내를 물들이거나 표정에 미묘한 차이를 주는 빛의 뉘앙스를 캔버스에 포착하길 원하는 예술가의 엄격한 연구는, 극단적인 경우 몽상가의 부유하는 시선 속으로 사라질 수 있다. 그리하여 [발자크의] 《나귀 가죽》의 한 에피소드에서 엄격한 연구자의 다락방에 은거해 있는 라파엘의 시선은 슬레이트나 타일 지붕들이 만들어내는 움직임 없는 파도 위에서 떠돈다. 이 지붕들은 "사람들로 가득 찬 심연"[21]을 뒤덮은 채, 어떤 창문 너머로는 한련꽃에 물을 주고 있는 나이 든 여인의 옆모습을, 다른 창문 너머로는 단장하고 있는 소녀의 이마와 긴 머리카락을 언뜻 보여준다. 아닌 게 아니라 각 창문 뒤에는, 신기한 힘을 가진 동양의 물건[나귀 가죽]에 대한 기상천외한 이야기보다 확실히 더 신빙성 있고, 어쩌면 더 강력한 힘이 있을지도 모를 서사의 잠재성이 존재한다. 따라서 하나의 지붕창에서 다른 지붕창으로 옮겨

---

21   Honoré de Balzac, *La Peau de chagrin*, ibid., t. 10, 1979, p. 136. (한국어판: 오노레 드 발자크, 《나귀 가죽》, 이철의 옮김, 문학동네, 2009 참조.)

가는 시선, 즉 영화적인 시선은 사회적 박물학자의 시선[사회적 종에 대한 곤충학적 시선]과 오래된 이웃이 된다. 그러나 이 영화적인 시선은 사회적 박물학자의 시선보다 더 많은 것을 행한다. 그것은 사회적 박물학자의 시선을 동등한 호기심이나 동등한 무관심으로 오염시킨다. 어쩌면 발자크는《인간 희극》의 원리가 사회과학의 원리, 즉 각각의 상황과 행위가 다른 모든 상황 및 행위와 절합됨으로써 의미를 갖는 원리이길 바랐을 수도 있다. [그러나] 궁극적으로 그것은 창문의 원리를 따른다. 이 창문 뒤에서 사물들은 파도의 부동의 운동, 언제나 다시 시작되는 그 운동 속으로 모든 의미가 잠겨버리는 곳, 대양의 맨 가장자리에 머무르기에, 도표의 울타리 안에 고립되는 경우에만 의미를 가질 수 있고, 묘연한 하루 속으로 사라지는 경우에만 그림이 될 수 있다.

그렇다면 아리스토텔레스식 픽션적 사변형을 이루는 네 가지 항, 즉 행복과 불행, 무지와 지식 사이에 새로운 종류의 균형이 확립될 것이다. 픽션적인 불행을 사회적 원인에 대한 인식으로부터 연역하는 학자의 근심은 화가의 행복으로 변형된다. 화가의 행복은 창문들 사이의 거리를 결코 없애지 못할 사랑의 불행을 그 이면으로 삼는다. 그리고 이 사랑의 불행은 결국 모든 개별적인 창문들을 넘어, 파도 및 "사람들로 가득 찬 심연"의 부동의 운동을 아우르는 몽상의 행복 속으로 사라진다. 이 몽상의 행복은 새로운 종류의 지식, 그러니까 어떠한 원인도 지정하지 않고, 어떠한 결과도 약속하지 않는 지식이다. 원인의 연쇄에 대해 알고 있는 학자의 과학과 결과에 대한 두려움을 초래하고 유지시키는 극작가의 과학은 예술가의 몽상에 빠진 시선의 심연 속으로 함께 잠긴다. 예술가는 창문가에 서 있는 소녀의 연민, 안뜰 맞은편의 창문 너머에서 고통을 겪고 희망을 품는 이를 자신과 닮은 존재로 알아보게 만드는 감성적인 영혼들의 정서를 자신의 것으로 다시 취한다.

빈자들의 눈

보들레르, 빅토르 위고, 모파상

차도 가까이에서, 몽상가들은 또 다른 그림을 바라보는 또 다른 시선을 관찰하게 된다. 그것은 바로 신화에나 나올법한 거울, 황금, 실내 장식들을 행인들에게 한껏 드러낸 대로변 카페의 신기한 장관에 홀려 걷는 도중 돌연 걸음을 멈춘 빈자들의 시선이다. 카페에 자리를 잡은 손님이 시인이라면, 그는 유리로 된 벽 양편에서 공유되는 것과 공유되지 않는 것, 그러니까 눈으로 보는 것 중에서 공유되는 것과 공유되지 않는 것에 대해 숙고할 기회를 얻게 될 것이다. 사실 바로 이것이 상류층 영혼들의 고뇌를 보호했던 창문들이 열릴 때, 그리고 부자들은 물론이고 빈자들 또한 거리에서 타인들이 즐거워하는 광경을 보게 될 때 시에 주어지는 새로운 보고이다. 이제 시인은 지나가던 여자 또는 남자 한 사람 한 사람의 배역 속으로 미끄러져 들어가 "그 모습을 드러내는 예기치 못한 것"[22]에 스스로를 완전히 내맡길 수 있다. 그리하여 시인은 예술작품[카페 건물] 앞에서 경탄에 찬 아버지의 눈, 그 흘러넘치는 빛에 그저 얼이 빠져버린 어린아이의 눈, 그 사치스러움에서 배제된 자신의 이미지를 보는 형의 눈에 스쳐 지나가는 생각들을 상상해본다. 이렇게 유리창 반대편에 서 있는 빈자들의 눈에 스치는 번득임을 공유하는 기쁨은, 안타깝게도 함께 카페에 온 여인, "마차 출입 대문처럼 벌어진"[23] 빈자들의 눈이 반대로 자신의 만족을 망친다고 느끼는 여인과는 공유될 수 없다.

이 메타포는 곱씹어볼 가치가 있다. 빈자들의 눈에 의해 그저 음료를 맛보는 것을 방해받을 뿐인 이 이기적이고 어리석은 여자는 어쩌면 몽상가가 아무 문제없이 전유할 수 있다고 믿는 그 낯선 생각의 번득임 뒤에 감춰진 불안스러운 깊이를 보

---

22   Charles Baudelaire, «Les Foules», in *Œuvres complètes*, Paris, Gallimard, «Bibliothèque de la Pléiade», t. 1, 1975, p. 291. (한국어판: 샤를 보들레르, 〈군중〉, 《파리의 우울》, 황현산 옮김, 문학동네, 2015, 33~34쪽 참조.)

23   Charles Baudelaire, 《Les Yeux des pauvres》, ibid., p. 319. (한국어판: 샤를 보들레르, 〈가난뱅이의 눈〉, 같은 책, 72~74쪽 참조. "나는 내 눈길을 돌려, 사랑하는 사람, 당신의 눈에서 내 생각을 읽으려 했지요. 그토록 아름답고 그토록 기이하게도 상냥한, 변덕이 깃들고 달로부터 영감을 받는 당신의 푸른 눈 속에 내가 막 잠겨 들려는데, 그때 당신이 나에게 말했지요. '저 사람들, 마차 출입 대문처럼 눈을 열어젖히고 있는 꼴이, 정말 참을 수가 없네! 카페 주인에게 말해서 여기서 좀 물러가게 하라고 할 수 없을까요?'") 이 시의 화자는 저녁 무렵, 새로 개업한 카페의 화려함과 그곳을 감탄하며 바라보는 가난한 가족의 모습을 관찰한다. 이 장면을 보며 그는 감동을 느끼는 동시에 자신의 풍족함에 대한 약간의 부끄러움을 느낀다. 그러나 이내 화자의 동반자는 가난한 가족의 모습을 비난하며, 그들을 내쫓을 것을 제안한다.―옮긴이

고 있는 것일지도 모르기 때문이다. 마차 출입 대문은 단지 접근할 수 없는 사치의 광채를 마주한 불우한 이들의 망연자실이나 부러움에 대한 메타포가 아니다. 그것은 또한 이 사치를 누리는 이들에게, 통상 마차 출입 대문 뒤에 감춰져 있는 깊이로의 출입구, 열리는 순간 바로 다시 닫히는 출입구를 표시하기도 한다. 즉 감정과 정서의 예상 밖의 깊이, 빈자들의 아이들이 그것을 통해 각각의 사회적 신분에 적합한 감각과 감정의 나눔을 뒤죽박죽으로 만드는 깊이 말이다.

이와 같은 위험을 이해하기 위해, 우리는 어린 소녀들에 관한 두 가지 이야기를 비교해볼 필요가 있다. [빅토르 위고의 《레미제라블》에 등장하는] 코제트, 그리고 몽페르메유의 크리스마스 마켓 가판대를 전설 속 궁전으로 바꿔놓은 거대하고 호화스러운 봉제 인형인 '부인la dame' 앞에서 넋을 잃은 코제트의 시선에 대해 모르는 사람은 없을 것이다. 우리가 알다시피, 소녀는 이 접근할 수 없는 경이에 대한 몽상에 오래 빠져 있진 않을 것이다. 불우한 이들에 대한 연민이 장 발장이라는 인물에 구현되는 데다가, 그는 코제트에게 이 사치스런 봉제 인형을 선물할 여유가 있기 때문이다. 그리하여 코제트는 그 인형을 가질 것이다. 그리고 사실을 말하자면, 이야기가 진행되는 내내 그녀는 자신이 바라는 모든 것을 가지게 될 것이다. 그러나 그녀는 그 대가로, 스스로 고작 인형에 지나지 않은 것, 즉 플로베르를 분노케 한 "마네킹들" 중 하나, 누구도 "그 영혼 깊숙이에서 **고통받는 것**"[24]을 한 번도 보지 못한 "(사람 모양의) 설탕 과자들" 중 하나로만 존재해야 한다. 그럼에도 플로베르의 비판에는 일말의 부당함이 있다. 왜냐하면 《레 미제라블》에는 플로베르 자신이 《마담 보바리》에서 기껏해야 그 윤곽만을 그려놓은, 엠마를 사랑하는 수줍은 소년 쥐스탱의 누이뻘 되는 인물로 알아볼 수 있을 법한 인물이 존재하기 때문이다. 우리는 약사 견습생에 지나지 않는 쥐스탱의 영혼 깊숙한 곳을 볼 수는 없지만, 이 인물의 눈에 띄지 않는 고통은 코제트의 어리석은 행복과 대위법을 이루며 계속해서 그 멜로디를 노래한다. 《레 미제라블》에서 쥐스탱에 대응되는 인물은 바로 거리의 아이인 에포닌이다. 시인 위고는 에포닌을 바리케이드 위에서 죽게 만들지만, 그럼에도 그녀로 하여금 자신의 감정을, 그러니까 모든 등장인물이 그에 대해 무지하지만 독자들만은 유일하게 그에 대해 알고 있었다는 사실에 즐거워하는 그 빈자의 감정을, 자신이 [정부군의 총을 대신 맞고] 막 구해준 사람[마리우스]에게 고백할 수 있는 마지막 행복을 허락한다. 다음과 같은 고전적인 완서법緩敍法[25]을 통해. "그리고 있잖아요, 마리우스 씨, 나는 당신을 좀 사랑하고 있었던 것 같아요."[26]

24　Gustave Flaubert, lettre à Edma Roger des Genettes, juillet 1862, *Correspondance*, Paris, Gallimard, «Bibliothèque de la Pléiade», t. 3, 1991, p. 236.

25　실제 의도하는 것보다 적게 말하거나, 의도하는 바를 말하되 실제 상황에 걸맞지 않게 낮춰서 말함으로써 오히려 과장법과 마찬가지로 의미를 강조하거나 호소력을 높이는 수사법을 일컫는다.-옮긴이

26　Victor Hugo, *Les Misérables*, Paris, Gallimard, «Bibliothèque de la Pléiade», 1951, p. 1169. (한국어판: 빅토르 위고, 《레 미제라블》 1~5권, 정기수 옮김, 민음사, 2012 참조.)

이렇게 해서 마치 출입 대문 뒤에 감춰진 깊이, 어떠한 시선을 통해서도 간파되지 않았지만 하나의 소품으로 응축된 깊이가 대수롭지 않은 방식으로나마 알려진다. 이러한 응축은 그 자체로 주목할 만하다. 사실 픽션의 형식과 픽션적 정서의 체제는 종종 언어의 문체로 집약되곤 한다. 아리스토텔레스의 비극, 그러니까 예상을 뒤집는 결과를 초래하는 인과연쇄를 통한 비극은 재담bon mot, 즉 첫마디가 예상하게 만든 결말을 뒤집어 청자들로 하여금 자신의 오류 자체를 즐기게 하는 재담의 구조에 상응했다.[27] 이처럼 기대를 빗나가게 하는 기대의 구조는 불행을 예상하는 두려움과 그 효과에 호소하는 연민 사이에서 정서들의 작용을 조직했다. 350페이지에 달하는 소설의 그 장의 끝에서, 에포닌의 운명이 집약되는 완서법은 서사의 새로운 경제를 나타내 보인다. 주인공을 어떤 운명에서 그와 정반대되는 운명으로 이끌어가는 내러티브적 구조는 여기서 완결되는 동시에, 깊은 구렁을 향한 시선이나 옆길로 새는 발걸음에 의해 저지된다. 그것들은 이야기되어 마땅한 것들과 그렇지 않은 것들을 분리하는 경계 위에서, 픽션에서 따로 떼어놓은 더 은밀한 불운의 세계를 향해 내러티브적 구조를 열어젖힌다. 이러한 장

---

[27] Aristote, *Rhétorique*, III, 11, 1412a 19-22. (한국어판: 아리스토텔레스, 〈수사학〉 제3권 1412a 19-22, 《수사학/시학》, 천병희 옮김, 도서출판 숲, 2017, 292쪽 참조. "말을 가장 재치 있게 만드는 것은 대개 은유이며, 듣는 사람을 추가로 기만하는 것도 그럴 수 있다. 예상 밖의 결론이 날 때 듣는 사람은 뭔가 새로운 것을 배웠다는 인상을 더 강하게 받으며, 그의 마음은 '맞았어! 내가 잘못 생각했어!' 하고 말하는 것 같기 때문이다.")

의 끝부분들이 소품épigramme이나 말 없는 장면의 형식을 취하는 이유는 바로 여기에 있다. 이것들은 장과 장 사이에서 잠재적인 서술의 실fil을 잇는 역할을 한다. 너무 사소해서 이야기할 가치가 없는 불행에 대한 서술은 세부적으로 설명하려 한다면 그 역량을 잃게 될 것이다. 이러한 역량은 픽션으로 만들어지지 않는 사건과 감정의 세계를 표현하는 데서 나온다. 에포닌이 마리우스의 방에 들어선 순간부터, 그녀는 이 실을 이어가고 있다. 그녀의 아버지가 명령한 일(빈자로서 이웃의 돈 몇 푼을 가져오는 것) 외에, 마리우스가 요청한 일(능수능란한 거리의 아이로서 코제트의 주소를 찾아내는 것)을 맡게 된 것이다. 이 두 가지 임무는 **역설적으로**a contrario 이야기가 그녀에게 금지한 두 가지 역할을 가리킨다. 여자가 되는 것과 사랑의 대상이 되는 것이다.[28]

실제로, 서사가 막힐 수밖에 없는 것으로의 곧 사라질 열림은 새로운 서술 방식, 즉 중단편소설이나 산문시와 같은 간결한 형식의 싹을 내포하고 있다. 이 간결한 형식은 비참을 그리는

---

28   에포닌은 아버지의 범죄를 돕고, 돈을 얻기 위해 가난한 척하며 사람들을 속이기도 하며 청소년기를 보냈다. 그러던 중 마리우스를 알게 된 그녀는 그를 사랑하게 되었지만, 마리우스는 이미 코제트에게 마음을 빼앗긴 상태였다. 마리우스의 부탁으로 에포닌은 장 발장과 코제트가 사는 집의 위치를 찾아 알려주었다. 그리고 마리우스가 코제트를 찾아갔을 때, 자신의 아버지가 장 발장의 집을 습격하려 하자 에포닌은 그 계획을 저지했다. 이후 파리 시내에서 봉기가 일어났을 때, 에포닌은 남장을 하고 마리우스를 바리케이드로 이끌었고, 그곳에서 그와 함께 죽을 결심을 했다. 그러나 에포닌은 진압군 병사가 마리우스를 향해 쏜 총을 대신해 맞고 쓰러진다. 그녀는 죽어가면서 마리우스에게 자신의 사랑을 고백하고, 코제트가 남긴 편지를 전한다. 그녀는 마리우스에게 자신이 죽은 후 이마에 키스해달라고 부탁했고, 마리우스는 그 부탁을 들어준다.-옮긴이

대하소설보다 더 나은 방식으로, 아무것도 아닌 어떤 삶의 단순한 불행을 모든 것으로 바꿔놓을 수 있다. 그러나 이렇게 하기 위해서는 서사의 연쇄를, 곧 사라질 장면을 바라보는 시선의 순간성 혹은 아무것도 아닌 삶의 비극 전체가 집약되는 짧은 이야기의 순간성으로 응축시켜야 한다. 이와 같은 서사의 방식은 서로 분리된 세계들이 만나는 사건들에 주의를 기울이도록 만드는 확장된 연민의 정서와 가장 잘 어울린다. 정서의 확장은 픽션적 시공간의 제약을 상관항으로 갖는다. 그것은 모든 것을 단 하나의 장면에서 말하거나, 그 장면의 단순한 반향을 울려 퍼지게 하는 데 만족하는 짧은 소품 형식에서 자신의 특권적인 장소를 발견한다.

그렇다면 제값을 주고 사면 되는 굉장한 인형을 향한 코제트의 시선과, "마차 출입 대문" 뒤에 파묻힌 채 현기증을 일으키는 깊이를 언뜻 보여주는 또 다른 가난한 소녀의 시선을 대조해볼 필요가 있다. 기 드 모파상Guy de Maupassant, 1850~1893의 단편소설 〈의자 고치는 여인〉이 파고드는 것이 바로 이 현기증이다. 이 단편소설은 어느 저녁 성에서 열린 연회에 초대된 사람들이 일생에 걸친 단 하나의 사랑의 가능성에 대해 논하던 도중 말해진 이야기이다. 모파상의 다른 소설에도 자주 등장하는 것처럼 이 소설의 화자 또한 의사이다. 이 의사는 자신의 직업 때문에 서로 분리된 세계들을 왕래해야 하며, 자신과 같은 사회적 신분을 지닌 남성과 여성들에게 보통 감춰져 있는 고통을 봐야 한다. 여기서 고통이란, 노동과 가난이 빈자들의 신체에 남긴 결과만이 아니라, 빈자들의 정념에 휩싸인 영혼이 초래한 결과이기도 하다. "번듯한 사람들"은 빈자들이 이러한 영혼을 가질 수 있으리라고는 상상조차 하지 못한다. 바로 이것이 막 세상을 떠난 가난한 의자 고치는 여인이 약사, 그러니까 그 득의만만한 부르주아적 용모를 약국의 유리창 너머로 보란 듯이 드러내는 인물을 향해 품은 사랑이다. 이 일생의 사랑은 그 자체로 소품의 구조를 따른다. 왜냐하면 이 사랑은 단 한순간, 그러니까 부자들과 빈자들, 행복한 사람들과 불행한 사람들 사이에서, 감정 및 태도와 관련한 모든 자연적 질서의 위아래가 뒤바뀌는 광기의 순간이 확장된 것이기 때문이다. 매년 이맘때 마을을 지나던 유랑민의 딸이었던 어린 의자 고치는 여인은 오래전 어느 날, 샤를 보들레르Charles-Pierre Baudelaire, 1821~1867의 작품 속 큰 길가에 있던 한량이 봤던 광경과는 정반대되는 광경을 우연히 발견했다. 그것은 그녀가 이해할 수 없는 부자들의 불행의 광경으로, 그 광경은 그토록 귀엽고 그토록 예쁘장하게 차려입은 어린 소년이 동급생들에게 2리야르를 빼앗겨 흘리는 눈물로 요약된다. 바로 그때 그녀는 믿기지 않는 대담함으로 역할의 역전을 끝까지 밀어붙인다. 행복을 위해 태어난 존재의 눈물이 가시적인 풍경에 남긴 얼룩을 견딜 수 없었던 그녀는 자신이 가진 7수를 그에게 모두 주었다. 이뿐만 아니라 그녀는 에포닌보다 더 과감한 모습을 보여주었다. 에포닌은 그녀가 찾아낸 [코제트의] 주소에 대해 기대되는 보상을 마리우스로 하여금 헛되이 추측하게 내버려둔 후, 그의 목숨을 구한 대가로 사후의 키스라는 유일한 자비를 청했다. [반면] 의자 고치는 소녀는 돈을 세는 데 정신이 팔려 그녀의 행동을 신경 쓸 겨를이 없던 어린 소년에게 그 자리에서 미친 듯이 입 맞추며 스스로에게 보상을 준다. 그리고 매년, 그녀는 열두 달 동안 모은 돈 몇 수를 부유한 어린 소년에게 입맞춤하는 데 쓰며 한순간 세계의 질서를 뒤집는 일을 되풀이했다.

학창 시절이 지나고 성인이 되면서 이 순정적인 사랑은 끝이 났고, 귀염을 받던 소년은 배가 불룩 나온, 그럭저럭 결혼한 약사가 된다. 그는 더 이상 자신의 옛 연인을 알아보지 못하고, 그녀의 푼돈을 계산대 맞은편에 있는 약으로 바꿔줄 뿐이다. 이제 의자 고치는 여인에게 남은 유일한 방편은 더는 바꿀 수 없게 된 동전을 모아 그것을 이 성실한 부르주아에게 유산으로 남기는 것뿐이었다. [《마담 보바리》 속 약사] 오메의 동료뻘인 [〈의자 고치는 여인〉 속 약사] 슈케는 의사를 통해 그에게 남겨진 유산과 함께 그를 한평생 은밀히 쫓아다녔던 이 여인에 대해 알게 되었을 때 공포만을 느낄 것이다. 그리고 그는 아주 논리적으로 이 여인에게서 치안의 소관인 공공질서에 가해질 수 있는 또 다른 혼란을 본다. "만약 제가 그녀 생전에 이 사실을 알았더라면, 저는 헌병대로 하여금 그녀를 체포해 감옥으로 쫓아 버리게 했을 것입니다. 그리고 그녀는 거기에서 나오지 못했을 것입니다. 장담할 수 있습니다!"[29] 하지만 그가 가난한 여인의 사랑을 원하지 않는 것과 달리, 심지어 과거에도 원하지 않았던 것과 달리, 그는 어렵지 않게 그녀가 모아둔 2300프랑을 받는다. 그리하여 그는 마지못해 유혹자의 승리를 인정한다. "정말이지 사랑할 줄 아는 건 여자들뿐이로군요."[30] 불가능한 사랑 이야기에 대한 특권적인 청자인 후작 부인은 이렇게 결론 내린다. 남성적인 이기주의를 비난하는 이러한 교훈은 또 다른 교훈, 후작 부인에게는 납득할 수 없는 다음과 같은 교훈을 포함하고 있다. 사랑할 줄 아는 건, 아름답게 사랑할 줄 아는 건, 다시 말해 희망 없이 사랑할 줄 아는 건 오직 빈자들뿐이다. 심지어 중단편소설의 몇 페이지 이상 이어진다는 희망조차 없이. 왜냐하면 바로 이로부터 소설의 아름다움이 만들어지기 때문이다.

29　Guy de Maupassant, «La Rempailleuse», *Contes et nouvelles*, Paris, Gallimard, «Bibliothèque de la Pléiade», t. 1, 1974, p. 551. (한국어판: 기 드 모파상, 〈의자 고치는 여자〉, 《기 드 모파상》, 최정수 옮김, 현대문학, 2014, 178~188쪽 참조.)
30　Ibid., p. 552.

엿보는 자들이 보는 것

프루스트의《잃어버린 시간을 찾아서》

우리는《잃어버린 시간을 찾아서》에서 엿보기 장면들이 맡은 역할을 알고 있다. 창문 뒤에 웅크려 숨은 화자의 눈은 우선 몽주뱅에서 뱅퇴유 양이 자신의 음악가 여자친구와 나누는 쾌락, 이어서 게르망트 저택 안뜰에서 샤를뤼스와 쥐피앵의 만남, 마지막으로 쥐피앵의 유곽에서 샤를뤼스가 따르는 사도마조히스트적인 의식을 우리와 공유한다. [여기서] 창문과 섹슈얼리티 사이의 연관성을 강조하는 것은 손쉬운 일이다. 늑대인간에 대한 프로이트의 창문에 의지하지 않고도, 아이리스 향이 나는 방의 열린 창문 앞에 선 어린 소년의 은밀한 쾌락을 떠올리는 것에 뒤이어 몽주뱅에서의 장면이 등장한다는 점, 그리고 저택의 안뜰을 내려다보는 창문에 청년이 앉아 있었던 것은 벌에 의한 꽃의 수분을 구경하기 위한 것이라는 점을 떠올려보는 것으로 충분하다. 그러나 중요한 것은 알고자 하는 욕망 이면에 존재하는 성적인 행복과 불행을 발견하는 것이 아니다. [오히려] 사태를 뒤집어 보는 것이 더 흥미롭다. 프로이트의 오이디푸스 이면에는 아리스토텔레스의 오이디푸스, 즉 전형적인 연극의 등장인물이 있다. 이 인물은 알려지지 않았던 것을 드러내는 알아봄과 행복한 사람을 불행에 바침으로서 행위의 흐름을 뒤집는 급전 사이의 우연한 일치를 전형적으로 보여주기 때문이다. 작가 마르셀 프루스트Marcel Proust, 1871~1922가 갖는 성적 판타지의 비중과는 상관없이, 《잃어버린 시간을 찾아서》에서 엿보는 장면들은 무엇보다 지식의 플롯으로서 픽션적 행위의 패러다임에 속한다. 프루스트에게 《잃어버린 시간을 찾아서》는 앎에 관한 소설이다. 그런데 프루스트의 작품에서 지식은 서로 모순적이고 상보적인 두 가지 방식을 통해 획득된다. 거짓된 외양을 일소하는 경험의 결실로서. 그리고 알고자 애쓰지 않았던 자, 기대하지 않았던 자에게 오직 우연을 통해서만 주어지는 폭로로서.

사실 바로 이것이 《잃어버린 시간을 찾아서》를 지탱하는 역설이자, 더 근원적으로는 지식과 불운 사이의 고전적인 픽션적 결합을 작동시키는 역설이다. 화자가 알아야 할 필요가 있는 것, 가능한 모든 수단을 동원해 알고자 애쓰는 것, 즉 알베르틴의 "취향"에 대한 진실에 대해 그는 결코 어떠한 직접적인 폭로도 얻지 못할 것이다. 질투하는 사람은 언제나 기호들을 염탐하고 해석하기 위해 몹시 노력하지만, 그는 질투의 본질을 이루는 것, 즉 보이고 들리는 것에서 끌어낸 결론에 대한 의심을 언제나 견고하게 할 뿐이다. 기호들은 언제나 기호들이 드러내야 하는 것과 기호들 사이의 극복할 수 없는 간극만을 가르쳐줄 뿐이다. 신체들을 현장에서 붙잡아야 할 필요가 있다. 바로 이것이 우연이 마련해주는 것이다. 그러나 우연은, 우연으로부터 아무것도 기대하지 않았던 자에게만 이와 같은 기회를 마련해준다. [예컨대] 산책과 여름날의 더위에 지친 청년은 뱅퇴유 양의 창문 바로 앞에 있는 수풀에서 슬며시 잠들고, 뱅퇴유 양이 그녀의 여자친구를 기다리고 있는 바로 그 순간에 깨어난다. [또한] 갈증을 느낀 화자는 카페에서 목을 축였을 수도 있었을 테지만, 통금으로 인해 카페가 문을 닫자 쥐피앵의 저택으로 들어서게 되고, 이 저택에서 휴가 나온 겁 없는 군인들, 그러니까 벨빌의 불량배들 역할을 맡은 군인들에게 채찍질을 당하고 있는 샤를뤼스를 발견한다. 우리가 신체들에 대해 아무것도 묻지 않는 경우에만, 본의 아니게 신체들을 쾌락의 현행범으로 붙잡는 경우에만 신체들은 고백한다. 그러나 이러한 지식이 주체의 욕망과 상관없이 느닷없이 주어진다고 할지라도, 이 지식의 발견은 주체의 관심을 불러일으키는 것이어야 한다. 이러한 관심을 어떻게 정의할 것인가? 등장인물로서 화자는 그가 어떻게 사도마조히즘에 대한 앎을 증진시켰는지에 대해 설명한다. 그러나 그는 의사가 아니라 글쓰기라는 헛된 몽상에 빠져 있는 한량일 뿐이다. 따라서 이 문제가 중요해지는 것은 다른 누군가, 즉 건너편으로 넘어가서 화자의 앎에 대한 접근(화자의 앎 습득 과정)을 소설로 쓰는 작가에게서이다. 등장인물의 섹슈얼리티와 관련해 획득된 지식에 관심을 갖는 이는 바로 작가인 것이다. 그러나 작가의 관심은 당연하게도 그가 몰랐던 진실을 터득하는 것일 수 없다. 정의상 작가는 자신의 등장인물들에 대한 모든 것을 알고 있기 때문이다. 작가의 관심은 독자들에게 자신의 책이 과학의 작품이라는 것을 보여주는 것, 그리고 이를 위해 등장인물들의 무지와 독자들의 무지를 동시에 조직하는 데 있다.

바로 이것이 과학의 시대인 근대에 앎에 대한 소설을 쓰는 것이 부딪히는 난점이다. 소포클레스에게는 자신의 주인공이 저주에 걸려 간계에 빠졌다는 사실을 주인공 스스로가 모르기만 하면 되었다. [소포클레스 시대의] 관객들은 아마 랍다코스 왕조의 이야기를 아주 잘 알고 있었을 것이다. 그들은 이 이야기에서 오이디푸스에 의해 획득된 지식과 그를 기다리고 있는 재앙 사이의 매듭을 배치하는 극작가의 솜씨만을 높이 평가했다. 그러나 《잃어버린 시간을 찾아서》의 이름 없는 주인공의 경우에는 사정이 다르다. 이 주인공의 시대에 사람들은 더는 신적인 저주를 믿지 않고, 앎은 그것을 획득한 자에게 이롭다고 굳게 믿는다. 설사 그들이 새로운 유형의 "저주받은 인종들"에 대해 알고 있다 할지라도 말이다. 하지만 이 시대에 사람들이 이와 같이 믿는다면, 그것은 이제 앎이 무지의 신분으로 규정된 평범한 신분으로부터 벗어나는 수단이기 때문이다. 화자의 오류는 습관적으로 보는 이들, 즉 사태들의 표면만을 보는 이들 모두의 오류여야 한다. 따라서 성장소설의 주인공은 단지 지식의 결함을 메우고, 젊은 시절의 미망을 쫓아버리기만 해서는 안

된다. 그는 외양들의 반전이라는 전형적인 조작에 동참해야 한다. 진실이 메워진 결함과 같이 창문 너머에서 주어지는 것으로는 충분치 않다. 진실은 그가 믿었던 것과 정반대되는 것으로서, 그러니까 그가 속한 세계의 일상적 풍경을 이루는 외양들이 반전되는 세계로 들어서는 입구와 같은 것으로서 그에게 주어져야 한다. 중요한 것은 샤를뤼스가 동성애자라는 사실이 아니다. 우연히 터득하게 된 이 진실에 대해 아무도 모른다는 것, 그리고 심지어 이 진실이 책의 초반부터 모두가 그에게서 봤고, 우리로 하여금 그에게서 보게 만들었던 인물, 그러니까 바람둥이이자 강박적으로 남성성에 집착하는, 스완 부인의 공공연한 연인에 정확히 대립된다는 것이 중요하다. 창문 너머에서 우리가 터득한 것은 모두가 속아 넘어갔던 거짓에 대한 고발로서만 진실의 가치를 갖는다. 이리하여 지식의 두 경로, 우연에서 기인하는 폭로와 외양들의 일소가 일치한다. 외양은 결코 스스로 일소되지 않고, 기호들의 과학은 거짓에 무력하다. 기호의 과학은 기껏해야 살롱에서 사회적 종들을 알아보는 것을 가능케 할 뿐이다. 그러나 이것은 여전히 사회적 종들이 구별된다고 거짓말하는 사회적 종들의 방식, 그러니까 "공주"와 같은 종은 그녀와 아무 관계가 없고, 그녀의 세계에 속하지 않는 사람들에 대한 꾸며낸 배려로 식별된다고 거짓말하는 사회적 종들의 방식이다.[31] 신체가 욕망하는 것을 알기 위해서는 신체가 욕망하는 것에 대한 적나라한 폭로가 필요하다. 그러나 만약 사정이 이러하다면, 소설가의 과학은 창문 뒤에 누군가가 있다는 우연으로 족한 앎의 생산에 속하지 않는다. 소설가의 과학은 앎에 밝혀진 비밀이라는 가치를 더 효과적으로 부여하고자 앎을 지연시키는 거짓의 생산에 속한다. 게다가 바로 여기에 글쓰기의 즐거움이 성적 쾌락과 공유하는 것이 있다. 양자 모두는 거짓을 필요로 한다. 그것들은 거짓의 무대화를 필요로 한다. 프루스트는 다소 천진난만하게, 샤를뤼스와 관련해 독자들을 오류에 빠뜨리는 아이디어를 대단히 즐긴다. 샤를뤼스는 쥐피앵이 그의 쾌락을 북돋기 위해 고용한 겁 없는 젊은이들이 살인자의 종자라고 믿어야 하고, 그들이 그를 고통스럽게 하는 것을 즐긴다고 믿어야 한다. 그리고 뱅퇴유 양은 "그녀의 진정한 도덕적 본성으로부터 가능한 한 멀리 떨어져서" "그녀의 감성적이고 양심적인 마음"이 모르는 언어, 그러니까 여자친구의 욕망을 고조시키고 자신의 욕망을 실현시키기 위해 그녀가 되고자 욕망하는 "방탕한 딸"에게 적합한 언어를 찾아낼 필요가 있다.[32]

바로 여기서 진실에 대한 탐구는 아마도 그것의 가장 근본적인 역설을 마주치게 될 것이다. 이 역설은 우선 다음과 같은 단순한 물음으로 정식화될 수 있다. 화자는 유년 시절 그의 아버지와 함께 미사를 나서면서 어린 뱅퇴유 양을 본 것이 전부

---

31   Marcel Proust, *À la recherche du temps perdu*, Paris, Gallimard, «Bibliothèque de la Pléiade», t. 2, 1988, p. 718. (한국어판: 마르셀 프루스트, 《잃어버린 시간을 찾아서 1: 스완네 집 쪽으로 1》, 《잃어버린 시간을 찾아서 2: 스완네 집 쪽으로 2》, 김희영 옮김, 민음사, 2012 참조.)

32   Ibid., t. 1., 1987, p. 159.

임에도 어떻게 그녀의 "진정한 도덕적 본성"을 그렇게 잘 알 수 있는가? 그에게서 [불과] "몇 센티미터" 떨어져 있는 여인[뱅퇴유 양]에게 보이지 않기 위해 가만히 누워 있어야 했던 수풀에서 어떻게 그는 두 여인의 모든 몸짓과 태도, 심지어는 그녀들의 눈 깜빡임을 볼 수 있을 뿐만 아니라 뱅퇴유 양의 무대화에 담긴 그녀의 모든 의도를 이해할 수 있었을까? 더 나아가서 어떻게 뱅퇴유 양의 영혼 깊숙이, 즉 "소심한 젊은 여인이 우악스럽고 의기양양한 군인에게 애걸조로 간청해 그 군인을 물러서게 한"[33] 곳에서 펼쳐지는 비극을 목격할 수 있었을까? 만약 그가 그렇게 할 수 있다면, 그 이유는 그의 눈에 급작스럽게 드러난 진실이 반전된 외양으로서 예측 가능한 특성들을 갖고 있기 때문이다. 화자는 [뱅퇴유 양과 그녀의 여자친구를 보기] 한참 전, 같은 창문 뒤에서 뱅퇴유 씨가 자신의 피아노 위에 잘못 놓여 있었다고 주장하는 악보를 보며 연주하는 것을 봤는데, 이 연주jeu는 그녀의 딸[뱅퇴유 양]이 이른바 "잘못 놓인" 아버지의 사진을 보며 한 놀이jeu와 동일한 것이다. 그는 방탕한 아가씨가 실제로는 양심적이고 감성적인 본성을 지녔음을 알고 있다. 작가 마르셀 프루스트가 형편없는 피아노 선생님[뱅퇴유 씨]이 위대한 작곡가임을, 속물을 싫어하는 르그랑댕이 욕구불만의 속물임을, 사람들이 초대조차 하지 않으려고 한 이웃 스완이 왕자들, 공작부인들과 가까운 친구임을, 그리고 바람둥이 샤를뤼스

---

[33] Id.

가 동성애자임을 알고 있는 것과 같은 방식으로 말이다. 진실이 인식되기 위해서는 창문을 통한 뜻밖의 일이 필요하지만, 그것은 그 자체로는 반전된 외양이나 다름없다. 창문 뒤에서 소설가는 자신과 목소리를 공유하는 인물[화자]로 하여금 얼마간의 진실을 이따금 인식하게 만든다. 그 진실이란 외양들의 거짓이 반전된 것에 불과한 것이지만, 그래도 선택된 자에게만 주어지는 일회적인 폭로의 형태로 반전된 것이다. 프루스트의 창문들은 진실을 거짓과 이중적으로 분리 불가능한 것으로 만듦으로써만 진실을 폭로한다. 진실은 창문들이 부인하게 되는 기만적인 외양과 분리 불가능할 뿐만 아니라, 등장인물들의 감춰진 진실이 폭로되는 거짓된 무대화와도 분리 불가능하다. 창문들을 통해 신체의 쾌락에 관한 진실로 향하는 시선은, 살롱에서 사회적 종들을 구별짓는 기호들을 해독하는 시선과 동일한 제한을 받는다. 사교계에서 관찰되는 옷을 잘 차려입은 신체들보다 은신처에 붙잡힌 벌거벗은 신체들에 더 많은 진실이 존재하는 것은 아니다. 창문을 통해 주어지는 진실은 여전히 거짓의 진실이다.

그렇기 때문에 《잃어버린 시간을 찾아서》의 창문들은 스탕달의 창문들과 정확히 대립된다. 스탕달의 창문들을 통해 진솔한 영혼들은 궁정의 음모 한가운데서, 그리고 감옥의 벽들 사이에서 단 한 번의 시선으로 서로를 알아봤다. 과학의 세기는 이 창문을 지나쳐왔다. 과학의 세기는 진솔한 영혼은 존재하지 않는다는 것을 터득했는데, 그것은 자기 자신에 대한 진실을 알고 있는 영혼은 존재하지 않는다는 단순한 이유 때문이었다. 과학의 세기는 또한 구별짓는 기호를 통해 진실을 알아보는 법, 다시 말해, 진실은 외양으로 드러나는 것의 정반대라는 것을 터득했다. 아마도 사람들은 수도복이 수도사를 수도사로 만들지 않는다는 것과 공공연히 드러난 덕이 악덕을 가릴 수 있다는 것을 오래전부터 알고 있었을 것이다. 이를 확인하기 위해서는 오르공처럼 테이블 밑으로 숨는 것을 감수하기만 하면 된다.[34] [그러나] 몽주뱅의 창문 너머에서 관찰자가 발견한 것은 훨씬 더 당황스러운 것이다. 그에 따르면, 보이는 덕의 감춰진 진실로 여겨지는 악덕은 그 자체로 보여지기 위한 것, 덕이 은폐되는 거짓이다. 이로부터 아주 자연스럽게 다음과 같은 결론이 도출된다. 심지어는 가장 운이 좋은 상황에서도, 시각이 접근을 허용하는 유일한 진실은 거짓의 진실이다. 아르투어 쇼펜하우어Arthur Schopenhauer, 1788~1860와 헨리크 입센Henrik Ibsen, 1828~1906의 세기에 사람들은 이것을 삶의 거짓이라 불렀고, 문학을 이와 같은 삶의 거짓을 드러내는 데 바쳐진 것으로 기꺼이 여겼다.[35] 프루스트 자신은 진실된 삶이 존재하고, 진실된 삶의 이름이 바로 문학이라고 믿는다. 그러나 이 거짓 없는 진실은 시각에 주어지는 것과의 근본적인 간극 속에서만 현시될 수 있다. 플라톤의

---

34 오르공은 몰리에르의 희극 〈사기꾼 타르튀프〉의 등장인물이다. 그는 사기꾼 타르튀프의 정체를 알아내기 위해 탁자 밑에 숨는다.-옮긴이

35 쇼펜하우어와 입센의 세기란 실증적인 과학의 시대이자 문학적 리얼리즘의 시대를 가리킨다. 쇼펜하우어에 대한 조금 더 구체적인 내용은 2부 2장 〈인과성의 모험들〉과 3부 1장 〈상상할 수 없는 것〉에서, 입센과 관련된 내용은 1부 4장 〈거리를 향해 난 창문〉에서 재등장한다.-옮긴이

저작에서 사람들은 아름다운 신체, 아름다운 형태, 아름다운 담론에 대한 사랑에서 아름다움 그 자체에 대한 사랑으로 나아갈 수 있었다. 프루스트의 근본적인 플라톤주의에서 이와 같은 경로는 닫혀 있다. 감각적인 진실, 다시 말해 글쓰기에 추진력과 함께 해독할 텍스트를 동시에 제공하는 진실은 오직 아무것도 볼 것이 없고, 아무것도 해석할 것이 없는 데에서만 현시된다. 예를 들어 망치나 포크의 소리, 풀을 먹인 냅킨이 구겨지는 소리, 빈풍 빵의 맛, [도로에서] 분리된 포석과의 접촉과 같은 것들 말이다. 이 진실은 촉각적이거나, 미각적이거나, 청각적인 것으로 언제나 말이 없고, 결코 가시적이지 않은 것이다. 그렇다면 앎에 대한 프루스트의 소설은 그의 시대와 관련해, 아마도 감성적인 영혼들에 대한 스탕달의 소설과 유사한 위치에 놓일 것이다. 스탕달은 혁명 이후 음모들이 난무하던 세계에, 계몽주의 시대가 꿈꿨던 감성적인 영혼들 사이의 마주침을 도입했다. 프루스트는 1914년 즈음 19세기에 대한 작품을 썼다. 그는 외양들을 합리적으로 만들고, 외양들의 위용을 일소하길 바랐던 앎의 세기에 대한 소설을 쓴 것이다. [그런데] 이는 다음과 같은 당황스러운 결론에 도달하는 것을 대가로 했다. 감각적인 외양들의 진실은 없다. 감각적인 것의 진실은 감각적인 것이 어떠한 것도 외양으로 나타나게 하지 않는 곳, 감각적인 것이 온갖 의미의 약속으로부터 떨어져 나온 소리, 충격, 맛일 뿐인 곳, 감각적인 것이 단지 또 다른 감각만을 가리키는 감각일 뿐인 곳에서만 존재한다.

거리를 향해 난 창문

릴케의《말테의 수기》

'어떤 사람이 **창가**에 서 있다'라는 표현은 라이너 마리아 릴케 Rainer Maria Rilke, 1875~1926의 시들은 물론이고 편지들, 혹은《말테의 수기》에 자주 등장한다. 사람들은 그가 창문을 통해 풍경이나 행인들, 맞은편의 창문을 바라보고 있다고 말하지 않는다. 사람들은 그를 구경꾼이나 공상가로 묘사하지 않는다. 더구나 그는 많은 경우에, 보는 사람이기보다 보여지는 사람이다. 그는 단지 창가에 있거나 창문 앞에 서 있고, 경우에 따라서는 마치 창문으로의 접근을 가로막는 것처럼 혹은 장애물을 배가시키는 것처럼 창문을 등진 채 있다. 사실상 창문은 더 이상 그것을 통해 사람들이 외부의 가시적인 세계를 전유하는 열린 창이 아닌 것처럼 보인다. 창문은 다시금 외부로부터 내부를 분리하는 경계가 되었다. 이뿐만 아니라 창문은 외부와 내부가 맺는 관계의 본성 자체를 변화시키는 경계이기도 하다. 외부는 더 이상 우리가 그 윤곽들과 형태들을 봐야 할 것으로, 인식해야 할 것으로 주어지는 어떤 것이 아니다. 외부는 오히려 어두운 덩어리, 침투하려 하는 힘, 난입하는 소음, 신체에 영향을 미치는 접촉이다. 외부는 알려지지 않은 것이자 불안을 조성하는 것이라는 특징을 띤다.

하지만 원래 창문은 위협이 아니라 약속을 나타냈다. 막연한 먼 곳들에서 헤매고 있던 시선을 가까운 것들에 대한 관찰로 되돌려놓음으로써 창가에 서는 방법을 다시 배울 필요가 있었다. 바로 이것이 시선의 역사에서 상징적인 장소인 나폴리만에서 시인이 목표로 삼은 반-낭만주의적 프로그램이었다. 나폴리만은 하늘, 바다, 사랑, 모험에 대한 낭만적인 꿈들이 한데 모여 있던 곳이었다. "왜 우리 선조들은 이 낯선 세계들을 그토록이나 관찰하고 그로부터 무언가를 알아내고자 했을까? …… 그들은 자신 깊숙이에 이 제한 없고, 잘못 이해된 먼 곳들을 지니고서, 가까운 안뜰과 정원으로부터 거의 경멸적으로 등을 돌린 채 창가에 서 있었다. 오늘날 우리에게 부과된 교정 작업과 임무를 부추긴 것은 바로 그들이다. 그들은 자신들을 둘러싸고 있는 것을 보기 위한 눈을 지니고 있지 않았기에, 현실 전체를 시야에서 잃어버렸다. 가까이에 있는 것은 그들에게 지루하고 진부한 것처럼 보였으며, 멀리 떨어져 있는 것은 그들이 상상하는 대로 변했다. 그리하여 가까이에 있는 것과 멀리 있는 것 모두 망각 속에 빠져버렸다."[36]

따라서 시인의 임무는 우선 간단해 보였다. 그 임무란 무제한적 지평으로부터 되돌아온 시선을 그것이 빈틈없이 한눈에 파악할 수 있는 가까운 것들의 범위를 향해 기울이는 것이다. 하지만 시인은 여기서 근접 이상의 것, 즉 전향을 본다. 아버지 세대는 안뜰과 정원으로부터 "등을 돌렸다". 그러므로 다시 바깥을 향해 돌아서야 한다. 하지만 이러한 방향 전환은 낭만주의 시대의 비판정신이 견고한 땅을 사변적인 하늘에 대비시켰던 것처럼, 가까운 것을 먼 것의 자리에 놓는 반전이 아니다. 그것은 가까운 것과 먼 것을 더는 구별짓지 않는 움직임으로, 이 움직임은 먼 것이 가까운 것을 가로질러 우리에게 닿는다는 것을 안다. 그렇다면 문제는 닿는다는 것이 의미하는 바를 아는 것이다. 선조들의 오류는 단순히 먼 것을 위해 가까운 것을 망각했다는 것이 아니다. 그들의 오류는 바깥을 전유할 수 있고, 바깥을 자신의 것으로 만들 수 있다고 믿었다는 것이다. 그러나 우리 안에는 바깥이 덧붙을 수 있는 자리가 없다. 바깥은 침투하지 않는다. 바깥은 닿는 것으로 그친다. 그리고 이 닿음은 여전히 "멀리서 작용하는 것"이다. 이른바 "리얼리즘" 문학의 시대에 플로베르는 자기 눈 속에 빛나는 빛이 어쩌면 "아직 알려지지 않은 어느 행성의 중심에서" 포착된 것일지도 모른다고 생각했으며, 그는 이따금 "어떤 자갈, 어떤 동물, 어떤 그림"[37]을

---

36   Rainer Maria Rilke, lettre à Clara Rilke, 25 février 1907, *Œuvres 3. Correspondance*, trad. P. Jaccottet et alii, Seuil, 1976, p. 88.

바라보는 것만으로 그것들 속으로 들어간다고 느꼈다. 이러한 범신론적 환상들은 이른바 상징주의 시대에는 더 이상 통용되지 않는다. 이 시대에는 가장 육신을 초월한 시인들조차 "내 손가락에 있는 반지가, 가장 먼 별들이 우리 안으로 들어오는 것보다 더 나은 방식으로 내 안에 들어올 수 없다"[38]는 사실을 알고 있다. 사물들은 우리를 강타하는 태양 광선과 같은 방식으로만 우리에게 도달한다.

이로부터 언제나 적절한 유비를 끌어낼 수 있다는 것은 사실이다. 문도 창문도 없는 이 모나드들에 닿는 것들은 자석의 역할을 맡아, 거리를 둔 채 하나의 사물 안에 감춰진 힘을 일깨우고 배열할 수도 있을 것이다. 그 대가로 시를 바라보는 하나의 시각, 그러니까 시를 세계 질서에 수반되는 삶의 방식이자 세계 질서에 대한 공격으로부터 보호받는 삶의 방식으로 보는 시각이 유지될 수 있다. 그렇다면 시는 개개인이 자기 안에 지닌 이야기에 관한 작업, 그러니까 집의 질서에 의해 보호받는 작업, 그 벽들, 방들, 가구들, 서랍들 역시 이야기에 의해 가공된 집의 질서에 의해 보호받는 작업과 같은 것으로 정의된다. 바로 이것이 베아른 지방에 위치한 집의 보호 아래 지내던 시인 프랑시스 잠Francis Jammes, 1868~1938[39]이 말테 라우리츠 브리게에게

37   Gustave Flaubert, lettre à Louise Colet, 26 mai 1853, *Correspondance*, op. cit., t. 2, 1980, p. 335.

38   Rainer Maria Rilke, lettre à Clara Rilke, *Œuvres 3. Correspondance*, op. cit., p. 89.

제공한 모델이다.[40] 그의 집은 창문들조차 실내를 향해 돌아서서 실내에 그 고유한 빛을 반사하는 것처럼 보인다. 그리고 이 창문들은 서로 연결되어 있는데, 이것은 이 창문들이 "소중하고 고독한 표면을 생각에 잠긴 듯 반사하는"[41] 책장의 유리문들과 조화를 이루고 있는 것과 같다. 바로 이것이 시인의 집일 것이다. 마치 예전 그 모습 그대로 남아 있는 어느 방 안, 소녀들의 망사 드레스를 보관하고 있었을 옷장 서랍에서 그 드레스가 빠져나오듯이, 과거에 살았던 어린 소녀들의 이름이 그[시인]의 시구에서 가벼운 리본으로[얇은 띠의 형상으로] 길게 뻗어나가는 거울들의 방 말이다.[42]

하지만 이러한 언급은 집이 없어 자신의 낡은 가구들이 헛간에서 썩어가는 시인과의 대비를 강조해 보이기 위해서만 거기 존재한다. "예전에는 이렇지 않았다."[43] 그러나 이는 단지 시인 자신의, 혹은 시인이 자신을 위해 창조한 분신의 삶이 겪는 고락과 관련된 문제만이 아니다. 이는 사람들이 현재 삶에 대

---

39 프랑스의 신고전파 시인으로, 일생의 거의 전부를 베아른과 바스크 지방의 자연에 파묻혀 살며 시를 통해 자연으로 돌아갈 것을 촉구했다.-옮긴이

40 《말테의 수기》의 원제는 《말테 라우리츠 브리게의 수기》이다. 이 책에서 프랑시스 잠은 말테 라우리츠 브리게가 반한 시인으로 나온다.-옮긴이

41 Rainer Maria Rilke, *Les Cahiers de Malte Laurids Brigge*, trad. M. Betz, *Œuvres 1, Prose*, Paris, Seuil, 1966, p. 574. 이 번역본을 참고했지만, 가끔 다른 번역본을 채택했다. 클로드 다비드Claude David의 번역본 또한 참고했다(Rilke, *Œuvres en prose*, Paris, Gallimard, «Bibliothèque de la Pléiade», 1993). (한국어판: 라이너 마리아 릴케, 《말테의 수기》, 문현미 옮김, 민음사, 2005, 56~57쪽 참조. "자기 집 창문이나 아련히 먼 곳을 생각에 잠겨 반사하는 책장의 유리문에 대해서 이야기해주는 행복한 시인이다.")

해 갖고 있는 지식과 관련된 문제이자, 존재들을 외부 세계로 부터 보호하지 않은 채 그로부터 분리하는 유리창들에 대해 갖고 있는 지식과 관련된 문제이다. 바로 이 이중의 교훈이 당대의 사상적 지도자이기도 했던 극작가 모리스 마테를링크Maurice Maeterlinck, 1862~1949[44]가 한 세대 전체에게 물려준 것이다. 이 이중의 교훈은 대사가 전부 외부에서 이뤄짐에도 정확히 〈실내〉라는 제목이 붙은 짧은 인형극 안에 집약된다. 실제로 대사는 창문 너머에서 한 가족을 관찰하는 인물들 사이에서만 이뤄지며, 이 가족은 그들을 보지 못한다. 이 가족은 램프 주변에 모여 있고, 바깥에서 말하는 이들이 알고 있는 것을 아직 모르고 있다. 그리고 바깥에 있는 사람들은 집의 반대편 초인종을 눌러 자신들이 알고 있는 것, 그러니까 이 가족의 딸 중 하나가 물에 뛰어

42　같은 책, 56~57쪽. "그는 백 년 전에 살았던 소년들에 대해 알고 있어, 하지만 그는 그들이 죽었다는 사실도 개의치 않아. 왜냐하면 그는 모든 걸 알고 있기 때문이지. 그보다 더 중요한 일은 없지. 그는 소녀들의 이름을 불러본다. 꼬리가 달린 길쭉한 구식 문자로 나직하고도 날씬하게 씌어진 이름들을, 그리고 그들보다는 나이 든 여자친구들의 어른이 된 이름들을. 그 이름을 불러보면 약간 운명의 음향이 따른다. 약간은 실망과 죽음의 음향도. …… 아니면 그의 침실 뒤쪽에, 가운데가 불룩 튀어나온 장롱이 있고 거기에는 봄옷들만 들어 있는 서랍이 있을지도 모른다. 부활절 무렵에 처음으로 입었던 하얀 옷, 사실은 여름에 입을 옷인데, 참지 못해 미리 입었던 알록달록한 망사 원피스 등."-옮긴이

43　Rainer Maria Rilke, *Les Cahiers de Malte Laurids Brigge*, p. 483.

44　벨기에 출신 상징주의 시인이자 극작가. 마테를링크가 '인형극théâtre pour marionnettes'이라고 부른 그의 초기작들은 사실주의 연극의 대척점에 있는 것으로, 보이지 않는 운명의 힘, 그리고 현실 너머의 세계를 느끼게 하는 것을 목적으로 했다. 〈실내〉 등의 소품에서 실현되고 있는 그의 '정적 연극théâtre statique'론에 따르면, 사건으로 가득 찬 비극보다 더 깊은 진실을 나타내는 일상생활의 비극이 존재한다.-옮긴이

들었고, 사람들이 그녀의 시체를 방금 건져 올렸다는 것을 알리겠다는 결심을 아직 하지 못하고 있다. 투명함과는 거리가 먼 이 집의 세 창문은 두 무력함 사이의 경계를 이루는 것처럼 보인다. 안에 있는 이들은 무지한 상태에 머물러 있는데, 이는 닫힌 문이 주는 착각에 불과한 안도감과 그들이 그 주변을 둘러싸고 둥글게 모여 있는 램프의 평온한 빛 때문이다. 심지어 창가로 향하는 어린 소녀들조차 아무것도 찾으려 하지 않기에 아무것도 보지 못한 채 무지한 상태에 머무른다. 반면, 바깥에 있는 이들은 보이지 않은 채 모든 것을 본다. 그러나 이러한 특권은 그들이 알고 있는 것에 대해 말해야 할 순간을 지연시킬 뿐이다. 왜냐하면 어린 소녀의 자살, 착각에 불과한 집의 고요함, 그리고 그들의 지식이라는 헛된 특권은 하나의 동일한 원인에서 비롯되는 세 가지 결과이기 때문이다. 안과 바깥 사이의 조화는 존재하지 않는다. 안과 바깥을 통하게 하는 투명한 창문들도, 안과 바깥을 서로에게서 멀리 떨어뜨려 놓는 닫힌 문들도 존재하지 않는다. 우리는 인간들 주위로 영혼이 어디까지 확장되는지 알지 못한다. 더군다나 우리는 세상이 인간들을 향해, 인간들 안으로 어디까지 확장되는지 알지 못한다. 내부에서는 불투명하고, 외부에서는 부질없이 투명한 이 비극의 창문은 이러한 불확실한 경계를 그 본성과 효과 속에서 구현한다.

하지만 우리는 언제나 창가로 되돌아가야만 한다. 바로 이것이 말테가 또 다른 극작가, 자신의 안락의자에서 움직이지 않은 채 말년을 보냈던 입센의 태도 속에 구현되어 있다고 본 교훈이다. 입센의 은거에 대한 단순한 생리학적 설명(뇌졸중의 결과) 대신, 릴케는 안과 바깥의 극작법 자체에서 끌어낸 또 다른 설명을 제시한다. 실제로 입센은 무대에서 안과 바깥을 통합하기에 알맞은 공식을 찾아낸 것처럼 보였다. 그 공식이란 무한히 작은 것—"반 정도 고조되었던 기분 …… 한 방울의 동경 속 낀 옅은 흐림, 그리고 믿음의 티끌 같은 원자 속에서 일어나는 극미한 색의 변화"[45]—을 가장 눈에 띄는 현상들과 일치시키는 것이다. 예를 들어 가정집의 창문을 통해 보이는 화재, 익사, 탑 꼭대기에서의 추락은 산꼭대기의 눈사태에 이르러 그 마지막 비극의 결말에 이른다.[46] 그런데 이 엄청난 눈사태는 어쩌면 영혼 안에서 일어나는 극미한 변화와 자연에서 벌어지는 소동을 짝지음으로써 비극의 주인공을, 그리고 이와 함께 비극을 만들어내기 위한 공식 자체를 삼켜버릴지도 모른다. 그렇기에 극작가는 또 다른 공식을 찾아내기 위해 창문 너머로 돌려보내진다. 그는 창문 뒤에서 거리의 사람들, 즉 바깥 그 자체인 사람들을

---

45   Rainer Maria Rilke, *Les Cahiers de Malte Laurids Brigge*, p. 601. (한국어판: 라이너 마리아 릴케,《말테의 수기》, 100쪽. "당신은 감정의 각도계가 반 눈금 정도 올라가는 것과 아주 가까이에서 읽어야 하는 거의 조금도 구속받지 않는 의지의 기울어진 각도, 한 방울의 동경 속에서 약간의 침전물과 믿을 만한 원자 속에서 일어나는 눈에 보이지 않는 색깔의 변화 등의 것을 철저하게 관찰하여 마음속에 간직해두어야 했습니다.")

46   여기서 언급된 사건들은 [헨리크 입센의] 〈유령〉 속 양로원에서의 화재, 〈어린 에욜프〉 속 아이의 익사, 〈건축가 솔네스〉 속 건축가의 추락을 가리킨다. 눈사태는 〈우리 죽어 깨어날 때〉의 등장인물들을 파묻는다. (한국어판: 헨리크 입센,《완역 헨리크 입센 희곡 전집》7·9·10권, 김미혜 옮김, 연극과인간, 2022 참조.)

관찰함으로써 보는 법을 다시 배워야 한다. 이와 같은 식으로 젊은 시인[릴케]은 말 없는 극작가[입센]에게 말을 건넨다. "당신은 행인들을 보고자 했다. 왜냐하면 당신에게 이런 생각이 떠올랐기 때문이다. 만약 우리가 시작하기로 마음먹는다면, 어쩌면 우리는 언젠가 그 행인들로부터 무언가를 만들어낼 수 있을지도 모른다."[47]

"시작하기로 마음먹기", 이 표현은 우연히 거기에 있는 것이 아니다. 움직이지 못하는 극작가[입센]의 것으로 간주되는 이와 같은 생각은 또한 젊은 시인[릴케]의 마음을 사로잡은 생각이기도 하다. 젊은 시인은 빈자들의 삶이 시작되는 조산원과 그 삶이 끝나는 양로원 중간 지점에 있는 라탱 지구의 누추한 호텔 5층 그의 방에서, 열린 창문 옆을 지나가는 전차의 덜커덕거리는 소리와 도시의 소음에 시달린다. 아무도 아닌 그, 지극히 평범한 젊은 남자는 시작하기로 마음먹어야 한다. 왜냐하면 그는 사람들이 항상 고집스럽게 삶의 표면에 머물러 있었다는 것을 알아차렸던 유일한 사람으로 보이기 때문이다. 사람들은 역사서들에서 과거를 찾았지만, 그 과거는 그 자체로 해독되어야 하는 것이었다. 그들은 "어떤des" 여자들 또는 "어떤des" 아이들에 대해 말했으나, 그들은 이 낱말들이 더는 복수형을 갖지

---

47   Rainer Maria Rilke, *Les Cahiers de Malte Laurids Brigge*, p. 602. (한국어판: 라이너 마리아 릴케,《말테의 수기》, 101쪽. "당신은 창밖에 지나가는 사람들을 살펴보려고 했습니다. 사람들이 언젠가 무언가를 시작하려고 마음만 먹는다면, 그들로부터 무언가를 만들어볼 수가 없을까 하는 생각이 떠올랐기 때문입니다.")

않고 오직 무한한 단수형들만 갖는다는 것, 그리고 한 개인마저 다중적인 얼굴들 속에서만 존재할 수 있다는 것을 이해하지 못했다. 무언가가 일어나기 위해서는, 이처럼 낯선 생각을 가졌던 자가 시작해야 하고, 이자가 자신의 5층 방에 자리 잡고 앉아 밤낮으로 글을 써야 한다.

그런데 글을 쓴다는 것, 이것은 창문을 열어놓는다는 것을 뜻한다. 문제는 단지 말테가 그의 창조자[릴케]처럼 닫힌 방의 탁한 공기를 견디지 못한다는 것이 아니다. 문제는 사람들이 삶으로 여기는 이 관습적인 표면을 가로지르고자 하는 글쓰기가, 시인의 집이었을 것이 틀림없는, 시인의 집**이었을** 잘 보호된 집에 대한 신화를 포기하도록 강제한다는 것이다. 《말테의 수기》의 작가는 이 시인[말테]의 집을 과거로, 그리고 신화 속으로 난폭하게 내쫓는다. 그는 [우선] 젊은 덴마크 시인에게 귀족적인 저택에서의 유년 시절을 만들어준다. 이 저택은 가족의 초상화들, 이 초상화와 닮은 시종들과 백작부인들, 그리고 예복과 옛 시대의 가장용 의상들이 가득 찬 벽장들로 채워져 있다. [그런데 이는] 창문을 통해 들어오는 도시의 소음이 그를 괴롭히는 작은 방에서 지금 글을 써야 하는 시인을 더 잘 [그 작은 방에] 머무르게 하기 위함이다.

여기서도 역시 문제는 단지 공간의 제약만이 아니다. 말테는 종종 바깥에 나가지만, 그가 돌아다니는 도시는 그 자체로 산산조각 난 집처럼 구성되어 있다. 그의 산책에 간간이 끼어드는 마주침들이 이를 보여준다. 몇백 년 된 역사의 한적함을 간직하고 반영하는 저택 대신, 그는 유명한 벽, 즉 산책자를 공포에 떨게 만드는 철거된 건물의 유일한 잔재와 마주친다. 이 벽에는 그곳에 살았던 삶이 배어들어 있는 게 틀림없다. 그러나이 삶, 가스 파이프의 검댕과 화장실 배수관의 곰팡이에 의해벽면에 쓰인 이 삶은 오직 "끈질긴 숨"만을 내쉴 뿐이다. 이 숨에는 "어깨 아래로 스며 나오는 땀 …… 역겨운 입 냄새, 발의 기름진 냄새, 소변의 신맛, 불에 탄 그을음, 감자에서 나오는 회색수증기, 산패한 지방의 지독한 악취 …… [부모가] 돌보지 않는젖먹이의 들척지근하고 오래된 냄새, 학교에 가는 아이들의 불안한 호흡과 사춘기에 접어든 소년들 침대의 축축함"[48]이 떠나지 않고 머문다. 젊은 남자는 어린 소녀들의 망사 드레스를 보관하는 비밀의 방 안 서랍들 대신, 수수께끼 같은 머리맡 탁자서랍과 마주친다. 노파 거지가 거리에서 이리저리 끌고 다니는이 서랍은 몇 개의 바늘과 녹슨 장식 단추들만을 귀중품으로드러내 보인다. 그리고 시를 보호하던 선조들의 저택은 결국 자신의 대체물로서 작은 골동품 상점이나 판화 상점들을 찾아낼뿐이다. 상점 주인들은 아무도 사지 않는 물건들로 그득한 쇼윈

---

48   Ibid., p. 577-578. (한국어판: 같은 책, 62쪽 참조. "(그 공기 속에는 한낮의 생활에서 뿜어진 냄새가, 질병이, 내쉰 숨과 여러 해 동안 배인 연기 냄새,) 겨드랑이에서 배어 나와 옷을 무겁게 적셔주는 땀내, 입내, 발에서 나오는 고린내가 스며 있었다. 지독한 오줌 냄새, 눈을 찌르는 듯한 그을음, 거무스름한 감자를 삶을 때 나는 냄새, 오래된돼지비계에서 나오는 무겁고도 맨들맨들한 냄새가 섞여 있었고, 엄마가 돌보지 않아젖먹이 아이에게서 나는 오래된 시큼달큼한 냄새도 나고, 학교 가는 아이들의 두려움섞인 냄새, 그리고 성년기 남자아이들의 침대에서 나오는 후줄한 냄새가 스며 있었다.")

도 뒤에 앉아 태평하게 글을 읽고, 시인들은 저녁 시간 불이 들어온 가게 뒷방을 보고 움직이지 않는 존재에 대한 몽상, 그러니까 "이 물건들로 그득한 쇼윈도 하나를 사서 20년 동안 개와 함께 그 뒤에 앉아 있는"[49] 몽상에 빠질 뿐이다.

그러나 사람들은 행인의 눈길이 닿는 가게 뒷방에서 글을 쓰지 않는다. 사람들은 거기서 오직 그림만을 만들어낼 뿐이다. 비록 릴케의 작품에서는 발자크의 네덜란드 풍속화와 그 풍속화에 등장하는 순결한 인물이 빵과 와인의 봉헌을 상찬하는 종교화로 변형된다고 할지라도 말이다.[50] 이제 글쓰기는 사람들로 하여금 더욱 불투명한 동시에 더욱 바깥의 위협에 개방된 창문들, 안과 바깥 사이 경계의 불확실성 자체를 상징화하는 창문들과 직면하길 요구한다. 글을 쓰기 시작하라는 명령은 또 다른 명령, 즉 보는 법을 배우라는 명령과 같이 간다. 그리고 본다는 것은 "행인들과 함께 무언가"를 만들어낸다는 것을 전제한다. 이를 위해서는 바깥의 광경에 자기 자신을 노출시켜야 한다. 그러나 문제는 거리의 별의별 다양한 일에 주의를 기울이고 바라보는 훈련을 하는 것이 아니다. 이것은 시인의 창문 밑을 지나가는 수수께끼 같은 서민적 광경이 보내는 지나치게 소박한 유혹이다. 이를테면 손풍금을 실은 작은 나무 손수레를 밀

49　Ibid., p. 575.; cf. la lettre à Clara Rilke du 4 octobre 1907, *Œuvres 3. Corre-spondance*, op. cit., p. 97. (한국어판: 같은 책, 58쪽 참조.)

50　«La Cène», *Nouveaux Poèmes*, trad. J. Legrand, *Œuvres 2. Poésie*, Paris, Seuil, 1972, p. 256.

고 있는 여자, 바구니에서 발을 동동거리며 음악에 반주를 넣는 어린 소년, 창문을 향해 탬버린을 높이 올리고 춤을 추는 어린 소녀의 광경이 바로 그것이다. 위에서 내려다본 가난하고 근면한 삶의 광경은 단지 시선의 습관적인 거리와 통상적인 게으름을 유지시킬 뿐이다. 이 시선은 그것이 보는 것에 대해 알고 있고, 그것이 보는 것이 어떤 장르에 속하는지 알고 있다. 이와 반대로 보는 법을 배운다는 것은 시선을 그 습관적인 활동에서 빼내는 것을 배운다는 것이다. 그리고 이를 위해서는 거리를 제거해야 하고, 길가로 내려가 "모든 것에 제한이 없는"[51] 바깥에서 자신을 잃어버려야 하며, 시선을 다음과 같은 것에 노출시켜야 한다. 스스로를 틀 짓게 두지 않는 것, 시선을 만지고, 시선에 충격을 주며, 시선을 궁금하게 하고, 시선을 공포에 떨게 만드는 것. 이것들은 말테의 도시 여정을 방해하는 거리의 광경들이다. 예를 들어, 껑충거리며 생미셸 대로를 내려오는 무도병에 걸린 남자의 광경, "타오르길 그치고 남은 심지로 아직 빛을 내고 있는 양초처럼"[52] 그곳에 서서 새들에게 빵을 주는 남자의 광경, "배수관의 구멍처럼" 오므라져 있는 입과, 짚고 있는 [난간의] 갓돌에 의해 닳아 있는 손, 그리고 "램프나 난로에서 나는 소리, 혹은 동굴에서 물방울이 규칙적인 간격으로 떨어질 때 나

---

51   Rainer Maria Rilke, *Les Cahiers de Malte Laurids Brigge*, p. 596.

52   Ibid., p. 599. (한국어판: 라이너 마리아 릴케, 《말테의 수기》, 96쪽. "그는 거기에 마치 타들어가는 촛불처럼 서서 남은 심지로 불을 피워 그것으로 인해 온통 따뜻해져 꼼짝도 하지 않았다.")

는 소리와 별반 다를 것이 없는"⁵³ 목소리, 목소리의 흔적을 지닌 뤽상부르공원의 맹인 신문 판매상의 광경이 바로 그것이다. 이와 같은 광경들이 자신에게 가까이 오도록 내버려두는 자에게, 이러한 바깥의 습격은 아주 분명한 효력을 지닌다. 배운 것을 잊는 법을 가르치는 것이다. 바로 여기에 실재의 효력이 있다. 상상하는 것을 멈추도록 강제하는 것이다. 그러나 상상하는 것을 멈춘다는 것은 허황된 창작물 속에서 자기 자신을 잃어버리는 것을 멈추는 것을 뜻하는 것은 아니다. 만약 상상이 보는 것을 금지한다면, 그것은 우리가 항상 말하는 것처럼 상상이 정신을 현실에서 멀리 떨어져 방황하게 하기 때문이 아니다. 반대로 상상이 지레 현실을 파악할 수 있게 하기 때문이다. 상상하기를 멈춘다는 것, 그것은 눈앞에 나타나는 것에 대해 이미 알고 있는 도식, 다시 말해 온갖 마주침에 선행하고, 그것에 질서를 부여하는 도식을 보유하기를 멈춘다는 것이다. 그러나 이는 또한 보들레르와 함께 시가 사칭했던 새로운 역량, 그러니까 지나가는 모든 사람의 신체 속으로 침투해 그 내면의 영혼이 되는 역량에 작별을 고하는 것이기도 하다. 말테의 파리 거리 산

---

53   Ibid., p. 683. (한국어판: 같은 책, 239쪽. "그가 저녁 내내 뤽상부르공원 밖에서 천천히 왔다 갔다 하는 것을 보면서 그가 정말 신문 몇 장이라도 가지고 있는지 의심스러웠다. 그는 울타리에 등을 대고 손으로 철창이 처져 있는 돌담 가를 쓰다듬으며 가고 있다. 돌담에 착 달라붙어 있어서 매일 그곳을 지나가는 사람들 중에는 그를 알아보지 못한 사람들이 많이 있었다. 아직은 남아 있는 목소리로 신문 사라고 외쳐대고 있었다. 그러나 그 소리는 램프의 심지가 타는 소리나 난로에서 장작이 타는 소리 혹은 동굴에서 묘한 간격을 두고 떨어지는 물방울 소리처럼 들릴 뿐이었다.")

책은 이와 정반대되는 것으로, 익명의 군중이라는 온갖 인물들 속으로 들어가는 것을 즐기는 시인의 고결한 도취에 대한 엄정한 반증이다.

이것은 머리맡 탁자 서랍을 끌고 다니는 노파가 주는 모범적인 교훈이다. 이 노파는 고집스럽게 쇼윈도 앞에 서 있고, 젊은 남자는 그녀와 시선을 마주치지 않기 위해 쇼윈도를 바라보는 척한다. 그녀는 거기 서서 "자신의 추한 손을 펼쳐 낡고 긴 연필을 내보였다."[54] 말테의 창조자[릴케]는 이 장면을 창작해내지 않았다. 그는 이 장면을 그의 첫 파리 체류 동안 직접 목격했고, 한 운명의 모든 무게를 짊어지고 있는 것처럼 보이는 이 하찮은 연필의 존재에서 불안을 느꼈었다. 그럼에도 그는 결국 자신을 불안하게 만드는 이 몸짓의 평범하기 그지없는 의미를 이해하게 되었다. 노파는 그저 그에게 그 연필을 팔고 싶었던 것이다.[55] 그러나 릴케는 말테에게 이와 같은 뜻밖의 일을 겪게 하면서, 이 일의 결말을 없애고, 몸짓과 몸짓이 야기하는 불안의 의미 자체를 변형시킨다. "나는 아무것도 보고 있지 않음에도 쇼윈도를 바라보는 척했다. 그러나 그녀는 내가 그녀를 봤다는 것을 알고 있었다. 그녀는 내가 멈춰 서서 그녀가 무엇을 하고 있는 것인지 의아해하고 있음을 알고 있었다. 왜냐하면 나는 연

---

54 Ibid., p. 573. (한국어판: 같은 책, 54쪽. "그 여인은 꼭 쥔 더러운 손에서 지독히도 천천히 연필을 내보였다.")

55 Lettre à Lou Andreas Salomé, 18 juillet 1903, Rainer-Maria Rilke, Lou-Andreas Salomé, *Correspondance*, trad. P. Jaccottet, Paris, Gallimard, 1979, p. 63.

필이 문제일 수 없다는 것을 잘 알고 있었기 때문이다. 나는 그것이 입문자들을 위한 하나의 기호, 배제된 자들만이 알고 있는 기호임을 직감했다. 나는 그녀가 나에게 어딘가를 가자거나 무언가를 하자고 말하고 싶어 한다고 짐작했다."[56]

릴케가 가한 이 변형의 의미는 명백하다. 거지 노파가 제공하는 경험은 더는 도움을 요청하는 비참한 자의 경험이 아니다. 이것은 어떠한 몸짓도, 심지어 동작을 해보이는 와중에도, 그 자체 내에 의미 작용을 지니지 않는 세계의 경험이다. 이러한 의미의 이탈은 우선 배제된 자들의 비밀스러운 언어라는 아이디어를 암시한다. 그러나 의미의 이탈은 오히려 궁극적인 이탈, 즉 감각적인 세계 그 자체의 이탈로 향한다. 감각적인 세계에 자리를 잡을 수 있게 해주는 모든 지표가 사라지게 되는 순간을 향하는 것이다. 시인이 빈자들과 함께 식사를 하러 가는 간이식당에서, 평상시 시인이 앉던 테이블에 앉은 침입자가 보여주는 것이 바로 이 최후의 소멸이다. 이 침입자는 시인으로 하여금 사그라지고 있는 삶의 광경을 바라보도록 강제한다. "한 순간만 더 있으면 모든 것은 그 의미를 잃어버렸을 것이고, 그

---

56   Rainer Maria Rilke, *Les Cahiers de Malte Laurids Brigge*, op. cit., p. 573. (한국어판: 라이너 마리아 릴케, 《말테의 수기》, 55쪽. "나는 마치 진열된 상품을 보느라 아무것도 눈치 채지 못한 척했다. 그런데 그 여자는 내가 자기를 보았다는 걸 알아차렸고, 내가 거기 서서 그 여자가 도대체 무슨 짓을 하고 있는지에 대해 생각하고 있다는 것도 알았다. 사실은 연필 때문이 아니라는 것을 나는 잘 알고 있었다. 그것이 어떤 신호라는 것, 내용을 아는 사람들만을 위한 신호라는 것, 버림받은 자만이 아는 신호라는 것을 나는 느낄 수 있었다. 어디로 가야만 하는지, 무엇을 해야만 하는지 그 여자가 신호를 주고 있다고 느꼈다.")

가 매달리고 있는 이 테이블과 의자, 온갖 일상적인 것들과 가까이에 있는 것들은 이해할 수 없고 낯설며 둔중한 것이 되어 있었을 것이다."[57] 그럼에도 이와 같은 의미의 소멸과 노인에게 머지않은 죽음을 의미하는 것으로서 의미의 소멸은 젊은 남자를 앞으로 다가올 삶에 근접시킬 것이다. 이 삶은 아직 알려지지 않았지만, 언젠가 귀중한 의미 작용에서 빠져나오는 것에 동의한 자에게 알려질 수도 있을 삶이다. 그렇다면 손가락들 사이로 터무니없는 연필을 내보이는 노파의 손에 시인의 손이 대응할 것이다. 시인의 손은 시인에게서 멀리 떨어져 시인이 동의하지 않았을 말들, 매듭이 풀릴 말들, 그 안에서 각 의미 작용이 해체되어 비로 쏟아져 내릴 말들을 쓴다.[58] 이 지점에서 보호하는 집이라는 몽상은 완전히 뒤바뀔 것이다. 글쓰기의 조건은 바깥의 침입이 될 것이다. 바깥은 이미 구성된 온갖 감각적인 종합을 해체함으로써 보는 법을 가르친다. 사람들이 행인들과 함께할 수 있는 것은 역설적으로 바로 이러한 것이다. 창문에서 그들을 관찰하는 것이 아니라 그들 사이로 내려가는 것, 그들이 더는 지나다니지 않는 곳이나 그들이 더는 움직이지 않게 되는

---

57   Ibid., p. 580. (한국어판: 같은 책, 67쪽. "잠시만 지나면 모든 것이 의미를 상실하겠지. 탁자며, 찻잔이며, 그가 움켜잡고 있는 의자며, 매일의 일과, 다음에 일어날 일들이 이해할 수 없는, 또 낯설고 힘겨운 것이 되겠지.")

58   Ibid., p. 581. (한국어판: 같은 책, 68쪽. "이제 이 모든 걸 쓰고 말할 수 있는 시간은 얼마 남지 않았다. 그리고 손이 내게서 멀어져서 말하려고 하지도 않는 말을 쓰게 될 날이 올 거다. 지금과는 다르게 해석할 때가 올 것이고, 말과 말이 연관성을 잃고 모든 의미가 구름처럼 해체되어 빗물처럼 내릴 것이다.")

곳까지 그들을 쫓아가는 것, 그들의 눈이 더는 보지 않고, 그들의 목소리가 램프의 중얼거림과 다름없게 되며, 그들의 신체가 타들어가는 초의 심지와 다름없게 되는 곳까지 그들을 쫓아가는 것, 움직일 수 없는 사물로 변화하는 것으로부터 그들을 떨어뜨려 놓는 "얼마 되지 않는 시간"을 공유하는 것이 바로 그것이다.

이러한 공유, 이것은 또 다른 작가가 시인에게 알려준 성인의 가호 아래 있다. 플로베르는 [《성 줄리앙 로스피탈리에의 전설》에서] 성 줄리앙 로스피탈리에를 스테인드글라스로부터 내려오게 만들고, 이 성인의 이야기를 들려준다. 그 이야기란, 부모를 죽이지 않기 위해 부모의 집에서 도망쳤음에도 오해로 인해 그들을 죽이고, 속죄를 위해 구걸을 하다 결국 한 나병 환자와 자신의 침대를 공유하고 마는 기독교적인 오이디푸스 이야기이다. [성인이] 껴안게 될 이 나병 환자, 그는 파리의 길가에서 시인이 마주치게 되는 걸인들과 괴물들의 행렬에 질서를 부여하는 중심적인 형상이다. 그는 시인이 무한하게 가까워지는 끝이지만, [둘의] 마주침은 결코 완수되지 않는다. 물론 이미지는 이미지일 뿐이고, 어떠한 독자도 젊은 남자가 실제로 나병 환자를 껴안을 것을 기대하지 않는다. 그러나 이 경우에 이미지 자체는 완수되지 않은 채 남을 운명에 처한, 마지막 완수의 이미지이다. 간이식당의 노인은 더는 자기 자신을 지키지 않지만, 젊은 시인은 "여전히 그 자신을 지킨다". 그는 위독한 병자의 얼굴에 드리운 죽음을 보지만, 이는 그가 문을 향해 서둘러 가는 도중에 보게 되는 것이다. 그리고 같은 방식으로, 그는 얼굴의 형태가 움푹하게 남아 있는 손을 바라보지만, 살갗이 벗겨진 머리를 향해 눈을 들어올리기를 피한다. 아직 알려지지 않은 진실된 삶에 닿기 위해 표면을 가로지르겠다고 그가 얼마나 굳게 마음을 먹었건 간에, 그는 익숙한 감각 세계 전체를 삼켜버린 변신 이후에 계속해서 살아가는 것이 가능한지 의심하기 때문이다. 그는 시간과 관습에 의해 가공된, 보호막 구실을 하는 어느 고적한 저택, 그러니까 창문을 등진 채 조용히 앉아, 갖가지 박탈의 경험을 겪다보니 잘못 보는 법을 잊어버린 행인의 경험을 옮겨 적을 수 있을 곳을 정말로 찾을 수 있을 것이라는 생각을 포기하지 않는다. "창가에 서 있다"라는 표현이 뜻하는 것 역시 바로 이와 같은 것이다. 이 표현은 동등하게 절대적이고, 전적으로 양립 불가능한 두 가지 요구, 즉 글을 쓰는 손을 보호해야 한다는 안의 요구와, 모든 보호로부터 시선을 벗어나게 함으로써 보는 법을 가르쳐야 한다는 바깥의 요구 사이에 서 있는 것을 뜻한다.

❷

과학의 문턱

상품의 비밀
마르크스의《자본론》

"자본주의적 생산양식이 지배하는 사회의 부는 '상품의 막대한 축적'으로 나타난다. 따라서 이 부의 기본 형태인 상품에 대한 분석이 우리의 출발점이 될 것이다."[1]

《자본론》의 첫 두 문장은 저자가 따르고자 하는 경로를 가리키는 동시에 이 경로가 과학의 일반적 행보와 부합한다는 것을 가리킨다. 과학의 일반적 행보는 현실에 대한 경험적 명칭에서 출발하라고 명하지만, 이는 직후에 이 현실과 거리를 두고 그 항들을 의문에 부치기 위함이다. 이렇게 해서 과학자는 상품의 축적 자체가 감각적인 명증성에 부과하는 것처럼 보이

---

[1] Karl Marx, *Le Capital*, trad. J. Roy revue par l'auteur, Paris, Éditions sociales, s. d., t. 1, p. 51. (한국어판: 카를 마르크스,《자본론 I-상》, 김수행 옮김, 비봉출판사, 2015, 43쪽 참조.)

는 이 '상품'의 본질이 무엇인지 묻는다. 그러나 다중적인 것[상품들]에 대한 잘못된 경험적 명증성에서 상품의 본질에 대한 이론적 정식화로의 이와 같은 단순한 이행은 그 자체로 기만적인 것으로 드러난다. 다중적 현실을 분석하겠다고 약속하는 것, 그것은 보통 그 분석을 단일한 요소들로 환원하겠다고 약속하는 것이다. 그런데 이와 같은 탐구는 여기서 곧바로 자신의 모순을 수반한다. 상품이라 불리는 단일한 단위를 찾는 것, 그것은 유용한 대상과 가치를 담지한 대상, 사용가치와 교환가치, 구체적 노동과 추상적 노동, 상대적 형태와 등가적 형태, 노동가치와 노동력가치 등과 같은 이중성과 끈질기게 마주치는 것을 뜻한다. 그러나 그것은 또한 자신의 단일성을 거짓으로 꾸며대는 상품의 이중성과, 자신을 구성하는 둘의 단일성을 거짓으로 꾸며대는 상품 교환의 이중성과 마주치는 것을 뜻한다. 그것은 상품의 위장을 알아보는 것이다. 그러나 그것은 동시에 이 위장이 간파해야 할 거짓이 아니라는 것, 이 위장은 상품을 구성하는 위장에 대해 진실을 말하는 상품 나름의 방식이라는 것을 알아보는 것이다. 상품의 외양은 진실을 발견하기 위해 꿰뚫어야 할 허상이 아니다. 상품의 외양은 변신 과정의 진실을 증언하는 판타스마고리아fantasmagorie[2]이다. 과학적 설명, 그것은 변신극의

---

[2]   매직 랜턴을 사용하여 벽, 연기 또는 반투명 스크린에 해골, 악마, 유령 등의 초현실적인 이미지를 투사하는 환상극을 가리킨다. 본문의 맥락에서 판타스마고리아는 상품이 그것을 생산한 노동과는 무관하게 스스로 가치를 지니는 것처럼 보이는 환상의 연속을 가리킨다.-옮긴이

전개이다. 하나의 상품이라는 단순한 사물성에서 출발해서 혹은 두 명의 개인이 자신들의 상품을 가지고 수행하는 단순한 교환에서 출발해 재구성되어야 하는 것은 바로 이 변신극이다. 하나의 변신의 무대 뒤에 있는 것은 언제나 또 다른 변신의 무대이다. 분석은 다중의 것을 단일한 것으로 환원시키는 것이 아니라, 온갖 단순성 안에 감춰져 있는 이중성을 발견하는 것이자 이중성의 비밀을 발견하는 것으로, 그 비밀은 그것이 드러나는 동시에 다시 가려지는 또 다른 무대에서 스스로를 현시한다. 과학의 작업은 세계의 점유자들이 허상에 불과한 재현 속에서 갈 길을 잃어버린 것으로 여겨지는 그 세계를 탈마법화하는 것이 아니다. 반대로 과학의 작업은 중용을 지키는 사람들이 비속하다고 여기는 세계가 실제로는 마법에 걸린 세계임을, 그 세계를 구성하는 마법을 밝혀야만 하는 세계임을 보여주어야 한다.

이런 이유로, [과학적] 논증은 동시에 어떤 비밀의 핵심에 파묻힌 서사이기도 하다. 또한 이런 이유로, 재빨리 파악된 이 비밀의 폭로를 지연시키는 항수가 등장한다. 실제로 마르크스가 사안 전체의 핵심을 드러내는 데에는 몇 페이지로 족하다. "이제 우리는 가치의 실체를 안다. 그것은 노동이다. 우리는 노동의 양을 측정하는 법을 안다. 그것은 노동의 계속시간이다."[3] 이로부터 우리는 다음과 같은 본질에 재빨리 이를 수 있는 것처럼 보인다. 위장된 것은 바로 시간이다. 상품 교환은 자본주의에서 사회적 노동시간의 전반적 분배라는 불가해한 현실이자 자본주의 체계 내에서 도둑맞은 시간의 현실이 표현되는 방식이다. 이 현실이란 단지 무급 노동시간만이 아니라, 착취의 희생자들에게 빼앗은 삶의 시간이기도 하다. 그러나 이처럼 [사안의 핵심으로 인도하는] 곧게 뻗은 길에는 장애물들이 표나지 않게 솟아 있어서, 우리는 이 장애물들을 하나씩 넘어서야 한다. 그리고 장애물을 넘어설 때마다 폭로의 임무가 가장 긴 우회를 강제한다는 것, 상품들이 가담하는 작용들 각각이 사실 어떤 모순의 해결이라는 것, 그리고 두 상품 각각이 서로 대립하거나 양립 불가능한 자리를 차지하는 한에서만 서로 교환될 수 있다는 것을 발견해야 한다. 바로 이와 같은 목적에 이바지하기 위해 아마포와 옷의 만남이라는 독특한 극작법이 쓰이고, 이로부터 상품에 대한 분석이 전개된다. "두 상품, 즉 한 벌의 옷과 10미터짜리 아마포를 예로 들어보자. 한 벌의 옷이 10미터짜리 아마포의 2배의 가치를 가진다고 가정해보면, 10미터짜리 아마포=x일 때, 옷 한 벌=2x가 된다."[4] 이러한 **예시**의 지위는 정확히 무엇인가? 분명히 이 예시는 교환의 경험적 현실에서 차용한 어떠한 상황과도 관련되지 않는다. 만약 이 예시가 상품유통이라는 자본주의적 현실을 보여주는 것과 관련된다면, 자

---

3   Karl Marx, *Le Capital*, t. 1, p. 56. (한국어판: 카를 마르크스, 《자본론 I-상》, 48쪽 참조. "사용가치 또는 유용한 물건이 가치를 가지는 것은 다만 거기에 추상적 인간노동이 체현되어 있거나 대상화되어 있기 때문이다. 그러면 그 가치의 크기는 어떻게 측정하는가? 그 물건에 들어 있는 '가치를 형성하는 실체'인 노동의 양에 의해 측정한다. 노동의 양은 노동의 계속시간으로 측정하고, 노동시간은 시간, 일, 주 등을 기준으로 측정한다." "이와 같이 어떤 물건의 가치량을 결정하는 것은 오직 사회적으로 필요한 노동량, 즉 그것의 생산에 사회적으로 걸리는 노동시간이다.")

4   Ibid., p. 57. (한국어판: 같은 책, 52쪽 참조.)

신의 상품[아마포]을 옷 반절과 교환하기 위해 시장에 온 이 아마포 상인은 명백히 자신의 일에 반하는 일을 하는 것이다. 그러면 이 출발점이 사실상 교환에 대한 전적으로 추상적인 모델을 제시하고 있다고 봐야 한다. 그러나 이 경우에, 왜 직물 조각을 가지고 문제를 복잡하게 만드는가? 왜 단순히 수학 부호들을 이용하지 않는가? 그러므로 이 옷과 아마포가 경험적 예시도 아니고, 편의상 옷을 입힌[미화된] 추상적 관념들도 아니라고 결론 내려야 한다. 그것들은 한 무대의 등장인물들이다. 그리고 마르크스가 옷과 아마포에 언어, 시선, 감정, 이성적 사유, 사랑을 부여한 것은 겉멋을 부리기 위함도 아니고, 즐거운 교육법에 대해 관심이 있어서도 아니다. 만약 옷과 아마포가 말한다면, 때때로 궤변을 늘어놓는다면, 만약 그것들이 소울 메이트를 찾아 상대의 신체로 들어가기를 욕망한다면, 그것은 다음과 같은 두 가지 이유에서다. 한편으로 이렇게 해서 그들이 **할 수 없는** 무언가를 하기 때문이며, 이를 하려고 헛되이 시도함으로써 그것들이 진짜 사물도 아니고, 진짜 사람도 아니며, 그 제작의 비밀이 밝혀져야만 하는 환상의 존재들이라는 것을 고백하기 때문이다. 그러나 [다른 한편으로] 진짜 사물을 대신하는 사물로서, 진짜 사람을 대신하는 사람으로서 무대에 서기 위한 것이기도 하다.

아닌 게 아니라 분석의 관건은 단지 경제의 소위 영원한 법칙 배후에 있는 상품 생산의 자본주의적 양식이라는 역사적 현실을 보여주는 것이 아니기 때문이다. 분석의 관건은 경제에 대한 특정한 형태의 비판과 그 모순을 해결하는 특정한 방식을 금지하는 것과 같은 것, 어쩌면 그 이상의 것일 수도 있다. 실제로 시장 경제에서의 교환의 판타스마고리아와 판타스마고리아가 드러내는 착취관계를 동시에 쫓아내는 외관상 더 단순한 방식, 즉 변증법의 매개와 재산의 중개물을 동시에 제거하는 방식이 존재한다. 상품이 필요를 충족시키는 물건인 동시에 사회적 평균 노동시간의 화신이라는 점에서 모순을 발견할 필요는 없다. 우리는 이 점에서 단지 조화롭게 조절되어야 할 상보성을 볼 수 있다. 사람들은 그들이 필요로 하는 물건을 교환한다. 사람들은 또한 다른 사람들에게 유용한 물건을 생산하는 데 그들이 들이는 노동시간이 그들 자신에게 유용한 물건을 마련할 수 있게 하는 식으로 보상되길 바란다. 이와 같은 대등한 교환이 이루어지기 위한 조건은 노동에 대한 보수는 낮게 매기고 노동 생산물[상품]의 가격은 높게 매기러 오는 기생충을 제거하는 것, 말하자면 재산이 노동에 저지르는 도둑질을 제거하는 것이다. 부의 생산자들은 자신들의 생산물에 미스터리도 마력도 없으며 단지 실현되어야 할 균형이 있다는 것을 인식하기만 하면 된다. 그리고 만약 그들이 각자의 생산물을 자신들 사이에서 교환하기로 의견을 모으고, 금을 기준으로 한 상품 교환을 생산자들 사이의 서비스 교환으로 변화시킨다면 이 균형이 실현될 수 있음을 인식하기만 하면 된다. 요컨대 바로 여기에 상품들의 물화된 세계가, 그 세계에서 자신의 힘을 상실했던 인간 주체들에게 되돌려질 수 있는 가장 간단한 방식이 있는 것이다.

상품의 마법에 대한 마르크스의 서사는 무엇보다 자본주의적 저주에 관한 해피 엔딩을 금지하기 위해 만들어진다. 여기서 해피 엔딩이란 노동자 연합의 투사들이 꿈꿨고 피에르 조제프 프루동Pierre-Joseph Proudhon, 1809~1865이 이론적인 정식을 부여한 자유로운 생산자들의 연방(국가)를 가리킨다. 상품이라 불리는 감각적-초감각적sensible-suprasensible 존재[5]의 모순과 궤변들에 대한 분석은 자본주의 경제학을 공격하기보다 자본주의적 착취에 대한 이러한 비속한 청산을 공격하는 전쟁 기계이다. 이 전쟁 기계는 무엇보다도 다음과 같은 것을 말하기 위해 만들어진다. 상품들의 대등하지 않은 교환을 대체할 수 있는 서비스와 생산물의 직접 교환은 존재하지 않는다. 사회적 노동의 전반적 분배가 생산물의 교환이라는 형상을 취하자마자, 이 생산물은

<hr />

5　같은 책, 93쪽 참조. "그러므로 상품 형태의 신비성은, 상품 형태가 인간 자신의 노동의 사회적 성격을 노동생산물 자체의 물적 성격[물건들의 사회적인 자연적 속성]으로 보이게 하며, 따라서 총노동에 대한 생산자들의 사회적 관계를 그들의 외부에 존재하는 관계[즉, 물건들의 사회적 관계]로 보이게 한다는 사실에 있을 뿐이다. 이와 같은 치환substitution에 의해 노동생산물은 상품으로 되며, 감각적임과 동시에 초감각적[즉, 사회적] 물건으로 된다. …… 노동생산물의 상품 형태와 가치 관계[이 속에서 상품 형태가 나타난다]는 상품의 물리적인 성질이나 그로부터 발생하는 물적 관계와는 아무런 관련도 없다. 인간의 눈에는 물건들 사이의 관계라는 환상적인 형태로 나타나지만 그것은 사실상 인간들 사이의 특정한 사회적 관계에 지나지 않는다. 그러므로 그 비슷한 예를 찾아보기 위해 우리는 몽롱한 종교 세계로 들어가보지 않으면 안 된다. 거기에서는 인간 두뇌의 산물들이 스스로의 생명을 가진 자립적인 이물로 등장해 그들 자신의 사이 그리고 인간과의 사이에서 일정한 관계를 맺고 있다. 마찬가지로 상품 세계에서는 인간 손의 산물들이 그와 같이 등장한다. 이것을 나는 물신숭배fetishism라고 부르는데, 이것은 노동생산물이 상품으로 생산되자마자 거기에 부착되며, 따라서 상품 생산과 분리될 수 없다."-옮긴이

상품으로 존재할 수밖에 없다. 그리고 "독립적인" 생산자들은 그 생산물에 구현된 전반적인 종속 체제에 의존하는 한에서만 자신의 생산물을 자유롭게 교환할 수 있다. 생산자들 사이의 자유로운 의견 일치는 "노동력"이라는 상품과 "금"이라는 상품 사이의 실제적 교환, 즉 그 자체로 죽은 노동이 산 노동의 시간과 피를 빨아먹는 형태에 불과한 교환에 대한 승화일 수밖에 없다. 생산력이 지구화된 시대에 생산자들의 집단적 힘의 회복은 더는 생산물과 서비스의 교환이라는 형태를 취할 수 없다. 이러한 자본주의적 착취 너머는 자본주의적 착취 태동 이전으로의 회귀일 것이다.

그러나 이러한 판단은, [역사의] 답보가 불가능하고 과거로의 회귀가 착각에 불과하다는 것을 보여주는 역사 과학이 내린 단순한 평결이 아니다. 이러한 평결은 과학에 대한 특정한 관념과 과학으로서 역사에 대한 특정한 관념을 정초하는 결정이기도 하다. 이 관념이 배제하는 것, 그것은 단지 시대착오만이 아니다. 이 관념이 배제하는 것은 나쁜 역사이다. 변신의 마법을 헐값에 청산함으로써 모순의 포화를 거쳐가는 것을 모면하고자 하는 나쁜 역사 말이다. 이 관념은 역사들/이야기들histoires에 맞서 과학을 선택하는 것이 아니다. 이 관념은 또 다른 역사/이야기에 맞서 하나의 역사/이야기를, 희극적인 역사/이야기에 맞서 비극적인 역사/이야기를 선택한다. 아리스토텔레스 이래 우리가 알고 있듯이, 진정한 비극적 역사/이야기에 고유한 것은 바로 지식의 생산(재인식)과 상황의 반전(급전) 사이의 우연한 일치이다. 이 반전, 이것은 단순히 행복한 인간에게 닥친 불행이 아니라 그의 행복 자체에서 생겨난 불행으로, 정반대의 결과를 초래할 것이 틀림없어 보였던 원인에서 생겨난 결과이다. 반면, 나쁜 비극은 반전을 "공평한" 보상으로 대체하여 선한 자들에게는 보답을 하고 악한 자들에게는 벌을 준다. 그런데 이와 같은 공평한 결산은 비극을 희극 쪽으로 끌어당겨, 상황의 반전이 그저 등장인물들 사이의 화해가 되어버리게 한다. "희극에서는 사실상 오레스테스와 아이기스토스 같은 역사 속 최악의 적수들이 결국 친구가 되어 떠나가고, 어떠한 이도 다른 이에 의해 죽임을 당하지 않는다."[6]

생산자들 사이의 직접적인[매개 없는] 화합을 위해 프루동이 기생충을 제거하는 것은 이러한 종류의 희극에 해당한다. 이 것은 각자에게 그들이 일한 만큼 보수를 지급하는 화해를 유리하게 하기 위해 생산의 모순을 소거하는 것이다. 바로 이 타협, 즉 적수의 친구 되기가 마르크스가 배제하고자 한 것이다. 그리고 대단원에서 이 타협을 배제하기 위해서는 상황의 구성 자체에서부터 그것을 배제해야 한다. 적수인 등장인물들이 친구가 되는 것을 애초에 불가능하게 만들어야 한다. 그런데 아마포와 옷의 맞대면이라는 초기의 극작법이 보장하는 것이 바로 이 배

---

6   *Poétique*, 1453 a, 36-39. (한국어판: 아리스토텔레스, 〈시학〉 제13장 1453a, 36-39,《수사학/시학》, 천병희 옮김, 도서출판 숲, 2017, 388쪽 참조. "희극에서는 오레스테스와 아이기토스같이 불구대천의 원수라고 전해지는 자들도 마지막에는 서로 친구가 되어 퇴장하고 살인자나 피살자는 한 명도 볼 수 없으니 말이다.")

제이다. 이 극작법에서는 "반목"이 애초에 상정되고, 우연적인 것이 아니라 구조적인 것으로 상정된다. 각 등장인물이 다른 인물들과 관계를 맺는 방식은 언제나 자신의 "반목"이나 내적인 모순이 표현되는 방식일 뿐이다. 유용한 물건이자 가치의 추상적 표현으로 존재한다는 이 이중성은 아마포의 조각 자체에 내재하는 모순이자, 동시에 아마포가 짜이는 실 속에서 보이지 않는 모순임이 틀림없다. 이 모순은 각 상품의 가치가 두 가지 형태, 즉 "상호 배제적인 또는 상호 대립적인 극단들"[7]로 분배되는 교환의 작동 속에서 실행될 때에만 폭로될 수 있다. 말하자면, 모순은 소울 메이트들 사이의 순수한 조화 속에서 반목을 위장함으로써만 과학에 이 반목을 폭로할 수 있다. 분석은 금이라는 일반적인 등가물과 상품 사이의 대면이 온갖 단순한 교환의 심장부에서 "결사적인 도약salto mortale"[8]을 폭로하기 전에, 그리고 화폐에 대한 상품의 사랑이 영구히 그 대가를 받지 못할 공산이 있음을 폭로하기 전에 소울 메이트 사이의 순수한 조화를 해체해야 한다.[9]

이처럼 모순을 폭로하고 다시 덮어 감추는 과정은 오직

---

7 *Le Capital*, t. 1, p. 63. (한국어판: 카를 마르크스, 《자본론 I-상》, 61쪽 참조. "상대적 가치형태와 등가형태는 상호 의존하고 상호 제약하는 불가분의 계기들이지만, 그와 동시에 상호 배제하는 또는 상호 대립하는 극단들[즉, 가치표현의 두 극]이다.")

8 같은 책, 136쪽 참조. "가치가 상품체로부터 금체body of gold로 건너뛰는 것은, 내가 다른 곳에서 말한 바와 같이, 상품의 결사적인 도약salto mortale이다."-옮긴이

9 같은 책, 138쪽 참조. "이와 같이 상품은 화폐를 사랑하고 있다. 그러나 진정한 사랑의 길은 결코 평탄치 않다."-옮긴이

"상품들의 언어 속", 언제나 진실을 위장함으로써만 진실을 말하는 그 수수께끼 같은 언어 속에서만 표명된다. 또한 바로 이 언어 속에서 상품의 판타스마고리아는 친구들의 희극을 배제한다. 등장인물들이 종국에 친구가 될 수 없다면, 이는 그들이 등장인물이 아니라는 단순하고 충분한 이유 때문이다. 그리고 이 극작법에서 말하고 행동하는 자들은 상품의 생산자들이나 교환자들이 아니다. 그것은 상품들 자체이다. 그리고 이 상품들은 물론 자신들만의 방식, 즉 "감각적-초감각적인"인 존재들의 방식으로 그렇게 한다. 감각적-초감각적 존재는 그 현시의 양태를 통해 자신의 형태가 변신의 산물이라는 것, 자신은 또 다른 무대에서 수행되는 과정의 결과라는 것을 폭로하는 존재이다. 감각적-초감각적 존재의 존재 양태는 하이브리드의 존재 양태이다. 그것은 환영으로서 생각, 목소리, 시선, 감정 혹은 행동을 부여받는데, 이는 오직 그것의 실질적인 무대가 실제 인물들의 무대가 아님을 더 잘 보여주기 위함이다. 또한 그것은 자동인형으로서, 그 움직임이 가리키는 것은 자동인형을 살아 움직이게 하는 에너지가 다른 곳, 즉 상품의 판매자와 구매자가 유지하는 사회적 관계가 아닌 [다른] "사회적 관계"에서 유래한다는 것이다. 자동인형을 움직이게 만드는 것은 전반적인 종속 체계의 자동운동이다. 이 운동 속에서 "반목"은 언제나 더 근본적인 반목을 폭로하고, 이러한 폭로는 언제나 더 근원적인 비밀을 가리키며, 자동인형의 비밀에 대한 인식조차 자동운동의 결과를 뒤집기에는 충분치 않다.

아닌 게 아니라 이처럼 폭로된 비밀이라는 사안은 그 자체로 이중적이기 때문이다. 즉 과학은 상품들 사이의 교환이라는 언뜻 명백해 보이는 공식을 수수께끼로 바꿔놓고서는, 이 수수께끼를 풀기 위해 애쓴다. 그러나 이 폭로 작업은 또한 경험적 현실의 심장부에서 또 다른 방식으로 수행된다. 과학이 한눈에 주어지는 기만적인 외양들을 일소하기 위해 준거하는 이론적 지형의 변화는 사실상 또 다른 자리 이동, 즉 외양들 속 가장된 진실 역시 "한눈에" 주어지는 경험적 장소로의 자리 이동을 겸한다. 이와 같은 이론적 지형과 경험적 장소로의 양분은 자본이 노동이라 부르는 상품을 제값에 산다고 주장하는 곳에서 벌어지는 일을 보러 가기 위해 아마포와 옷의 교환자들이 떠나는 순간 독자들에게 정식으로 주어지는 다음과 같은 견해를 모범적으로 예증한다. "그러므로 우리는 돈의 소유자, 노동력의 소유자와 함께, 모든 일이 표면에서, 모든 이의 시선에 노출된 채 벌어지는 이 소란스러운 영역을 떠날 것이다. 그리고 우리는 돈과 노동력의 소유자를 뒤쫓아 생산의 비밀스러운 실험실로 들어갈 것이다. 실험실에는 다음과 같은 글귀가 쓰여 있다. **업무 목적 이외의 출입은 불가함.** 여기서 우리는 자본이 어떻게 생산하는지뿐만 아니라, 자본 자체가 어떻게 생산되는지도 보게 될 것이다. 잉여가치의 생산이라는 근대사회의 이 엄청난 비밀은 마침내 베일을 벗을 것이다."[10]

---

10   Ibid., p. 178.

외양들의 소란스러운 장소에서 비밀 실험실로의 이와 같은 이행은 과학의 자리 이동에 대해 다소간 기만적인 이야기를 들려준다. 아닌 게 아니라 앞선 페이지들을 채웠던 것은 교환들이 이루어지는 "소란스러운 표면"[에 대한 서술]이 아니기 때문이다. 이 조용한 표면을 환영과 자동인형이 등장하는 환상적인 동화로 변화시키고, 그리하여 변신 과정의 심장부를 향하는 여행을 앞당겼던 것은 극작법이었다. 다시 말해, 극작법은 가치 창조라는 기적의 능력을 갖춘 상품으로서 인간 노동력의 존재와 이 기적의 능력을 강제로 착취하는 데 바쳐진 실험실의 존재를 향한 여행을 앞당겼다. 그러나 이 실험실의 소재지와 그 비밀이라는 수식어는 또한 모두 애매해진다. 한편으로 이 실험실은 실험실이 아니다. 실험실이라는 용어는 과학의 장소와 비밀에 대한 공식을 산출할 분석 작업을 가리키기 위한 메타포이다. 비밀에 대한 공식이란 잉여노동의 독점에 대한 공식으로, 어딘가에 새겨져 있어 그저 그것을 찾으러 가기만 하면 될 그러한 것이 아니다. 그러나 다른 한편으로 이 실험실은 실재하는 실험의 장소, 즉 대문자 자본이 잉여노동을 생산하기 위해 남성들, 여성들, 그리고 아이들의 신체에 행하는 대대적인 실험의 장소를 지칭하기도 한다. 그런데 우리가 온갖 생산 현장에서 실시되고 있는 일들을 보기 위해 학자들의 책상과 책장을 떠나기만 한다면, 이 실험, 그러니까 이 실험이 행해지고 있는 것을 발견할 수 있다. 다른 곳에서라면 인식되기 위해 분석을 요청하는 모순들이 노동자 밀집 지역의 풍경에서는 이미 직접적으로 물질화되어 있는 것을 볼 수 있는 것이다. "사회의 가장 근면한 계층을 고통스럽게 하는 굶주림과 자본주의적 축적—그 필연적 귀결로 부자들의 조잡하거나 세련된 과소비를 동반하는—사이의 긴밀한 연관을 파악하기 위해서는 경제 법칙들을 인식해야 한다. [그런데] 주거의 조건이 문제가 되자마자 사정은 완전히 달라진다. 이해관계가 없는 모든 관찰자는 다음과 같은 사실을 완전히 발견한다. 생산수단이 대규모로 집중화되면 될수록 노동자들은 협소한 공간에 점점 더 밀집된다는 사실, 그리고 자본 축적의 속도가 빨라지면 빨라질수록 노동자들의 주거지는 점점 더 비참해진다는 사실 말이다."[11] 만약 우리가 공장 문을 통과할 수 있다면, 우리는 이 반비례의 법칙, 그러니까 거주 지역에서 이미 볼 수 있는 이 법칙이 노동자 신체에 행해지는 대규모 실험의 산물임을 확인할 수 있을 것이다. 이 실험은 그러한 것이라고 결코 말해진 적은 없지만 그 행위들이 일말의 위장도 없이 줄곧 가시적이었던 작업이자, 이 법칙을 말로 표현할 줄 모르는 이들에 의해 도처에서 실제로 고백된 작업이다.

공장의 비속한 세계는 그 자체로 거대한 실험실로, 이곳에

---

[11] Ibid., t. 3, p. 99-100. (한국어판: 카를 마르크스, 《자본론 I-하》, 898쪽 참조. "매우 근면한 노동자층의 기아의 고통과 자본주의적 축적에 기초한 부자들의 [거친 또는 세련된] 낭비 사이의 밀접한 관련은 오직 경제 법칙을 이해할 때에만 밝혀진다. 그러나 빈민들의 주택 문제는 사정이 완전히 다르다. 공정한 관찰자라면 누구나 인정하듯이, 생산수단의 집중이 심하면 심할수록 그에 따라 노동자들은 일정한 공간에 그만큼 더 집중되며, 따라서 자본주의적 축적이 빠르면 빠를수록 노동자들의 주택 사정은 그만큼 더 비참해진다.")

서 무급 노동을 추출하는 학자들은 **싸디싼 신체**in corpore vili에 대해 대규모 실험을 수행한다. 이 실험실에서는 신체가 생산할 수 있는 최대한의 잉여노동을 추출하는 것이 문제가 되며, 이를 위해 최대한 많은 수의 노동자 신체를, 그러니까 자신들의 생산과 부양에 드는 비용보다 더 많은 가치를 생산하는 속성을 지닌 신체를 항시 보유하는 것이 문제가 된다. 예컨대, 오직 자신들이 일하는 시간에 대해서만 고용되어 임금을 지급받는 것을 무릅쓰고, 시종 수중에 있는 신체들을 말이다. 특별한 물리적 힘이나 자격이 요구되는 노동일 경우에는 성인 남성의 신체를, 더 쉬운 노동인 데다가 필요충분한 제스처를 가능한 한 더 오랫동안 수행하기 위해 신체가 거기에 있기만 하면 되는 노동일 경우에는 성인 남성의 신체보다 비용이 덜 드는 여성과 아동의 신체를 보유해야만 하는 것이다. 이를 위해서는 노동자가 자신의 노동력가치를 재생산하기만 하는 시간을 완전히 최소한으로 줄이고, 새로운 가치를 생산하는 시간을 최대한으로 늘리는 것이 중요하다. 왈라키아공국의 러시아 귀족들처럼 부역 규정을 12일에서 56일로 법적으로 변경할 수 없기에, 사람들의 시간적 리듬과 휴식시간을 실제로 뒤죽박죽으로 만들어야 하고, 식사시간과 수면시간을 줄여야 하며, 교대근무 시스템을 통해 낮과 밤의 차이를 흐리게 만들어야 하고, 고용된 아이들의 수나 나이, 일하는 시간을 확인할 수 없게끔 해야 한다. 마찬가지로 아동과 성년에 대한 제한 자체도 유동적으로 만들어야 한다. 이러한 조작들 각각에서 이 시스템의 중추가 고백된다. 즉, 생산된 가치에 대해서뿐만 아니라, 그 가치를 생산하는 삶의 시간에 대해서 매일같이 수행되는 도둑질 말이다. 이 삶의 시간은 연일 생존으로 저하되는데, 이 생존 자체도 힘의 소모 때문에, 공장의 열기로 인해 숨 쉴 수 없을 정도로 희박해진 공기 때문에, 작업장과 기숙사의 협소함과 과밀함 때문에, 그리고 이 모든 것에서 기인하는 것이자, 근본적인 하나의 질병이 자질구레하게 변형된 것으로 나타나는 온갖 질병 때문에 저하된다. 근본적인 하나의 질병이란, 흡혈귀처럼 피를 빨아먹는 시스템의 법칙, 그러니까 반비례의 법칙이 단적으로 드러나는 것으로, 우리는 이 반비례 법칙의 단순한 공식, 다시 말해 삶을 짧게 만드는 긴 시간이라는 공식을 교환의 방정식 배후에서 발견할 필요가 있다.

이와 같은 실험실의 위대한 비밀은 총 두 번 기입된다. 한 번은 감각적 명증성을 해체해 교환의 방정식 안에 감춰진 불평등의 공식에 도달하는 과학의 작업에 기입되며, 다른 한 번은 흡혈귀와 같은 실험실에서 삶의 시간을 빨아먹힌 신체 자체에 기입된다. 이처럼 신체에 반비례 법칙이 기입되는 것이 백일하에 드러나 여론의 주의를 끄는 일이 일어나기도 한다. 메리-앤 워클리 사건이 언론에 파문을 일으켰던 것도 이런 식이었다. 그녀는 웨일스의 새로운 공주를 기리기 위해 열릴 궁정 무도회에서 "엘리스 부인"이 입을 의상을 만들기 위해 사교 계절이 한창일 때 26시간을 연달아 일하다 1863년 6월 스무 살의 나이로 사망했다. 그러나 반비례 법칙은 존경할 만한 국회의원들에 의해 정식으로 임명된 의사들과 공장 감독관들의 보고서 전체에 걸쳐 숨김없이 장황하게 펼쳐진다. 의사들과 공장 감독관들은 새벽 3시, 일과를 시작하기 전 주물 공장의 마룻바닥에서 잠을 자던 아홉 살 난 아이들의 증언을 충실히 수집한다.[12] 그들은 15명에서 20명가량의 아이들이 "청어처럼 쌓여 있는" 12평방피트[0.33평]의 방을 직접 목격한다.[13] 그 방에서 매일 15시간을 주의를 기울인 채 재빠르게 일하는 아이들은 조사관들의 질문에 답하기 위해 잠깐 눈을 들어올릴 틈조차 없다. 그들은 공장의 여성들과 아이들이 누리는 공기량을 계산하고, 이를 의학이 필수적이라고 판단하는 공기량과 비교한다. 그들은 시간을 훔치는 기계가 멈춰질 수 없으며, 그렇기에 만약 교대근무가 예정되어 있던 아이 중 하나가 빠진다면 이미 근무를 마친 아이 중 한 명이 그의 자리를 채우기 위해 일과를 연장해야 한다고 기록한다. 그들은 고용주들이 이러한 사실을 숨기지 않고, 종국에는 삶의 시간에 대한 과잉착취라는 위대한 비밀을 항상 고백한다고 지적한다. 어떤 고용주들은 약간 곤란해하며 다음과 같이 고백한다. "우리는 18세 미만 소년들의 야간작업 없이는 공장을 운영할 수 없을 것입니다. 우리가 가장 반대하는 것은 생산비용의 인상입니다. …… 숙련된 작업반장과 지능을 갖춘 '일손'을 구하기는 어렵지만, 소년들은 얼마든지 구할 수 있습니다."[14] 다른 고용주들은 그들의 "좀도둑질"을 다음과 같이 솔직하고 명쾌한

---

12   Ibid., t. 1, p. 254. (한국어판: 카를 마르크스, 《자본론 I-상》, 345쪽 참조.)
13   Ibid., t. 2, p. 147.

공식으로 요약한다. "존경할 만한 제조업자가 나에게 말했습니다. 만약 당신이 나로 하여금 매일 법정 노동시간보다 10분 더 일을 시킬 수 있게 해준다면, 당신은 매년 1000리브르를 내 호주머니에 넣어주는 것입니다. **시간의 원자들**atomes[매 순간들]**은 이윤의 요소입니다.**"[15] 감독관의 청서靑書[16]에서 가져온 이 "고백들"은 줄곧 생산과정에 대한 분석을 수반한다. 요컨대, 절대적인 잉여가치를 생산하는 단순 노동일, 상대적인 잉여가치를 생산하는 강도 높은 노동일, 점점 더 정원을 초과해, 점점 더 지나치게 좁은 주거지에 집적되는 노동자계급을 생산하는 대문자 자본의 축적 과정에 대한 분석이 그것이다. 이 고백들은 비밀에 관한 비밀의 폭로에까지 이르게 한다. 즉, 시초축적은 폭력을 통해 노동자들을 수탈했고, 노동자들을 자신의 생계수단에서 분리시켰으며, 잔인한 법의 힘을 빌려 노동자들로 하여금 피를 빨아먹는 괴물에게 자신의 신체를 넘기도록 강제했다는 비밀까지 폭로하는 것이다. 이 역사는 단지 이 역사를 세부적으로 묘

---

14   Ibid., p. 255. (한국어판: 카를 마르크스, 《자본론 I-상》, 347쪽 참조. "18세 미만 소년들의 야간노동 없이는 우리 일은 잘될 수가 없다. 우리가 반대하는 것은 생산비의 증가다. …… 숙련공과 각 부서의 책임자들을 구하는 일은 쉽지 않으나 소년들은 얼마든지 구할 수 있다. …… 야간노동하는 소년들의 비율이 작기 때문에 야간노동의 제한은 우리에게는 별로 중요하지도 않고 이해관계도 없다.")

15   Ibid., p. 238. (한국어판: 같은 책, 321쪽 참조. "만약 나에게 매일 10분씩만 시간외 노동over-time을 시킬 수 있도록 허락해준다면, 당신은 나의 주머니 속에 매년 1,000리브르를 집어넣어주는 셈이라고 아주 존경받는 공장주가 나에게 말했다." "순간순간이 이윤의 요소다.")

16   표지 색에서 유래한 영국 정부 발행의 외교 자료집.-옮긴이

사하는 원고에만 기록되어 있는 것이 아니다. 이 역사는 "지워지지 않는 피와 불의 문자로 인류의 연대기에 기록되어 있다".[17]

잉여가치의 비밀은 과학에 의해 가까스로 해독된다. [반면] 시간의 도둑질과 삶의 파괴는 신체 어디에나 쓰여 있다. 이와 같은 감춰진 것과 드러난 것 사이의 긴장이 《자본론》 1권—마르크스가 유일하게 출판한 책이자, 그가 유일하게 완성된 책의 형식으로 쓴 책—에 독특한 내러티브 구조를 부여했다. 이 독특성, 그것은 바로 서로 반대 방향으로 나아가는 두 운동의 결합이다. 실제로, 자본주의적 생산 발전을 설명하는 분석의 증대하는 복잡함은 그에 반하는 운동을 수반한다. 이 반-운동은 과정의 복잡성을 강탈이라는 공공연한 과정의 적나라한 단순성으로 끊임없이 돌려보내고, 책의 결말을 이 과정의 출발점과 일치시킨다. [이에 따르면] 과학이 막 그 미스터리를 밝혀낸 복잡한 과정의 전개를 가능케 했던 것은 시초축적의 적나라한 폭력 행위들이다. 공유 재산의 횡령, 농민들에 대한 폭력적인 수탈, 방랑자 방지법, 팔린 신체의 불법 거래와 고문당한 신체의 고통과 같은 것들 말이다. 이것들은 자본주의적 무대의 등장인물들, 즉 이익을 만들어내는 것으로서 축적된 부와 스스로를 팔게끔 강제받는 것으로서 노동력을 창조했고, 이들 사이의 관계를 만들어냈다.

이 과정에 매 순간 동반되며 종종 쓸데없이 중복되는 것처

---

17   *Le Capital.*, t. 3, p. 155.

럼 보이는 실례들이 소묘하는 것이 바로 이 반-운동이다. 잉여 가치의 논거를 예증하기 위해 정말로 그렇게 많은 실례를 모을 필요가 있었을까? 소년 도자기공 윌리엄 우드의 증언에, 분석에 어떠한 새로운 요소도 가져다주지 않는 소년 제이 머리의 증언과, 어린 퍼니하우의 증언을 덧붙일 필요가 있었을까?[18] 도기 제조공들의 사례에, 그와 똑같은 과정을 보여주는 성냥 공장의 사례 및 타피스리 공장의 사례를 덧붙인 후, 빈자들에게 팔리는 빵에 들어가는 재료들—사람의 땀, 거미줄, 바퀴벌레의 사체, 부패한 이스트 등—을 나열하며 도표를 완성해야 했을까? 맬서스Thomas Malthus, 1766~1834를 반박하고 상대적인 과잉인구의 테제를 세우기 위해, 의사 헌터를 따라 다음과 같은 집들을 방문하게 할 필요가 정말로 있었을까? 회반죽 벽은 [무릎을 굽혀 절을 할 때의 부인복처럼] 절을 하고 있는 페티코트처럼 부풀었고, 나무와 진흙으로 만든 굴뚝은 코끼리의 코처럼 구부러져 막대기에 의해 지탱되고 있는, 레슬링워스(베드퍼드셔주)에 위치한 리처드슨의 집,[19] 아버지와 아들은 창문도 난로도 문도 없는 침실 침대에서 자고 어머니가 된 딸 둘은 복도에서 자는 비남(버크셔주)에 있는 H.의 집,[20] 길이 11피트 5인치, 폭 9피트, 높이 5피트 10인치의 침실 하나에서 10명이 함께 사는 팅커즈 엔드(버킹엄셔주)의 집,[21] 그리고 의사 헌터가 12개 주에서 방문한 상

---

18   Ibid., t. 1, p. 240. (한국어판:《자본론 I-상》, 323~324쪽 참조.)
19   Ibid., t. 3, p. 126. (한국어판:《자본론 I-하》, 941쪽 참조.)

당수의 오두막집들.

　이와 같은 사례들의 축적을 해명하기 위해 마르크스는 두 가지 이유를 들었다. 가장 단순한 이유는 그의 종기가 책의 "본래 이론적인 부분"을 진척시키는 데 방해가 되었다는 것이다. 그러나 그의 책은 한 줄당 보수를 받는 작업이 아니었다. 따라서 그로 하여금 [책의] "역사적" 부분을 늘림으로써 이론적인 전개에서의 지연을 벌충하도록 강제한 것은 아무것도 없었다. 그러므로 그는 두 번째 해명을 보탠다. 실례들의 "삽입"은 "영국에서의 노동자계급의 상황"에 관해 1845년 엥겔스가 출판한 책을 업데이트하는 [보유, 부록 따위의] "보완물"을 이룬다는 것이다.[22] [그러나] 이와 같은 논변은 빈약한데, 왜냐하면 이 보완물은 무엇보다 [책의 내용에 있어] 지난 20년간 아무것도 변한 것이 없음을 보여주게 되기 때문이다. 반대로 엥겔스가 25년 후 자신의 책을 재출간할 때, 그는 오히려 사정이 달라졌다는 것을 보여주고자 할 것이다. 왜냐하면 그에 뒤이어 마르크스가 상세

20　같은 책, 942쪽 참조. "비남: …… H의 집의 집세는 주 1실링이었는데, 부부와 6명의 아이가 사용할 침실이 하나뿐이었다. …… 침실에는 창문도 화로도 없으며 복도로 터진 것 이외에는 문이나 출구도 없고 마당도 없다. 얼마 전에 여기에 한 사람이 두 명의 다 큰 딸과 한 명의 다 큰 아들을 데리고 살았다. 아버지와 아들은 침대에서 자고 딸들은 복도에서 잤다. 그 가족이 여기서 살고 있는 동안에 딸들은 각각 아이를 낳았다. 그런데 한 딸은 구빈원으로 가서 해산을 하고 돌아왔다."-옮긴이

21　같은 책, 943쪽 참조. "팅커즈 엔드: …… 또 하나의 침실은 길이 11피트 3인치, 폭 9피트, 높이 5피트 10인치인데 6명이 산다."-옮긴이

22　Lettre de Marx à Engels, 10 février 1866, in *Lettres sur «Le Capital»*, trad. G. Badia et J. Chabbert, Paris, Éditions sociales, 1964, p. 150.

하게 설명했던 "좀도둑질"을 자본가들이 더 이상 필요로 하지 않기 때문이다.[23] 따라서 마르크스가 보완한 것은 차라리 그 자신의 책이라 할 수 있다. 그런데 이러한 보완은 덧붙임과는 전혀 다른 것이다. 과학의 엄밀한 서사를 강화하기 위해 그저 서로에게 덧붙여진 것처럼 보이는 이 "실례들"은 사실 두 번째 서사, 즉 그 무질서가 또 다른 엄밀함을 따르는 이야기를 구성한다. 이는 단지 과학적 분석을 통해 가시적인 것의 잘못된 명증성을 반박한 후, 가시적인 사실들의 냉혹함을 통해 학자들의 궤변을 반박하게 만드는 문제가 아니다. 이론적인 전개와 사례들의 축적은 양자 모두 내러티브의 작업을 따른다. 이 작업은 전자[이론적인 전개]를 환상적인 동화로 변화시키고, 후자[사례들의 축적]를 지옥으로의 서사시적 내리막으로 만든다. [상품의] 명증한 교환은 경제 담론의 감춰진 모순을 현시하기 위해 환영의 이야기로 가공되었다. 역으로 잘 감춰진 모순은 만인의 눈앞에서 산 노동으로부터 매일같이 쉬지 않고 영양분을 공급받는 죽은 노동, 즉 피를 빨아먹는 흡혈귀의 노동 같은 것으로, 도처에서 노출되어 있고, 도처에서 고백된 것으로 보여야 한다. 게다가 이와 같은 두 논증은 서로 반대 방향으로 나아갈 위험에도 불구하고 함께 유지되어야 한다. 모순이 과학의 서사 속에서 전개되고 복잡해짐에 따라, 이에 반하는 서사는 그 최초의 동인이

---

23   Engels, *La Situation des classes laborieuses en Angleterre*, trad. Bracke, Costes, 1933, p. XV-XIX. (한국어판: 프리드리히 엥겔스, 《영국 노동계급의 상황》, 이재만 옮김, 라티오, 2014 참조.)

자, 어떠한 과학에도 속하지 않는 동인인 피와 불의 역사로 거슬러 올라간다.

이는 과학과 역사가 복잡한 부분을 함께 맡기 때문이다. 과학은 정치경제학적 공식의 심장부에서 모순을 드러낸다. 그리고 모순은 전개되면서 영속적이라고 가정된 정치경제학적 법칙이 한정된 역사적 생산양식의 법칙임을 보여줘야 한다. 그러나 어떻게 이 생산양식 자체의 법칙들을 생각할 수 있는가? 어떻게 이 법칙들의 역사성을 생각할 수 있는가? 다시 말해, 세계의 항구적인 재생산을 결정하는 이와 같은 법칙들에 반해 세계의 파괴를 생각할 수 있는가? 이러한 과제를 [해결하기] 위해서는 체계의 논리가 모순에 의해 활성화된다는 것을 보여주는 것만으로는 충분치 않다. 세계의 질서는 상반되는 것들 사이의 조화로 이루어져 있다. 엠페도클레스Empédocles, BC 493~BC 433[24]가 이미 말했듯이, 세계의 질서는 사랑과 증오 사이의 바로 그 긴장으로 이루어져 있다. 그리고 박식한 마르크스는 이를 받아들인다. 물론 상품 교환은 모순적인 조건들이 충족되지 않는 이상 행해질 수 없다. 하지만 이는 또한 다음과 같은 모순이다. "한 물체가 계속해서 또 다른 물체 위로 낙하하는데, 계속해서 그 물체

---

[24] 고대 그리스의 철학자로, 만물이 물, 공기, 불, 흙으로 이루어져 있다는 4원소설을 주장했다. 그는 이들 네 원소들 사이의 사랑과 증오를 통해 원소들이 합해지고 나눠지는 과정을 통해 세상의 모든 사물이 형성된다고 여겼으며, 어떤 사물도 무에서 탄생하거나 완전히 소멸한다고 생각하지 않았다. 그는 자신이 신임을 입증하기 위해 에트나산 정상 분화구에 몸을 던진 전설로 유명하다.-옮긴이

를 피해간다. 타원은 이러한 모순을 실현시키는 동시에 해소하는 운동 형태 중 하나이다."[25] 그렇다면 우리는 자본주의사회의 운동을 다음과 같은 천체들의 운동 모델과 관련해 생각해볼 수 있을지도 모른다. "천체들이 한 번 자신들의 궤도를 돌기 시작하면 언제까지나 그 궤도를 그리는 것과 마찬가지로, 사회적 생산은 한 번 팽창과 수축의 교대 운동에 빠지게 되면 기계적 필요에 의해 그 운동을 반복한다. 결과는 자신의 차례가 오면 원인이 되고, 불규칙적이고 우연적인 외양을 띠었던 급전은 점점 더 정상적인 주기성의 형태에 관계된다."[26] 이어지는 추론은 이와 같은 정상적인 주기성을 문제시하고, 그에 반하여 주기가 단축되고 위기가 악화될 가능성, 심지어는 필연성까지 주장하길 시도한다. [이제 우리에게는] 문제의 근원이 남아 있다. 과학의 표준적인 논리는 훌륭한 비극의 논리에 이중으로 대립된다는 사실이 바로 그것이다. 과학의 표준적인 논리에서 적군들은 친구가 되고 원인은 결과를 초래하는데, 이 결과는 자신의 차례가 되면 원인이 되어 같은 결과를 초래한다. 적수가 된 친구들,

---

25 *Le Capital*, t. 3, p. 113. (한국어판:《자본론 I-상》, 133쪽 참조. "예를 들어 어떤 한 물체가 끊임없이 다른 한 물체를 향해 낙하하면서 동시에 그 물체로부터 끊임없이 떨어져 나간다는 것은 하나의 모순이다. 타원은 이 모순이 실현되는 동시에 해결되는 운동 형태다.")

26 *Ibid.*, p. 77. (한국어판:《자본론 I-하》, 864쪽 참조. "천체가 일단 어떤 특정한 운동에 들어가면 끊임없이 그 운동을 반복하는 것과 마찬가지로, 사회적 생산도 일단 확대와 축소가 교체되는 이 운동에 들어가면 끊임없이 그 운동을 반복한다. 결과가 이번에는 원인으로 되며, 그리하여 [자기 자신의 조건을 끊임없이 재생산하는] 전체 과정의 교체되는 국면들의 주기성periodicity의 형태를 취하게 된다.")

그리고 결과가 뒤바뀐 원인을 다루는 것이 역사라고 불리는 또 다른 극작법이다.

하지만 이 역사라는 극작법은 그 자체로 모순적인 필요조 건들에 의해 표식된다. 한편으로 역사는 경제의 이른바 자연적 인 법칙 배후에서 그 메커니즘이 드러나야 하는 과정이다. 역사 의 복잡한 메커니즘은 그 자체로 최초의 동인을 가지고 있다. 상품 운동의 규칙성은 시초축적의 적나라한 폭력을 그 최초의 원인으로 삼는다. 시초축적은 자신의 기원에 대한 표식, 그러니 까 [인류의 연대기에] 피와 불에 대한 표식을 남김으로써 과학에 연구 대상을 제공했다. 그러나 필연성의 기원에서 우발성을, 과 학의 심장부에서 "반목"을 부각시키는 이와 같은 역사 서술 형 식은 그 자체로는 모순에 대한 어떠한 바람직한 해결도, 경제 적 모순들이 이루는 규칙적 운동에 대한 어떠한 중단도 기약하 지 않는다. 우리는 소위 자연적 필연성을 인정하지 않는 이 우 발성에 또 다른 필연성을 정초하라고 요구할 수 없다. 시초축 적은 셰익스피어의 비극, 통치를 낳은 살인이 다름 아닌 새로 운 살인의 연쇄만을 야기하는 비극을 닮았다. 이와 같은 단순한 소리와 분노의 문제[27]에서 벗어나기 위해 "자연"의 필연성에 대 립되었던 역사는 이 필연성을 자기 고유의 것으로 다시 취해야

---

[27]   여기서 '소리와 분노'란 셰익스피어의 《맥베스》의 유명한 문장, "삶은 백치가 떠 드는 소리와 분노의 이야기, 아무것도 의미하지 않는 이야기이다"에 등장하는 말이다. 이 책의 4부 1장에서 이 문장에서 제목을 따온 윌리엄 포크너의 소설 《소리와 분노》를 다룬다.-옮긴이

한다. 천체들의 공전 모델을 따르는 자본의 운동에 또 다른 최초의 동인, 즉 살인과 도둑질의 역사라는 순전한 우발성과는 또 다른 동인을 찾아줘야 한다. 그런데 문제의 해결책은 존재한다. 우리는 이 운동을 또 다른 과학의 토양 위에서 확립할 수 있다. 또 다른 과학이란, 조르주 퀴비에Georges Cuvier, 1772~1844[28]가 지구의 공전과 관련해 구성한 역사에 모델을 제공했던, 변화하는 자연사이다. 이를 위해서는 지각의 융기라는 지질학적 모델을 부정의 부정이라는 변증법적 모델과 결합하기만 하면 된다. 이를 대가로 최초 동인의 적나라한 폭력은 규정에 정해진 역사의 산파로 변화될 수 있고, 셰익스피어적 비극은 역사에 관한 자연과학의 에피소드가 될 수 있다.

자본 운동의 규칙성이 어떻게 "모든 땀구멍에서 피와 오물을 배출시키며"[29] 탄생했는지 우리에게 보여줬던 장[〈이른바 시초축적〉]은, 마치 사유의 또 다른 행성에서 떨어진 것처럼 다짜고짜 대문자 자본의 창세기라는 또 다른 역사로 이어진다. 자본의 창세기는 역사를 지질학적 융기의 형태를 취하는 영원한 변증법적 이성의 성취로 만든다. 마르크스의 설명에 따르면, 자신

---

28 프랑스의 동물학자로, 동물계를 4부문 15군으로 나눈 분류표를 작성했다. 또한 비교해부학적 연구에 의거해 화석을 조사하고 고생물학을 창시했으며, 라마르크의 진화론을 부정하고 종의 불변을 주장했다.-옮긴이

29 *Le Capital*, t. 3, p. 202. (한국어판:《자본론 I-하》, 1046쪽 참조. "만약 화폐가, 오지에Marie Augier가 말하는 바와 같이, '한쪽 볼에 핏자국을 띠고 이 세상에 나온다'고 하면, 자본은 머리에서 발끝까지 모든 털구멍에서 피와 오물을 흘리면서 이 세상에 나온다고 말해야 할 것이다.")

만의 생산수단을 소유한 독립적인 소생산자들의 체제는 "모든 것의 범속화를 선포하지"[30] 않고는 오래 지속될 수 없었다. 그로 인해 "특정한 수준에 이르면, 그 체제는 그 자체 내에서 스스로를 붕괴시키는 물질적인 동인을 유발한다. 이 순간부터 그 체제가 억누른 힘과 정념은 사회 한가운데에서 동요하기 시작한다. 그 체제는 궤멸되어야만 하고, 궤멸된다."[31] 이상하게도 앞선 장들은 우리에게 이러한 억눌린 힘과 정념에 대해 아무것도 말해주지 않았고, [이 구절이 등장하는] 같은 장의 결론부는 여전히 자본주의의 탄생을 단순히 "몇몇 횡령자들에 의한 [국민] 대중의 수탈"[32]로 서술한다. 그러나 난데없이 등장한 이 "억누름"은 "부정의 부정"을 지구의 공전과 같이 불가피한 지질학적 과정과 동일시하는 데 필수적이고, "자본주의적 생산이 자연의 변신을 주재하는 숙명을 가지고 스스로 자기 고유의 부정을 야기한다"[33]는 것을 보증할 수 있게 하는 데 필수적이다. 그렇다면 《자본론》은 그 극작법의 운동 자체를 결정했던 틈을 다시 닫고, 독

---

30   Ibid., p. 203-204. (한국어판: 같은 책, 1048쪽 참조. "이 생산방식은 토지의 분할과 기타 생산수단의 분산을 전제한다. 이 생산방식은 생산수단의 집중을 배제하기 때문에, 각 생산과정 안의 협업과 분업, 자연력에 대한 사회적 통제와 규제, 사회의 생산력의 자유로운 발전도 배제한다. 이 생산방식은 생산 및 사회가 자연발생적인 좁은 범위 안에서 운동할 때에만 적합하다. 이 생산방식을 영구화하려는 것은, 페퀴르Pecquer가 옳게 지적하고 있듯이, '만인의 범인화를 명령'하려는 것이나 다름없다.")

31   Ibid., p. 204. (한국어판: 같은 책, 1048쪽 참조. "일정한 발전 수준에 도달하면 이 생산방식은 자기 자신을 파괴하는 물질적 수단을 만들어낸다. 이 순간부터 사회의 가슴속에서는 이 생산방식을 질곡으로 느끼는 새로운 세력과 새로운 정열이 태동하기 시작한다. 이 생산방식은 철폐되지 않을 수 없으며 또 철폐된다.")

32   Ibid., p. 205. (한국어판: 같은 책, 1050쪽 참조.)

자들에게 지구의 표면 위에 새로운 역사를 쓰기 위해 과학을 어떻게 이용할 수 있는지 알아내는 임무를 남긴 채 끝이 난다.

33　Ibid. (한국어판: 같은 책, 1050쪽 참조. "그러나 자본주의적 생산은 자연과정의 필연성을 가지고 자기 자신의 부정을 낳는다.")

인과성의 모험들
추리소설의 역사

만약 우리가 학계의 소문을 믿는다면, 추리소설은 1841년 4월에 탄생했을 것이다. 실제로 그해 4월 에드거 포Edgar Poe, 1809~1849는 《그레이엄스 매거진Graham's Magazine》에 〈모르그가의 살인〉을 발표했다. 추리소설의 탄생이 의미하는 바는 여전히 생각해봐야 할 것으로 남아 있다. 역사학과 사회학은 추리소설의 탄생에서 종종 범죄 및 범죄가 부각하는 상황에 대한 시대적 염려와 이에 대한 반응을 발견한다. 이를테면, 도시 공간으로 새로운 극빈층이 유입되는 가운데, 구불구불하고 빛이 잘 들지 않는 거리로 시골이나 타국에서 온 사람들 사이에 범죄 조직들이 손쉽게 섞여 들어올 위험성과 같은 것 말이다. 하지만 근대문학 전통에서 추리 장르의 발명을 표식하는 것은 전혀 다른 것이다. 그것은 바로 소설적 플롯의 사실주의적이거나 심리주의적인 해체에 대립되는 픽션적 합리성의 모델이다. 그리하여 특히 호르헤 루이스 보르헤스Jorge Luis Borges, 1899~1986는 [아돌포 비오이 카사레스의 1940년 작]《모렐의 발명》의 그 유명한 서문에서 픽션적 합리성을 높이 평가한다.

다음과 같은 사실은 손쉽게 검증될 수 있다. 설사 상상 속 거리인 모르그가, 그러니까 포가 파리 구시가지의 서민 밀집 지구에 위치시킨 이 좁은 골목이 도시적 환경terreau에 의해 자연스레 야기되는 범죄의 광경에 호응한다 할지라도, 화자와 그의 친구 뒤팽이《르 가제트 데 트리뷰노Le Gazette des tribunaux》석간에서 그 서사를 읽은 것이라 여겨지는 수수께끼 같은 살인은 매일 이 신문을 채우는 범죄들, 그리고 그 시대와 관련된 범죄 행위의 이미지를 전혀 닮지 않았다는 사실 말이다. 이를 확인하기 위해서는 이 신문이 그날그날 한 편씩 싣는 범죄 기사들과, 같은 해인 1841년 범죄 소송에 관해 이 신문에 난 보고서들을 읽어보면 된다. 경솔하게 자신의 귀중품을 내보였던 손님들을 노리고 선술집 출구에 매복하는 몇몇 경우를 제외한다면, 신문에 난 사건들은 가족 간의 다툼이라는 지배적인 모델을 따른다. 부부간 또는 부모와 자식 간의 불화, 폭력적인 남편에게 지친 아내의 간통과 이 아내가 자신의 애인이나 딸, 사위와 함께 남편에게 대항해 음모를 꾸미는 것, 유산 문제를 둘러싼 세대 간 또는 부모와 시부모 간의 알력…… 그런 것들의 결과로 한 남성의 신체가 간혹 사지가 절단되고 훼손된 채 어느 날 숲의 언저리나 강가의 기슭에서 발견된다. 그의 친지들은 그가 며칠 전에 일하러 떠났거나 예고 없이 사라졌다고 말했다. 여기서 범인에 이르는 길은 거슬러 올라가기가 대체로 수월하다. 이웃들은 이미 언쟁을 목격했고 큰 소리로 위협하는 것을 들었다. 그리고 그들 중 몇몇은 남성의 갑작스러운 떠남에 놀라 수군거리기 시작했다. 한 여성 혹은 남성 공모자는 말실수를 했고, 그래서 조사가 시작되자마자 용의자들은 다른 이를 고발해 궁지에서 벗어나고자 했다. 요컨대 살인은 이미 명백한 폭력에 관한 이야기에서 마지막에 해당하는 행위이다. 이 이야기는 가족 내에서 벌어지고, 이웃들 사이에서 끝을 맺는다. 그것은 근접성의 사건으로, 결코 그 원인을 멀리서 찾아야 할 사건이 아니다. 따라서 범죄의 진상을 밝히고 범죄자를 특정하는 데 탐정들의 명민함이 거의 요청되지 않는다. 이 사건에 개입하는 유일한 과학은 의학, 즉 정밀한 부검 보고서를 통해 살인이 일어났을 법한 시기와 상처의 성격, 치명타를 가하는 데 사용되었던 도구를 밝힘으로써 범죄의 결과를 그 원인에 더 근접시키는 의학이다.

볼티모어의 시인[에드거 포]이 상상해낸 이중 살인은 우리에게 이와는 전혀 다른 무대를 제시한다. 여기서 살인은 수수께끼 형태를 취하고, 그 해결책은 가족 혹은 이웃과 관련된 모든 사건과 가장 멀리 떨어진 곳에서 발견되어야 할 것이다. 범죄는 폐쇄된 건물 안, 문과 창문이 내부에서 잠겨 있었던 것으로 드러난 방 안에서 일어났다. 따라서 픽션에 등장하는 경찰 조사의 합리성은 곧바로 범죄가 일어난 장소에 대한 모종의 아이디어, 즉 들어오는 것도 나가는 것도 불가능한 장소에 대한 아이디어와 연결된다. 이러한 장소는 기자 룰르타비유가 노란 방의 미스터리를 규명하길 바랄 시대에도 여전히 그런 식으로 존재할 것이다. 새로운 장르의 대상이 되는 범죄는 그 실행 방식을 생각할 수 없는 범죄이다. 이 범죄의 동기 역시 생각할 수 없다. 우리는 어머니와 딸을 둘러싼 가족의 언쟁에 대해 알지 못한다. 우리는 그들에게 가족이 있는지조차 알지 못한다. 그래서 경찰들은 평소와 다름없이 돈이나 보석 혹은 문서들을 뒤졌던 자들의 뒤를 쫓기 위해 범죄 현장의 무질서에 투입되지만, 이 무질서는 반대로 수수께끼를 깊어지게 한다. 왜냐하면 범죄 현장의 무질서를 이루는 것 중 하나가 금화 4000프랑이 담긴 채 바닥에 놓인 가방 두 개의 존재이기 때문이다. 살인자는 이 가방들을 가지고 가려고조차 하지 않았다. 이해관계는 증오만큼이나 살인의 동기가 될 수 없고, 그 실행 방식의 잔혹함의 동기가 될 수 없다. 사실대로 말하자면, 어떠한 것도 살인의 동기와 그 실행 방식의 잔혹함의 동기가 될 수 없다. 그리고 바로 여기에, 뒤팽의 엄밀한 가설을 뒷받침하는, 우리가 알고 있는 다음과 같은 고찰이 있다. 그 실행 방식이 인간을 넘어서는 민첩함과 잔혹함을 전제하고, 그 발상이 어떠한 인간적인 감정이나 이해관계에도 부합하지 않는 이 살인은 인간에 의해 자행된 것이 아니다. 증인들이 제출한, 범죄자를 특정할 수 있는 유일한 요소는 **대립된 추론을 통해**a contrario 뒤팽의 가설을 확증한다. 각각의 증인들, 즉 이탈리아인, 스페인인, 네덜란드인, 영국인 또는 프랑스인 증인들은 저마다 그 목소리를 외국인의 것으로 인식했다. 이는 아무도 그것을 인간의 목소리로 특정하지 않았다는 것과 마찬가지다. 이로부터 이 이중의 범죄는 오랑우탄의 소행이라는 결론이 아주 자연스럽게 도출된다. 비록 이 결론을 검증하기 위해 거짓 광고라는 간계를 써야 할지라도 말이다. 이 범죄는 범죄가 아니라고 말해도 과언이 아닌데, 왜냐하면 근대사회에서는 동물이 초래한 인간의 죽음을 규정하는 것이 관례가 아니었기 때문이다. 이처럼 그 규명이 추리 픽션의 탄생을 상징적으로 표식하는 표본적인 범죄는 경찰과 법원이 통상적으로 심리하는 모든 범죄와 다를 뿐 아니라, 더 근본적으로는 전혀 범죄가 아니다. 추리소설이라는 새로운 장르는 역설적인 픽션의 장르로서 탄생한다. 하나의 사건 혹은 일련의 사건들의 규명은 그것과 비교 가능한 인간 행동의 인과적 연쇄의 알려진 모든 형태와의 근본적인/급진적인 간극 속에서 고유한 합리성을 지닌다.

이 간극을 사유하는 두 가지 방식이 있다. 첫 번째 방식은 이 간극에서 인과적 합리성의 형태들—일반적으로는 인간사에서, 특수하게는 범죄적 사건에서 보통 문제시되는—에 관해 초과분의 정신적 능력을 실행할 기회를 발견한다. 우리[프랑스인들]가 '추리소설'이라 부르는 것은 영어로는 **'탐정 이야기 detective story'**라 불리고, 실제로 탐정이라는 인물과 함께 탄생한다. 그런데 이 인물은 사설 경찰이나 아마추어 경찰이 아니다. 그는 본래 경찰이 아닌 자이거나 경찰에 반대하는 자로, 보통 범죄를 관리하게 되어 있고, 범죄 관리가 전제하는 합리성의 유형에 따라 육성된 경찰 공무원들의 사회적 지위 및 사고방식에 대립하는 사회적 지위 및 사고방식을 지닌다. 추리소설에 고유한 행위주체가 되는 탐정은 엄밀히 말해 **아웃사이더다**. 그는 인구 관리와 공공질서 유지라는 사회적 기능들에 의해 생산된 시각의 논리 외부에 있기에 [사물들을] 다르게 보는 자이다. 포가 그의 "탐정" 오귀스트 뒤팽에 대해 제공하는 게 유용하다고 여긴 유일한 정보가 바로 이 외부성이다. 뒤팽은 재산을 잃었음에도 자기 마음대로 살아갈 수 있는 조촐한 연금을 누리는 명문의 자제로 단순하게 설정되어 있다. 그러나 그에게 자기 마음대로 사는 것은, 시간의 정상적인 질서, 이 시간이 할애된 직업의 정상적인 질서, 그리고 이 시간 및 직업의 질서와 함께 가는 가시적인 것의 정상적인 질서를 역전시키는 방식으로 사는 것이다. 매일 아침 첫 서광이 비치면 뒤팽은 차양을 치며 사물들의 정상적인 질서에 안녕을 고하고, 완벽하게 폐쇄된 자신의 거처에서 양초의 유일한 빛에 의지한 채 연구에 매진한다. 매일 저녁, 해가 저물면 집 밖으로 나가, "사람들로 붐비는 도시의 무질서한 빛과 어둠을 가로지르며 평온한 연구가 제공할 수 없는 무수한 정신적 자극을"[34] 찾는다. 낮에 부과된 어둠, 밤에 찾

34 Edgar Poe, «Double assassinat dans la rue Morgue», *Histoires*, traduction de Charles Baudelaire, Paris, Gallimard, «Bibliothèque de la Pléiade», 1940, p. 12. (한국어판: 에드거 앨런 포, 〈모르그가의 살인〉, 《에드거 앨런 포 단편선》, 김석희 옮김, 열린책들, 2021, 66쪽 참조. "어둠이 찾아오면 팔짱을 끼고 거리로 나가서 낮에 이야기하던 화제로 계속 대화를 나누거나, 밤늦도록 멀리까지 돌아다니며 사람들로 붐비는 도시의 현란한 빛과 그림자 속에서 조용한 관찰만이 제공할 수 있는 무한한 정신적 흥분을 찾곤 했다.")

아진 빛, 이러한 것들은 분석적인 능력을 갈고닦는 것을 가능케 하는 조건들이다. 칸트 이래로 오성의 연관이 지적 직관에 대립했듯이, 분석적인 능력은 계산에 밝은 이들의 천재성에 대립한다. 직업적인 노름꾼, 경찰들, 경우에 따라서는 범죄자들과 같이 계산에 밝은 이들이 지닌 천재성은 예상되는 결과들을 초래하기에 적합한 원인을 연달아 나열하는 변변치 않은 기술에 불과한 것이다. [반면] 분석적인 능력은 직관과 연역이라는 통상 대립하는 활동들을 단 하나의 행위로 재결합시킴으로써 사유와 시각을 동등하게 만드는 정신적인 역량이다. 분석적인 능력은 현상들을 사선으로, 그러니까 오류의 이중적 원천을 피하는 중거리에서 파악한다. 오류의 이중적 원천이란, 시선을 방황하게 만드는 너무나 적은 수의 세부 사항에 기초해 연역하는 것, 그리고 보이는 것에 기초해 모든 것을 단 하나의 연쇄사슬 속에서 파악해야 할 때 현상들의 보이지 않는 원인을 찾아나서는 사유에 의해 갈피를 잡지 못하는 것이다. 이상적인 탐정은 가시적인 것에 눈을 크게 뜨는 동시에, 가시적인 것의 요소들을 내부의 시각[통찰력]을 통해 배열하기 위해 눈을 감는 자이다.

바로 이것이 들어가거나 나올 수 없는 폐쇄된 장소에서 저질러진 범죄의 수수께끼를 풀 수 있게 해주는 바깥과 안의 관계 형태이다. 게다가 이것은 젊은 룰르타비유로 하여금 눈을 감은 채 노란 방의 미스터리를 풀 수 있게 해주는 "이성의 바람직한 측면"[35]일 것이다. 실제로, **탐정 이야기**의 논리는 《세렌디피티의 세 왕자들》[36]이나 페니모어 쿠퍼 Fenimore Cooper, 1789~1851의 모히칸족에 대한 이야기[37]에서 물려받은 (발)자국들에 관한 단 하나의 과학으로 한정될 수 없다. 흔적을 남긴 자를 식별해내기 위해서는 흔적을 정확히 관찰하는 것으로는 충분치 않다. 흔적과 그 흔적을 남긴 자의 관계가 원인과 결과의 총체적 연쇄 속에 기입되어야 한다. 그리고 닫힌 문과 창문들을 도외시하는 이 연쇄를 보기 위해서는 눈을 감아야 한다. 완전한 연결은 정신적인 것일 수밖에 없다. 〈모르그가의 살인〉이 출판되기 2년 전, 또 다른 청년은 통찰력이라는 유일무이한 행위 속에서 귀결들이 이루는 하나의 온전한 연쇄사슬을 파악하는 능력을 정식화했었다. 그것은 젊은 루이 랑베르가 방돔 기숙학교의 "친구"에게 가르친 다음과 같은 교훈이었다. "생각하는 것, 그것은 보는 것이야. …… 모든 인간과학은 느린 통찰력인 연역에 근거하고 있어. 우리는 연역을 통해 원인에서 결과로 내려가거나, 결과에서 원인으로 다시 거슬러 올라가 ……"[38] 우리가 보는 것과, 그것에 보이지 않는 원인을 할당하는 사유의 연쇄사슬을 직접[무매개적으로] 결부시키는 이 정신적 능력을 통해 한 영혼은 다른 영혼의 비밀을 파고든다. [그런데] 이 정신적 능력은 역설적으로 오랑우탄이 저지른 전적으로 물질적인 '범죄'를 간파하는 것을 가

35   가스통 르루, 《가스통 르루, 노란 방의 미스터리》, 오준호 옮김, 국일미디어, 2003 참조.-옮긴이

36   아미르 후스로 델라비, 《세렌디피티의 왕자들》, 김대웅 옮김, 책이있는마을, 2019 참조.-옮긴이

37   제임스 페니모어 쿠퍼, 《모히칸족의 최후》, 이나경 옮김, 열린책들, 2012 참조.-옮긴이

능케 하는 능력이기도 하다. [하지만] 이와 같은 외양상의 역설은 "가장 많은 것[어려운 것]을 할 수 있는 자가 가장 적은 것[쉬운 것]을 할 수 있다"는 원칙이 단순히 적용된 것일 뿐이다. 사실 [〈모르그가의 살인〉에서] 화자에게 깊은 인상을 주었던 것은 추리 수수께끼를 푸는 뒤팽의 능숙함이 아니라, 무엇보다 화자 곁에서 고요하게 거닐며 화자의 시선과 몸짓에서 그 생각의 전개를 정확히 읽어내는 뒤팽의 소질이다. 실제로 이렇게 해서 뒤팽은 친구[화자]의 정신이 거쳐간 연쇄사슬을 재구성했다. 과일 장수의 바구니가 그를 밀쳤던 일에서 평탄하지 않은 도로에 대한 고찰로, 이어서 또 다른 거리의 도로 포장을 위해 이용되는 입체 기하학에 대한 고찰로, 에피쿠로스의 원자들에 대한 고찰로, 최근의 우주 생성론적 발견을 통한 원자론의 확증에 대한 고찰로, 그의 머리 위에 떠 있는 오리온 성운에 대한 고찰로, 결국 이 성좌와 관련된 라틴어 시구를 매개로 해서 솜씨 없는 옛 구두 수선공이자 작은 키에도 불구하고 비극을 공연한다고 뽐냈던 샹티에 대한 풍자 기사에 대한 고찰로 이어지는 연쇄사슬이 바로 그것이다.[39]

38　Honoré de Balzac, *Louis Lambert*, in *La Comédie humaine*, Paris, Gallimard, «Bibliothèque de la Pléiade», t. 11, 1980, p. 613. (한국어판: 오노레 드 발자크, 《루이 랑베르》, 송기정 옮김, 문학동네, 2010, 48쪽 참조. "'생각하는 것, 그것은 보는 것이야!' 어느 날 우리가 구조의 원칙에 대해 서로 반대 의견을 제시할 때 루이는 흥분하면서 이렇게 말했다. '모든 인문학은 연역법을 따르지. 연역법은 아주 느린 통찰력이며, 그것을 통해 원인에서 결과를 끌어내기도 하고 동시에 결과에서 원인으로 재이동하기도 해.'")

이 에피소드는 하나의 철학적 교훈이다. 그에 따르면 경험적인 관념 연합은 모든 현상들 사이의 정신적인 연결이 현시된 것에 불과하다. 뒤팽은 수사에서 모든 초자연적인 원인을 배제하겠다고 선언한다. 하지만 정신의 통찰력이 육신의 눈의 시각과 구별되듯이, 그로 하여금 이중 살인의 해결할 수 없는 수수께끼를 해결할 수 있게 한 분석적인 능력은 경찰들과 범죄자들

39　　Edgar Poe, «Double assassinat dans la rue Morgue», *Histoires*, op. cit., p. 13-16. (한국어판: 〈모르그가의 살인〉, 앞의 책, 67~71쪽 참조. "우리가 길을 건너 이 거리로 들어올 때 커다란 광주리를 머리에 인 과일 장수가 빠른 걸음으로 우리를 스쳐 지나가다 보수 중인 인도에 쌓아둔 포석 더미 쪽으로 자네를 밀쳤어. 자네는 불안정한 포석을 밟고 미끄러져 발목을 살짝 접질렸고, 그래서 화가 난 듯이 부루퉁한 얼굴로 몇 마디 투덜거리며 포석 더미를 돌아본 다음 말없이 걸음을 옮겼지. …… 그러다가 우리가 포석을 부분적으로 겹쳐서 고정시키는 새로운 공법으로 포장된 라마르틴이라는 좁은 골목에 이르니 자네 표정이 확 밝아지더군. 나는 자네 입술이 움직이는 모양을 보고, 이런 종류의 포장도로를 일컫는 용어인 '스테레오토미'라는 낱말을 중얼거린 게 분명하다고 생각했지. '스테레오토미'라는 말을 중얼거렸다면 '아토미'를 연상하지 않을 수 없었을 테고, 그러면 당연히 에피쿠로스의 원자론을 생각할 수밖에 없겠지. 얼마 전 우리가 이 주제를 논할 때 나는 그 고상한 철학자의 막연한 추론이 후세의 성운 진화론에서 확인된 것은 참으로 묘한 일이지만 거의 주목을 받지 못하고 있다고 말했기 때문에, 자네가 오리온자리의 대성운을 보려고 눈길을 하늘로 던지는 것을 피할 수 없을 거라고 생각했다네. …… 하지만 어제 발간된 '박물관'에 실린 샹티에 대한 혹평에서 풍자가는 비열하게도 구두장이가 비극에 출연하면서 이름을 바꾼 것을 언급하면서 우리가 자주 언급했던 라틴어 구절을 인용했더군. 이 구절 말이야. Perdidit antiquum litera prima sonum(첫 글자는 옛 소리를 잃어버렸다.) 이것은 원래 철자가 'Urion'이었던 'Orion'을 언급한 것이었어. …… 따라서 자네가 오리온과 샹티라는 두 가지 생각을 연결시키지 않을까 생각했는데, 자네 입술을 스쳐간 미소를 보고 과연 두 가지 생각을 연결했다는 걸 알았지. 자네는 가엾은 구두장이가 풍자가의 제물이 되었다고 생각한 거야. 그때까지 자네는 구부정한 자세로 걷고 있었는데, 이제 보니 허리를 꼿꼿이 펴고 있더군. 그래서 자네가 샹티의 작은 체격에 대해 생각하고 있다고 확신했지. 이 시점에서 자네의 생각이 끼어들어, 샹티는 몸이 아주 작으니까 바리에테 극장에 출연하면 잘 어울릴 거라고 말한 거야.")

의 계산과 구별된다. 뒤팽은 친구의 얼굴에서 사유의 연쇄를 읽어내듯이 무질서한 방의 광경에서 해답을 읽어낸다. 비록 포의 작품이 프랑스 문학 당대의 리듬을 따르지 않는다고 할지라도, 모르그가의 살인 이야기는 발자크의 두 권의 책 사이에 정확히 제시간에 도래한다. 포의 소설보다 2년 앞서 출간된《루이 랑베르》와, 포의 소설이 출간된 이듬해 가을 신문에 연재된《위르쉴 미루에》, 즉 스베덴보리주의적인 영혼의 교류가 도둑질한 범인의 정체를 드러낼 수단을 제공하는 소설 사이에 등장하는 것이다. 만약 추리소설이 포와 함께 탄생한다면, 추리소설은 범죄 행위에 대한 모든 사회학적 합리화로부터 가장 멀리 떨어진, 스베덴보리주의적인 정신성의 세계에서 탄생하는 것이다. 만약 추리소설이 문학과 과학을 함께 엮는다면, 그것은 무엇보다 경찰 조사에 관련되기 시작한 의학적, 화학적 검사의 형태를 통해서가 아니다. 레지 메사크Régis Messac, 1893~1945[40]가 그의 선구적인 연구에서 효과적으로 보여줬듯이, 추리소설은 과학에 대한 아주 특수한 관념을 실행하는 것으로 탄생한다. 이러한 과학의 관념은 발자크의 사회 희극과 발자크 자신의 미스터리한 사색 모두에 영감을 준 두 인물, 즉 퀴비에와 스베덴보리에 의해 구현된다. 단 하나의 해부학적 요소에 기초해 멸종한 종을 재구성하는 과학자와 이러한 재구성을 그것에 걸맞은 세계, 그러니

40　프랑스의 사상가, 수필가, 소설가로, 탐정소설의 기원에 관한 논문인 〈탐정소설과 과학적 사고의 영향Le Detctive novel et l'influence de la pensée scientifique〉을 작성했다.-옮긴이

까 존재들과 사건들 사이의 위대한 연결의 세계, 예외적인 감각적 능력을 갖춘 지성만이 지각할 수 있는 전적으로 정신적인 연관으로 이루어진 세계에 기입하는 신비주의자라는 두 인물 말이다.[41] 추리소설은 증거들의 정밀 조사와 실험실에서의 연구를 통해 과학적 합리성에 가담하는 것이 아니라, 한 세기 전부터 과학을 상징하게 된 이 연쇄사슬 속에 모든 증거를 기입하는 신념을 통해 과학적 합리성에 가담한다. 여기서 과학이란, 육신의 눈이 오직 분산된 현상들만 보는 곳에서 세계 전체와의 필연적인 연결을 확립하는 것이다. 만약 추리 픽션이 사지가 절단된 채 훼손된 시신에 대한 조사에 지속적으로 연결된다면, 이는 범죄와 범죄자의 잔혹함을 나타내 보이기 위함이 아니라, 이 시신이라는 파편을 존재들의 거대한 연쇄사슬 속에 다시 끼워 넣음으로써 분석적 능력을 펼칠 기회를 제공하기 위해서이다. 사지가 절단된 시신은 경찰과 법원의 조사에서는 그 살인자를 찾아내야 하는 피해자의 신체이지만 분석적 능력을 타고난 탐정에게는 완전히 다른 것이다. 탐정에게 시신은 감각적인 사건들의 연쇄사슬 속 고립된 하나의 사태로서, 그 전반적인 절합을 재구성해야 하는 것이다. 하나의 전체로서 현상들의 연결은 이후 유물론이라는 과학에 대한 모종의 관념에 동일시될 것이지만, 지금으로서는 전적으로 정신적인 연결과 같은 것으로만 생

---

41   Régis Messac, Le «Detective Novel» et l'influence de la pensée scientifique, Paris, Honoré Champion, 1929.

각될 수 있다. 전적으로 정신적인 연결에는 완전히 내적이고 완전히 정신적인 감각의 사용과 동일시된 연역의 능력만이 접근 가능하다. 이러한 감각들의 내적 세계에서 가엾은 루이 랑베르의 추론은 망가지지만, 이 세계는 순진한 위르쉴 미루에가 더욱 비속한 방식으로 그녀의 유산을 회수하는 것을 가능케 한다. 추리소설과 철학적 소설은 형제인데, 왜냐하면 그것들은 다음과 같은 하나의 동일한 과학적 신념, 하나의 동일한 과학에 대한 관념 속에서 소통하기 때문이다. 이 세계에는 모든 현상들의 연결이 존재한다. 평범한 지성은 이를 파악할 수 없지만, 연결되지 않은 것에서 연결된 것을 볼 수 있는 지성의 비상한 형태는 이를 파악할 수 있다.

바로 이것이 초창기 추리소설과 범죄 행위의 일상 사이의 간극을 생각해보는 첫 번째 방식이다. [첫 번째 방식에서] 이 간극은 모든 현상들 사이의 정신적인 연결에 대한 지각을 통해 연역의 평범한 능력을 초과하는 합리성의 유형을 작동시킬 수 있는 기회였다. 문제는 이러한 과학적 합리성이 그 당시에 주춤하기 시작했던 과학에 대한 관념을 참조한다는 것이다. 1840년대에 사람들은 더는 이러한 과학에 대한 관념으로부터 새로운 과학적 발견을 기대하지 않는다. 그리고 바로 이 때문에 픽션은 과학적 합리성을 사용할 수 있게 된다. 그러나 이는 현상들의 완전한 연결을 정신적 지평에서 떼어내어, 그 연결을 픽션의 내적인 합리성의 법칙으로 만드는 자리 이동 없이는 불가능하다. 바로 이것이 추리 픽션의 간극을 사유하는 두 번째 방식, 모더니스트 후계자들이 포의 작품에서 높이 평가할 방식이다. 이 방식은 추리소설을 범죄와 추리 합리성의 일상에 대립시키는 것이 아니라, 픽션의 리얼리즘적 변형에 대립시킨다. 이를 위해서는 탐정 뒤팽의 방식을, 시인 에드거 포가 5년 뒤 선언한 "작법의 철학"에 근접시키는 것으로 충분하다. 이 철학은 시의 작법 방식에 의해 논증되었지만, 여기서 문제는 추리소설의 선조로 추정되는 윌리엄 고드윈William Godwin, 1756~1836의《칼렙 윌리엄스》⁴²와 관련해 도입된다. 포는 고드윈에 대한 디킨스의 주장에서 출발하는데, 그에 따르면 고드윈은 소설을 결말부터 구상했을 것이다. 그래서 결말의 범인 추격 장면에 대한 근거, 그러니까 의심의 여지가 없는 선량한 남자가 어떻게 범죄를 저지르게 되었는지에 대한 규명을 마지막에 쓰인 첫 번째 부에서 찾을 수 있다는 것이다. 이러한 주장에 답하기 위해 포는 하나의 테제를 세우는데, 이 테제는 보들레르를 매료시킨 이후 문학적 모더니티에 대한 모종의 관념, 즉 결과의 일관성이라는 관념을 상징하는 데 쓰인다. "플롯라는 이름에 값하는 모든 플롯은 [작가가] 펜을 들기 전에 이미 대단원까지 정교하게 구상되어 있어야 한다는 사실만큼 명백한 것은 없다. 줄곧 대단원을 눈앞에 둠으로써만, 사건들은 물론이고 특히 어조가 모든 순간에 창작

42　18세기 영국의 진보적인 사상가 윌리엄 고드윈의 소설로, 원제는《있는 그대로의 사물 혹은 칼렙 윌리엄스의 모험Things as They Are; or, the Adventures of Caleb Williams》이다. 그는 여성해방운동가 울스턴크래프트와 결혼해《프랑켄슈타인》을 쓴 메리 셸리를 낳았다.-옮긴이

의도를 실현하는 데 기여하게 하고, 이를 통해 플롯에 귀결들의 연쇄나 인과적 연결이라는 필수불가결한 외관을 부여할 수 있다."[43]

　　몇몇 이들이 문학적 모더니티의 표어를 발견했던 이 작법의 철학에서, 거꾸로 픽션적 합리성에 대한 아리스토텔레스의 오래된 정의의 갱신된 판본을 발견하는 것은 손쉬운 일이다. 단순히 사태들이 어떻게 하나하나 잇따라 일어났는지에 대해서만 이야기하는 대신, 사태들이 어떻게 일어날 **수 있는지**, 그리고 이 사태들이 어떻게 서로 연결되는지를 보여준다는 점에서 사실들의 연대기와 구별되는, 필연적이거나 개연적인 행동들의 연쇄의 구성이 바로 그것이다. "분석적 능력"이 이끄는 추리 픽션은 갱신된 아리스토텔레스주의의 표본적인 형태를 보여준다. 만약 추리 픽션이 근대사회와 관련 있다면, 이는 부정적인

43　«Nothing is more clear than that every plot, worth the name, must be elaborated to its denouement before anything be attempted with the pen. It is only with the denouement constantly in view that we can give a plot its indispensable air of consequence or causation, by making the incidents, and especially the tone at all points, tend to the development of the intention», Edgar Poe, «The Philosophy of Composition», *Essays and Reviews*, New York, The Library of America, 1984, p. 13. 내적 일관성을 위해, 나는 통용되는 보들레르의 번역을 나의 번역으로 대체하고자 한다. (한국어판: 에드거 앨런 포, 〈작법의 철학〉,《글쓰기의 철학》, 손나리 옮김, 시공사, 2018, 7~30쪽 참조. "플롯이라는 이름에 값하는 모든 플롯은 모름지기 작가가 펜을 들어 작업에 들어가기 전에 이미 대단원까지 정교하게 기획되어 있어야 한다는 것만큼 분명한 것도 없다. 지속적으로 대단원을 염두에 두고 쓸 때에만, 사건들은 물론이고 특히 사건의 모든 지점들에서의 어조가 창작 의도에 맞게 전개될 수 있다. 그리고 그럼으로써 하나의 플롯은 필수불가결한 결말이나 인과관계의 분위기를 지닐 수 있는 것이다.")

방식으로 그렇다. 미문belles-lettres과 구별되는 세계에 대한 향수에 빠진 이들의 눈에는 물론이고 에드거 포의 눈에도 역시, 즉각적인 관찰에서 끌어낸 연역의 합리성은 물론이거니와 결과의 일관성이라는 합리성도 근대사회가 픽션적 합리성에 드러내는 위험, 그러니까 픽션적 합리성이 산문의 세계와 산문의 무미건조한 세부들의 세계 속에 빠져버리는 위험을 푸닥거리하는 데 열중한다.

하지만 여기서 엄격한 인과적 합리성에 대한 정신주의적 요구는 반동주의자들의 향수와 분리된다. 문제는 세부들을 없애는 것이 아니라 그것들의 기능을 바꾸는 것이다. 사람들은 이 문제가 발자크에 의해 이미 해결되었다고 말할 수도 있을 것이다. 그것은 사실이다. 발자크는 플롯을 따라가기도 바쁜 독자들을 세부 묘사로 압도하는데, 그의 소설에서는 어떠한 세부도 플롯에 부차적이지 않다. 각각의 세부들은 하나의 사회와 하나의 시대를 표시한다. 이렇게 해서 발자크는 그랑데 집의 가구들,《베아트릭스》에 등장하는 게닉 저택의 파사드 혹은《폼 경기를 하는 고양이 간판을 단 집》에 등장하는 저택의 파사드로 하여금 말하게 했다. 그러나 그는 퀴비에의 곤충학적 과학을 스베덴보리의 투시적인 과학에 끼워 넣는 아주 적확한 조건하에서만 이렇게 할 수 있었다. 연관이 해체되면 기호들은 사물들의 상태로 되돌아가고 행동의 공간은 혼잡해지며 소설가는 그 속에서 길을 잃는다. 마치 뒤팽이 비웃는 경찰들, 그 유명한 "도둑맞은 편지"를 되찾기 위해 각각의 의자 다리와 모든 가구의 접합부를 면밀하게 조사하는 경찰들처럼 말이다. 동일한 방식으로 픽션적인 행동의 시간은 임의의quelconques 순간들에 대한 세부 묘사 속으로 사라진다. 소설적인 픽션은 연대기의 파편화된 시간에서 더 나아가, 행동의 동인 자체가 결국 비가 오거나 맑게 갠 일상에 동일시되는 지경까지 이른다. 몇 년 후, 과학에 대한 완전히 다른 관념의 이름으로, 한 무명 소설가는 여주인공의 이 세상 것이 아닌 몽상을 바로잡겠다는 핑계를 대며 사랑의 진행을, 그리고 이에 대해 이야기하는 소설의 진행을 빗물받이가 막혀 테라스에 고인 빗물에 수월하게 동화시킨다.[44] 이른바 리얼리즘 소설은 평범한 등장인물들, 반복되는 시간, 중요하지 않은 사건들을 통해 픽션적인 행동의 옛 논리를 "따분하고 할 일 없는 일상"에 잠기게 할 위험이 있다. 한 세기 후 보르헤스는 프랑스 근대문학에서 이 따분하고 할 일 없는 일상이 갖는 중요성을 규탄할 것이다.[45] 보르헤스는 리얼리즘 소설의 단조로움에 맞서, 동향인 [아르헨티나 출신] 아돌포 비오이 카사레스Adolfo Bioy Casares, 1914~1999가 단 하나의 가설로부터 연역할 수 있는 일련의 경이를 내세움으로써 〈모르그가의 살인〉에서 유래

---

44   Gustave Flaubert, *Madame Bovary*, deuxième partie, chapitre IV, in *Œuvres complètes*, Paris, Gallimard, «Bibliothèque de la Pléiade», t. 3, 2013, p. 238. (한국어판: 귀스타브 플로베르,《마담 보바리》, 김화영 옮김, 민음사, 2000 참조. "엠마는 그녀가 그를 좋아하는지에 대해 전혀 자문하지 않았다. 그녀는 사랑이 엄청난 섬광과 번개, 폭풍우처럼 그녀의 삶에 갑자기 떨어져 그녀를 혼란스럽게 만들고, 나뭇잎feuille과 같은 그녀의 의지를 빼앗아버리며, 그녀의 마음을 심연으로 끌고 갈 것이라고 믿었다. 그녀는 빗물받이가 막혀 빗물이 테라스에 호수를 이뤘다는 것을 알지 못했고, 그래서 안심하고 있다가 갑자기 벽에 금이 간 것을 발견하게 되었다.")

한 인위적 기교의 전통을 부각시킨다. 이 전통에서 추리 픽션은 믿기 힘든 사건들, 비상한 통찰력을 지닌 천재들과 함께, 리얼리즘적 새로움에 맞서는 전쟁 기계처럼 나타난다. 추리 픽션은 행동의 일관성을 통해, 사실임직하지 않은 것을 논리적인 방식으로 일어나게 만드는 절묘한 솜씨를 복구할 수단을 제공한다. 추리 픽션은 픽션적 합리성의 연관들을 사라지게 할 뻔했던 세부 묘사들의 무정부 상태에 완벽하게 질서를 부여한다.

그러나 추리 픽션은 전체의 전체와의 정신적인 연결이라는 원대한 꿈이 해체되고 있는 시대에 그렇게 하기 시작한다. 그로 인해, 추리 픽션의 플롯이 갖는 합리성은 곧장 상반된 두 가지 모델 사이에서 이러지도 저러지도 못하게 된다. 한편으로 그것은 세부를 단서로 만드는 리얼리즘적 방법에서 더 나아가, 그 방법을 기상천외한 수준까지 밀어붙일 것이다. 다른 한편으로 그것은 증거로서 시선에 주어지는 모든 것을 멀리하고, 단

45　Borges, préface à Adolfo Bioy Casares, *L'Invention de Morel*, Paris, UGE, 1992, p. 8. (한국어판: 〈호르헤 루이스 보르헤스의 서문〉, 아돌포 비오이 카사레스, 《모렐의 발명》, 송병선 옮김, 민음사, 2008, 8쪽 참조. "한편 심리소설은 사실주의 소설처럼 되고자 합니다. 그것은 새로운 사실주의적 필체를 사용하여 허황된 정확성을 보여줌으로써 우리로 하여금 그런 작품이 교묘한 언어적 고안품이라는 사실을 잊게 만들려고 합니다. 마르셀 프루스트의 작품에는 그가 만들어낸 것이라고 수긍할 수 없는 페이지와 장들이 있습니다. 그래서 아무것도 모른 채 평범하고 공허한 일상을 따르듯이 그것을 믿습니다.") 이 서문에서 보르헤스는 당대의 모험소설의 쇠퇴와 심리소설의 부흥에 맞서, 엄격하고 엄밀한 플롯을 엮어내는 '합리적' 능력을 옹호한다. 그런데 그가 옹호하는 합리적 능력이란, 심리소설의 반대 극에 놓였던 탐정소설의 능력이 아니라, 오히려 《모렐의 발명》에서 발견되는 "전혀 초자연적이지 않은 환상적인 가정을 통해 기적들[신비로운 사건들]을 해석"하는 능력과 같은 것이다.-옮긴이

서들이 믿게 만드는 것과 정반대의 입장을 취할 것이다. 이와 같은 [두 가지 모델 사이의] 간극은 기사 뒤팽의 뒤를 이은 최초의 두 프랑스인 상속자들이 사용한 상반된 방법들에서 곧바로 나타난다. 이 상속자들은 에밀 가보리오Émile Gaboriau, 1832~1873[46]가 "이상적인 범인"에 대한 통상적인 경찰과 사법의 논리를 저지하는 임무를 위임한 두 인물, 즉 탐정 타바레와 그의 후계자인 비전형적 경찰 르코크이다.

《르루주 사건》의 주인공 타바레는 여러 흔적과 단서들을 철저히 수집하는 사람으로, 바깥의 진흙은 물론이고 옷장 위의 먼지, 혹은 괘종시계 바늘의 위치로 하여금 말하게 만드는 사람이다. 이렇게 해서 그는 한 시간 반의 조사 끝에, 어안이 벙벙한 청중에게 다음과 같은 사실을 공표할 수 있다. 살인자는 미망인 르루주가 잘 알던 자로, 그가 창문의 덧창을 두드렸을 때 그녀는 옷을 벗고 뻐꾸기시계의 태엽을 감고 있었다는 것, 그리고 살인자는 아직 젊고 평균 키를 조금 넘으며, 세련되게 차려입었고, 그날 저녁 실크해트를 쓰고 우산을 들었으며 시가 파이프로 아바나 여송연을 피웠다는 것. 이상적인 범인에 관한 편리한 픽션을 저해하는 데 분노한 경찰 수장이 타바레를 "성공을 위해 경찰 노릇을 하는", 그리고 "뼈 하나를 가지고 멸종된 동물들을 복원하는 과학자처럼, 단 하나의 사실을 가지고 살인 사건의 모

46　프랑스의 작가로 탐정소설의 선구자이다.《르루주 사건》은 에드거 앨런 포의 작품을 보들레르가 번역한 텍스트에 영향을 받아 쓴 작품으로 알려져 있다.-옮긴이

든 장면을 재구성할 수 있다고 우기는"[47] 새로운 방식의 작가라
고 비난한다고 해서 그가 그렇게 잘못했던 것은 아니다. 타바레
의 활약은 어찌 됐든 하나의 장르를 정초한다. 퀴비에와 뒤팽의
또 다른 후계자인 셜록 홈스는《주홍색 연구》에서 정확히 타바
레와 같은 방식으로 활약한다. 셜록 홈스 역시 "삶 전체는 거대
한 연쇄사슬에 불과하다. 우리가 사슬의 단 하나의 고리를 발견
하자마자 그 본성이 우리에게 드러나는 연쇄사슬 말이다"[48]라
는 것을 확신하고, 한눈에 한 사람의 내력과 직업을 간파할 수
있다. 그는 바깥의 진흙과 집 안의 먼지에 남은 발자국을 세심
하게 조사한 후에, 살인자는 키가 180미터가 넘고, 얼굴이 불그
스레하며, 오른손의 손톱이 눈에 띄게 길고 스퀘어힐의 반장화
를 신었으며, 인도산 엽궐련 시가를 피우는 남성임을 공포해 의
사 왓슨과 경찰들을 어안이 벙벙하게 만든다.[49]

　　물론 비를 지방 사람의 사랑에 대한 메타포로 사용하는 것
보다, 진흙 속에서 살인자의 발자국을 찾는 데 사용하는 것이
확실히 더 정신적으로 만족스럽다. 그러나 장화 힐이나 시가와
관련해 재능을 펼치는 것은 추리소설의 철학이 헌신하는 합리

---

47 Émile Gaboriau, *L'Affaire Lerouge*, Paris, Liana Levi, 1991, p. 24. 여기서 과
학자는 물론 퀴비에이다. (한국어판: 에밀 가보리오,《르루주 사건》, 박진영 엮음, 안회
남 옮김, 페이퍼하우스, 2011 참조.)

48 Conan Doyle, *Une étude en rouge*, trad. R. Lécuyer, Paris, Librairie des
Champs-Élysées, 1985, p. 31. (한국어판: 아서 코난 도일,《셜록 홈스 전집 1-주홍색
연구》, 백영미 옮김, 황금가지, 2010, 32쪽 참조. "그래서 인생 전체는 하나의 거대한 사
슬이 되고, 우리는 그 사슬의 일부를 보고 전체를 알 수 있는 것이다.")

49 Ibid., p. 54.

성, 근대적 픽션에 대한 관념과 동일시되는 합리성을 예증하는 데에는 여전히 좀 지나치게 무미건조하고, 일상의 진흙과 좀 지나치게 유사하다. 이로 인해 르코크는 타바레의 제자임에도 그가 오르시발의 범죄를 직면했을 때 한 발 더 나아간다. 단서들을 해독하는 활약은 확실히 청중을 어안이 벙벙하게 만들기에 적합하다. 그러나 문제는 동료들을 어안이 벙벙하게 만드는 것이 아니다. 문제는 살인자를 혼란스럽게 만드는 것이다. 그리고 살인자는 보통 오랑우탄이 아니다. 살인자는 지능을 갖춘 인간 존재로, [탐정, 경찰과] 마찬가지로 단서의 논리를 알고 있고, 그래서 그 논리를 그와 반대되는 효과, 즉 진실로 인도하기 위함이 아니라 오류를 초래하기 위해 이용할 수 있는 자이다. 그러므로 수많은 단서와 대면하고 있는 자는 사태들을 거꾸로 받아들여야 한다. 그리고 만약 사태들이 맨눈에, 심지어는 훈련된 눈에 가시적인 채로 거기 있다면, 그것은 가시적인 것이 보통 하는 일, 즉 정의상 비가시적인 진실을 위장하기에 적합한 외양을 제시하는 일을 완수하기 위함이라고 생각해야 한다. 그렇다면 진실에 대한 외양의 간극을 새로이 파고듦으로써 현상들의 중단되지 않은 연속성에 대한 주장을 저지할 필요가 있다. 가시적인 단서들이 존재한다면, 이는 이 단서들이 조사관을 잘못된 길로 접어들게 하기 위한 목적으로 배치되었기 때문이다. 그러므로 조사관은 가시적인 단서들 속에서 범죄가 그렇게 **일어나지 않았던** 방식을 가리키는 많은 징후들을 보는 방법을 취한다. 바로 이것이 르코크에 의해 제시된 교훈이다. 만약 시체가 물가에서 발견되었다면, 그것은 그 시체가 성안에서 살해된 이후 고의적으로 물가로 옮겨졌다는 것을 가리킨다. 만약 시체가 칼에 여러 번 찔렸다면, 그것은 그 시체가 단 한 방에 살해되었다는 것을 가리킨다. 틀림없이 범죄가 일어난 게 분명한 방의 마루에 도끼가 놓여 있다면, 그것은 살인자가 그 도끼를 이용하지 않았다는 것을 가리킨다. 침대가 어질러져 있다면, 그것은 아무도 거기에서 자지 않았다는 것을 가리킨다. 테이블 위에 다섯 개의 유리잔이 있다면, 그것은 손님들이 다섯 명이 아니었다는 것을 가리킨다. 게다가 테이블 위에 남은 식사가 발견되었다는 사실은 그 누구도 그 장소에서 먹지도 마시지도 않았다는 것을 입증하기에 충분하다.

비극적인 픽션의 아리스토텔레스적인 합리성은, 주인공을 압도하는 운의 반전과 진실의 현시를 일치시키는 작동에 근거했었다. 추리 픽션의 새로운 합리성은 무엇보다 이러한 논리를 쇄신하고 부활시키기 위해 마련된 것처럼 보였다. 그러나 그것은 결국 전적으로 다른 것에 이른다. 비극적인 픽션은 신탁들과 단서들이 가리키는 의미의 급변을 통해 작동했었다. 신탁들과 단서들은 진실을 말하는 것이었다. 거기서 진실은 단순히 주인공이 믿었던 것, 사실들의 연쇄가 예상하게끔 했던 것과는 다른 것으로 드러났다. 르코크의 논리는 단서들로부터 이러한 가소성可塑性을 제거한다. 그의 논리는 단서들이 진실 아니면 거짓으로 존재하게끔 강제한다. 이렇게 해서 그의 논리는 예상되었던 것의 반전이라는 외양들의 급변에 대한 미메시스적 작동을, 외양의 가시성에서 단지 외양의 거짓됨을 끌어낼 뿐인 플라톤적인 작동으로 환원시킨다. 그렇다면 단서로부터 단서의 진실로 인도하는 길은, 진실을 외양의 반대로 만드는 단순한 기준으로 대체된다. 추리 합리성은 극단적인 경우에 우리에게 다음과 같은 것을 말할 뿐이다. 범죄는 그것이 저질러졌던 것처럼 보이는 방식으로 일어나지 않았다. 일반적으로 사태들은 그것들이 일어날 것이라고 생각되는 방식으로 일어나지 않는다. 이를 통해 진실은 현상들의 겉으로 드러난 연결이 우리에게 보게 하는 것과 반대되는 것으로 인식된다.

확실히 이러한 진실은 더는 스베덴보리 시대의 산물이 아니다. 오히려, 이러한 진실은 실증적인 과학의 시대를 함께할 진실의 새로운 형상들과 동시대적이다. 진실의 새로운 형상들이란, 쇼펜하우어와 함께, 존속하려는 의지의 맹목적인 진실을 마야의 베일[50]이라는 불가피한 환영에 대립시키는 것이다. 또는 마르크스와 함께, 물질적 삶의 생산과정이라는 현실과 그 역사적 발전이라는 현실을, 물질적 삶의 생산과정에 의해 이데올로기의 암실에서 산출된 뒤집힌 상에 대립시키는 것이다. 마르크스에게 있어서 경제적 과정의 현실을 외부로부터 지각하는

---

50 아르투어 쇼펜하우어, 《의지와 표상으로서의 세계》, 홍성광 옮김, 을유문화사, 2019 참조. 쇼펜하우어는 《의지와 표상으로서의 세계》에서 "우리는 마야의 베일에 속고 있다"라고 쓴다. 여기서 '마야의 베일'이란, 물 자체로서 '우주적 의지'를 파악할 수 없게 만드는 경험적 현상 세계를 가리키는 말로, 쇼펜하우어에게 경험적 현상 세계는 주관의 여러 형식(시간, 공간 및 인과법칙)에 의존하는 단순한 표상에 불과하다.-옮긴이

과학자가, 이 과정의 한복판에 있기에 그것을 보지 못하게 된 생산의 행위주체에 대립하는 것처럼, 탐정은 경찰 공무원에 대립한다. 르코크의 합리성은 과학적 신념에 대한 이와 같은 두 가지 새로운 방식에 확실히 부합한다. 이 방식들은 단 한 번의 시선으로 더 멀리 내다보는 것만이 문제시되었던 현상들의 완전한 연쇄에 대한 단순한 주장에 맞서, 가시적인 외양들의 세계와 비가시적인 진실의 세계 사이의 대립을 다시 수립한다. 이처럼 쇄신된 플라톤주의는 진실된 세계에 대한 과학이 삶의 변화를 가능케 하는 것인지, 아니면 거짓만이 유일하게 삶을 견딜 수 있을 만한 것으로 만드는 것인지 알기 위한 철학적이고 정치적인 논쟁의 무대 구실을 한다. 남은 문제는 쇄신된 플라톤주의가 문학적 픽션에 정확히 무엇을 가져다주는지를 아는 것이다. 다음 세기에 [등장해] 배신자와 주인공, 조사관과 범죄자, 혹은 쫓는 자와 쫓기는 자 사이의 혼동을 이용할 매력적인 역설들을 제외하고 말이다. 살인자가 신고 있던 신발의 종류와 그가 피웠던 시가를 연역하는 재능, 그리고 지나치게 명백한 단서들을 멀리하는 지혜는 모두 리얼리즘 소설 속 테라스에 고여 있는 물로부터 픽션을 떨어뜨려 놓는 데 적합한 강력한 인과적 연쇄사슬을 제공할 수 없는 것처럼 보인다. 신발과 시가들이 대량으로 생산되고 대량으로 판매되기 시작한 시대에 그것들이 살인자를 식별하는 데 쓸모가 있길 바라는 것은 이미 아주 이상하다. 하물며 그것들이 공통의 픽션적 합리성이 요구하는 것, 즉 원인과 결과의 연쇄에 대한 설명을 제공할 것이라고는 더더욱 기대되지 않는다. 원인과 결과의 연쇄에 대한 설명은 특정한 개인이 담배를 소지하거나 소지하지 않은 채 이 장소에서 특수한 범죄를 저질렀다는 사실에 이르렀었다. 결과의 일관성, 혹은 약속된 경이들의 연쇄는 발자국을 남겼던 신발이 발자국에 정확히 일치하는 지점에서 멈추는 것처럼 보인다. 그리하여 결과의 일관성은 어떠한 목적인과의 연관도 없이 작용인의 질서 속에 전부 포함된 채로 머문다. 지나치게 많은 세부 사항을 통해 범죄가 어떻게 저질러졌는지에 대해 말하는 연역의 아름다운 연쇄사슬은 누가 그 범죄를 저질렀으며 왜 저질렀는지에 대한 질문을 그대로 남겨놓는다. 뒤팽은 희생자들을 교살하는 데 어떠한 이유도 필요로 하지 않는 존재의 탓으로 모르그가의 이중 살인을 돌림으로써 이 문제를 내쫓았다. 그럼에도 [이 살인이 성립하기 위해서는] 파리 아파트에 오랑우탄을 데리고 입주하겠다는 특이한 생각을 가진 몰타인 선원이 희생자들의 집 근처에 있어야만 했다. 이와 마찬가지로 뒤팽은 시시콜콜한 것까지 떠들어대는 것으로 평판이 난 신문의 도움으로 마리 로제 살인의 정확한 장소와 순간을 밝히고, 이 살인이 패거리의 짓이 아니라 한 사람의 짓이라는 것을 입증함으로써 할 만큼 했다고 생각할 것이다. 그리하여 그는 추론이 "세부"의 함정을 피해야 할 필요성을 한 번 더 보여줬을 수 있다. 그 출현의 주기성과 올가미를 만드는 방식을 통해 식별 가능한, 유령 같은 해군 장교가 무슨 이유로 독자가 관심을 가질 만한 특별한 이유가 전혀 없는 잿빛 옷을 입은 젊은 여인을 죽였을 수 있었는지에 대해 아는 것은 분명히 뒤팽의 문제가 아니다.

이것이 문제가 되는 것은 확실히 그의 계승자들에게서이다. 타바레는 수중에 미망인 르루주를 살해한 자의 키, 실크해트, 담배[라는 단서]를 갖고 있지만, 여전히 살인의 궁극적인 동기, 그러니까 **음유시인**Trouvère에게 어울릴 법한 거짓된 신생아 바꿔치기 사건에까지 거슬러 올라갈 수 있게 하는 단서는 아무것도 갖고 있지 않다. 그는 살인의 궁극적인 동기를 독자적인 방식으로 터득해야 할 것이다. 그리고 이러한 방식은 순전히 기적을 닮았는데, 왜냐하면 신생아 바꿔치기 사건에서 미망인 르루주가 맡은 역할을 자발적으로 타바레에게 알려준 이가 층계참의 젊은 이웃이고, 이 이웃은 그가 자신의 친아들처럼 대하던 자이자, 더욱 편리하게도 살인자로 드러날 자이기 때문이다. 타바레의 과학은 살인자의 키와 옷차림을 추론할 수 있지만, 그를 찾아내기 위해서는 타바레가 그를 이미 수중에 두고 있어야 한다. 단순히 층계참의 이웃으로서뿐만 아니라, 전혀 다른 유형의 픽션 속 등장인물, 즉 멜로드라마의 바꿔치기된 아이로서 말이다. 《주홍색 연구》에서 셜록 홈스는 이와 유사한 문제에 직면한다. 살인자의 스퀘어힐 반장화와 인도산 엽궐련 시가는 그 자체로는 런던의 폐가에서 일어난 살인의 원인에 대해 아무것도 말해주지 않는다. 살인의 원인은 마치 에드거 포의 선원처럼 다른 곳에서, 심지어는 아주 멀리 떨어진 곳에서 와야 한다. 그리고 이를 설명하기 위해 작가는 문학적 장르를 바꿔야 할 뿐만 아니라 발화의 방식을, 결국에는 책을 바꿔야 한다. 실제로 이는 소설가가 왓슨의 대사를 생략하고, 그 대사를 비인칭 서술자에게 부여하며 시작되는 《주홍색 연구》 2부이다. 비인칭 서술자는 우리를 30년 전의 솔트레이크시티로 데려가 살인자 제퍼슨 호프의 이야기를 들려준다. 모르몬교도들은 그의 약혼자를 훔쳐갔고, 그녀의 양아버지를 살해했다. 살인자, 그러니까 정의의 수호자가 이렇게 [시공간적으로] 아주 멀리 떨어진 곳에서 온다면, 이는 범죄에 대한 이야기와 범죄의 동기에 대한 이야기가 서로 다른 두 가지 이야기이기 때문이다. 이와 같은 기원적인 분열은 오늘날까지 추리 픽션의 역사와 함께한다. 헨닝 망켈 Henning Mankell, 1948~2015[51]의 소설들은 이를 잘 보여준다. 그의 소설들은 알제리 사막, 아파르트헤이트를 시행하는 남아프리카공화국, 카리브해의 플랜테이션 농장, 혹은 멀리 떨어진 몇몇 다른 폭력의 무대들에 기원을 둔 증오와 부정의의 사건들이 스웨덴 지방의 오지에서 한 번 이상 해결되게 만들곤 한다. 이는 언제나 두 가지 지식의 결과를 하나의 동일한 논리 속으로 통합시키는 절묘한 솜씨를 통한 것이다. 지방 소도시 부근의 우물이나 도랑, 혹은 호수에서 발견된 시체의 훼손을 그 원인들에 연관시키는 솜씨, 그리고 특수한 범죄 행위들을 세계적 차원의 정치적, 사회적 관계들의 전반적 연관과 관련시키는 솜씨가 바로 그것이다. 그러나 이와 같은 모순은 플롯을 만들어내는 솜씨

---

51 스웨덴의 작가이자 연극 연출가이다. 그는 아프리카를 처음 여행한 후 많은 시간을 그곳에서 보냈으며, 타계하기 전까지 스웨덴과 아프리카를 오가며 활동했다. 발란더 형사 시리즈로 작가로서의 명성을 얻었으며 다수의 문학상을 받았다.—옮긴이

를 자신의 정치적 신념과 양립시키길 바라는 소설가에게는 적절하지 않다. 세계적 제국주의는 [스웨덴의 항구 도시] 위스타드로 이동되지 않는데, 이는 [〈모르그가의 살인〉 속] 보르네오의 오랑우탄이 생 로슈 지역으로 이동되지 않았던 것, [《르루주 사건》속] 바꿔치기된 아이들의 멜로드라마가 부지발의 별장으로 이동되지 않았던 것, 혹은 [《주홍색 연구》 속] 유타 출신의 모르몬교도들에 대한 네바다 출신 젊은 남자[제퍼슨 호프]의 복수가 런던의 폐가로 이동되지 않았던 것과 다르지 않다. 포가 고안한추리 합리성은 근대소설이 보잘것없는 존재와 사물의 세계 속으로 사라지는 것에 맞서, 모든 세부 사항이 그 기능에 맞고 모든 결과가 원인으로 되돌아가는 아름다운 행동의 일관성을 내세워야 했다. 그러나 추리 합리성은 행동과 행동의 합리성을 둘로 나눔으로써만 그렇게 할 수 있었다. 추리 합리성은 작용인의 연쇄사슬을 종종 하찮은 것에 이르기까지 가장 세게 조여야했지만, 이는 그것을 목적인의 질서로부터 더욱더 근본적으로분리시키기 위함이다. 이로 인해 포가 고안한 패러다임은 특히20세기에 문학적 합리성의 근대적 도그마를 예증하는 데 이용되었다. 당대의 추리소설 작가들은 [근대적 도그마로부터] 거리를 둘 줄 알았다. 인과적 플롯의 온갖 기교는 또 다른 볼티모어출신 작가 대실 해밋Dashiell Hammett, 1894~1961[52]이 《붉은 수확》에서

52 　미국의 추리소설 작가로, 하드보일드 스타일의 창시자로 알려져 있다. 본문에 인용된 《붉은 수확》 외에도 콘티넨털 탐정 시리즈와 《데인가의 저주》(1929), 《몰타의 매》(1930), 《유리 열쇠》(1931), 《그림자 없는 남자》(1934) 등의 작품을 남겼다.-옮긴이

연쇄살인을 열거할 때 내쫓아졌다.[53] 범죄의 원인은 범죄 그 자체다. 범죄의 원인은 범죄적 환경의 존재다. 범죄적 환경에서는 폭력적인 해결이 정상적인 활동이고, 돈과 권력 있는 자들의 공모가 사회적 삶의 중심에 자리한다. 그래서 이 범죄적 환경, 즉 범죄자들, 희생자들, 경찰들이 똑같이 가담하는 환경이 추리소설의 주제가 된다. 레이먼드 챈들러Raymond Chandler, 1888~1959[54]부터 제임스 엘로이James Ellroy, 1948~1981[55]에 이르기까지, 대실 해밋의 계승자들은 볼티모어의 시인[에드거 포]이 보여준 논리적인 역설이나 영적인 투시의 측면에서보다 자연주의적 소설이 보여주는 청록빛과 부패한 분위기의 측면에서 이야기의 성공이 더 잘 보장되었다는 것을 이해하고 있었다.

53 Dashiell Hammett, *Moisson rouge*, trad. N. Beunat et P. Bondil, Paris, Folio / Gallimard, 2011. (한국어판: 대실 해밋, 《붉은 수확》, 김우열 옮김, 황금가지, 2012 참조.)

54 미국의 추리소설 작가로, 대실 해밋과 더불어 하드보일드 스타일의 전형을 제시했다고 평가받는다. 특히 사립 탐정 필립 말로를 중심으로 한 이야기가 유명하다.《빅 슬립》(1939), 《기나긴 이별》(1954) 등의 작품을 남겼다.-옮긴이

55 미국의 범죄소설가, 에세이스트. 대표작으로는 20세기 미국 최악의 살인사건을 소설화한 《블랙 달리아》(1987)가 있다. 전후 미국의 혼란과 부패한 사회의 어두운 이면을 적나라하게 그려냈다는 평을 받는다.-옮긴이

3

실
재
의

기
슭

상상할 수 없는 것
조지프 콘래드의 소설들

우리는 어떻게 등장인물을 창작할 수 있는가? 이러한 질문은 쓸데없는 것처럼 보인다. 결국 등장인물을 창작하는 것은 작가의 일이라고, 이러한 일을 이행하는 데 필요한 상상력이 부족한 이는 다른 직업을 선택하는 게 나을 것이라고 생각하기 때문이다. 사실 이러한 단순한 요구는 오랫동안 그 반대의 요구를 수반했다. 창작된 것은 창작되지 않은 것처럼 제시되어야 했던 것이다. 이것은 전통적으로 서사 전에 등장하는 서사들의 기능이었다. 이 서사들에서 화자는 그가 들려줄 이야기를 창작했음을 부인했고, 우연히 발견한 원고나 누군가가 털어놓은 비밀 혹은 어디선가 들은 서사를 끌어들였다. 이것은 자유사상가들이 상상하듯이, 우리로 하여금 이야기된 사건들의 객관적 현실성을 믿게 하기 위함이 아니었다. 반대로 이것은 현실성을 보증해야 한다는 염려로부터 화자를 해방시키기 위함이었다. 인위적 기교 그 자체는 알려졌고, 동시에 쉽게 잊혔다. 《파르마의 수도원》의 독자들은 머리말을 거의 기억하지 못하는데, 머리말에서 화자는 9년 전 파도바에서, 자신의 오랜 친구인 수도참사회원의 집에 방문했을 때 들었던 산세베리나 공작부인의 모험에 대한 서사에 [자신이 들려줄] 이야기를 빚지고 있음을 밝힌다. 이는 바로 이 픽션이 그 상황들, 사건들, 등장인물들과 더불어, 다른 실재와는 분명히 구별되는 자기 고유의 실재를 가지고 있었다는 것을 의미한다. 사람들은 어떠한 모순도 없이 창작하고, 창작하지 않았다고 말할 수 있었다.

픽션의 역사에서 [창작함과 창작하지 않음이라는] 상반되는 것들의 행복한 결합이 실천 불가능하게 된 시대가 도래했다. 이는 이른바 리얼리즘의 시대이다. 리얼리즘이 의미하는 것은 무미건조한 현실 앞에서 상상력의 권리를 포기한다는 것이 아니다. 리얼리즘이 의미하는 것은 하나의 실재를 또 다른 실재에서 분리하고, 그리하여 그 실재들의 서로 구별되지 않는 속성을 하나의 놀이처럼 다루는 것을 가능케 했던 지표들을 상실한다는 것이다. 그래서 창작하지 않는다고 말하면서 창작하는 것은 더는 적합한 인위적 기교가 아니다. 그것은 수행적인 모순이 된다. 소설가가 이러한 모순을 보여준다면, 이는 창작하는 능력이라는 상상력에 대한 정의마저 문제시된다는 것을 의미한다. 이는 조지프 콘래드Joseph Conrad, 1857~1924의 소설 《서구인의 눈으로》를 느닷없이 개시하는 다음과 같은 낯선 진술이 시사하는 바이다. "우선 저는 제게 상상력과 표현력이라는 뛰어난 재능이 있다는 것을 부인하고 싶습니다. 만약 제가 이러한 재능을 소유하고 있었다면, 러시아 관습에 따라 이시도로스의 아들 키릴—키릴로 시도로비치—라주모프라고 불렸던 남자의 성격을 독자를 위해 직접 창조해낼 수 있었을 것입니다."[1]

이렇게 말하는 사람은 제네바에 거주하는 언어 교사로, 그는 라주모프라는 페테르부르크 출신 학생의 이야기를 들려주는 일을 맡았다. [그에 따르면] 라주모프는 그에게 비밀을 털어놓았던 테러의 주동자를 고발한 후, 러시아 경찰에 의해 이주한 혁명가들의 서클에 침투한 이중 첩자가 되었다. 언어 교사는 자신이 들려줄 이야기를 창작하는 것이 그에게 가능하지 않았을 것이라고 말한다. 그가 직접 이야기를 증언하는 자이기 때문에 이야기를 창작할 필요 없이 그 이야기를 들려준다고 논리적으로 결론 내릴 수도 있을 것이다. 그러나 사실은 그렇지 않다. 그는 단 한 번도 러시아에 발을 들여놓은 적이 없었다. 라주모프와의 만남은 제네바의 거리에서 몇 번 대화를 나눈 것이 전부였고, 게다가 당사자는 오히려 과묵한 태도를 보였다. 그리

---

[1]   Joseph Conrad, *Sous les yeux d'Occident*, trad. J. Deurbergue, *Œuvres*, Paris, Gallimard, «Bibliothèque de la Pléiade», t. 3, 1987, p. 523. 편의상 나는 이 편집본을 참조했으나, 때때로 번역을 수정하기도 했다. (한국어판: 조지프 콘래드, 《서구인의 눈으로》, 김태숙 옮김, 지만지, 2014, 25쪽 참조. "먼저 나는, 러시아의 풍습에 따라 자신을 이시도르의 아들—키릴로 시도로비치—라주모프라고 불렀던 남자의 사람 됨됨이를, 나의 펜으로 독자를 위해 창조할 만한 상상력이 있다든가 표현력과 같은 그런 뛰어난 재능이 내게 있다는 것을 부인하고 싶다.")

고 그는 정직한 영국 시민이라는 그의 본성으로 인해 라주모프라는 인물의 행동과 동기를 상상하는 데 어려움을 겪는다. 그는 러시아제국 출신 사람들, 오직 급진적인 파괴에 대한 말들과 공상들로만 공적인 삶 전체에 대한 전제적인 억압에 대항할 수 있는 사람들을 이해하는 데 어려움을 겪는다. 그래서 그는 독자에게 그가 거의 알지 못했고 그에 대해 어떠한 것도 상상할 수 없는 인물의 이야기를 할 수 있게끔 하는 것이 무엇인지 알려줘야 한다. 따라서 그는 그의 수중에 우연히 들어왔던 원고[라주모프가 쓴 일기 형식의 수기]라는 오래된 방법의 힘을 빌린다. 그러나 이 오래된 방법은 가장 있을 수 없는 모순으로 변한다. 라주모프는 혁명가들이 비밀을 털어놓을 수 있는 동지로 선택한 인물이자, 그의 비밀스러운 성격이라는 같은 이유로 경찰이 이중 첩자로 채용했던 인물인데, 그러한 그가 자신의 배신에 대한 서사를 꼼꼼하게 기록한 일기를 썼다는 것은 가장 있을 수 없는 일이기 때문이다.

물론 이러한 사실임직하지 않음은 아주 간단하게 해명된다. 이중 첩자 라주모프가 러시아인이라는 것, 그리고 언어 교사는 소설가와 마찬가지로 하나의 신념을 공유하기 때문이라는 것이다. 그 신념이란, 후일 또 다른 작가[보르헤스]가 다음과 같은 간결한 문장으로 요약할 것이다. "러시아인들과 그들의 신봉자들은 그 무엇도 불가능하지 않음을 구역질이 날 정도로 보여주었다."[2] 그러므로 라주모프의 동기를 설명하기 위해 애쓸 이유가 없다. 그러나 독자는 소설가가 성가신 교사를 내버려

두고, 어떠한 명분도 필요치 않은 그 유명한 "전지적 서술자"에게 서사를 맡김으로써 사실임직하지 않음의 순환 속에서 그렇게나 고생스럽게 빙빙 도는 것을 피할 수 있었을 것이라고 생각하게 된다. 그렇지만 이와 같은 마땅한 결론은 좀 지나치게 단순한 것일 수 있다. 한편으로, 성가신 교사는 서사 속 등장인물들의 행실과 보통 서사에 동조하게끔 만드는 사실임직한 동기들의 체계 사이의 근본적인 간극을 독자들에게 가리키기 위해 바로 거기에 있다. 그러나 다른 한편으로, 교사는 [인물들의 행동을] 이해하지 못하는 그의 무능력으로 인해 상상할 수 없는 인물이라는 부담을 떠맡는 데 적합하게 되고, 이 상상할 수 없는 인물과 직접적으로, 그리고 "전지적 서술자"의 자격으로서도 연루되길 원하지 않는 소설가를 그 부담에서 면제시키는 데 적합하게 된다.

아닌 게 아니라 너무나 유명한 "전지적 서술자"는 사실 분명히 구별되는 두 인물에 걸쳐 있다. 그중 한 명은 옛 방식의 플롯과 등장인물의 창작자다. 그는 서술에서 물러남으로써 그가 창작한 상황과 캐릭터들의 논리적인 귀결들이 펼쳐지게 둔다. 다른 한 명은 플로베르의 시대에 등장한 새로운 화자이다. 이

2　Borges, préface à Adolfo Bioy Casares, *L'Invention de Morel*, p. 8. (한국어판: 아돌포 비오이 카사레스, 《모렐의 발명》, 8쪽 참조. "러시아 작가들과 그 제자들은 그 무엇도 불가능하지 않다는 것을 지루하게 보여주었습니다. 가령 너무나 행복해서 자살하거나 자비를 베푸는 행위로 살인을 저지르거나 너무 사랑한 나머지 영원히 헤어지거나 아니면 너무 열렬하거나 겸손해서 비밀을 고자질하는 것 등⋯⋯")

화자에게서는 일인칭이 부재하지만, 그의 문장은 호흡마저 등장인물들의 지각과 정서에 공명한다. 이 화자는 다른 어떤 화자보다 등장인물들과 거리를 두지 못한다. 사실 그는 또 다른 종류의 상상력을 실천한다. 콘래드는 그의 모파상 찬가에서 이 상상력의 원리를 느닷없이 정식화했다. "이 예술가는 진정한 상상력을 가지고 있다. 그리고 그는 그것이 무엇이 되었든 간에 그것을 창작하는 것에 결코 선뜻 응하지 않는다."[3] 이 두 문장은 예술적 미메시스mimesis가 의미하는 것에 대해 무한히 되풀이되는 잘못된 관념을 반전시키기에 충분하다. 미메시스의 인간은 실제적인 상황들이나 사건들을 예술의 영역으로 옮김으로써 그것들을 재생산하는 자가 아니다. 미메시스의 인간은 존재하진 않지만 존재할 수도 있는 인물들과 상황들을 창작하는 자이다. 진정한 창조자는 창작하지 않는다. 진정한 창조자는 그의 머리에서 인물들을 길어내 그들에게 가능한 감정과 모험을 부여하지 않는다. 반대로 그는 실질적인 감각 상태, 뜻밖에 마주친 광경, 힐끗 보이는 실루엣, 말해달라고 청하지 않은 비밀, 우연히 듣게 된 일화나 중고 서점의 진열대에서 발견한 책 속 기록들이 간직한 이야기의 잠재성을 발전시킨다. 바로 여기에서 이야기의 에피소드들을 창조해내는 불안한 에너지가 발생되는 것이 틀림없다. 이 에너지가 우선 문장들로 번역되는 경우에 한에서

---

3   Joseph Conrad, «Guy de Maupassant», in *Propos sur les lettres*, trad. M. Desforges, Paris, Actes Sud, 1989, p. 101.

말이다. 플로베르는 그가 묘사하는 장면이 "보이게 할" 필요가 있다. 콘래드는 어느 날, 어딘가에서 [그가 창조한] 여러 등장인물을 봤음을 우리에게 장담한다. 이러한 등장인물로는 《승리》의 스웨덴인 톰 린가드와, 특히 로드 짐이 있다. 콘래드는 로드 짐에 대해 다음과 같은 유명한 문장을 쓰는데, 이 문장은 모든 시적 예술, 심지어는 예술의 모든 체제를 가장 간결하게 요약한다. "나는 일말의 염려도 없이, 나의 독자들에게 그[로드 짐]가 고의적으로 왜곡된 사유의 산물이 아님을 단언할 수 있다. 그는 북유럽 안개의 형상은 더더욱 아니다. 햇볕이 내리쬐는 어느 아침, 동방의 한 정박지라는 흔한 배경 무대 사이로, 눈길을 끄는 특색 있는 실루엣이 안개 속에서 지극히 고요히 지나가는 것을 보았다. 이 소설에서 그는 바로 그런 인물로 등장하게 되어 있다. 가능한 모든 공감을 동원해 그 실루엣에서 의미를 표현하는 말들을 찾는 것은 나의 몫이었다. 그는 우리 중 하나였다."[4]

진실된 상상력은 창작된 사실임직함에 대립한다. 진실된

---

4   Joseph Conrad, *Lord Jim*, trad. H. Bordenave, *Œuvres*, Paris, Gallimard, «Bibliothèque de la Pléiade», t. 1, 1982, p. 829. (한국어판: 조지프 콘래드, 〈작가의 노트〉,《로드 짐 1》, 이상옥 옮김, 민음사, 2005, 12쪽 참조. "그러나 내가 독자들에게 마음 놓고 확언할 수 있는 것은 그가 냉랭하게 변태적인 생각에서 빚어진 인물은 아니라는 점이다. 그는 물론 안개가 많이 끼는 북유럽의 인물도 아니다. 어느 화창한 날 동방의 어떤 정박지에서 나는 그가 흔히 볼 수 있는 평범한 환경 속에서 지나가는 것을 보았다. 그는 내게 호소해 오는 바가 있었고 의미심장했으며 구름에 가려진 듯이 정체불명이었고 완벽히 침묵하고 있었다. 이 소설에서 그는 바로 그런 인물로 등장하게 되어 있다. 내가 발휘할 수 있는 모든 공감력을 발휘하면서 그의 의미를 그려내기 위한 적절한 말을 찾는 일이야말로 내가 해야 할 일이다. 그는 '우리들 중의 한 사람'이다.")

상상력은 오직 실재의 중핵, 다시 말해 숨김없는 빛 속에서 그 윤곽이 확실히 드러난 **특색 있는** 실루엣, 이야기의 잠재성을 담지한 **눈길을 끄는** 실루엣, 소설가로 하여금 이 이야기를 하기에 적절한 말을 찾도록 강제하는 **고요한** 실루엣으로부터 펼쳐진다. 이를 위해서는 특정한 덕목, 즉 공감만 있으면 된다. 공감은 콘래드의 사유와 작품에서 관건이 되는 개념, [그의] 윤리와 미학을 긴밀히 통합하는 개념이다. 십중팔구 공감이라는 개념은 콘래드에게만 고유한 것은 아닐 것이다. 이 개념은 근대의 픽션과 불가분한 것으로, 19세기 내내 이어졌지만 도중에 그 본성이 변하기도 했다. 특히나 위고의 시가 예증했던, 일체를 이루는 위대한 삶에 대한 범신론적 신봉은 쇼펜하우어의 멜랑콜리로 변한다. 멜랑콜리는 자신의 장래의 종말이라는 파괴적인 공상을 좇는 의지의 고통에 가장 알맞은 감정을 연민에서 발견한다. 콘래드의 픽션은 쇼펜하우어의 견고한 허무주의를 바탕으로 펼쳐진다. 그러나 [허무주의에 대한] 지배적인 해석과는 반대로, 소설가는 허무주의에서 전적으로 긍정적인 시각을 이끌어낸다. 그에 따르면, 공상은 미망에서 깨어난 현자에 의해 알려지는 환영이 아니다. 공상은 정신과 신체를 움직이게 만드는 실재이자, 사실임직한 것을 창작하고 이성적으로 설명하는 것에 대립하는 실재이다. 이 실재는 "상상력이 풍부한" 소설가에게 고유한 대상이다. 소설가의 "상상력"은 일련의 "이미지들"을 구축하는 것, 등장인물들과 상황들을 사실임직함의 세계에서 빠져나오게 만드는 감각적인 장면들을 구축하는 것이다. 그러나 이러한 상상의 능력은 오직 지배의 위치를 포기하고, "함께 느끼기[공감]" 아니면 "함께 고통받기[연민]"라는 법칙을 따르는 자들에게만 속한다. 실루엣이 담지한 이야기를 쓰는 것, 이러한 상상력과 "공감"의 방식은 콘래드의 시대에 매우 유행했던 또 다른 방식, 즉 얼굴에서 병적인 상태의 징후를 읽어내는 방식과 정확히 대립한다. 이는 생리학적 특징들에서 범죄 행위나 타락을 가리키는 징후들을 알아보는 체사레 롬브로소Cesare Lombroso, 1835~1909[5]나 프랜시스 골턴Francis Galton, 1822~1911[6]의 "과학적" 방식이다. 범죄에 대한 관심, 그리고 범죄를 가리키는 징후들에 대한 이러한 관심은 소설가에게 낯선 것이다. 소설가의 관심을 끄는 것은 범죄자들 못지않게 순교자들을 초래하는 공상이다. 그렇기 때문에 《노스트로모》에서, 소설가는 그에 대해 그리 모범적이지 않은 이야기를 들었던 건달을 일종의 "민중의 낭만적인 대변자"[7]로 둔갑시켰다. [《로드 짐》의] 기병 짐은 영광의 망령을 뒤쫓는데, 그 망령은 아들 굴드가 독이 든 선물과 같은 것으로 받은 탄광의 가치를 높이는 데 열중할 때 가졌던 산업적 공상에 반향하는 것과 마찬가지로, [《노스트로모》 속] 늙은 가리발디[이탈리아 장군]의 혁명적인 공상, 즉 결국 그를 죽이고 마는 공

---

5 이탈리아의 정신의학자이자 법의학자로 형법학에 실증주의적 방법론을 도입하고, 범죄인류학을 창시했다.-옮긴이

6 영국의 과학자로, 우생학의 창시자이다.-옮긴이

7 Lettre à R. B. Cunninghame Graham, 31 octobre 1904, *The Collected Letters of Joseph Conrad*, ed. F. R. Karl and L. Davies, Cambridge University Press, vol. 2, 1986, p. 175 (랑시에르의 번역).

상에 반향한다. 짐을 죽음으로 이끈 명예에 대한 공상, 커츠를 신봉하는 러시아인의 "현실적인 계산도 근심도 없는 순수한 모험의 정신",[8] 올마이어의 터무니없는 상업적 몽상이나 린가드[9]가 자신의 혼혈 딸에 대해 품는 헛된 희망 역시 이와 같은 장르에 속한다. 여러 바다를 돌아다니던 옛 모험가이자, 정착민이 된 영국 시민[조지프 콘래드][10]은 이 모든 등장인물을 상상할 수 있는데, 왜냐하면 그가 그들을 언젠가 "만났으며", 그들의 공상에 공감할 수 있고, 그들의 공상에서 각 개인이 자신의 삶을 그것에 바치는 환영의 실재를 알아볼 수 있기 때문이다. 그러나 여기에는 한 가지 조건이 있다. 이 공상이 그들의 공상으로, 삶의 실제적인 신기루로 남아 있어야 한다는 것이다. 공감과 상상력은 모두 공상이 하나의 프로그램, 즉 이성, 과학, 진보에 토대를 둔 행복을 인류 전체에 혹은 이러저러한 인류의 분파에 가져다주겠다는 계획을 품은 프로그램으로 둔갑하는 곳에서 중단된다.

콘래드의 시학이 그의 정치학과 엮이는 곳이 바로 여기인데, 그 방식은 처음에는 역설적인 것처럼 보인다. "어둠의 심연"에서 식민지 제도의 괴물성을 다른 누구보다 더 강경하게 묘사

---

8   Joseph Conrad, «Au Cœur des ténèbres», in *Romans*, trad. J. Deurbergue, Paris, Gallimard, «Bibliothèque de la Pléiade», t. 2, 1985, p. 119. (한국어판: 조지프 콘래드,《어둠의 심연》, 이석구 옮김, 을유문화사, 2008 참조.)

9   조지프 콘래드는 톰 린가드가 등장하는 세 작품《올마이어의 어리석음》(1895),《섬의 추방자》(1896),《구조》(1920)를 출간하며 '린가드 3부작'을 완성했다.-옮긴이

10   1857년 폴란드에서 태어난 콘래드는 1886년 영국으로 귀화했다.-옮긴이

했던 소설가가, 어떻게 현세에서 지옥에 떨어질 만한 자들이 겪게 만드는 부정의에 맞서 싸우는 진보적인 학설에 대해 그처럼 단호한 반대 입장을 표명할 수 있을까? 대답은 간단하다. 식민지 제도의 괴물성 자체가 진보를 말하는 학설의 적용이라는 것이다. 그리고 선교사 커츠는 그의 말, 그러니까 아무런 반성 없이 가르쳐지고, 암송되며, 베껴 써진 말들 아래 "야만적인 관습"을 없애러 떠났지만, 그가 자칭 맞서 싸운다고 했던 "야만성"이 그 자신 내면 깊은 곳에 현존함을 인식하지 못했다는 것이다. 그리고 그는 상아에 대한 헛된 열망에 불과했던 것을 충족시키기 위해 원주민들이 자신을 신으로 취급하는 것을 받아들이고, 그들의 우상 숭배적인 믿음을 이용하면서, 백인 남성의 문명화 임무에 영광을 돌리는 보고서를 계속해서 작성했다는 것이다. 커츠와 함께, 공상의 진실된 거짓은 순 거짓, 즉 문명화의 역사적 임무라는 거짓된 주장에 대한 신봉으로 변한다.

하지만 콩고[의 강]을 거슬러 올라갔고, 연안의 가장자리를 따라 뻗어 있는 나무들 뒤에 숨겨진 불가사의를 느꼈으며, 둑 위에서 검은 팔다리가 소용돌이치는 것을 알아차렸고, 태곳적 어둠에서 빠져나온 것 같은 폭발적인 아우성과 손발이 부딪히는 소리를 들었으며, "문명화 임무를 맡은 이들"의 기지에서 견디기 어려운 권태를 느끼는 동시에 공중에 떠다니는 "상아"라는 말에 따라붙는 강탈의 악취를 느꼈고, 사슬에 묶인 채 무용지물인 철도 노선의 자재들을 가파른 오솔길을 따라 실어 나르도록 강제된 흑인들의 행렬을 봤던 사람에게 커츠는 여전히 상상할 수 있는 인물로 남아 있다. 이 사람은 커츠에게 "공감할" 수 있는데, 왜냐하면 그는 "야만성"과의 마주침 속에서 우리의 감정을 닮은 인류의 감정을 느꼈기 때문이다. 커츠는 정복적인 서구의 인간성과 태곳적 어둠 사이의 친연성을 경험했다. 그는 이처럼 자기 안에 모든 가능한 것들을 지니고 있는 것으로 발견되는 인간 정신이 경험할 수 있는 바의 끝까지 가보았다. 그렇기 때문에 자유사상가들과 함께, 거짓된 문명화 임무의 비속한 진실이 곧 서구 자본주의 인간의 강탈의 정신이라고 단순하게 말하면서 커츠의 이야기를 요약하는 것은 너무나 안이한 것이다. 아닌 게 아니라 진실은 공상의 반대가 아니기 때문이다. 경험의 진실 그 자체가 바로 공상이다. 그래서 공상은 상반되는 것들 사이의 동일성이다. 공상은 영토의 정복을 부추기는 강탈의 정신**이자** 정복을 대속하는 유일한 것이다. 다시 말해, 공상은 "이념, 그리고 이 이념 속 사심 없는 신념, 사람들이 건립하고, 그 앞에 엎드려 절하며 희생물을 바치는 어떤 것"[11]이다. 커츠는 이처럼 상반되는 것들의 동일성을 경험했지만, 그 동일성을 인식하거나 표현하지는 못했다. "공포"라는 단 하나의 낱말, [국제야만풍습억제협회라는 단체를 위해 작성한] 그의 보고서에 드

---

11   Joseph Conrad, «Au coeur des ténèbres», p. 50. (한국어판: 조지프 콘래드, 《어둠의 심연》, 16쪽 참조. "이 불미로운 행위를 대속해주는 것은 이념밖에 없어요. 그 행위 이면에 숨은 이념이지. 감상적인 구실이 아니라 이념이라야 해. 그리고 그 이념에 대한 사심 없는 믿음이 있어야지. 이 이념이야말로 우리가 설정해놓고 그 앞에서 절을 하며 제물을 바칠 수 있는 무엇이기도 하거든.")

러난 모든 휴머니즘적 웅변을 나지막한 소리로 부인하는 말을 제외하고는 말이다. 소설가는 콩고 연안의 주술적인 부름을 들었을 뿐만 아니라, 말로처럼 그 주술적인 부름에 저항하는 데, 그리고 침략자들을 침략할 위험이 있는 "그것"을 매장하는 데 유용한 몇몇 유지 업무를 발견할 수 있었기에 커츠를 상상할 수 있다. 또한 소설가는 야만성과의 대결에 대해, 그리고 건너편으로 넘어갔던 자의 경험에 대해 글을 쓸 수 있다. 소설가는 "자신의 모든 공감력을 동원해" 어리석은 강탈**이자** 이념에 대한 절대적 희생으로서 공상에 대한 이야기를 만들어낼 수 있다. 그가 이렇게 할 수 있는 이유는 또한 그 자신이 "완전히 잃어버린 대의, 가망 없는 이념에의 충실성을 제외하고는"[12] 긴 세월에 대한 모든 감정을 거부하는 사라진 공상(러시아 전제주의에 맞선 폴란드 귀족들의 봉기)의 후예이기 때문이다.

　따라서 식민지 공포에 대한 묘사는 억압받는 자들의 해방을 위한 어떠한 진보주의적 캠페인에도 도움이 될 수 없다. 반대로 이러한 묘사는 진실을 말하는 진보를 위해서 진보라는 거짓을 비판할 어떠한 변증법적 합도 금지한다. 이러한 묘사는 분할선을 그리는데, 이 분할선은 해방적인 정치의 가능성을 제거함으로써만 새로운 픽션을 가능하게 만든다. 이 분할선은 두 범주의 인간을 나눈다. 그중 하나는 소설가가 상상할 수 있는 자

12　Lettre à R. B. Cunninghame Graham, 8 février 1899, *The Collected Letters of Joseph Conrad*, op. cit., vol. 2, p. 160.

들이다. 소설가는 이들을 만났거나 이들을 낳은 풍토를 알고 있다. 이들은 끝까지 공상의 논리를 따랐고, 그 속에서 이들의 삶을 보냈다. 다른 하나는 소설가가 상상할 수도, 공감할 수도 없는 자들이다. 소설가는 공상의 화염이 타오르는 길 위에서 그들을 만난 적이 한 번도 없다. 소설가는 그들을 단지 창작할 수 있을 뿐이다. 다시 말해, 그들을 단지 증오할 수 있을 뿐이다. 아닌 게 아니라 소설가는 그들을 오직 꾸며낸 이야기invention의 존재라는 형상으로만 창작할 수 있기 때문이다. 꾸며낸 이야기의 존재에게 관념은 공상으로 구체화되지 않고, 오히려 사람들이 조작하는 죽은 관념이자 사람들을 조작하는 죽은 관념의 상태에 머문다. 실제로 죽은 관념은 두 가지 주요한 형상을 취한다. 하나는 무한히 조작 가능한 공식에 불과한 말들이다. 이를테면 《서구인의 눈으로》에서 망명한 혁명가가 제네바 별장의 안락함 속에서 지치지 않고 구술하는 말들, 또는 무정부주의자들이 비밀요원 벌록의 런던 가게 뒷방에 모여 주고받는 선동적인 발언들과 같은 것이 바로 그것이다. 다른 하나는 그 증인이 될 이들에게 경악과 두려움을 불러일으키기 위해 조직되어야 하는 사건의 계획들이다. 이와 같은 관념의 형상은 시학적으로 말하자면, 관념을 원인과 결과가 이루는 합리적 시퀀스로 강압적으로 번역하는 극작가들, 구시대적 극작가들의 형상이다. 그러나 이는 또한 정치적으로 말하자면, 전제주의의 주동자들이 두려움을 불러일으키기 위한 목적으로 개인들과 상황들을 파렴치하게 조종하고자 시행한 형상이기도 하다. 그들에게 두려움은

[개인들을] 복종시키기 위해 동원할 수 있는 유일한 수단이자, 그들이 납득할 수 있는 유일한 공통의 삶의 원리이기 때문이다.

그렇다면 공상가들과 말의 조작자들, 인간의 조종자들이 대립한다. 공상가들에 대해 우리는 그들이 심연으로 치닫는 것을 **상상할** 수 있다. 반면 말의 조작자들과 인간의 조종자들에 대해 소설가는 조작/조종의 플롯에 불과할 플롯을 **창작해야** 한다. 바로 이것이 콘래드가 명시적으로 혁명적 서클을 배경으로 집필했던 두 소설 《서구인의 눈으로》와 《비밀요원》에 부과되는 제약이다. 이 소설들은 이중 첩자에 관한 이야기로, **엄밀한 의미에서**stricto sensu 상상할 수 없는 것에 관한 소설이다. 배신자 라주모프의 이야기를 창작하지 못하는 정직한 언어 교사의 무능력은, 몰이해라는 좀 더 포괄적인 논리를 단적으로 보여준다. 이 논리 속에서 사람들은 공상에 관한 플롯의 희화화된 버전, 전도된 버전을 알아볼 수 있다. 여기서도 역시 모든 것은 실루엣에서 시작된다. 그러나 플롯의 원동력은 이 실루엣이 건넨 메시지에 대한 형편없는 해석에 의해 주어진다. 테러리스트 혁명가들에게 공상은 전제주의를 끝장내기 위한 것으로서 필요충분한 폭력 행위에 대한 강박관념으로 환원되었고, 그들은 온화한 학생 라주모프의 신중한 분위기에서 그들의 신념을 은밀히 공유하는 자의 사유의 깊이를 본다고 상상한다. 만약 라주모프가 그들을 배신한다면, 그것은 반대로 "마치 사람들이 어떤 것을 변화시킬 수 있었던 것처럼"[13] 사회를 변화시킬 수 있다고 상상한 이 테러리스트 혁명가들의 동기를 상상하지 못하는 무능력 때문이다. 그러나 이와 같은 이중적인 몰이해는 라주모프를 가장 있음직하지 않은 이중 첩자로 만든다. 실제로 그는 자신에게 주어진 역할과 정반대되는 일을 행한다. 예컨대 그는 한눈에 그를 신뢰할 수 있는 이로 알아봤다고 말하는 혁명가들에게 계속해서 화를 낸다. 또한 그는 공원에서 경찰에게 보내는 보고서를 쓰고, 그를 모든 혐의에서 벗어나게 할 이상적인 범죄자가 발견된 순간 자신의 배신을 시인하고 만다. 콘래드는 화자만큼이나 라주모프를 상상할 수 없을뿐더러 라주모프를 신뢰하는 혁명가들을 이해할 수도 없다. 그가 공감할 수 있는 유일한 인물, 유일하게 "공감적인" 인물은 "돌봐주는 여인", 즉 [살아가면서] 다음의 모습으로 마주하게 되는 사람들—저물녘 누더기를 입은 채 구걸하는 어린 소녀, 경찰에게 고문당한 후 그녀의 품에서 숨을 거둔 젊은 노동자, 그녀가 생각을 본받은 선생님, 폐인이 되어 말년을 보내던 중 그녀가 구원할 배신자 라주모프—에게 스스로를 완전히 헌신하고자 하는 유일한 필요에 의해 살아가는 여인이다. 그녀가 두려워하는 단 한 가지는 대의를 위해 그녀의 삶을 바치는 것이 아니다. 그녀가 두려워하는 단 한 가지는 그녀를 살게 만드는 환영들이 혁명적 재변가의 비열한 행실에 의해 파괴되는 것을 보는 것이다.

이 재변가들은 《비밀요원》의 몇 페이지에 걸쳐 말재간을 과시한다. 《비밀요원》은 무정부주의자들을 한 번도 만나본 적

---

13   Joseph Conrad, *Sous les yeux d'Occident*, op. cit., t. 3, 1987, p. 744.

이 없고, 그래서 그들의 행동의 동기들을 상상할 수 없었다고 분명히 밝혔던 작가가 창작한 무정부주의적 테러 행위에 대한 상상할 수 없는 이야기이다. 그러나 무정부주의자들이 행동하는 이유를 작가가 상상할 수 없다면, 그는 그들로 하여금 실제로 행동하게 만들지 못한다. 사실 비밀요원 벌록의 가게 뒷방에서 사회적 착취와 해방에 대해 거드름을 피우는 떠벌이들, 즉 [무정부주의의] 전도자 미케일리스, 동지 오시폰, 그리고 테러리스트 윤트는 어떠한 무정부주의적 테러 행위도 실행에 옮길 능력이 없다. 따라서 테러 행위의 구상에서 실행까지의 여정은 독특한 업무 분담을 거친다. 테러 행위의 구상은 이름이 거론되지 않은 외국 열강 외교관의 작품이지만, 여기서 외국 열강이 가리키는 나라가 조작적인 파렴치함의 본고장으로서 제정 러시아임을 식별하는 것은 쉬운 일이다. 제정 러시아는 자유주의 영국이 [러시아에서] 망명한 혁명가들을 더는 관용하지 못하게 하기 위해 이와 같은 "무정부주의적" 테러 행위를 기획한다. 하지만 제정 러시아는 공포에 휩싸인 정신들에 충격을 주기 위한 목적으로 전대미문의, 상상할 수 없는 음모를 꾸며내고자 한다. 공권력이나 재력과 같은 예상되는 표적이 아닌 상당히 터무니없는 표적을 겨눔으로써 어떠한 것도 할 수 있는 적이라는 생각을 심어주는 테러 행위를 꾸며내고자 하는 것이다. 따라서 표적은 과학, 이 경우 그리니치 천문대로 육화된 과학이다. 계획의 실행은 당연히 무정부주의의 교조주의자들이 아니라 이중 첩자 벌록에게 맡겨진다. 벌록의 유일한 동기는 대사관의 보조금을 잃지 않는 것이다. 벌록은 폭발물을 손에 넣기 위해 교수에게 도움을 청할 것이다. 이 교수는 급진적인 파괴만을 목적으로 삼고, 이를 위해 점점 더 완벽해지는 폭탄 제조 외에는 다른 수단을 상상하지 않는다. 그래서 폭발물은 벌록의 젊은 처남이자 머리가 모자란 인물, 즉 스티비의 손에 주어질 것이다. 그는 가게 뒷방에서의 불붙은 담화가 먹혀드는 유일하게 "공감적인" 인물이지만, 또한 그가 들고 가는 끔찍한 기계 장치의 민감함을 이해할 능력이 가장 떨어지는 인물이기도 하다. 스티비는 사고로 [폭발물이 든] 상자와 함께 넘어질 것이다. 그의 신체는 갈가리 찢기지만 테러 행위는 실패로 돌아갈 것이고, 이 사건은 전적으로 가족적인 평면에서 대단원을 맞을 것이다. 벌록의 아내는 남동생의 죽음을 되갚기 위해 자신의 남편[벌록]을 죽이고, 떠벌이 오시폰에게 돈을 맡긴 후 자살할 것이다. 오시폰은 이 돈을 오직 인간종에 대한 경멸과 완벽해진 폭발물의 힘을 빌려 인간종을 끝장내고자 하는 욕망으로만 생동하는 인간인 "교수"에게 기부할 것이다. 이 책은 런던의 군중 속에 숨은 이 인간종의 적대자에 대한 광경을 보여주며 끝이 난다. "그에게는 미래가 없었다. 그는 미래를 경멸했다. 그는 폭력이었다. 그의 사고는 폐허와 파괴의 이미지들을 품었다. 그는 허약하고 하찮으며 초라하고 비참한 모습으로 걷고 있었지만, 세계의 갱생을 위해 광기와 절망에 호소하는 그의 이념의 단순성 때문에 무시무시해 보였다. 아무도 그를 쳐다보지 않았다. 그는 사람들로 가득 찬 거리에 있는 페스트처럼, 죽음을 보유한 채 의심받지 않고 지나갔다."[14]

　　파괴의 전도자인 교수에 대한 이 최후의 판단은 또한 소설가가 창작해야 했던 꼭두각시들[등장인물들]에 대한 최후의 판단이기도 하다. 하지만 소설가가 스스로 한 번도 만난 적이 없다고 고백한 무정부주의 활동가들을 반동적인 선입견을 가지고 희화화했다고 비난하는 것은 아무 소용이 없을 것이다. 아닌 게 아니라 소설에서 표현되는 것은 자유주의적 군주제 국가에 잘 동화된 이민자가 급진적인 파괴의 전도자와 실행자들에게 갖는 증오만이 아니기 때문이다. 소설에서 표현되는 것은 새로운 소설가가 먼바다와 강에서 공상 속 모험들을 더는 좇을 수 없게 되는 바람에 구시대적 방식으로 창작할 수밖에 없었던 등장인물들에 대해 갖는 증오이다. 떠벌이 무정부주의자들, 전제주의의 조작적 관료들, 폭발물의 "과학적" 제조자들이나 파괴의 예언자들은 동일한 죽음의 활동에 공모한다. 자유주의적 문명의 죽음뿐만 아니라, 자유주의적 현명함에서 달아나 새로운 픽션에 소재를 제공한 미친 공상가의 죽음에 공모하는 것이다. 그러나 그들은 더 나아가 소설가로 하여금 이 파괴의 공모자가

14　　Joseph Conrad, *L'Agent secret*, trad. S. Monod, Paris, Gallimard, «Bibliothèque de la Pléiade», t. 3, 1987, p. 274. (한국어판: 조지프 콘래드, 《비밀요원》, 왕은철 옮김, 문학과지성사, 2006 참조. "그에게는 미래가 없었다. 그는 미래를 경멸했다. 그는 힘이었다. 그는 파멸과 파괴의 이미지만을 품고 다녔다. 그는 허약하고 궁상맞고 초라하고 비참한 모습을 하고 있었지만, 세상을 재생시키기 위해 광기와 절망을 불러들여야겠다는 생각의 단순성 때문에 무시무시해 보였다. 아무도 그를 쳐다보지 않았다. 사람들로 가득한 거리에 있는 페스트처럼, 치명적이고 의심받지도 않으면서 그는 지나갔다.")

되도록 강제한다. 그들은 소설가로 하여금 기상천외한 조작에 대한 이야기들을 창작하게 만들고, 죽은 텍스트에서 뽑아낸 추상적 관념에 살 없는 신체를 부여하게 만든다. 또한 그들은 소설가를 이중 첩자로 만든다. 짐의, 악셀 헤이스트의, 톰 린가드의, 그리고 심지어 커츠의 공상까지 죽이는 창작의 활동, 즉 조작의 활동에 열중한 이중 첩자로 말이다. 《비밀요원》의 마지막 문단에서 드러나는 폭력성은 정치적인 편견이나 개인적인 반감의 관점에서 설명되지 않는다. 공감과 반감은 주관적인 감정들이 아니다. 그것은 등장인물들과 함께 존재하는 방식이거나 함께 존재할 수 없는 방식이다. 허무주의에 빠진 교수, 페스트처럼 비참하고 눈에 띄지 않은 채 영국 수도의 거리를 거니는 교수에 대한 언급은, 공상적 모험가 짐에 대한 마지막 언급과 정확히 대칭적이고, 정확히 대립한다. 짐은 기사도적인 영웅주의에 대한 그의 몽상을 마침내 죽음 속에서 실현하기 위해, 그가 사랑했던 여인의 팔에서 간신히 몸을 빼낸다. 짐의 실루엣은 픽션적인 세계 전체, 그러니까 삶과 삶을 대속하는 공상의 비일관성 자체를 닮은 세계를 낳았다. "교수"의 실루엣은 대도시라는 배경 무대 속에서 눈에 띄지 않은 채로 남아 있다. 그의 실루엣은 어떠한 이미지들의 세계나 감각들의 세계도 낳지 않는다. 그러므로 그에게 [교수라는] 하나의 등장인물을 창작해주고, 이 인물에게 가능한 행실과 사실임직한 동기들, 다시 말해 진실 없는sans vérité 동기들을 부여해야 한다. 이와 같은 창작의 요구 사항들을 앞에 두고, 어떻게 작가 조지프 콘래드가 《올마이어의 어리석음》을 집필할 시기, 그의 동료 중 한 명의 작품에 관해 내린 다음과 같은 돌이킬 수 없는 판단을 떠올리지 않을 수 있겠는가? "단 하나의 에피소드, 사건, 생각이나 말, 단 하나의 기쁨의 어조나 슬픔의 어조도 필연적이지 않다. …… 모든 것은 가능하다―하지만 진실의 표식은 사태들의 가능성 속에 있지 않다. 그것은 사태들의 필연성 속에 있다. 필연성은 유일한 확실성이다. 필연성은 삶의―그리고 몽상의―본질 그 자체이다."[15] 외교관의 파렴치하고 어처구니없는 계획, "교수"의 허무주의적 생각, 미케일리스의 인도주의적 담화나 오시폰의 방탕한 행위들을 창작하는 것은, 가능한 것의 거짓된 진영에 가담하기 위해 필연적인 것이라는 유일한 진실을 포기하는 것이 아닌가? 그렇다면 우리는 무정부주의적인 꼭두각시들에 대한 희화화된 이야기를 읽으면서, 이 이야기가 혁명의 무질서에 대한 공포를 표현하는 정직한 영국 시민 조지프 콘래드에 의한 것인지, 아니면 이야기가 다루는 주제 때문에 옛 시학의 선례를 참조하게 되었던 것을 되갚는 모험가이자 작가 조지프 콘래드에 의한 것인지 더는 알지 못한다. 그러나 이러한 콘래드의 원한에는 저자의 개인적인 감정을 훨씬 넘어서는 무언가가 있다. 그것은 필연적인 것과 사실임직한 것 사이의 오래된 동족성 속에 도입되는 틈이다. 창작된 사실임직한 것은 필연적인 것의 반대가 된다. 필연

---

15 Lettre à F. Unwin, 22 juillet 1896, *The Collected Letters of Joseph Conrad*, op. cit., vol. 1, p. 302-303.

적인 것은 삶과 몽상에 있어 공통의 본질이기에 창작되지 않는다. 사실임직한 것은 상상할 수 없는 것이 된다. 다시 말해, 사실임직한 것은 더는 예술가들의 사안이 아니라, 조작자들의 사안이 된다. 상상력과 꾸며낸 이야기invention를 분리하는 선은 또한 작가와 이중 첩자를 분리한다.

문서의 풍경들
제발트의 소설들

우리는 무엇을 통해 픽션을 픽션으로 알아보는가? W. G. 제발트W. G. Sebald, 1944~2001의 《토성의 고리》는 1992년 8월 말이라는 아주 구체적인 날짜에, 영국 동부 도시 노리치 부근으로 뚜렷하게 식별된 지역에서 저자가 착수한 여행에 관해 이야기한다. 독자가 손쉽게 확인할 수 있듯이, 저자는 당시 노리치의 이스트앵글리아대학의 교수였다. 또한 독자는 저자가 방문했다고 말하는 장소들—서머레이턴의 성, 한때 품격 있던 로스토프트의 휴양지, 던위치의 쇠망한 도시, 오르포드네스의 버려진 군사시설들……—의 현실성, 그리고 그가 언급하는 동료들이나 그가 여정에서 만났다고 말하는 사람들—시인이자 번역가인 마이클 햄버거나 예루살렘 성전을 정확하게 복제하는 데 전념한 독학 예술가 알렉 개러드—의 실제 존재를 손쉽게 확인할 수 있다.

여행의 숙박지들은 화자의 다른 여행을, 또는 화자가 다녀보고 증언한 장소들과 연관된 과거의 사건들을 떠올리는 계기가 된다. 이를테면 이민자 샤토브리앙과 목자의 젊은 딸 사이의 엇갈린 사랑, 사업가 모턴 피토, 당대의 서머레이턴 성의 화려함, 엉뚱한 앨저넌 스윈번의 더니치에서의 잠시 동안의 체류, [페르시아 시인] 오마르 하이얌의 《루바이야트》를 번역한 영국인[피츠제럴드]과 [같은] 장소에서의 체류…… 등이 그것이다. 그는 다수의 사진을 통해 자신의 이야기를 예증한다. 예컨대, 그가 봤던 것—서머레이턴 성 창살 뒤에 있던 중국 메추라기—의 현실성을 증거하는 기념품들, 그의 묘사가 진짜임을 증명하는 우편 엽서들이나 그의 역사적 여담을 예증하는 문서고의 기록물들을 찍은 사진이 그것이다. 따라서 이 책의 열 개의 에피소드는 어떤 지역과 그곳에서 압축된 형태로 발견되는 역사에 대한 시학적인 탐방기사를 이루는 것처럼 보인다. 그래서 저자는 실제로 이 에피소드들을 처음에 《프랑크푸르터 알게마이네 차이퉁》의 '문예란'에 싣고자 했는데, 이 문예란은 선택된 작가들이 어떤 장소, 어떤 작품, 혹은 어떤 사건을 둘러싸고 서술, 성찰, 몽상의 우아한 아라베스크를 수놓는 곳이다. 장 자크 루소의 《고독한 산책자의 몽상》 속 열 번의 산책을 은근히 떠올리게 하는 이 열흘은 확실히 문예란에 실리는 탐방기사라는 목적에 반하지 않는다.

그럼에도 제발트가 본래 구상했던 열 편의 연재소설은 제임스 에이지James Agee 1909~1955가 《포춘》에 기고할 예정이었던 앨라배마 소작인들에 대한 탐방기사와 유사한 운명을 겪었다.[16] 제발트의 글은 분류할 수 없다고 여겨지는 책들 중 하나, 즉 서술이 여담을 되풀이하고, 의미 없는 세부 사항들에 사로잡혀 정밀함 속에 응고되거나, 시간과 공간들을 규칙 없이 가로지르는 몽상 속으로 흩어져버린 책이 되었다. 그러나 바로 그렇기에, 정신의 게으름이 분류할 수 없다고 명명한 이런 장르의 글쓰기가 픽션의 새로운 장르를 정의하는 것은 아닌지 자문해봐야 한다. 그 특징들이 《토성의 고리》와 같은 작품들을 기점으로 진술될 수 있게 될 픽션의 새로운 장르 말이다. 아닌 게 아니라 제발트의 이 책은 픽션의 지형을 구축하고 체계를 이루는 일련의 간극들, 그것들이 실행되었다는 것이 회고적으로 드러나는 픽션의 간극들을 작동시키기 때문이다.

이와 같은 픽션의 지형은 첫 번째 에피소드의 첫 번째 문단에서부터 그 윤곽이 점점 희미해진다. 모든 것은 어떤 날짜, 즉 여행의 시작일로 주어진 날짜에서부터 시작된다. "한여름의 무더위가 끝나갈 무렵이던 1992년 8월, 나는 영국 동부로 도보여행을 하기 위해 길을 나섰다."[17] 날짜는 언제나 현실의 지표이

---

[16] 제임스 에이지가 쓴 탐방기사는 《포춘》에 실리지 못하고 *Let Us Now Praise Famous Men*라는 제목의 책으로 출간되었다.-옮긴이

[17] W. G. Sebald, *Les Anneaux de Saturne*, trad. B. Kreiss, Paris, Folio/Gallimard, 2007, p. 13. (한국어판: W. G. 제발트, 《토성의 고리》, 이재영 옮김, 창비, 2019, 10쪽 참조. "한여름이 거의 끝나갈 무렵이던 1992년 8월, 다소 방대한 작업을 끝낸 뒤 나는 내 안에 번져가던 공허감에서 벗어나고자 영국 동부의 써퍽주州로 도보여행을 떠났다.")

다. 어떤 현실인지는 아직 모르지만 말이다. 플로베르가 《감정
교육》의 서사를 "1840년 9월 15일 아침 6시경"[18]이라는 문장으
로 시작했을 때, 이와 같은 정밀함은 독자들로 하여금 그날 아
침 프레데릭 모로가 행한 여행의 현실적 존재를 믿게 하는 것
을 목적으로 하지 않는다. 이 정밀함은 젊은 대학입학 자격자의
이야기를 생생히 체험된 현실에 뿌리내리게 하기 위해서가 아
니라, 반대로 그것을 현실로부터 분리하기 위해, 시간의 일상적
흐름 속에서 특수한 시간적 시퀀스가 자율화되기 시작하는 한
지점을 고정하기 위해 마련되었다. [특정 지점을] 표식하는 것과
관련된 실재는 픽션의 실재이다. 이러한 표식하기가 당연시 여
겨졌던 시대가 있었다. 픽션은 그것이 창작한 등장인물들과 모
험의 특수성, 그리고 특히 그 시간적 구조를 통해 알려졌다. 다
시 말해, 픽션 속 사건들의 잇달음이 인과연쇄에 따름으로써 일
상 속 사건들의 전개보다 우월한 필연성을 겸비하게 될 때 픽
션은 픽션의 개념에 부합하는 것이었다. 19세기에 소설이 일상
적 사태들 및 무위의 시간의 세계에 빠져들었을 때 사라졌던
것이 바로 이 초-합리성sur-rationalité이다. 픽션의 시간은 더는 인
과연쇄에 의해 구조화되지 않는다. 픽션의 시간은 하나의 동일
한 실존 양식의 숨결에 의해 주파되듯이, 그 시작점에서부터 단
일한 블록으로 지속되어야 한다.

---

18 귀스타브 플로베르,《감정 교육 1》, 지영화 옮김, 민음사, 2014, 9쪽 참조. "1840
년 9월 15일 아침 6시쯤 출발 직전인 빌 드 몽트로 호는 생베르나르 부두에서 소용돌
이치는 커다란 연기를 뿜어내고 있었다."-옮긴이

《토성의 고리》를 여는 겉보기에 사소한 날짜의 기입은 픽션적 시간의 근대적 지위를 정확히 따른다. 우리에게는 1992년 8월 말 무더위 이후 저자가 실제로 여행을 떠났다는 사실을 의심할 별다른 이유가 없다. 그러나 우리는 그가 서사화하고자 시도한 시간과 [플로베르의]《부바르와 페퀴셰》를 여는 "일요일의 무력감과 여름날의 우울에 의해 멍해진" 시간 사이의 관계를 무시할 수도 없다. 그리고 영국 해안가로의 교수의 여행을 다루는 열 편의 에피소드에서, 두 필경사[부바르와 페퀴셰]가 고고학적 명소를 찾아 노르망디 지방을 돌아다니거나 지질학적 발견을 좇아 영불해협을 탐험하는 열 개의 장의 메아리를 들어서는 안 되는 것도 아니다. 사실, [《부바르와 페퀴셰》와] 똑같이 폭염과 공허한 시간 아래 시작된 이 여행 서사[《토성의 고리》]는, 지식의 나라로의 부바르와 페퀴셰의 다양한 여행을 동일한 호흡과 동일한 톤으로 흡수했던 광범위하고 균질적인 문장들의 층과 단숨에 간극을 벌린다. 이는 교수의 여행이 두 독학자의 여행보다 더 질서 잡혀 있음을 뜻하는 것은 아니다. 정반대로 교수의 여행에서는 첫 번째 문단이 시작되자마자 시간의 질서가 뒤죽박죽된다. 왜냐하면 화자가 우리를 여행의 첫 번째 숙박지로 데려가기도 전에, 여행을 마친 1년 뒤 발발한 [교수의] 신경증적 질병에 대해 말하고, 교수의 병실에서 바라본 한 조각의 하늘에 대해 묘사하기 때문이다. 여기서부터 첫 번째 에피소드는 일련의 여담과 같이 전개된다. 이 여담은 교수가 병원에 있던 시기에 사망한 두 동료 전문가들, 즉 플로베르 전문가와 라뮈 전문가에 대한 언급으로부터, 병원 박물관에 있을 것이라고 추정되는 17세기 영국 작가이자 의사 토머스 브라운의 해골에 대한 조사로, 이어서 렘브란트의 《해부학 강의》와 토머스 브라운이 암스테르담에 들르면서 참관했을 수도 있는 튈프 박사의 실제 강의 장면으로 이어지며, 화장과 장례 유골단지의 역사에 대해 브라운이 헌정한 논설로 끝이 난다. 이렇게 해서 서술은 계속해서 예고된 여행으로부터 멀어진다. 서술은 우리를 1년 뒤로 데려간 뒤, 300년보다 더 전에 쓰인 어떤 작품, 그 자체가 시간과 신화들의 미망 속에서 길을 잃은 한 연구에 헌정된 것인 어떤 작품으로 이끌고 간다.

그러나 이러한 시간의 무질서는 또 다른 질서, 즉 여행, 시간, 지식을 연결하는 또 다른 방식을 엄밀히 규정한다. 이 또 다른 방식은 화자가 떠올린 첫 번째 기억 중 한 가지 기억에서 단숨에 알레고리가 된다. 그 기억이란 바로 사망한 그의 동료이자, 뜻밖에도 플로베르 전문가가 아니었던 재닛 데이킨스의 방에 대한 것이다. 화자가 말하기를, 데이킨스의 서재에는 문서들의 진정한 풍경, 산과 골짜기라는 배경 무대가 형성되어 있었다. 문서들은 빙하와 같이 마룻바닥 위로 흘러내렸고, 천천히 쌓여 여러 개의 문서 층을 이뤘으며, 벽을 타고 다시 올라가 마치 눈밭처럼 해 질 무렵 저물어가는 빛을 반사했다. 책상에서 무너져내려 마룻바닥을 뒤덮은 문서들 때문에 연구자[데이킨스]는 단 하나의 의자만을 작업 공간으로 쓸 수 있었다. 이 의자에서 그녀는 무릎에 대고 글을 썼는데, 어느 날 화자는 그녀에게 그녀가 알브레히트 뒤러가 그린 멜랑콜리의 천사, "파괴의 도구들 사이에 부동의 자세로 있는"[19] 천사를 닮았다고 말한다. 그러나 당사자는 이러한 동일시를 반박했다. 문서 더미의 외관상의 무질서는 그녀에게 완전한 질서를 향한 여정이었다. 제발트가 《이민자들》에서 실제 화가의 분신으로 창작한 막스 오락의 작업실에 대해서 말할 때도 사정은 마찬가지다. 막스 오락의 그림들은 겹칠된 두터운 물감 층으로 과적되어 있는데, 이 층은 새로운 물감 층에 자리를 내어주기 위해 주기적으로 긁어내어지고, 긁어진 물감 찌꺼기는 작업실의 바닥을 뒤덮는다.

이 두 가지 묘사는 또한 제발트가 글을 쓰는 방법과 우리가 그의 글을 읽는 방법을 지시하는 것이기도 하다. 사람들은 토성의 가호를 받는 책[《토성의 고리》]에 관해 언제나 애도, 트라우마, 멜랑콜리를 끌어들이고, 뒤러의 천사와 파울 클레의 〈새로운 천사〉—벤야민에 따르면 "그 앞에서 하늘까지 치솟은" "진보"의 폐허 더미에 직면해 눈이 휘둥그레진 천사—를 소환할 수 있다. 그러나 플로베르 전문가[재닌 데이킨스]의 교훈과 캔버스에 두터운 물감 층을 새로이 더하고 그것을 재차 긁어내기 위해 매일같이 다시 작업을 시작하는 화가[막스 오락]의 교훈에 귀를 기울여야 한다. 중요한 것은 의자에 부동자세로 머물러 있는 것도, 캔버스나 판자 위에 돌이킬 수 없는 충격을 새기는 것도 아니다. 예술가가 상대하는 파괴는 오히려 재창작된 플로베

19　W. G. Sebald, *Les Anneaux de Saturne*, p. 21.

르의 방식에 따라 상상되어야 한다. 이 경우에는 사하라 사막의 먼지구름이 바다와 대륙을 건너 틸르리 정원이나 노르망디 촌락 위로 재를 머금은 비가 되어 다시 내리는 것과 같은 방식으로 말이다. 움직이는 문서의 풍경은 사막에 파묻히길 거부한 이들이 실행에 옮긴 무질서일 뿐 아니라, 언제나 소멸의 가장자리 극단에 있는 이들이 실행에 옮긴 무질서이기도 하다. 이 책의 첫 번째 문단, 즉 거짓된 [여행의] 출발이 우리에게 말하는 것이 바로 이것이다. 거짓된 출발은 1년 뒤, "지난여름에 횡단했던" 광활한 공간들이 "눈과 귀가 먼 단 하나의 점"[20]으로 움츠러드는 병실에서 끝이 난다.[21] 여기에는 이유가 있다고 저자는 우리에게 말한다. 노리치 부근을 돌아다니는 여정 동안 그가 누렸던 이동의 순수한 자유는 "여기서도 역시, 이 외진 고장에서도, 파괴의 흔적들이 가장 먼 과거로까지 거슬러 올라간다는 것을 확인함으로써"[22] 그를 사로잡아 무력화시키는 공포를 수반했다. 확실히 파괴는 작가[제발트]의 문제이고, 당연히 그 무엇보다 유럽의 유대인 말살을 가리킨다. 유대인 말살은 작가가 유년 시절을 보냈던 바바리아 알프스의 목가적인 풍경 아래 은밀

---

20   Ibid., p. 14.

21   W. G. 제발트, 《토성의 고리》, 10~11쪽 참조. "구층 병실에 입원하자마자 나는 그 전해 여름에 걸어다녔던 드넓은 써퍽 지역이 이제 눈과 귀가 먼 단 하나의 점으로 쪼그라들었다는 생각에 사로잡혔는데, 지금도 그때의 기억이 또렷하다. 실제로 내가 침대에 누워 볼 수 있던 세상이라고는 창틀 안에 갇힌 무채색의 하늘조각이 전부였다."-옮긴이

22   W. G. Sebald, *Les Anneaux de Saturne*, p. 13.

히 묻힌 비밀과 같은 것이자, 학자가 된 작가가 영국의 쇠퇴 기로에 놓인 공업 지역 한가운데, 근래 자리를 잡은 최첨단의 대학에 가르치러 가면서 도망치길 바랐던 침묵과 같은 것이다. 그의 책들은 바로 이 말살 주위를 맴돈다. 다시 말해, 그의 책들은 떠난 이후로 다시 돌아오지 못했던 이들의 운명, 도망칠 수 있었던 이들의 운명과 특히나 부모에 의해 **막판에**in extremis 영국으로 향하는 특별 기차에 오른 아이들, 그중 자신의 이름, 심지어는 기억까지 잃어버린 몇몇 아이들의 운명 주위를 맴돈다.

그럼에도 《토성의 고리》는 이러한 역사를 낯선 방식으로 증언한다. 1933년 베를린을 떠난 햄버거 가족의 망명에서 가장 극적인 순간은 도버에 도착했을 당시 영국 세관들에게 몰수당한 앵무새 한 쌍과 관련이 있다. 그래서 유대인 몰살은 베르겐-벨젠 강제수용소의 소나무 그늘에 늘어져 있는 시체들을 찍은, 유명한 한 장의 사진에 의해서만 떠올려진다. 이 사진은 텍스트를 예증하는 것이 아니라, 마치 텍스트를 발생시키는 것처럼 두 페이지에 걸쳐 따로 고립되어 있다. 텍스트 자체는 이 장소[베르겐-벨젠]에서, 베르겐-벨젠 강제수용소를 해방시킨 부대에서 복무한 후 서퍽주의 대저택에 은거했던 옛 영국군 장교[르 스트레인지]의 기벽에 대해 이야기한다. 이 장교는 1950년대에 집과 정원에서 일하는 모든 사람을 해고하고, 가정부이자 요리사인 단 한 명의 여인과 함께 지낸다. 그녀가 완전한 침묵을 지키며 그와 함께 식사를 한다는 명시적인 조건하에 그는 자신의 전 재산을 그녀에게 남기기로 약속했다. 장교의 이야기는 청어 낚

시와 자연의 파괴할 수 없는 생산력의 상징이라는 이 물고기의 상징적인 의미에 할애된 긴 구절 이후에 등장한다. 그리고 장교의 이야기는 괴짜 장교의 죽음을 다룬 기사에 대한 회상으로 제시되는데, 이는 여행자가 염분 섞인 호수를 보고서는 이 호수와 닮은 호수의 가장자리에 장교의 대저택이 서 있었다는 것을 기억에 떠올렸기 때문이다. 여담은 끝나고, [여행자의] 산책은 절벽 등반과 돼지 무리에 대한 광경으로 이어진다. 이 광경은 마가복음에 등장하는 우화와 절벽 가장자리에서 본 다양한 광경들 혹은 환영들을 다룬 우화를 환기시킨다. 그리고 이 광경들 혹은 환영들은 실재의 지표들을 뒤죽박죽으로 만들고, [보르헤스 소설에 등장하는] 틀뢴의 상상적인 세계들, 즉 우리가 알고 있는 세계를 말소하도록 소환된 세계들을 떠올리게 한다. 이렇게 해서 이 에피소드는 늘임표와 함께 끝이 나는데, 이 늘임표는 오려낸 신문 기사 사진을 통해 독자에게 사실로 입증된 장교의 이야기에 대해 회고적인 의심을 담지한다.

사실 오려낸 신문 기사 사진은 장교에 대한 이야기나 화자의 다른 여러 만남들 혹은 독서들과 마찬가지로 창작된 것으로 보인다. 그러나 서사를 사실인 것으로 입증하는 텍스트나 이미지들의 모호한 지위는 정확히 말해 픽션의 의미 변화를 가리키는 것이다. 두뇌가 창작했던 것을 실제로 존재했던 것에 대립시킬 이유는 없다. 아닌 게 아니라 우리가 일상적으로 그 현실을 경험하는 세계는 그 자체로 인간 두뇌가 생산해낸 세계에 의해 자연적 세계가 수복된 것이나 다름없기 때문이다. 우리는 "자연의 세계 …… 와 우리의 신경세포가 발생시킨 이 다른 세계 사이의 단층선"[23] 위에서 산다. 베르겐-벨젠 강제수용소는 [상상의 세계인] 틀뢴과 마찬가지로 인간 두뇌의 창작물이다. 그렇다면 픽션 속 여행은 이와 같은 창작물들을 다시 연결하는 데 적합한 직물을 짜는 것으로 정의될 수 있을 것이다. [그러나] 어떤 사람들은 상상력이 풍부한 작가의 작품과 나치 학살자들의 죽음의 활동을 창작물이라는 동일한 관념하에서 분류하는 게 부도덕하다고 말할지도 모른다. 게다가 우리가 알다시피, 사람들이 극단적 말살을 재현할 권리가 있었는지, 그에 관한 이야기들을 창작해낼 수 있었는지, 혹은 그에 관한 이미지만을 생산해낼 수 있었는지를 둘러싼 논쟁은 끝이지 않았다. 그런데 제발트의 방법은 이와 같은 논쟁을 단숨에 일소한다. 문제는 사람들이 재현할 권리가 있는지 없는지를 아는 것이 아니다. 말살의 활동에 의해 초래된 고통은 어찌 됐든 간에 우리의 재현 능력을 초과한다. 제발트는 이를 이어지는 에피소드에서, 해군 전투[솔 베이 전투]를 묘사한 네덜란드 그림과 관련해 말한다. 또한 그는 폭격과 불타는 도시들에 관한 서사에서도 같은 말을 한다. 인간이 견뎌낸 고통의 서사는 보통 말해질 수 있는 것에 대한 체험된 것의 초과를 메우기 위한 상투적 표현들로 직조되어 있다. 이러

---

23 *L'Archéologue de la mémoire. Conversations avec W. G. Sebald*, édité par Lynne Sharon Schwartz, trad. D. Chartier et P. Charbonneau, Arles, Actes Sud, 2009, p. 59. (한국어판: 린 섀런 슈워츠 엮음,《기억의 유령: W. G. 제발트 인터뷰 & 에세이》, 공진호 옮김, 아티초크, 2023.)

한 이유로, 베를린의 파괴에 대한 가장 설득력 있는 증언은 동물원에서의 폭격과 공포에 사로잡힌 동물들의 반응에 관한 서사가 된다. 예컨대, 사슬을 잡아당기는 코끼리들, 방문객용 계단을 타고 내려오며 고통으로 몸을 비틀어 꼬는 뱀들에 관한 서사가 바로 그것이다. 인간들은 동물의 고통에 대한 "생생히 체험된"[24] 상투적 표현들을 가지고 있지 않다. 또한 이러한 이유로 쾰른의 파괴에 관한 가장 의미심장한 이미지는 길거리를 찍은 사진, 즉 움푹 파인 채 잡초가 무성하게 난 길로 다시 변해버린 길거리를 찍은 사진이 된다.[25] 제발트는 이처럼 전후 독일 도시들의 폐허에서 증식하는 자연의 회귀를, 또 다른 자연적 현상인 "사회적 삶"의 회귀에 대립시키는 것이 적절하다고 판단한다. 여기서 사회적 삶이란 파괴적인 의지가 매몰된 잔해 위로 경제적 기적의 순진무구한 번영을 구축하기 위해 지체 없이 "그들이 알고 싶지 않은 것은 잊어버리고, 그들 앞에 놓인 것으로부터 시선을 돌리는"[26] 인간들의 삶을 가리킨다.

바로 이 망각으로부터 픽션의 작업은 사유되어야 한다. 문

---

24 W. G. Sebald, *De la destruction comme élément de l'histoire naturelle*, trad. P. Charbonneau, Arles, Actes Sud, 2004, p. 96-97. (한국어판: W. G. 제발트, 《공중전과 문학》, 이경진 옮김, 문학동네, 2018, 126~127쪽 참조.)

25 Ibid., p. 47. (한국어판: 같은 책, 59~60쪽 참조.)

26 Ibid., p. 48. (한국어판: 같은 책, 61쪽 참조. "[모겐소플랜은 무산되었지만] 대신 또 다른 자연현상으로서 사회생활이 놀라운 속도로 다시 깨어났다. 자신들이 알고 싶지 않은 것을 잊어버리고 눈앞에 있는 것을 외면해버리는 인간의 능력이 당시 독일에서보다 더 잘 시험된 적도 드물리라. 우선 사람들은 순수한 공포심 때문에, 마치 아무 일도 없었다는 듯이 하던 일을 계속하기로 다짐했던 것이다.")

제는 단지 기억을 간직하는 것만이 아니다. 문제는 베르겐-벨젠 강제수용소의 소나무들이 드리운 평온한 그늘에 일렬로 놓인 시체들을 보여주는 이미지와 퀼른의 길거리가 보여주는 전원의 이미지를 정당한 지형 속에 삽입하는 기억을 구축하는 것이다. 제발트는 픽션의 지형이기도 한 이 기억의 지형을 두 지질구조판 사이의 마주침으로 규정한다. 바로 이 마주침이 작가의 도보여행을 조직한다. 작가가 돌아다니는 자연은 고독한 몽상가를 위한, 인간적 악의와는 거리가 먼 피난처가 아니다. 이 자연은 구축/파괴라는 인간의 활동을 증언하는 장소일 뿐 아니라, 자신의 차례가 오면 자연을 파괴하는 인간의 활동을 다시 파괴하는 데 끊임없이 전념하는 힘을 증언하는 장소이기도 하다. 전원으로의 여정은 자연에 관한 역사와 인간의 "신경세포들"이 자연의 역사에 보탠 것에 관한 역사 사이에 존재하는 단층선을 따라가는 여행이다. 예컨대 인간이 자연에 보탠 것에는 주거, 산업, 인간적 향락이라는 용도를 위해 자연을 파괴했거나 변형시켰던 건축물들뿐 아니라, 다른 인간들을 파괴하기 위해 특별히 고안된 건축물들이 있다. 이 건축물들 모두는 그들이 파괴하려 했던 자연의 고유한 파괴력에 계속해서 예속되어왔다. 그래서 픽션의/기억의 여정이 그 역사를 뒤쫓는 것이 바로 [자연과 인간 사이의] 이 전투이다. 사실상 기억은 여러 회상으로 만들어지는 것이 아니라, 영토 위에 물질적으로 기입된 흔적들에 의해 만들어지는 것이다. 그리고 자연의 생산적/파괴적 활동과 인간 신경세포들의 생산적/파괴적 활동 사이에서 이루어진 전투의 흔적을 모든 장소에서 다시 그릴 수 있다. 노리치와 이전에 **게르만해**라고 불렸던 북해 사이로 펼쳐진 전원을 돌아다니면서, 그리고 서퍽주의 연안을 따라 몇 킬로 정도 걸으면서, 우리는 풍경에 기입되어 있거나 파묻혀 있는 지난 몇 세기의 역사를 되찾을 수 있고, 자연사와 인간사 사이의 마주침 및 전투의 전체적인 지형을 그릴 수 있다. 이렇게 해서 여행자는 양차 세계대전 사이에 버려지기 이전, 산업 활동들이나 풍경 속 빛의 얼룩들이 그렇게 흩어져 있었던 것만큼 오래전 전원 지대에 걸쳐 흩어져 있었던 펌프와 물레방아의 잔해들 사이를 돌아다닌다. 그는 서머레이턴의 성, 즉 옛 봉건 영주의 영지였고, 19세기에 잠깐 철도를 지배했던 모턴 피토에 의해 환상적인 동양의 궁전처럼 재건축된 성을 방문하기 위해 멈춘다. 궁전에 딸린 온실은 아르간 램프의 불빛으로 환하게 빛나고 있고, 그 내부에는 자연과 예술작품이 뒤섞여 있었다. 그러나 오늘날에는 여러 대에 걸쳐 집적된 쓸모없는 물건들이 경매에 팔리기를 기다리는 것처럼 쌓여 있는 것이 그 온실의 주요한 매력인 반면 온실 외부에서는 기업가가 심은 나무들이 영토를 회복하는 활동을 계속해나간다. 이어서 그는 로스토프트에 다다른다. 로스토프트는 한때 번영했던 항구 도시로, 모턴 피토의 전성기에 잔디 볼링장bowling greens, 식물원, 책을 대여해주는 도서관, 찻집, 공연장뿐만 아니라 바닷물과 민물이 섞인 수영장 덕분에 휴양지의 모델이 된 도시이다. 뒤이어 그는 던위치로 향한다. 던위치는 중세 시대에는 "50개가 넘는 교회, 수도원과 병원, 화물 창고와 요새가 있고, 80여 채에 달하는 어업용 및 상업용 배들의 선대가 있으며, 12개에 달하는 물레방아가 있었던"[27] 규모가 큰 항구 도시였지만, 파도가 점차 삼켜버린 도시이다. 다음으로 그는 펠릭스토우에 다다른다. 펠릭스토우는 20세기 초 카이저 가문에 의해 높이 평가된 곳이자, 제1차 세계대전으로 인해 호헨촐레른 왕가의 지배가 끝나기 전 관광객의 유입이 고갈되지 않았더라면 독일 상류층을 위한 특급 휴양지가 될 뻔했던 곳이다. 그의 여행은 1987년 모든 것을 파괴했던 폭풍우에 대해 지나가며 떠올리는 것을 빼놓지 않은 채, 18세기에 비단—이 직물은 상트페테르부르크에서 세비야에 이르기까지 그 견본을 감탄하면서 바라봤던 이들에게 자연의 작품 그 자체인 것으로 보였다—직조의 중심지였던 도시 노리치에서 끝이 난다.

전원이나 바다가 삼켜버린 건축물들이 있는 지역들로의 여행은 그 시작에서부터 끝까지 군수산업에 대한 고고학을 겸한다. 이 고고학은 서머레이턴의 정원에서 시작되는데, 여기서 한 의심스러운 정원사는 여행자에게 1940년 이후 이스트 앵글리아 단 한 지역에만 70개의 비행장이 건설되었다는 것을 상기시킨다. 이 고고학은 베르겐-벨젠 강제수용소를 해방시켰을지도 모르는 장교에 관한 불확실한 이야기와 함께 헨스테드로 이어지고, 이후 사우스월드로 이어지는데, 사우스월드만은 1672년 네덜란드 선단에 맞서 벌어진 해군 전투, 그 사실이 입증된

27　　W. G. Sebald, *Les Anneaux de Saturne*, p. 204.

전투의 근거지였다. 이 고고학은 오르포드네스의 군사시설을 남몰래 방문하면서 그 절정에 도달한다. 오르포드네스의 군사시설은 사라져버린 공장들의 뒤를 이어 전후 몇 해간 공장으로 이용되다가 결국 이전 산업들과 마찬가지로 버려져 비현실적인 풍경이 되어버렸다. 신전이나 탑과 같은 형태를 지닌 군사시설들의 큰 석조 부분들은 그 기능을 알아보기 힘들게 변했으며, "죽은 자들의 불가사의한 섬의 이미지", 즉 "미래의 어떤 재앙을 겪으며 소멸한"[28] 문명의 무덤처럼 보였다. 이렇게 해서 황무지를 거니는 산책자의 성찰은 다음과 같이 설명된다. "우리가 고안한 기계들은 우리의 신체처럼, 그리고 우리의 노스탤지어처럼 천천히 소진되는 심장을 가졌다."[29]

더구나 연안의 지점마다, 실제적이거나 상상적인 각각의 마주침이나 읽을거리마다, 이와 같은 소진의 원환은 점점 더 커져가는 것처럼 보인다. 사우스월드의 노후한 선원 열람실에서 발견된 한 권의 책은 제1차 세계대전의 살육을 예증한다. 같은 날 오후 호텔에서 읽은 신문 기사는 우스타샤[30] 크로아티아인들이 제2차 세계대전 동안 저지른 잔혹한 범죄들을 환기시킨다. 화자가 우리에게 보다가 잠들었다고 말하는 텔레비전 방송은 콩고 오지에서의 조지프 콘래드와 로저 케이스먼트—벨기

---

28   Ibid., p. 308.

29   Ibid., p. 221.

30   크로아티아의 파시스트 조직. 제2차 세계대전 당시 수십만 명의 세르비아인, 유대인 등을 학살했다.-옮긴이

에의 식민 범죄를 고발한 후 아일랜드의 대의[독립운동]를 도모해 반역죄로 교수형에 처해진 인물—의 만남을 상기시킨다. 이러한 우회는 청년 콘래드의 폴란드라는, 또 다른 폭력과 추방의 영토를 거치는 새로운 우회를 허가한다. 1875년에 건설된 블라이드강의 다리는 대대적인 우회를 개시하는데, 이것은 당시 다리를 건넜던 철로가 통과한 우회[로]이지만, 무엇보다 근대성에 사로잡힌 중국 황제에게 가기 위해 마련되었던 우회인 것으로 보인다. 다시 말해 이 다리는 태평천국운동, 아편전쟁, 프랑스-영국 부대에 의한 여름 궁전[원명원]의 파괴, 서태후의 범죄들을 가로지르는 폭력의 오랜 역사를 상기시키는 계기인 것이다.

그럼에도 서태후의 잔인함에 관한 서사에는 몽상의 독특한 순간이 포함되어 있다. 저물녘, 누에 경작에 바쳐진 궁전의 방들 한가운데 조용히 앉아 "싱싱한 뽕나무 잎들을 갉아먹는 셀 수 없이 많은 애벌레들이 만들어내는 파괴적인 동시에 취약하고, 규칙적이며, 놀랍도록 마음을 가라앉히는 작은 소리들을 신심으로 듣고 있는"[31] 서태후의 광경이 그것이다. 서태후에게 이 파괴적인 작은 소리는 자신의 일에 완전히 예속된 노동자 민중에 대한 생각만을 떠올리게 할 것임이 틀림없다. 그러나 화자와 독자들에게 이 소리는 파괴의 연대기가 뒤집힐 수 있는 기점을 표시한다. 영국의 전원 지대를 가로지르는 여행의 목적은 우리에게 인간적 파괴의 끝나지 않는 역사를 환기시키는 것

31   W. G. Sebald, *Les Anneaux de Saturne*, p. 197-198.

이 아니다. 이 여행의 목적은 여행에 대해, 그러나 또한 여행에 반해, 인간의 창작물들 사이의 또 다른 연결의 실을 직조하는 것이다. "분류할 수 없는" 책이란 무엇보다 픽션을 그것의 핵심으로 다시 데려가는 책이다. 픽션의 핵심이란 플롯을 꾸며내는 것이 아니라, 플롯을 꾸며내는 것을 가능케 하는 바로 그 연결을 직조하는 것이다. 다시 말해 어떤 순간에 어떤 장소에서 일어나는 것과 다른 순간에 같은 장소에서 일어나는 것, 같은 순간에 다른 장소에서 일어나는 것, 혹은 다른 순간에 다른 장소에서 일어나는 것 사이의 연결을 직조하는 것이다. 이와 같은 픽션의 자기 핵심으로의 회귀는 여기서 특히나 파괴에 대한 이야기라는 주제에 적합하다. 파괴에 대한 이야기는 사실상 공간이 시간에 대해 맺는 특정한 관계에 대한 이야기이기 때문이다. 인간들은 파괴되고 파묻힐 예정인 건물들을 높게 세우는 것을 멈추지 않으며, 같은 논리에 따라 다른 인간들을 말살하고 매장할 용도로 마련된 군대를 짓는 것을 멈추지 않는다. 이와 같이 파괴에 바쳐진 구축의 이야기는 사람들이 진보라고 부르는 것이다. 여기서 진보란, 시간의 작동을 도달해야 할 끝을 향한 운동으로 변형시킬 위험을 무릅쓰고 시간이 공간에 가하는 힘, 시간의 순간들을 끊임없이 지워버리는 폭력의 힘을 가리킨다. 또한 이와 같은 진보의 모델은 언제나 도달해야 할 결말을 향해 언제나 곧게 뻗어 있는 고전적인 픽션의 모델이기도 하다. 행복한 결말이든 고통스러운 결말이든 간에, 결말은 따라야 할 질서를 강제하고, 이 질서의 바람직한 전개를 위해 필요한 모든 생락을 강제한다. 이와 같은 결말은 파괴에 바쳐진 구축의 모델에 사로잡혀 있다. 이것이 바로 아리스토텔레스가 제시한 픽션의 주요 원리, 즉 원인의 연쇄에서 예상되는 결과들을 뒤집는 급전의 원리가 단적으로 보여주는 것이다. 근대적 픽션이라는 것이 있다면, 그것은 가장 간략히 급전의 제거로 정의될 수 있다. 근대적 픽션에서 시간은 끝을 향해 서둘러 가길 멈췄고, 사투르누스 신처럼 자신의 아이들을 집어삼키는 것을 멈췄다. 아우어바흐가 버지니아 울프Virginia Woolf, 1882~1941의 픽션의 원리로 정식화한 "임의의quelconque 순간"[32]이 바로 이런 것이다. 더는 그 어떤 것도 구축하지 않고 파괴하지도 않으며, 어떠한 끝을 향해서도 곧게 뻗어 있지 않지만, 모든 다른 시간과 모든 다른 장소를 잠재적으로 포함하며 끝없이 팽창하는 순간. 공간의 자유로 인해 얻어진 공존의 시간.

《토성의 고리》속 여행을 픽션, 자기 자신의 메타-픽션인 픽션으로 만드는 것이 바로 이 반전이다. 공간에서의 이동은 한 장소에서 다른 장소로 옮겨가는 단순한 계기가 아니다. 그것은 무엇보다 픽션을 반-파괴로 구축하는 방식, 픽션을 근본적 수평성으로 구축하는 방식이다. 각각의 장소에서, 이 장소가 증언

---

32   아우어바흐는 〈갈색 스타킹〉,《미메시스》, 717쪽에서 "이 작가[버지니아 울프]는 작은 사건들, 별로 중요치도 않고, 또 아무렇게나 골라잡은 듯한 인상을 주는 사건들 (양말 재는 일, 하녀와의 단편적인 대화, 전화 통화)에 집착하는 경향이 있다"라고 쓴다. 따라서 문맥상 'quelconque'는 중요치 않고 사소하다는 의미에서 '보잘것없는'으로 번역될 수도, 연속성이나 인과성과는 무관하다는 의미에서 '무작위한, 임의의'로 번역될 수도 있을 것이다.-옮긴이

하는 구축/파괴의 과정에 이의를 제기하는 것이 가능하다. 이것은 이 장소를 또 다른 장소 및 또 다른 시간에 수평적으로 잇는 연결을 직조함으로써 가능하다. 게다가 이 장소가 제시하는 것에 관한 기록된 증언을 다양한 형식의 글쓰기, 그러니까 부재에 대한 현존의 연결을 직조하고, 가능적인 것, 실재적인 것, 필연적인 것의 양상을 다르게 매듭짓는 글쓰기와 연결시킴으로써 가능하다. 영국의 작은 주 연안에서 쉽게 그 위치를 지정할 수 있는 지점마다 끝없는 여담의 출발점을 찾는 것이 가능하다. 그 장소와 그 장소의 역사를 수많은 다른, 그러나 비교 가능한 장소와 시간들, 진지하거나 환상적인 서사들, 역사적 기록물들, 증거가 되는 수집품들, 시간의 미망 속으로 사라져버린 신화들에 연결시키는 여담 말이다. 여담은 통상적인 것이자 심지어는 규칙이고, 여담에 계기를 제공하는 것이 무엇인지는 중요하지 않다. 블라이드강의 철로에 관한 작은 소책자는 중국에 관한 긴 에피소드의 출발점이 된다. 선원 열람실의 책들은, 만약 우리가 여행자를 믿는다면, 사라예보의 테러로까지 인도한다. 그러나 때에 따라서는 연결을 만들어내는 것이 연결의 부재 그 자체이기도 하다. 그렇기 때문에 화자는 영국과 네덜란드 사이에 발발했던 과거의 해전을 떠올린 후, 그날 저녁 사우스워드의 건 힐 위에서, 1년 전 오늘 그가 네덜란드 쪽 모래사장에 서서 영국 쪽을 바라보고 있었다는 사실을 믿을 수 없었다고 말한다. 이렇게 해서 일련의 긴 여담이 시작되는데, 이 여담은 네덜란드에서의 체류를 그 공인된 목적—《튈프 박사의 해부학 강의》를 면밀히 연구하기—으로부터 체계적으로 멀어지게 한다. 이를 통해 여담은 다양한 에피소드들로 확장되는데, 이 에피소드들은 호평을 못 받는 그림을 둘러싼 채, 우리를 태곳적이나 머나먼 대륙을 향해 이끌고 가는 다음과 같은 일련의 거미줄과 같은 그물망을 그린다. 아시아계 이주민들이 거주하는 동네에서의 어느 떠들썩한 저녁, 마우리츠하위스의 역사에 대한 상기. 요한 마우리츠는 자신이 총독으로 부임했던 [네덜란드령] 브라질에서부터 [헤이그에] 마우리츠하위스를 건축하게 했고, 마우리츠하위스의 낙성식에는 브라질에서 데려온 11명의 원주민들이 춤을 추어 헤이그의 부르주아들에게 [식민] 제국의 광활함을 넌지시 암시하게 했을지도 모른다. 디드로가 묘사했던 매혹적인 지방의 흔적들이 지워지고 남은 스헤베닝언의 해변가를 향한 산책. 사람이 많고 소란스러운 장소로 변한 쿠르하우스의 해변가의 광경. 이전에 뉘른베르크에서 봤던 성 제발트의 성골함에 관해 호텔에서 적은 메모들. 레비스트로스의 책을 읽으면서 폐허가 되어 초목이 뒤덮은 상파울루의 길거리에 대해 떠올리기. 하얀 드레스를 입은 채 공항에 있는 한 무리의 아프리카인들. 신문에서 [핵폭발 후의] 버섯구름과 똑 닮은 화산 폭발의 이미지를 보고 있는 아저씨. 그리고 돌아오는 비행기 안, 하늘에서 바라본 풍경이 비행 내내 그러했던 것, 다시 말해 인간이 스스로 창조했던 배경 무대 속으로 사라져버리는 영토와 같은 것으로 나타나는 도정에 대한 이야기.

따라서 픽션은 시간의 연쇄가 아니라 장소들 사이의 관계

로 펼쳐진다. 이뿐만 아니라 각 장소는 동시에 여러 사태들이
고, 픽션은 여러 형태의 현실들 사이의 관계와 같은 것으로 구
성된다. 따라서 거리를 둔 채 책의 여러 에피소드를 연결시키는
네덜란드 여행은 동시에 수많은 여행이다. 네덜란드는 바다 건
너편에 있는 나라이다. 네덜란드는 화가들의 고장이며 계몽사
상의 은총을 받은 땅이지만, 또한 회화의 번성과 계몽 시대의
진보를 가능케 했던 거대한 상업 및 식민 제국의 중심이기도
하다. 나아가 네덜란드는 독일과 영국을 잇는 장소로, 여기서
는 관광 코스처럼 언급되지만, 다른 곳에서는 나치즘으로부터
도망친 유대인들이 영국의 망명지로 향하는 도정으로 언급된
다. 마지막으로 네덜란드는 연안의 각 지점에서부터 여행이 끊
임없이 거쳐온, 신화 속 등장하는 죽은 자들의 강의 반대편 기
슭이다. 이 여행은 파괴의 원환을 끝없이 연장시키지만, 이 원
환의 고리들은 또한 계속해서 수많은 원환의 원환들, 즉 공존의
공간을 직조한다. 공존의 공간은 산 자들과 죽은 자들이 공유하
는, 그리고 유명인사들과 익명의 삶들이 공유하는 감각적 세계
안으로, 구축의 활동에 의해 자신의 삶이 게걸스럽게 먹어치워
졌던 모든 이들, 파괴의 활동이 끊임없이 사라지게 만들었던 모
든 이들을 다시 데려온다.

사실 문제는 모든 것을 모든 것과 연결시키는 것이 아니
다. 문제는 제발트가 《현기증》에서 언급한 피사넬로의 프레스
코화를 닮은 공존의 영토를 그와 같은 방식으로 직조하는 것이
다. 제발트는 《현기증》에서 "주요 인물이든 부차적 인물이든

하늘의 새든 [나뭇잎이] 살랑대는 소리를 내는 푸른 숲이든 가장 작은 나뭇잎이든 간에, 그것들이 그곳에 존재할 권리에 무엇인가가 이의를 제기할 가능성을 전혀 고려하지 않은 채, 모든 것을 현존하게 하는 능력"[33]을 찬양한다. 권리는 그 자체로는 아무것도 아니다. 중요한 것은 그 권리를 유효하게 만드는 작업이다. 그리고 이것이 바로 새로운 픽션의 작업이다. 연안을 따라 걷는 산책에서부터 또 다른 지리학적 우회, 즉 아일랜드로의 우회를 실행하는 동시에 그 우회를 알레고리로 만드는 것이 바로 이 픽션의 작업이다. 호텔에서 꾼 확인 불가한 어떤 꿈을 통해 긴 여담이 도입되는데, 이 여담에서는 실제로 폐허가 된 아일랜드의 한 저택에서 실제로 머물렀다고 하는 화자의 의심스러운 체류가 서술된다. [그에 따르면,] 역사가 그 저택에서 지냈던 이들을 잊었던 것과 마찬가지로, 그 저택에서 지냈던 이들 역시 역사를 잊어버렸다. 우리는 이 체류의 현실성을 믿을 수도, 믿지 않을 수도 있다. 그러나 픽션의 실재는 여기에 있지 않다. 픽션의 실재는 종이 꽃다발에 있다. 그 주인이 시들어버린 윗동을 가지 치고, 줄기 주위로 실을 묶은 종이 꽃다발 말이다. 그 후에 "그녀는 줄기를 잘라 실내로 가져왔고, 수많은 끈 조각

---

33   W. G. Sebald, Vertiges, trad. P. Charbonneau, Arles, Actes Sud, 2001, p. 71. (한국어판: W. G. 제발트,《현기증. 감정들》, 배수아 옮김, 문학동네, 2014, 73~74쪽 참조. "그의 그림에는 주인공들을 비롯하여 조연들, 하늘을 나는 새와 초록이 우거진 숲, 나무 이파리 하나하나가 각각 그 무엇으로도 침해할 수 없는 존엄한 존재의 명분을 유지하면서 공존했다.")

들을 한데 묶어 만든 가는 끈에 그것을 매달아, 그 끈을 한때 책장이었던 것을 종횡으로 가로질러 걸었다. 하얀 종이 포장지 안에 담긴 줄기들은 책장의 천장 아래 허다하게 매달려 일종의 종이 구름 형태를 이뤘다. 애쉬버리 부인이 책장의 나무 걸상에 기댄 채 바스락거리는 씨앗 주머니를 매달거나 떼어내는 데 열중하고 있었을 때, 그녀는 이 종이 구름 속에서 마치 하늘로 승천하는 성인처럼 반쯤 그 모습을 감췄다.”[34] 만약 이러한 묘사가 픽션을 만든다면, 그 이유는 이 묘사가 창작되었기 때문도 아니고, 서술의 그림 같은 특징에 의한 것도 아니다. 그 이유는 이 묘사가 에피소드들을 가로지르는 바스락거리는 소리들과 수집품들에 관한 또 다른 이야기들과 연결되기 때문이다. 이를테면 애쉬버리 부인이 패치워크 방식으로 다채로운 색깔의 쓸모없는 침대보들을 만들기 위해 모아놓은 직물 조각들에 관한 이야기, 누에들이 서태후의 뽕나무 잎을 갉아먹으며 내는 바스락거리는 소리에 관한 이야기, 노리치에 있는 [비단] 제조업자의 작은 전시실에 보관된 직물 견본들의 컬렉션에 관한 이야기, 예루살렘 성전의 축소 모형을 제작하는 끝나지 않는 노동에 관한 이야기, 빙하와 같이 책상에서 흘러내려 플로베르 전문가의 마룻바닥에서 다시 쌓여 올라가는 문서들의 산, 즉 그 자체로 수집가 부바르와 페퀴셰가 매일매일의 필경 업무—그들을 창작한 이의 글쓰기 업무이기도 한—를 채운다는 유일한 목적을 위

---

34   W. G. Sebald, *Les Anneaux de Saturne*, p. 275-276.

해 궁극적으로 모은 문서들의 산을 참조하는 것에 관한 이야기들이 그것이다.

그러므로 에피소드의 의미를 오해해서는 안 된다. 만약 에피소드에 씨앗 수집가가 등장한다면, 그것은 여행자의 관심 어린 시선을 사로잡는 구경거리와 같은 것이 아니다. 게다가 이 여행은 애초에 일어나지 않았을 수도 있다. 그러나 애쉬버리 부인의 집에 한 발자국도 들여놓지 않았을 수도 있는 화자는 우리와 마찬가지로, 이와 같은 유형의 수집가들과 아마추어 제작자들이 역사의 폭력과 진보의 파괴에 의해 표식이 찍힌 영토 어느 곳에서든 존재하고, 이들이 상당히 정교한 작업에 전념하고 있다는 것을 알고 있다. 그 작업이란 죽어 있는 것에서 삶을 창조하는 것, 낡은 것으로 새로운 것을 창조하는 것, 산업적 재료들로 예술을 창조하는 것, 사소한 사건들과 거의 지워진 흔적으로부터 역사를 창조하는 것이다. 요컨대 파괴의 활동에 이의를 제기하고 파괴의 활동을 대속하는 것이다. 그러므로 에피소드는 이와 같은 다수의 기획들에 대한 예시로서, 동시에 작가 고유의 작업에 대한 우화로서 가치가 있다. 작가의 일이란 그림 같은 작은 꽃다발들을 줄에 매다는 것이 아니라, 식물학자인 집주인이 만든 꽃다발을 대학교수가 남긴 문서들의 산에 연결하고, 독학한 예술가가 만든 신전에 연결하며, 의사이자 자유기고가인 토머스 브라운이 남긴 지식의 전 영역에 걸친 글들에 연결하고, 마찬가지로 브라운이 기념했던 유골단지에 연결하는 실ⁿ을 펼치는 것이다. 고고학, 신화학, 문명사에 관한 주요

가설들, 유골단지에 담긴 물건들에 대한 매혹, 기하학적 형태들이 보여주는 규칙성에 대한 열정과 자연의 기형들에 대한 관심을 대범하게 뒤섞음으로써 말이다. 착취와 지배가 파괴의 그물망을 펼쳤던 전체 표면 위로, 우리는 수많은 수평적이고 평등한 연결들을 교착시킴으로써 또 다른 그물망을 직조할 수 있다. 마지막 에피소드를 관통하는 누에에 대한 이야기가 우리에게 환기하는 것이 바로 이것이다. 한편으로 누에에 대한 이야기는 자연을 노예로 삼고 규율에 관한 모든 몽상에 양분을 제공하는 자본주의의 역사 전체를 단적으로 보여줄 수 있다. 그러나 다른 한편으로 《자본론》의 저자가 쓴 한 유명한 텍스트는 이미 사태를 반전시켰다. 마르크스가 말하기를, 누에는 특수한 유형의 노동자이다. 왜냐하면 누에의 생산은 이른바 생산적인 노동의 법칙, 다시 말해 잉여가치의 생산 속으로 사라지는 노동의 법칙을 따르지 않기 때문이다. 그렇기 때문에 누에의 노동은 시인의 활동을 상징할 수 있다.[35] 또한 그렇기 때문에 누에의 이야기는 여기서 픽션의 대항-작업을 상징할 수 있다. 누에의 이야기는 여러 공간을 편력하는데, 이는 희귀한 것들을 수집하기 위해서가 아니라 시간의 또 다른 이미지, 즉 연속과 파괴의 시간에 대립하는 공존의 시간, 평등의 시간, 순간들의 사이-표현성의 시간을 창작하기 위해서이다.

---

35 Marx, *Théories sur la plus-value*, trad. G. Badia et alii, Éditions sociales, 1974, t. 1, p. 469. (한국어판: 카를 마르크스, 《잉여가치 학설사 1》, 편집부 옮김, 아침, 1991 참조.)

이와 같은 시간의 또 다른 이미지는 별것 아닌 것처럼 보이는 책의 첫 문장에서 이미 그 모습을 드러낸다. 이 첫 문장에서도 저자는 "꽤나 몰두해야 했던 작업이 끝난 뒤" 자신 속에서 커져갔던 공허를 피하기 위해 한여름의 무더위 끝에 여행길에 나섰다고 우리에게 말한다. 여행은 대학교수의 방학 동안의 기분 전환, 다시 말해 모종의 학문 실천과의 간극으로 예고된다. 이러한 간극은 거의 무시해도 좋은 세부 중 하나인 한여름의 무더위, 즉 좀 더 아래에서 신체의 질병과 영혼의 질병에 취약한 개자리[시리우스]의 영향 아래 놓인 개의 날journées du Chien에 대한 참조에 의해 현시된다.[36] 여기에서도 마찬가지로, 저자가 정말로 인간 운명에 대한 별들의 영향력을 믿는지 아닌지 자문할 필요는 없다. 개의 날에 대한 참조가 도달할 결말에 의해 좌우되는 사건들을 동반하는 고전적인 픽션의 시간 운용과는 다른 시간 운용을 낳을 뿐 아니라, 생산의 행위들과 파괴의 행위들을 끊임없이 그 원인들로 흡수함으로써 자기식대로 생산적/파괴적 활동에 기여하는 과학의 시간 운용과는 다른 시간 운용을 낳는 것으로 충분하다. 점성술은 원인과 결과의 생산적/파괴적 연쇄에 대한 픽션의 제국 그리고 과학의 제국으로부터 벗어나는 연관의 이미지를 제공한다. 동시에, 연관은 모든 위계질서에

---

36 'les journées du Chien'은 직역하면 '개의 날'을 가리킨다. 고대 그리스의 점성술에 따르면, 늦여름 기간 북반구에서는 개의 별로 불리는 시리우스가 상승해 태양과 일직선을 이루는데, 고대인은 이 별의 열기와 태양의 열기가 합쳐져 숨 막히는 더위를 가져온다고 믿었다.-옮긴이

서 벗어난다. 그렇다고 모든 것이 동등하고 모든 질서가 바람직하다는 것은 아니다. 전원 지대를 향한 여행에서조차 새로운 픽션의 저자는 여전히 "잘못된 실을 당겼다는 느낌을 자신의 꿈 속에서까지 떨쳐버리지 못하는"[37] 직조공이나 필사생과 같다. 그러나 바로 그렇기 때문에 알맞은 실은 인과연쇄에 의해 좌우되는 연속의 지도 제작법과는 다른 시간의 지도 제작법에서 찾아져야 할 것으로 남아 있다. 그런데 이에 대한 가장 단순한 이미지는 달력의 시간에 의해 제공된다. 아닌 게 아니라 달력의 시간은 미련스레 하나하나 잇따라 일어나는 사태들의 순전한 연속이 아니다. 달력의 각각의 날짜는 연속적 질서에서 분리되어 나와 그 자체와는 다른 무언가를 가리키는 시간이다. 이를테면 각 날짜는 다소간 멀리 떨어진 과거 어떤 연도의 오늘과 같은 날, 상이한 장소에서 닥친 사건들, 어떤 수호성인이나 신화에 등장하는 어떤 신에 관한 이야기, 계절에 따른 작업이나 기분, 매일 같은 일상을 보내는 그/그녀들을 가르치고, 그/그녀들의 무료함을 달래주거나 기쁘게 해주기 위한 목적으로 특별히 만들어진 다양한 소식들이나 이야기들을 가리킨다.

제발트에게 가장 큰 영감을 준 작품 중 하나는 요한 페터 헤벨Johann Peter Hebel, 1760~1826[38]의 달력 이야기이다. 제발트는 이 일상의 이야기를 대지에 뿌리내림에 대한 하이데거적 사유에서 뽑아내 경험, 언어, 지식을 평등하게 가로지르는 모델로 만

---

37   W. G. Sebald, *Les Anneaux de Saturne*, p. 366.

들고자 한다. 그에 따르면, 병렬구조와 등위접속사에 대한 헤벨의 선호는 "시골 오지에 고유한 순진무구함을 가리키는 기호"가 아니다. 왜냐하면 "헤벨이 병렬구조와 등위접속사를 사용할 때, 대체로 가장 계산된 효과들에 다다른다는 것은 틀림없는 사실이기 때문이다. 어떠한 위계나 종속에도 대항하는 이 요소들은 가장 눈에 띄지 않는 방식으로, 독자들로 하여금 이 이야기를 들려주는 사람이 창조한 세계에서는 모든 것이 동등한 정당성을 갖고 공존할 것이라고 간주하도록 이끈다."[39] 그렇기에 헤벨의 이야기들은 병렬구조의 방식을 통해 교수의 서퍽주 연안으로의 여행 속에 삽입되게 된다. 로스토프트의 쇠퇴하는 도시의 길거리에서 본 영구차의 광경은 산책자의 정신에 "수년 전, 암스테르담에 있던 투틀링엔의 장인, 그러니까 아주 저명할 것임이 틀림없어 보이는 한 도매상인 장례 행렬에 합류해, 자신이

---

38 독일의 단편소설 작가, 방언 시인, 루터교 신학자이자 교육자이다. 그는 1803년부터 1811년까지 '라인 지방 가정의 벗'이라는 이름으로 이야기가 삽입된 달력을 발행해 큰 인기를 끌었다. 1811년에는 이 달력 이야기를 모아 《라인 지방 가정의 벗의 보석상자Schatzkästlein des rheinischen Hausfreundes》라는 단행본을 출간했다. 이 책은 오늘날까지도 독일 가정에서 흔히 볼 수 있으며, 일부 이야기는 교과서에도 실려 있다.-옮긴이

39 W. G. Sebald, *Séjours à la campagne*, trad. J. P. Tripp, Arles, Actes Sud, 2005, p. 23. (한국어판: W. G. 제발트, 《전원에 머문 날들》, 이경진 옮김, 문학동네, 2021, 26쪽 참조. "또한 병렬 접속사 '그리고' '또는' '그런데'에 대한 헤벨의 유별난 애호도 향토성에 사로잡힌 순박함의 지표가 아니라, 이런 접속사를 삽입함으로써 오히려 가장 지적인 효과를 얻어내려는 의도의 결과이다. 헤벨의 병렬 접속사들은 어떤 것을 상위에 두거나 하위에 두는 질서에 맞서서, 우리의 이야기꾼이 창조하고 돌보는 세계에서는 모든 것이 동등한 권리를 가지고 나란히 존재한다는 점을 더없이 은근한 방식으로 시사한다.")

한마디도 알아듣지 못하는 네덜란드어로 낭독된 추도사를 측은지심을 가지고 감동적으로 들었던 투틀링엔의 장인"[40]을 환기시킨다. 이 신원미상의 장인은 우선 아름다운 저택 창가에 피어 있는 튤립과 꽃무우의 화려함을 찬미하고, 이어서 식민지에서 온 상품들을 담은 채 항만에 쌓여 있는 궤짝들이 내보이는 부에 감탄한 후, 이러한 화려함과 부의 소유주 역시 자신과 다를 바 없이 죽을 운명에 처해 있다는 것을 확인한다. 이 장인은 제발트가 《전원에 머문 날들》에서 명시적으로 언급한 헤벨의 달력 이야기 〈칸니트페르스탄Kannitverstan〉에서 곧바로 등장한다. 헤벨의 이야기에서 이 장인은 독일에서 암스테르담으로 온 견습생이다. 화려한 꽃들로 장식된 호화로운 건물이 누구의 소유인지 독일어로 묻는 그에게 대화 상대자는 그의 질문을 이해하지 못했다고 네덜란드어로 답한다. 견습생은 이해하지 못한다라는 대답 komprenpas를 건물 소유주의 이름, 즉 칸니트페르스탄 씨M. Kannitverstan로 받아들인다. 견습생은 항만에 적재된 이 소유주의 상품 궤짝들에 부러운 듯 감탄한 후, 장례 행렬과 마주쳐 고인이 누구인지 물었을 때 ['Kannitverstan이라는'] 같은 대답을 듣고서는 칸니트페르스탄 씨의 서글픈 운명을 슬퍼한다.

이 이야기가 주는 교훈에 대해 오해해서는 안 된다. 제발트가 우리로 하여금 헤벨의 짧막한 이야기에서 찬미하길 바라는 것은 죽음이라는 조건 앞에 놓인 모든 이의 평등이 아니라,

---

40　W. G. Sebald, *Les Anneaux de Saturne*, p. 68 (랑시에르 번역 수정).

헤벨의 글쓰기가 동시에 생산하고 약속하는 평등이다. 그것은 "완곡어법, 여담, 급변들을 통해 그것이 이야기하는 것의 흐름과 공명하고, 가능한 한 많은 현세의 선을 구원하는"[41] 언어의 작업이자, 어떠한 사회적 평등의 프로그램과도 관계없이 그 문장의 말미가 우애의 지평을 향해 열리는 언어의 작업이다. 파괴의 활동을 대속하고 지배의 활동에 이의를 제기하기 위해서는 픽션의 구성 자체에 완곡어법, 여담, 급변과 독일인 연대기 작가가 언어에 도입했던, 공백에 가까운 문장의 말미들을 도입해야 한다. 이러한 것들은 어떤 텍스트로 하여금 다른 나머지 유형의 독자층과는 뚜렷이 구별되는 한 유형의 독자층에게 말을 건네게끔 둘러쳐진 울타리들을 무너뜨리기 위해, 그리고 글쓰기 장르상의 차이들—과학적인 백과사전의 항목들, 지역 신문의 기사들, 현지 석학들이 발간한 소책자, 과학의 상이한 시대들을 증언하는 박식한 교양 작품들, 예언에 관한 이야기들, 교육용 팸플릿 등—을 가로질러 경험들이 소통되는 우애의 공간을 가능한 한 넓게 열어젖히기 위해 도입되어야 한다. 이 모든 자료, 즉 부바르와 페퀴셰의 작은 책상과 그들을 창작해낸 작가의 책상을 혼잡하게 했던 것과 같은 자료들은 새로운 픽션의 실에 의해 가로질러져야 한다. 새로운 픽션은 한 장소에서 다

---

41   W. G. Sebald, *Séjours à la campagne*, p. 22-24. (한국어판: W. G. 제발트, 《전원에 머문 날들》, 25쪽 참조. "언어는 자잘한 우회로와 나선원을 그리며 자신이 이야기하는 것들을 닮아가고 그렇게 최대한 현세의 재보로부터 자신을 지켜냄으로써 멈춰 서 있다.")

른 장소로의 이동과 한순간에서 다른 순간으로의 이동을, 자유롭게 움직이는 사유의 작업과 동일시한다. 이 사유의 작업은 그 자체로 장르들을 뒤섞고, 산책에 관한 서사를 공상, 환영, 환상적인 꿈, 우화, 읽은 것에 대한 회상, 신화 속 등장하는 죽은 자들의 나라로의 여행, 상상적인 여행에 대한 꾸며낸 이야기나 허구의 백과사전에 대한 꾸며낸 이야기로 변화시킴으로써 공통의 경험에서 "구원할 수 있는 모든 것을 구원하고", 장소와 시간, 경험과 문장이 공존하는 우애의 공간을 넓히고자 한다.

픽션이 그려야 하는 이 공동체의 그물망은 제발트가 행한 독특한 주목에서 출발해 생각해볼 수 있다. 제발트는 20년 전 맨체스터에서 그를 하숙하게 해주었던 이민자 유대인 집주인이 나치 독일로부터 도망치기 전 바바리아 알프스 언덕에서 스키를 탔었다는 사실, 그리고 몇 년 뒤 어린 시절의 자신이 바로 그 같은 언덕을 내려왔었다는 사실을 어느 날 발견한다. "그는 내가 있었던 언덕과 같은 언덕 위 눈 속에 흔적을 남겼다"고 제발트는 주해를 덧붙인 후, 이 공통의 흔적에서 역사 교과서에는 실리지 않는 역사에 관한 교훈을 얻을 수 있을 것이라고 말한다.[42] 요컨대 픽션은 눈 속에서 지워진 흔적들을 거기에서 지워진 또 다른 흔적들과 연결함으로써 역사/이야기를 만드는 작업이다. 픽션은 특수한 방식으로 지식을 동원하는 것을 함축한다. 이 지식은 통상 지식에 할당된 설명의 빈약한 기능에서, 따라서

---

[42] W. G. Sebald, *L'Archéologue de la mémoire*, p. 107.

생략에서 벗어나야 한다. 이는 지식으로 하여금 실재의 난입을 마주했을 때 느껴지는 얼마간의 동물적인 경악에 자리를 내어주게 하기 위함이 아니라, 지식이 다양한 방식으로 분할되고 조정되어 픽션의 소재인 동시에 픽션의 형식이 되는 변화의 질서 속으로 들어서게 하기 위함이다.

아마 이것이 〈칸니트페르스탄〉의 궁극적인 교훈일 것이다. 이해하지 못하는 것은 결핍이 아니다. 이해하지 못하는 것은 파괴의 활동을 끊임없이 합리화하는 의미 생산 과정의 지배적인 방식을 중단시키는 것이다. 물론 우리는 발코니의 꽃들과 항만에 쌓인 궤짝들 사이의, 이 궤짝들과 식민지 착취의 폭력 사이의, 이 폭력을 영원하게 만드는 질서와 종교의 사탕발림 사이의 연결을 이해할 수 있다. 하지만 파괴의 활동을 비난하는 이와 같은 지식은 파괴의 활동을 바로잡지 않는다. 이러한 지식은 자신의 차례가 오면, 꽃들의 찬란함과 아름다운 설교의 찬란함을 생산과 잉여가치의 유통 속으로 용해시키는 논리를 계속해서 따른다. 창문가의 꽃들과 언사의 아름다움, 그리고 장인들의 감탄 사이에 평등한 연결을 창조하기 위해서는 이러한 지식에 대해 무관심할/무지할ignorer 줄 알아야 한다. 이와 같은 평등한 연결은 창문가의 꽃들, 언사의 아름다움, 장인들의 감탄을 존재에 대한 동등한 권리 안에서 나란히 보존할 뿐만 아니라, 그것들을 서로에 대한 번역, 반향, 반영으로 변형시킴으로써, 그리고 원리상 또 다른 번역, 반향, 반영으로 끝없이 변형시킴으로써 풍부하게 만든다. 이는 지식의 또 다른 운용이다. 이것은 새로운 종류의 픽션을 생산할 뿐만 아니라, 다른 종류의 공통 감각, 종속시키지도 파괴하지도 않으면서 연결시키는 공통 감각을 생산한다.

4

아무것도 아닌 것과 모든 것의 가장자리

임의의 순간

버지니아 울프의 소설들

《미메시스》의 결말에서, 과장된 선언을 하는 경향이 거의 없는 학자인 에리히 아우어바흐는 한 권의 책에 경의를 표했다. 그는 그 책에서 서양 문학 최고의 정점을 봤을 뿐만 아니라, "지상에서의 인류 공통의 삶"에 대한 약속을 봤다고 말한다. 아우어바흐는 급격한 변화에 놓인 인류의 고뇌와 희망을 다루는 책들을 소홀히 하지 않는 것이 확실하다. 그러나 아우어바흐가 선택한 이 책은 인간의 조건에 대한 원대한 서사시와는 거리가 꽤 멀어 보인다. 여기서 문제가 되는 책은 버지니아 울프의 《등대로》로, 그 이야기는 한 저녁나절과 한 아침나절 섬의 별장에 머무르는 가족에게서 벌어지는 두 가지 시시하고 하찮은 사건에 국한된다. 그래서 아우어바흐가 자신의 주장을 정당화하기 위해 논평을 단 대목, 즉 안주인인 램지 부인이 등대지기 아들을 위해 양말 한 짝을 뜨개질하며, 어린 아들의 발에 양말을 대본다는 대목은 우리에게 가장 하잘것없는 가정사에 관한 이야기를 들려준다.

이 프티부르주아 가족의 여름날 저녁이 어떻게 인류의 장래를 예고할 수 있는 것인가? 이보다 두 장 앞선 곳에서, 아우어바흐는 근대소설적 리얼리즘의 핵심을 정의했었다.[1] 여기서 그는 근대소설적 리얼리즘이 오직 전적으로 변화하는 정치, 경제, 사회적 현실 전반에 가담한 인간만을 재현할 수 있다고 말했다. 이 현실 전반은 두 장 사이의 공간 속으로 사라진 것으로 보인다. 그런데 이 현실과 함께 픽션의 핵심 그 자체를 이루었던, 하나의 총체로의 행동들의 연쇄 또한 사라진 것처럼 보인다. 아우어바흐가 경의를 표했던 서양 리얼리즘의 성취는 묘하게도 루카치가 그보다 10년 앞서 애도했던 리얼리즘의 쇠퇴와 닮았다. 루카치는 리얼리즘의 쇠퇴를 서술과 묘사 사이 위계의 반전과 동일시했다. 루카치에게 진정한 리얼리즘의 핵심은 행동하는 인물들의 관점을 통해, 그들의 행동의 역동 속에서 사태들을 보여주는 것이었다. 그 인물들이 추구한 목적과 그들이 가담한 대결은, 그들의 행동이 그 중심에 기입되어 있는 사회 전반에 걸친 변동을 파악할 수 있게 해주었다. 발자크가 《잃어버린 환상》에서 극장에서의 저녁나절을 묘사했을 때, 그는 우리로 하

---

[1]   에리히 아우어바흐, 〈라 몰 후작댁 1-스탕달의 비극적 리얼리즘〉, 〈라 몰 후작댁 2-두 개의 리얼리즘〉, 《미메시스》, 김우창·유종호 옮김, 민음사, 2012, 597~615쪽 참조.-옮긴이

여금 주인공 뤼시앙 드 뤼방프레의 관점에서 사태를 보게 만들었다. 뤼시앙 드 뤼방프레는 자신의 정부인 코랄리가 나오는 공연을 홍보하고, 당시 유행하던 기자라는 자신의 지위를 보장하기 위해 펜을 들었던 인물이다. 이러한 서술 방식은 야망에 찬 젊은이의 출세와 추락을 통해 독자가 연극과 언론 모두에 뻗어 있는 자본주의의 손길을 알아차릴 수 있게 해주었다. 하지만 서술 행위와 사회적 발전 과정에 대한 폭로가 결합된 이러한 동학[연구][2]은 이미 졸라의 작품에서 자취를 감췄다. 《나나》의 저자는 주인공이 살아왔던 무대의 모든 측면, 다시 말해 공연, 극장, 배경 무대의 변화, 인형 옷을 만드는 사람들의 작업 등을 우리에게 아주 상세하게 묘사했다. 하지만 이러한 묘사는 더는 행동하는 인물들의 관점에서가 아니라, 관람자의 수동적인 관점에서 제시된 그림들의 연속, 즉 "정물화들"의 연속으로만 존재했다. 소설적 행동의 수동적 묘사 속으로의 사라짐은 이후 더 심해졌고, 제임스 조이스James Joyce, 1882~1941[3]와 존 더스패서스John Dos Passos, 1896~1970[4]의 작품들에서는 경험이 파편화되는 극단적인 지점, 즉 인물들의 내면의 삶이 그 자체로 "정태적이고 물화된

2　실증주의 사회학의 창시자 오귀스트 콩트Auguste Conte, 1798~1857는 사회정학 연구(사회질서를 지배하는 법칙)와 사회동학연구(사회 변동을 지배하는 진화적 법칙)를 구분했다.-옮긴이

3　아일랜드의 소설가이자 시인으로, 의식의 흐름, 내적 독백, 언어유희, 세부에 대한 섬세한 주목 등 스타일에서의 혁신을 통해 20세기 문학에 커다란 영향을 미친 작가이다. 37년간 망명인으로서 국외를 방랑하며 아일랜드와 고향 더블린을 대상으로 한 작품을 집필했다. 대표작으로는 《더블린의 사람들》《젊은 예술가의 초상》《율리시스》 등이 있다.-옮긴이

무언가"⁵로 변하는 지점에까지 이르렀다.

언뜻 보기에 이는 아우어바흐가 [발자크의] 《고리오 영감》에서부터 《등대로》에 이르기까지 따른 길과 동일한 길인 것처럼 보인다. 픽션적인 플롯들로 구성된 배치로부터, 그리고 인간의 공통의 삶으로부터 동시에 빗겨나가는 길 말이다. 그런데 아우어바흐는 이러한 진행에서 [기존의] 관점을 반전시키는 해석을 내놓는다. 그에 따르면, 버지니아 울프의 미시-서사microrécit는 우리를 인간 공동체의 관건들에서 빗겨나가게 만들지 않는다. 반대로 이 미시-서사는 자신의 장래를 향해, 즉 인류가 "지상에서의 공통의 삶"⁶을 살 그 순간을 향해 열린다. 그런데 만약 울프의 이 이야기가 이처럼 장래를 향해 열린다면, 이는 그 이야기가 당시까지 픽션의 원리 자체로 간주되었던 행동들의 배치를 망가뜨림에도 **불구하고** 그러한 것이 아니라, 망가뜨리기 **때문에** 그러한 것이다. "버지니아 울프의 작품에서 일어나는

---

4   미국의 소설가로 《북위 42도선》《1919년》《거금》 등 3부작으로 이루어진 대작 《U.S.A.》로 유명하다. 그는 이 3부작에서 느닷없이 신문기사의 표제, 자서전, 전기 등의 요소들을 나열하여 소설의 배경을 이루는 20세기 초 미국 자본주의의 현실을 극화하는 실험적인 기법을 사용했다.-옮긴이

5   Georg Lukács, «Raconter ou décrire?», *Problèmes du réalisme*, trad. C. Prévost et J. Guégan, L'Arche, 1975, p. 163.

6   Auerbach, *Mimesis*, p. 548. (한국어판: 에리히 아우어바흐, 〈갈색 스타킹-새로운 리얼리즘과 현대사회〉, 《미메시스》, 726쪽 참조. "물론 지구 위에 인간들의 완전히 평등한 생존이 실현되기까지는 요원하기 한이 없다. 그러나 지금에 와서는, 적어도 인간이 도달할 그 목적지가 우리의 눈에 보이기 시작하고 있다. 그리고 그것은, 현재 여러 다른 인간들의 우연적인 순간의 내면과 외부를 편견이 없이 정확하게 묘사하는 작가들의 그 태도에 가장 구체적으로 그 모습을 나타내기 시작한 것이다.")

것은 정확히 이러한 장르의 작품들에서 항상 시도되었던 것들이다. (하지만 울프가 보여주는 것과 같은 통찰력이나 숙련성을 늘 동반했던 것은 아니다.) 그것은 바로 임의의/보잘것없는 상황을 부각하고, 그 상황을 행동들의 협의된 연쇄를 위해 활용하는 것이 아니라, 그 자체를 위해 활용하는 것이다."[7]

이는 보기 드문 주장이다. 서양 리얼리즘 픽션 최고의 완성이 곧 모든 픽션의 최저 요건인 것처럼 보이는 "행동들의 협의된 연쇄"의 해체라는 주장 말이다. 이것은 **임의의/보잘것없는 상황**, 그가 **임의의/보잘것없는 순간**이라고도 부르는 것에 부여된 특권이다. 근본적인 해체의 형태를 띤 이러한 완성을 어떻게 생각할 것인가? 그리고 임의의/보잘것없는 순간의 군림은 어떻게 지상에서의 새로운 공통의 삶의 전조가 되는가? 이에 대해 아우어바흐는 임의의/보잘것없는 순간들의 내용, 즉 "우리의 삶이 공통으로 가진 기본적인 것들"[8]과 관련된 내용에 대한 몇 가지 진부한 숙고로 답하는 데 그친다. 하지만 그는 임의의/보잘것없는 순간에서 관건인 공통의 것이 시간의 내용과 관련

---

7   Ibid., p. 547. (한국어판: 같은 책, 725쪽 참조. "버지니아 울프의 소설에서 일어나고 있는 과정은, 이런 부류의 다른 소설들에서 물론 시도하고 있는(이 소설가와 같은 통찰력과 역량은 흔히 볼 수 있는 것이 아니지만) 것과 꼭 같은 과정이다. 즉 우발적인 사건을 강조하고, 그 사건을 외부적인 연속성과 관련시킴이 없이 그 자체로써 활용하는 접근법을 우리는 이 작품들에서 공통적으로 발견하는 것이다.")

8   Ibid., p. 548. (한국어판: 같은 책, 725쪽 참조. "우연적인 순간이야말로 모든 논쟁적이고 불안정하고, 인간의 싸움과 절망의 주요 기준이 되는 인간 사회의 규범들로부터 해방된 독립적 상황이다. 그런고로, 그 순간이 활용되면 될수록 우리의 삶을 공통적으로 구성하고 있는 기본적인 요소들이 부각되어 나오는 것은 당연한 일이다.")

된 것이 아니라, 시간의 형식 자체와 관련된 것임을 알아차리기에 충분할 만큼 그에 대해 진작부터 말했다. 만약 픽션의 정치라는 것이 있다면, 이는 픽션이 사회의 구조와 그 갈등들을 재현하는 방식에서 비롯되는 것이 아니다. 픽션의 정치는 그것이 억압된 자들을 위해 불러일으킬 수 있는 공감이나, 그것이 억압에 대항해 야기할 수 있는 에너지에서 비롯되는 것이 아니다. 픽션의 정치는 그것을 픽션으로 존재하게끔 만드는 것 자체, 다시 말해 사건들을 식별하는 방식과 그 사건들을 서로서로 연결하는 방식에서 비롯되는 것이다. 픽션의 정치에서 핵심이 되는 것은 시간을 다루는 것이다.

결국 이러한 문제는 고대에서부터 알려져왔고, 아리스토텔레스의 《시학》 아홉 번째 장, 즉 시가 어떤 점에서 역사보다 **더 철학적**인지를 설명하는 장에서 표본적인 정식을 부여받았다. 아리스토텔레스에 따르면, 시—그에게 시는 행들의 음악이 아니라 픽션적인 플롯의 구성이다—는 사태들이 어떻게 일어날 **수 있는지**, 사태들이 어떻게 그 고유의 가능성의 귀결들로 일어나는지에 대해 말해주는 반면, 역사는 오직 어떻게 사태들이 그 경험적인 연속 안에서 하나하나 잇따라 일어나는지에 대해서만 말해준다. 따라서 비극적 행동은 인간들을 무지에서 지식으로, 행운에서 불운으로 나아가게 만드는 필연적이거나 개연적인 사건들의 연쇄를 우리에게 보여준다. [여기서 다뤄지는 인간들이] 아무 인간들이 아니라, "명망 있고 높은 신분"[9] 출신의 인간들이어야 한다는 것은 사실이다. 행운을 거쳐 불운으로 나아가기 위해서는 자신의 행동이 운명의 여신의 운에 달려 있는 자들의 세계에 속해야 한다. 악행이 아니라 실수에서 기인한 비극적인 불행을 겪기 위해서는, 실수를 범할 수 있는 자들에게 속해야 한다. 왜냐하면 이들은 원대한 계획을 품고, 이를 위한 행동의 수단을 계산하는 과정에서 잘못을 저지를 수 있기 때문이다. 필연적이거나 개연적인 연쇄들이 갖는 시적 합리성은 소위 **능동적**이라 불리는 인간들에게 적용된다. 왜냐하면 능동적인 인간들은 목적의 시간 속에서 살기 때문이다. 여기서 목적이란 행위가 정하는 것이기도 하지만, 그 자체로 목적인 것, 즉 여가라고 불리는 비활동의 특권적 형태가 이루는 것이기도 하다. 이러한 목적의 시간은 확실히 **수동적** 혹은 **기계적**이라 불리는 사람들의 시간에 대립한다. 그들이 수동적 혹은 기계적이라 불리는 것은 그들이 아무것도 하지 않기 때문이 아니라, 그들의 모든 활동이 생존이라는 당장의 목적을 겨냥하는 수단들의 원환에 갇혀 있기 때문이다. 이 원환 속에서는 비활동조차 에너지를 소비하는 두 가지 활동 사이의 필수불가결한 휴식에 불과하다.

구성된 픽션은 묘사된 경험적 현실보다 더 합리적이다. 그래서 현실에 대한 픽션의 우위는 곧 다른 하나의 시간성에 대해 하나의 시간성이 갖는 우위와 다름없다. 이와 같은 아리스토텔레스의 두 테제는 몇 세기에 걸쳐 픽션의 지배적인 합리성

9　Aristote, *Poétique*, 1453 a, 10. (한국어판: 아리스토텔레스, 〈시학〉, 《수사학/시학》, 384~385쪽 참조. "…… 그는 오이디푸스나 튀에스테스나 그와 대등한 가문의 저명인사들처럼 큰 명망과 번영을 누리는 자 가운데 한 사람이어야 한다.")

을 형성했다. 이들은 세계를 구조화하는 자명성에 속했기 때문에 논증될 필요가 없었던 위계질서를 바탕으로 픽션을 확립했다. 그 위계란 인간들의 활동성과 비활동성이라는 감각적인 틀을 통해, 그러니까 인간들이 시간을 살아가는 방식 자체를 통해 "능동적" 인간들과 "수동적" 인간들을 구별짓는 삶의 형태들 사이에서 수립되는 것이다. 그렇다면 우리는 다음과 같은 질문을 던질 수 있다. 픽션적 합리성을 떠받쳤던 이러한 시간성의 위계는 근대에 해체되지 않았는가? 마르크스주의는 이러한 게임을 뒤바꿔놓지 않았는가? 마르크스주의와 함께, 인과적 합리성의 세계가 된 것은 바로 생산 및 삶의 재생산이라는 어두운 세계이다. 물질적 삶의 생산이라는 그 핵심에 기초해 이와 같이 정의된 역사는 픽션의 자의적인 배치에 맞서 자신의 합리성을 내세우며, 역사의 법칙을 파악한 이들에게 위계 없는 인류의 장래를 열어준다. 그러나 대립을 반전시키는 것, 그것은 대립관계를 이루는 항들과 구조를 계속해서 유지하는 것이다. 또한 비록 과학과 역사가 《자본론》에서 복잡한 부분을 맡는다고 하더라도, 거기에는 적어도 하나의 픽션의 원리, 즉 역사에 대한 마르크스주의적 과학이 자기 것으로 다시 취해 후대에 전승한 픽션의 원리가 존재한다. 그리고 후대는 이 픽션의 원리로부터 그것의 아포리아, 즉 시간 사이의 위계라는 아포리아를 철저하게 제거했다. 확실히 마르크스주의적 과학은 더는 비극의 주인공들이 행운을 거쳐 불운으로 나아갔던 순간, 너무 늦게 획득하게 될 헛된 지식이 아니다. 반대로 마르크스주의적 과학은 이 과학을 소유하고 있는 자에게 연쇄 전반에 대한 통찰력, 그리고 목적에 맞게 수단을 조정하는 방편들을 부여한다. 하지만 이는 마르크스주의적 과학이 능동적 인간들의 시간과 수동적인 인간들의 시간을 다시금 대립시키는 한에서만 가능한 것이다. [그에 따르면,] 능동적 인간들은 원인의 연쇄를 파악하고, 그 연쇄 속에 자신들의 기획을 도입하는 반면, 수동적 인간들은 자신들의 물질적인 생업으로 인해 사태들이 단지 하나하나 잇따라 나타나기만 하는 동굴 속에 머물도록 강제되거나, 이데올로기라는 신기루를 제외하고는 그 무엇도 질서를 부여하지 않는 관념 연상 속에 머물도록 강제된다.

서사의 형식으로서 역사에 대한 마르크스주의적 과학은 여전히 아리스토텔레스적이다. 그래서 아주 자연스럽게도, 역사에 대한 마르크스주의적 과학은 문학적 픽션을 고려에 넣으면서 자신을 떠받치는 근거를 오래된 픽션적 위계를 떠받치는 근거에 결합시킨다. 루카치가 두 가지 형태의 시간성을 대립시키며 행한 것이 바로 이것이다. [하나는] 진정으로 리얼리즘적인 소설의 시간, 즉 "완전한 인물들"의 시간이다. 이 시간은 인물들이 자신에게 고유한 위험을 무릅쓰고 자신들의 목적을 추구함으로써 우리에게 사회적 현실의 구조와 역사적 발전의 구조를 폭로하는 시간이다. [다른 하나는] 연속적 시간, 즉 자연주의적 소설이 보여주는 "정물화"의 물화된 시간이나 조이스식의 경험의 파편화된 시간이다. 이렇게 해서 마르크스주의적 문학이론가들은 능동적 인간들을 수동적 인간들에 대립시키는 위계를 자기 것으로 다시 취한다. 아우어바흐가 꿰뚫어본 것은 바로 이 공모일지도 모른다. 설사 그가 "근대의 진지한 리얼리즘"을 "전적으로 변화하는 정치, 경제, 사회적 현실 전반에 가담한" 인간의 재현에 연결한다고 하더라도 말이다. 이 전적으로 변화하는 현실은 원인의 시간 속에 사는 이들과 결과의 시간 속에 사는 이들 사이의 분리를 계속해서 재생산하는 것에 지나지 않기 때문이다. 어쩌면 이로부터 그가 자신의 주장을 설명하기 위해 드는 예시들의 기묘함이 나오는 것일지도 모른다. 그가 드는 예시들은 사실상 모두 반대-예시들, 즉 "끊임없는 변화"가 중지된 것처럼 보이는 장소들과 순간들이다. 이를테면《고리오 영감》에 등장하는 보케르 하숙집의 식당에서 나는 곰팡내,《적과 흑》에 등장하는 라 몰 후작댁에서 저녁을 먹으며 느끼는 지루함,《마담 보바리》에 등장하는 눅눅한 식당에서 점심을 먹으며 느끼는 지루함 등이 그것이다. 이와 같은 외관상의 모순은 그 고유의 논리를 갖는다. 그 논리에 따르면, "진지한 리얼리즘"은 또한, 아니 무엇보다도, 서민들에 대한 재현을 희극이나 풍자극과 같은 천박한 장르에 바친 옛 분리를 무너뜨리는 리얼리즘이다. 이것은 서민들을 가장 심오하고 가장 복잡한 감정들을 느낄 수 있는 주체로 만드는 리얼리즘이다. 바로 여기에 근대문학에서 자신의 성취를 발견할 수밖에 없을 두 번째 위대한 원리가 있다. 사회적 위계를 무찌르고자 떠난 목수의 아들 줄리앙 소렐과 이상 속 열렬한 사랑을 쟁취하고자 떠난 소작농의 딸 엠마 보바리라는 두 "진지한" 인물들이 상징하는 것이 바로 이 원리이다. 그들은 자신들과 같은 신분의 사람들에게 운명 지워진 삶과는 다른 삶을 살고자 하는 욕망을 처벌하는 죽음까지 감수한다. 그런데 다른 삶을 산다는 것은 무엇보다 다른 시간을 살아간다는 것이다. 그래서 지루함이란 이 다른 시간으로 들어서는 것이다. 지루함이란 먹고살기 위한 노동과 원기를 회복하기 위한 휴식으로 일상이 나뉘는 자들이 보통 알지 못하는 공허한 시간의 경험이다. 따라서 지루함은 단지 좌절이 아니라, 시간을 살아가는 방식에 따라 인간들을 두 부류로 분리하는 나눔에 대한 위반이기도 하다.

리얼리즘적 성취에 대한 두 기준 사이의 결합을 우리가 예상했던 바로 그 순간에, 두 기준은 분리된다. 강렬하고 심오한 비극의 주체가 될 서민의 능력은 변화 중인 현실 전반 속으로 그를 포함시킬 관계망에서 풀려나올 때 확실해진다. 시간의 위계와 삶의 형태의 위계가 무너지는 것은 사회적 현실 전반의 편에서가 아니라, 반대로 사회적 현실 전반을 중지시키는 편에서이다. 즉, 미지의 감각과 정념의 세계로 팽창하는 공허한 시간 속으로 임의의/보잘것없는 개인들이 들어서는 편에서이다. 이 감각과 정념들은 이 세계 속으로 자신들의 날개와 삶을 불태우러 오는 경솔한 이들에게 미지의 것일 뿐만 아니라, 이 세계에서 시간의 전대미문의 존재양태를 발견하는 픽션에도 미지의 것이다. 여기서 시간의 전대미문의 존재양태란, 그 리듬이 더는 계획된 목적들에 의해, 그 목적들을 성취하고자 애쓰는 행동들에 의해, 그 목적들을 지연시키는 장애물들에 의해 정의되지 않고, 오히려 시간의 리듬에 맞춰 이동하는 신체들에 의해, 비가 내리는 것을 보기 위해 유리창의 김을 지우는 손들에 의해, 서로 기댄 머리들에 의해, 늘어져 있는 팔들에 의해, 창문들 뒤에서 그 모습이 드러나는 알려진 혹은 미지의 얼굴들에 의해, 소리를 내면서 지나가거나 조용히 지나가는 발걸음들에 의해, 흐르는 음악의 분위기에 의해, 서로에게 겹쳐 미끄러져 내리고 형용할 수 없는 감정으로 녹아 사라지는 잠깐의 순간들에 의해 정의되는 시간의 직물이다. 이와 같은 것이 바로 엠마 보바리의 시간으로, 아우어바흐는 이 일상적인 하루에서 그 유명한 점심 식사 장면을 발췌했다.[10] 무엇이 그녀를 기다리고 있는지 알지 못하고, 이 알지 못함이 그 자체로 새로운 즐거움임을 알지 못하는 주인공에게 이 시간은 절망적인 시간이다. 하지만 어찌 됐든 이것은 픽션에는 새로운 시간이다. 픽션은 그것이 너무나 중요시했던 예상으로부터 해방되는 대신, 시간성의 위계로부터 빠져나온 삶을 이루는 미세한 감각들과 형용할 수 없는 감정들의 끝없는 증식에 들어서게 되었다.

바로 여기에 픽션적 민주주의를 위대한 역사로부터 벗어나게 한 길이 있음이 틀림없다. 역사에 대한 과학은 본래 픽션적 민주주의를 감각적인 미시-사건들의 세계에 국지화된 것으로 보았다. 픽션의 민주주의적 혁명은 역사의 무대 위 군중의

---

10 Gustave Flaubert, *Madame Bovary*, première partie, chapter IX, in *Œuvres complètes* op. cit., p. 205-207.

대대적인 출현이 아니다. 그럼에도 픽션의 민주주의적 혁명이 혁명에 대한 근대적 정의에 충실하지 않은 것은 아니다. 혁명은 아무것도 아니었던 이들이 모든 것이 되게 만드는 과정이다. 그런데 픽션의 차원에서 모든 것이 된다는 것은 이야기의 주요 인물이 된다는 것이 아니다. 모든 것이 된다는 것은 [시간의] 직물 자체가 된다는 것, 즉 직물의 한가운데에서—직물의 그물코에 의해—사건들이 서로서로 엮이는 직물이 된다는 것이다. 사건들을 서로에게 엮이게 만드는 직물이, 어떠한 사건들도 그들에게 일어나서는 안 되는 그들/그녀들, 재생산의 시간이라는 지하세계에 산다고 여겨지는 그들/그녀들, 사태들이 단지 잇따라 일어날 뿐인 동굴에 산다고 여겨지는 그들/그녀들에게 사건들이 벌어지게 만드는 바로 그 직물이 될 때, 아우어바흐가 명확하게 밝히지 않은 채 가리킨 위대한 혁명이 일어났다. 임의의/보잘것없는 순간은 단지 모든 인간이 가담하는 필수불가결한 활동들의 순간이 아니다. 그래서 버지니아 울프의 임의의/보잘것없는 순간에 포함된 인류에 대한 약속은, 뜨개질하고 아이들을 돌보느라 바쁜 여성들이 존재하는 바로 그 순간에 세계 어디에서나 기인하는 것이 아니다. 뒤죽박죽이 된 것은 시간의 내용이 아니라 시간의 형식 자체이다. 재현적인 전통의 시간은 두 차원을 가진 시간이었고, 각각의 차원은 배제의 형식을 규정했다. 이 시간의 한 차원은 각 순간이 연이어 오는 다른 순간 속으로 사라지게 만듦으로써 수평축에서 배제했다. 이 시간의 또 다른 차원은 행동의 세계에 사는 이들을 반복의 지하세계에 사는 이들로부터 분리함으로써 수직축에서도 배제했다. 반대로 임의의/보잘것없는 순간은 이중으로 포함적인 시간의 요소이다. 이중으로 포함적인 시간이란, 순간들이 서로를 관통하고, 점점 더 커지는 원환 속으로 확장되며 지속되는 공존의 시간이자, 더는 시간을 살아가는 이들 사이의 위계를 알지 못하는 공유된 시간이다. 버지니아 울프의 또 다른 소설 《댈러웨이 부인》이 예증하는 것이 바로 이 시간이다. 《댈러웨이 부인》은 사교계 인사인 한 여성과 그의 딸, 그리고 그의 옛 연인이 런던 산책 중 전대미문의 시공을 경험하게 되는 단 하루에 관한 이야기이다. 이 전대미문의 시공 속에서, 동일한 감각적 사건들은 차츰차츰 확장되어 모든 신체에, 그리고 특히나 옛 질서가 제외했거나 보이지 않게 만들었던 것들에 거의 비슷하게 영향을 미친다.[11]

하지만 임의의/보잘것없는 순간은 단지 공존의 시간을 구성하는 별것 아닌 원자만이 아니다. 임의의/보잘것없는 순간은 또한 아무것도 아닌 것과 모든 것 사이의 바로 그 경계에 있는 동요의 순간이자, 공유된 감각적인 사건들의 시간 안에 살아가는 이들과 더는 아무것도 공유되지 않고 아무 일도 일어나지 않는 시간-바깥에서 살아가는 이들이 마주하는 순간이기도 하다. 이렇게 해서 그 아침 런던 거리에서 파티 준비차 꽃을 사러

---

11 나는 이러한 소설의 측면을 나의 책 *Le Fil perdu. Essais sur la fiction moderne*, Paris, La Fabrique, 2014에서 발전시켰다.

나선 우아한 클라리사 댈러웨이 주위로 공유된 임의의/보잘것 없는 순간이 이루는 원환들이 짜이고, 이 원환들은 두 한계 형상들을 만나 멈춘다. 그중 하나는 땅속 깊은 곳에서 솟아나오듯 지하철 입구에서 나오며, 나이도 성별도 알 수 없는 목소리로 시작도 끝도 없는, 알아들을 수 없는 노래를 중얼거리는, 녹슨 펌프를 닮은 으스스한 형상[노파]이다. 다른 하나는 시적인 야망을 저버리고 전쟁의 트라우마를 입은 젊은 남자로, 그는 임의의/보잘것없는 감각적 사건들의 직물을, 자신이 세상에 예고해야만 하는 새로운 종교적 계시로 바꿔놓는 망상에 빠져 있다. 이 청년 셉티머스는 그를 요양소에 보내 휴식을 취하게 하고자 하는 의사들을 피해 창문에서 뛰어내렸다. 우리는 셉티머스의 행위가 광기와 의사들을 피해 자살할 소설가 버지니아 울프의 행위를 미리 그려 보인다는 것을 알고 있다. 그렇다면 "리얼리즘적" 문학 고유의 임무는 두 형상을 빌려 묘사되는, 사건과 비-사건 사이, 발화와 침묵 사이, 의미와 무의미 사이 이 동요의 순간들이 지닌 힘을 옮겨 적는 것일 테다. 두 형상이란, 의미의 결핍이라는 어리석음[노파]과 의미의 과잉이라는 광기[셉티머스]를 가리킨다. 이것은 말을 가지고 공통의 세계를 구축하는 것인데, 이 공통의 세계는 분리 그 자체를 포함하고, 클라리사 댈러웨이와 그녀가 지나치는 행인들이 겪는 하루 동안의 방향지어진 시간을, 지하철 입구 근처에서 노래하는 "오래된 녹슨 펌프"의 응고된 시간이나 셉티머스의 방향 감각을 잃은 시간과 연결시킨다. 그러나 이처럼 배제된 것을 포함하는 것은, 차이들을 초월하는 보편성 속에서 차이들을 제거하는 것도, 차이들 사이의 평온한 공존을 인정하는 것도 아니다. 그것은 감각적 공동체를 폭발시키게 만드는 것조차 감각적 공동체의 형태 속으로 난폭하게 포함시키는 것이자, 언어를 피해 달아난 것을 이 언어에 포함시키는 것이다. 프루스트가 강력하게 요구했고 질 들뢰즈Gilles Deleuze, 1925~1995가 오랫동안 주해했던 "언어 속 낯선 언어"가 가리킬 수 있는 것이 바로 이것이다.[12] 목소리와 관용어법의 질서 정연한 나눔에 대한 위반, 말하기의 불가능성 자체를 언어에 포함시킴으로써 그 궁극적인 지점에 도달하는 위반 말이다.

임의의/보잘것없는 순간은 사실 임의의/보잘것없는 것이 아니다. 이와 같은 순간이 모든 순간, 모든 사소한 상황에서 생산될 수 있다는 것은 틀림없는 사실이다. 하지만 임의의/보잘것 없는 순간은 또한 언제나 결정적인 순간, 즉 아무것도 아닌 것과 모든 것 사이의 바로 그 경계에 있는 동요의 순간이기도 하다. 윌리엄 포크너William Faulkner, 1897~1962는 《소리와 분노》에서 백치 벤지의 불평에 대해 이야기하며 "그것은 아무것도 아니었다. 그저 소리였을 뿐이다"라고 말한다. 하지만 그는 그 직후 이 아무것도 아닌 것을 모든 것으로 변화시킨다. "이것은 행성들의 회합에 의해 잠시 소리를 낸 시간의, 불의의, 고통의 총체였을 수도 있다."[13] 아무것도 아닌 것 속에서 동요할 삶들이 시간

12　질 들뢰즈, 《프루스트와 기호들》, 서동욱·이충민 옮김, 민음사, 2004 참조.-옮긴이

의 총체이자 불의의 총체로 승격되는 이 경계 위에 있는 것, 그 것은 아마도 문학의 가장 심원한 정치일 것이다. 사람들은 문학이 병사들을 돌격시키고, 역사적 과정 속 승리의 순간과 함께하는 것을 보길 바랄 것이다. 하지만 앞으로 나아가고 있는 대문자 역사의 주된 소동들과 냉랭하게 간극을 벌리는 것처럼 보이는 이러한 이야기들histoires은 아마도 이 돌격과 승리가 고려되는 시간성을 문제 삼는 더욱 근본적인 변화를 수행할 것이다. 이와 같은 변화에 정치적 의미를 부여했던 이는 발터 벤야민이다. 그는 마르크스주의 이론이 견고하게 만들었던 승리자들의 시간과 "억압받는 이들의 전통"을 분리해야 할 필요성과, 변증법을 시간의 진보가 아닌 시간의 중지, 포개짐, 회귀, 격돌에 연결해야 할 필요성을 주장했다.[14] 그런데 벤야민 이전에 어떤 문학작품은 이미 이러한 단절들을 수행했다. 이 단절들은 능동적 인간들과 수동적 인간들을 나누는 분할이 흐려지는 아무것도 아닌 것과 모든 것의 경계, 즉 시간의 가장자리 위에서 대문자 역사의 승리를 저지한다. 이를 위해 문학작품의 저자들은 시간

13　William Faulkner, *Le Bruit et la Fureur*, trad. M. E. Coindreau, *Œuvres romanesques*, Paris, Gallimard, «Bibliothèque de la Pléiade», t. 1, 1977, p. 602 (랑시에르의 번역 수정). «La parole du muet» 뒷부분 참조. (한국어판: 윌리엄 포크너, 《소리와 분노》, 공진호 옮김, 문학동네, 2013, 379쪽 참조. "그것은 아무것도 아니었다. 그냥 소리였다. 언제나 아무것도 아니다가 행성들이 합을 이룰 때 부당함과 슬픔이 잠시 내는 소리였는지도 모른다.")

14　발터 벤야민, 〈역사의 개념에 대하여〉, 《역사의 개념에 대하여/폭력비판을 위하여/초현실주의 외: 발터 벤야민 선집 5권》, 최성만 옮김, 도서출판 길, 2008 참조.-옮긴이

을 압축하고 팽창시키며, 파편화하고, 재구성하며, 혼합하기 시작했다. 그들은 이를 통해 승리자들의 시간을 다른 시간 중 하나일 뿐인 것으로 축소하고, 그 필연성을 다른 하나의 시나리오와 다를 바 없는 하나의 시나리오라는, 그저 다른 시나리오들에 비해 더 빈약한 시나리오라는 특수성으로 환원시켰다.

그렇다면 이것은 현실에 대항하는 픽션이 아니라, 픽션에 대항하는 픽션이다. 그래서 우리는 이와 같은 픽션들 사이의 전투를 상류층에게 따로 마련된 박학한 문학과 사실들로 구성된 일상적 연대기 사이의 대립으로 환원시킬 수 없다. 반대로, 픽션들 사이의 전투는 공통의 현실을 만들어내는 것의 배경 무대를 세우는 것이 문제가 되는 곳 어디에나 있다. 젊은 기자 제임스 에이지는 그가 속한 잡지사에 의해 1936년 여름 동안 앨라배마에 파견되어 그곳의 소작인들이 위기[대공황]를 살아가는 방식을 조사했다. 이와 같은 잡지사의 요구에 응하는 방법은 잘 알려져 있다. 사람들이 일상적인 삶의 체험과 관계가 있다는 것을 증명할 뿐인 의미 없는 사소한 사실들과 의미를 만들어내는 기호들, 다시 말해 합의consensus[의견 일치]를 교착시키면 된다. 빈자들이 견뎌내는 혹독함, 그리고 이러한 유형의 사람들이 그러하듯 체념과 변통성을 겸비한 채 그 혹독함에 적응하는 그들의 방식을 보여주면서 말이다. 그리하여 사태들은 앞뒤가 맞고, 현실은 현실 그 자체를 닮는다. 그러나 제임스 에이지는 이와는 다른 것을 행한다. 낮 동안, 그는 모든 서랍의 내용물을 끄집어내, 개개의 핀 혹은 개개의 직물 조각 속에서 세계를 살아가는 방식 전부를 보여준다. 밤 동안, 그는 자는 이들의 숨소리를 듣고, 그 미미한 숨결 속에서 낮 동안에 그들을 짓눌렀던 피로 끝에 오는 휴식뿐만 아니라, 그들이 겪었을 수도 있을 모든 삶의 불의에 귀를 기울인다. 그리고 그는 이 숨결을, 주변을 둘러싸고 있는 밤의 소음들에, 도처에서 동시에 호흡하고 있는 무수한 삶들에, 별이 총총한 하늘과 우주의 호흡이 지닌 부드러움과 난폭함에 연결한다. 그는 "시간, 불의, 고통의 총체"에 목소리를 부여하기 위해, 이 삶들을 사회적 현실의 개연성과 전 지구화된 시간의 필연성으로부터 뿌리 뽑는 "행성들의 회합"을 구성한다. 승리자들의 시간, 오늘날 "지구화"라고 묘사되는 이 수평적이고 연속적인 시간에 맞서 새로운 픽션은 산산조각 난 시간, 즉 어느 아무것도 아닌 것이라도 모든 것으로 승격시키는 지점들에 의해 매 순간 관통되는 시간을 내세운다.

빈자들의 두 이야기
윌리엄 포크너의 《8월의 빛》

《8월의 빛》의 픽션적 지형의 중심에는 창문 뒤에 앉아 있는 한 남자가 있다. 그가 거리를 감시하고 있다고 포크너는 말한다. 포크너는 이 감시인에게 아무 의도 없이 하이타워라는 이름을 부여하지는 않았다. 그런데 통상 텅 비어 있는 이 거리에 감시할 만한 것이 있을까? 여섯 그루의 왜소한 단풍나무와 빛바랜 간판 외에는 어떠한 광경도 보여주지 않는, 초목 아래 파묻혀 있는 이 창문을 통해 그는 정말로 무언가를 새로이 볼 수 있을까? 그가 창문 뒤에 있다는 사실에서 중요한 것은 무엇보다 그의 부동자세다. 그의 자세는 기다리는 사람의 자세인 것 같기도 하다. 하지만 간판이 내건 장식 예술 수업을 들으러 오는 손님을 그가 기다리지 않게 된 지 오래다. 그리고 긴 기간에 걸친 일련의 스캔들로 인해 목사로 부임했던 교회에서 쫓겨난 이후 그가 그곳에 홀로 앉아 있은 지 오래다. 여기서 스캔들이란, 그의 고양된 설교(그는 남북전쟁 당시 전투에 나섰던 한 선조의 기마행렬과 구세주의 영광을 혼동하는 것처럼 보였다), 그의 부인의 외도(그녀는 멤피스의 수상쩍은 호텔 방에서 숨진 채 발견되었다), 홀아비의 집에 홀로 있는 흑인 하녀의 존재, 그리고 몇몇 다른 무례한 언동들을 가리킨다. 서재의 창문 뒤에서 그가 감시하는 것은 방문자들이 아니며, 그가 염탐하는 것은 행인들의 광경이 아니다. 그가 감시하고 염탐하는 것은 먼 곳의 소리, 즉 예배 시간 중 교회에서 나는 소리이다. 이 소리는 그가 그로부터 제명당했던 기도, 설교, 합창의 소리이자, 특히나 기도, 설교, 합창 소리에 반향하는 증오와 죽음의 소리임에 틀림없다. 파이프오르간의 소리는 황홀경에 빠진 십자가형처럼 무르익으며, 그 소리의 파동은 "사랑의 거부와 삶의 거부를 간청하고, 사랑과 삶을 다른 이들에게 금하며, 마치 죽음이 가장 고귀한 선행인 것처럼 죽음을 구한다".[15] 파이프오르간의 소리는 정직한 사람들의 무리를 가로지르는 증오의 웅성거림에 공명한다. 그들은 십자가에 못 박힌 자를 기리기 위해서라기보다 또 다른 십자가형을 요구하기 위해 그곳에 모여 있다. 그들은 남자 죄인들과 여자 죄인들, 유색인종과 혼혈인들, 결국에는 그들 자신, 그리고 그들을 증오의 소용돌이 속으로 끌고 들어간 저주에 대해 십자가형을 요구한

---

15   William Faulkner, *Lumière d'août*, trad. M. E. Coindreau, *Œuvres roman-esques*, op. cit., t. 2, 1995, p. 273. (한국어판: 윌리엄 포크너, 《팔월의 빛 1, 2》, 이윤성 옮김, 책세상, 2009 참조.)

다. 창문 뒤에는 해독해야 할 것도, 간파해야 할 것도 없다. 거기에는 오직 느껴야 할 음색만이 있을 뿐이다. 감시인은 계속되는 저주의 둔탁한 웅성거림에 멀리서 귀 기울인다. 그는 그 웅성거림이 형상화하길 멈추지 않는 십자가형을 마음으로 본다.

그런데 만약 그가 증오의 소리를 멀리서 듣기만 했다면, 이야기는 존재하지 않았을 것이다. 이야기가 존재하기 위해서는 움직이지 않는 이 남자의 집을 지나치는 방문자들이, 평상시에는 오직 웅성거림만이 다다르는 그 집에 비극을 끌고 들어와야 한다. 이때 방문자들은 아무나가 아니라 그들에 의해 스캔들, 그러니까 이야기가 일어나는 방문자들이다. 그런데 스캔들은 두 가지로 나뉜다. [우선] 시골 소녀 리나 글로브가 굴복한 육신의 흔한 취약함[이라는 스캔들]이 존재한다. 그녀는 앨라배마 오지의 외진 마을에서, 이곳저곳을 떠돌아다니며 날품을 팔고 소녀들을 임신시키는 방탕한 녀석 중 하나[조 브라운]에게 매혹되었다. 그녀는 거짓말쟁이라고는 도무지 생각할 수 없는 이 남자를 찾기 위해 만삭의 배를 하고 도보여행 길에 올랐다. 행복한 결혼을 통해 충분히 해결될 수 있는 이 스캔들은 나사렛의 요셉 역을 맡을 준비가 되어 있는 선인, 착한 사마리아인 바이론 번치[리나를 사랑하는 남자]에 의해 하이타워의 서재에 알려진다. 그런데 육신의 취약함이 아니라 육신에 대한 증오에서 비롯된 더 근본적인 스캔들이 존재한다. 여기서 육신에 대한 증오란, 죄지은 요부에 대한 증오이자, 그녀의 과오로 인해 불순한 혈통에서 태어난 이들에 대한 증오를 가리킨다. 리나와 그녀의 배

속에 있는 아이를 태운 수레가 제퍼슨시에 도착하는 동안, 화재의 희미한 빛이 하늘에 비쳤다. 한 저택이 불타고 있는데, 그곳은 버든 양의 집이다. 버든 양은 흑인들의 친구이자 카펫배거[16]의 딸로, 그녀는 자신의 젊은 연인인 조 크리스마스에 의해 살해당했다. 조 크리스마스는 8분의 1 흑백 혼혈아로, 아무도 그의 얼굴에서 흑인의 특징을 발견하지 못한다. 그러나 그가 고아원의 영양사와 동료의 애무 현장에 멋모르고 들이닥친 바람에 영양사는 크리스마스와 모든 이들에게 [그의 출생의] 비밀을 밝혔고, 그 이래로 그는 자신이 저주받은 것을 알고 있다. 하이타워는 그의 창문에서 화재의 희미한 빛을 볼 수 없다. 하지만 그는 비극의 당사자들이 자신의 집으로 연달아 들어오는 것을 볼 것이다. 가장 먼저 바이론에 의해 조의 할아버지가 알려진다. 그는 저주를 퍼붓는 사람으로, 조가 태어나자마자 딸에게서 조를 빼앗아 고아원 문 앞에 버렸다. 조는 갈색 피부를 멕시코인의 피부인 척하는 데 성공했던 4분의 1 흑백 혼혈 악인과 죄지은 여인 사이의 불경한 간음으로 태어난 아이였다. 그리고 이 저주받은 아이 조 크리스마스가 결국 하이타워의 집에 불법으로 침입한다. 그는 아버지의 검은 피, 어머니의 육신에 대한 취약함, 여인의 죄지은 육신에 대한 할아버지의 증오를 물려받은 인물이다. 백인으로 위장한 이 흑인은 하이타워의 저택에서 살

---

16   미국 남북전쟁 이후, 노예 출신 자유민을 이용해 정치적 또는 경제적 이익을 얻기 위해 남부로 내려온 북부인을 속되게 이르는 말.-옮긴이

해당할 뿐 아니라, 국민 위병 [퍼시] 그림에 의해 거세될 것이다. 그림은 너무 일찍 도래한 세계대전에서 좌절한 자이자, 정직한 사람들의 분노를 집행하는 자이다. 이렇게 해서 이 이야기, 더 정확히 말해 교차된 두 이야기는 움직이지 않는 감시인의 집으로 들어가게 된다.

어떤 이들은 이것이 사태들에 대해 이야기하는 좋은 방식이 아니라고 말할지도 모른다. 고독한 하이타워는 리나 글로브의 흔한 불행이나 조 크리스마스의 괴물 같은 운명과 아무런 관련도 없다. 그리고 조 크리스마스는 다른 어떤 장소에서도 붙잡혀 살해당할 수 있었다. 하지만 사태들을 뒤집어 봐야 한다. 우리는 왜 소설가가 마주칠 이유가 없던 두 운명이 서로 교차될 필요도 없는 곳, 즉 움직이지 않는 감시인의 집에서 교차되길 바랐는지 자문해봐야 한다. 사실 소설가는 먼 곳에서 간헐적으로만 등장하는 타락한 목사를 이야기의 중심에 놓기 위해 거듭 교묘한 재주를 부린다. 이렇게 해서 전혀 개연적이지 않게도, 단골 방문자이자 입이 아주 무거운 바이런 번치가 범죄와 수사에 대한 세부 사항들을 목사에게 알려주게 된다. 그리고 번치가 어떻게 그러한 것들을 알게 되었는지에 대해 독자들은 의아하게 생각한다. 모든 사태는 마치 서술이 개연성을 대가로 해서라도 부동의 지점을 둘러싸고 배열되어야 하는 것처럼 일어난다. 부동의 지점은 이야기의 영점零點, 다시 말해 더는 그 어떠한 일도 자신에게 일어나지 않고, 단지 온갖 옛날이야기의 배경 잡음, 고대의 저주이자 언제나 새로워지는 저주의 소리만을 들을 뿐인 남자의 영점을 가리킨다. 두 이야기를 잇는 것은 두 이야기에 공통적으로 등장하는 인물, 즉 리나에게서 도망친 연인이자 크리스마스의 공모자가 되는 인물[조 브라운]이 아니다. 두 이야기를 잇는 것은 그들의 운명이 서로 교차되는 곳, 즉 부동의 지점의 존재이다. 두 [인물들의] 운명은 하나의 공통점을 지닌다. 두 운명은 모두 옛 픽션에 따르면 자신들에게 그 어떠한 일도 결코 일어나지 않았던 유형의 개인들에게 닥친다. 그런데 이 두 운명이 부동성과 비가시성이라는 보통의 운명과 단절하는 방식은 완전히 상반된다. 리나의 이야기는 시대의 이야기다. 그녀의 이야기는 새로운 시대에 속하는데, 이 시대에는 가장 미미한 존재들, 사태들, 사건들이 픽션의 품격을 획득했다. 이는 소설가가 서민에게 특별한 애정이 있었기 때문이 아니라, 서민들의 아주 작은 이야기들이 픽션으로 하여금 아무것도 아닌 것과 어떤 것 사이의 거의 지각되지 않는 경계 위에서 작동할 수 있게 하기 때문이다. 리나에게 있어서 잠시 머물다 떠나는 노동자와 잠자리를 가졌던 과오와 임신하게 된 불행은 악에 대한 도전이나 악에 대한 매혹에서 기인하는 것이 아니라, 부주의함과 형편없는 운에서 기인하는 것이다. 그것들은 어떠한 저주도 초래하지 않는다. 오직 아이에게 아버지를 알려주기 위해 길을 떠나는 [리나의] 결정만을 초래할 뿐이다. 그리고 리나의 이야기 전체는 대수롭지 않은 지리적 이동, 그러나 그녀의 눈에는 대단한 지리학적 이동으로 요약될 수 있다. 그녀는 애초에 전혀 움직이지 않을 운명에 처해 있었고, 그녀가 다다를 곳에서 여생을 보내야 할 숙명에 처해 있다는 것을 스스로 알고 있지만, 겨우 몇 달 만에 앨라배마에서 테네시까지 갔다는 사실에 종국에는 경이를 느낀다.

　여기에 픽션적 민주주의의 첫 번째 형태가 있다. 그것은 미미한 이야기, 혹은 리나에 의해 일직선으로 파인 한낱 고랑일 뿐이다. 이것은 책의 첫 몇 페이지에 걸쳐 묘사되는, 움직이지 않는 것처럼 보이는 수레와 닮았다. 그리고 크리스마스의 편에 민주주의 시대의 또 다른 이야기가 있다. 여기서 일상적 존재들이라는 거의 아무것도 아닌 것과 가까워지는 것은 소설이 아니다. [오히려] 일상적 존재들이 고대에 왕족만을 덮쳤던 소리와 분노의 이야기들의 수준으로 스스로를 승격시킨다. 그런데 만약 일상적 존재들이 그렇게 할 수 있다면, 그 이유는 저주받은 인종들이나 적대시된 가문들에 대한 고대의 저주에, 특히나 빈자들에게 영향을 미치는 근대적 형태의 저주가 덧붙었기 때문이다. 실제로 근대적 형태의 저주는, 이미 나 있는 대중적 존재들의 길에서 빠져나와 그 길의 건너편에 있는 사람들에게 따로 마련된 그 삶을 살아가길 바랐던 이들을 덮친다. 예컨대, 엠마 보바리처럼 이상적이고 정열적인 삶을 살고자 했던 농부의 딸들, 《댈러웨이 부인》의 셉티머스처럼 학식 있는 사람이나 시인이 되고자 했던 서민의 아들들과 같은 이들 말이다. 크리스마스에 관해 말하자면, 그는 바라는 것이 아무것도 없었다. 다섯 살때 영양사의 치약을 맛보고자 했던 것만 제외하면 말이다. 하지만 그는 영양사가 동료 중 하나의 성적 접근에 넘어갔던 바로 그 순간에 그녀의 방에 숨어 있다 들키는 불행에 처했다. 그의 과오는 확실히 아주 사소한 것이었지만, 그 과오는 계급 간의 분리와 향락 간의 분리보다 더 위험한 경계를 위반한 것이었다. 《소리와 분노》에 등장하는 늙은 [흑인] 하녀 딜지에 따르면, 어린 조는 본의 아니게 흑인 아이들의 구원을 보장할 수 있는 유일한 원칙을 위반했다. 다시 말해, 그는 백인들의 문제에 연루되지 말아야 한다는 원칙, 인디언들의 땅을 빼앗고 흑인들을 노예화했던 이 약탈자들의 몫으로 증오와 분노의 문제를 남겨두어야 한다는 원칙을 위반한 것이다. 그런데 이 어린아이[조 크리스마스]는 스스로가 흑인인 줄 모른다는 단순한 이유 때문에 이와 같은 원칙을 위반하지 않을 수 없다. 그리고 그는 원칙을 어긴 벌로 백인들의 고아원이라는 낙원에서 쫓겨나고, 이를 통해서만 그 원칙을 배울 것이다. 그러나 과오는 물론 그에 앞서 존재한다. 그의 어머니의 죄와 할아버지의 저주, 남부의 약탈과 증오의 오랜 역사, 그리고 이 연쇄의 끝에 인간에게 가해진 저주, 즉 신만이 소유할 수 있는 선과 악에 대한 지식을 인간이 자기 것으로 만들고자 했던 이래 인간에게 가해진 저주가 있다.

이것이 바로 서로 교차되는 빈자들의 두 이야기다. 하나는 유혹당한 후 버림받은 한 서민 딸의 멜로드라마를 거의 아무것도 아닌 것으로 축소하는 이야기이고, 다른 하나는 반대로 인간 종에 가해진 저주의 연쇄 전체를 거슬러 올라가는 이야기이다. 이와 같은 두 이야기의 교차는 분명 특유의 시학을 내포한다. 플로베르와 콘래드를 읽었던 소설가[포크너]는 이제 가장 어두운 삶이 이야기하기에 흥미롭다는 것을 알고 있지만, 그럼에도 그는 리나 글로브와 같은 서민들에 의해 그려진 일직선이 단편이 아니라 하나의 소설을 만들어낼 수 있는지에 대해 의심한다. 그는 소설이 행운에서 불운으로의 이행이라는 픽션의 오래된 정식을 포기할 수 있는지 의심한다. 그리고 그는 근대라는 시대, 이른바 속도의 열광에 기꺼이 바쳐진 시대가, 그와는 반대로 너무나 느리고, 매 순간의 비중에 지나치게 신경을 써서 불운으로의 돌연한 이행을 보장하지 못한다는 것을 알고 있다. 하지만 이 이행 자체는 더는 아리스토텔레스가 말했던, 단순한 실수에서 비롯된 원인과 결과의 역설적인 연쇄가 아니다. 이 이행은 아리스토텔레스 이전에도 그랬던 것처럼, 가문이나 인종을 짓누르는 피할 수 없는 저주가 되었다. 이것은 그 출발에서부터 예상되는 재앙을 향해 전속력으로 달려나가는 또 다른 일직선이다.

픽션이 존재하기 위해서는 순진무구한 리나 글로브의 미미한 이야기와 오이디푸스처럼 태어나기도 전에 죄를 지은 조 크리스마스의 치욕스러운 이야기가 교차되어야 한다. 리나 글로브의 이야기가 지니는 평온한 미니멀리즘을 증오와 살인에 대한 태곳적 이야기와 다시 대립시키는 것을 무릅쓰더라도 말이다. 마치 백인들과 흑인들이 자신들의 이야기를 맞바꾼 것처럼, 리나가 나이 든 딜지의 지혜, 즉 [백인과 섞이지 않거나 연루되지 말아야 한다는] 비-혼합의 지혜를 자기 것으로 만든 것처럼 말이다. 그러나 또한 그들의 이야기는 움직이지 않은 채 창문가에 있는 남자의 저택에서 교차되어야 한다. 40년 전, 윌리엄 포크너가 모르지 않았던 것처럼 보이는 모리스 마테를링크라는 작가는 픽션의 혁명을 단순한 대립으로 집약했었다. 혈통, 사랑, 증오에 대한 오래된 이야기들—아내를 죽인 질투에 찬 남편들, 아들을 제물로 바친 아버지들, 아버지를 죽인 아들들, 암살된 왕들과 강간당한 처녀들—은 그에게 다른 시대의 세계에 대한 조야한 이해를 반영하는 것처럼 보였다. 반대로 그는 새로운 비극이 "램프의 불빛 아래 안락의자에 앉아 기다리는 채로, 그의 집 주위를 지배하는 모든 영원한 법칙들을 알지 못한 채 듣고, 문과 창문들이 지키는 고요함과 빛이 내는 작은 소리 속에 존재하는 것을 이해하지 못한 채 해석하는"[17] 나이 든 남자의 고요한 태도에서 구현된다고 보았다. 포크너는 옛 픽션과 새로운 픽션 사이의 이와 같은 대립을 거부하는 편을 들었다. 이러한 대립은 혈통과 인종에 대한 근대적 폭력에 너무나 무지했던 반면, 포크너는 자기 스스로가 이러한 폭력의 계승자임을 알고 있었기 때문이다. 그럼에도 그는 창문가에 앉아 듣고 있는 남자의 형상은 남겨두었다. 그러나 그는 그 인물을 운명들의 고요한 웅성거림에 귀를 기울이는 자가 아니라, 온갖 이야기의 배경이 되는 증오와 저주의 소리에 귀를 기울이는 자로 만들었다. 그리고 그는 움직이지 않는 남자의 이 안락의자를 리나 글로브의 그리

17　Maeterlinck, «Le tragique quotidien», *Le Trésor des humbles*, Bruxelles, Éditions Labor, 1998, p. 104.

대단치 않은 여행과 조 크리스마스의 죽음을 향한 레이스의 교차점으로 만듦으로써 새로운 픽션과 옛 픽션을 결합시켰다.

말 없는 자의 말

윌리엄 포크너의《소리와 분노》

포크너의《소리와 분노》는 두 가지 본질적인 특징을 지닌 것으로 알려져 있다. 첫 번째 특징은 1928년의 사흘과 1910년의 하루 사이를 무질서하게 오고 가는 시간적 구조의 복잡성이다. 이 시간적 무질서에 대응하여, 서사는 네 개의 서술적 목소리로 파열된다. 하나의 객관적인 서사와 세 개의 주관적인 서술이 있는데, 주관적인 서술 중 하나는 미리 계획해놓은 자살에 앞서 최후의 하루를 보내는 학생 퀜틴 콤슨에게 맡겨지고, 나머지 두 서술은 퀜틴의 형제들인 냉정한 계산가 제이슨과 백치 벤지에게 맡겨진다. 모두가 알다시피 소설을 시작하고 소설에 음색을 부여하는 것은 벤지의 서술이다. 백치에게 주어진 이와 같은 역할은 이 책의 주목할 만한 두 번째 특징이다. 그렇다면 다음과 같은 질문이 제기된다. 소설의 복잡하고 기교를 부린 시간적 구조와 그 속에서 백치의 짐승 같은 말, 그러니까 어떠한 배후도 없이 현재의 무매개성 속에서 살아간다고 여겨지는 사람의 짐승 같은 말이 취하는 비중 사이의 명백히 역설적인 관계를 어떻게 이해할 것인가? 이에 답하기 위해서는, 백치에게 주어진 특권 속에서 셰익스피어의 《맥베스》에 등장하는 유명한 문장, 이 책에 제목을 부여한 다음과 같은 문장의 문자 그대로의 구현만을 보는 해석과 거리를 두어야 한다. "삶은 백치가 떠드는 소리와 분노의 이야기, 아무것도 의미하지 않는 이야기이다." 이러한 해석에 따르면, 자신이 본 것을 전혀 이해하지 못하고, 자신이 느낀 것을 전혀 연계시키지 못하는 타고난 백치의 입을 빌려 서술함으로써 포크너는 셰익스피어의 문장을 그저 문자 그대로 취한 것일지도 모른다. 그리고 이처럼 반성 없이 감각적인 자극들에 영향을 받는 존재의 체험은 서술과 조화를 이룰지도 모른다.

그러나 '문자 그대로'가 의미하는 바는 보기보다 더 복잡하게 꼬여 있다. 실제로 첫 문장에서부터 다음과 같은 사항이 독자들의 주의를 끈다. 벤지가 살아가는 현재는 곧장 그와 분리된다. 백치는 과거 시제로 말한다. 그는 예전에는 풀밭이었고 지금은 골프장인 곳에서 그가 보는 것이 아니라 볼 수 있었던 것에 대해 말한다. "울타리 너머 덩굴 꽃밭 사이로, 나는 그들이 치고 있는 모습을 볼 수 있었다."[18] 첫 문장에서부터 그는 이야기하는 자, 그의 현재에 대해 이야기하는 와중에 그것과 분리되는 자의 위치에 있다. 그리고 단 한 페이지 내에서, 그는 각각 다른 순간에 위치한 서로 다른 세 장면을 이야기할 것이다. 물론 이와 같은 분리의 시간은 또 다른 관점에서 보면 비분리의 표시라고 할 수 있다. 그렇다면 과거 시제는 시간을 혼동하는 언어, 경과하지 않는 과거의 언어로 기능할 것이다. 그리고 우리는 이러한 과거를 습관적으로 원초적 장면 및 무의식의 **그것이 있었다**es war로 환원해 설명하곤 한다.[19] 하지만 벤지의 일인칭 시점에서 사용된 과거 시제는 오히려 전혀 다른 원천에서 유래한다. 포크너는 자신의 소설을 독자의 작품이라고 말하면서 우리를 그의 경로 위에 놓는다. 그는 오래전, 좀 더 주의를 기울이지 않은 채 읽었던 다른 저자들에게 자신의 소설이 빚진 것을 글을 쓰는 과정에서 겨우 발견했다. 그 저자들이란 도스토옙스키, 콘래드, 플로베르이다. 그가 사용하는 과거 시제는 이미 콘래드가 그렇게 했던 것처럼, 영어에 존재하지 않는 시제를 언어에 통합시킨다. 플로베르는 이 존재론적 어리석음을 일상적인 어리석음과 철저히 대립시켰다. 일상적인 어리석음이란, 그저 존재하는 것에 대해 계속해서 이유를 찾아주고, 이 이유를 그 고유의 목적에 소용되게끔 만드는 데 대가라고 자부하는 꾀

---

18   William Faulkner, *The Sound and the Fury*, Vintage Classics, 1995, p. 1. 쿠앙드로는 이 문단을 다음과 같이 번역했다. "울타리 너머 꽃 덩굴들 사이로, 나는 그들이 공을 치고 있는 모습을 볼 수 있었다." *Œuvres romanesques*, op. cit., t. 1, 1977, p. 351. (한국어판: 윌리엄 포크너, 《소리와 분노》, 9쪽 참조.)

19   프로이트는 무의식을 두고 "그것이 있었던 곳에, 내가 있게 된다Wo es war, soll ich werden"고 말한다. 내가 모르는 것이자 나를 움직이는 '그것es'은 무의식을 가리킨다.-옮긴이

바른 자들의 자만을 가리킨다. 예를 들어, 이것은 [《마담 보바리》의] 오메처럼 무지한 자들을 깨우치거나, 로돌프처럼 얼간이들을 유혹하는 것이다. 설사 "이성적인" 사람인 제이슨의 목소리가 오메의 지혜를 떠올리게 할지라도, 포크너의 극작법은 두 어리석음을 대립시키는 극작법이 될 수 없다. 왜냐하면 그의 작품에서 숙명은 플로베르의 작품에서와 같이 순전한 우연, 티끌들의 소용돌이라는 순전한 "어리석음"이 아니기 때문이다. 포크너의 작품에서 숙명은 계속해서 더 오래된 영벌로 소급되는 인과적 연쇄이다. 벤지의 바보짓은 그의 아버지의 알코올중독, 어머니의 히스테리, 삼촌의 식객 노릇, 누이와 조카의 성 의존증, 큰형의 근친상간적 환상, 둘째 형의 비속한 추론과 같은 유산의 일환이다. 오히려 백치의 목소리를 곧장 일인칭 시점에 머물게 하는 것은 바로 플로베르적인 비인칭적 목소리의 어리석음이다. 달리 우리가 어떻게 그의 독백의 독특성을 이해할 수 있는가? 그를 둘러싸고 사람들이 주고받는 말들, 그가 이해하지 못할 것이 틀림없는 말들, 그가 귀먹은 벙어리라고 말하면서 그에 대해 떠드는 말들을 백치가 우리에게 다시 충실히 전한다는 이 단순한 사실을 우리는 도대체 어떻게 이해할 수 있는가? 말하는 귀먹은 벙어리, 그것은 비인칭적 글쓰기의 목소리이다. 비인칭적 글쓰기의 목소리는 백치의 신음, 불평 소리와 함께 백치의 주위를 맴도는 말들을 동질적인 직물 속으로 끌어들였다. 사람들이 쉽게 확인할 수 있듯이, 백치의 독백은 그의 형이자 하버드대학의 학생인 퀜틴의 독백과 공통의 특질을 지니고 있다. 퀜틴의 문장은 백치의 문장에 비해 때로는 더 풍부하고 장식적이지만, 때로는 백치의 문장보다 훨씬 더 일관성이 없기도 하다. 퀜틴 또한 병렬법[20]을 통해 그가 "볼 수 있었던" 것에 대해 우리에게 묘사한다. 그의 독백 역시 현재와 과거, 지각과 기억, 말하는 사람의 목소리와 다른 사람들의 목소리가 뒤얽힌 혼동으로 구성된다. 이러한 점에서 벤지의 말은 "정상적인" 사람들의 말과 구별되지 않는다. 게다가 이러한 이유로 벤지의 서술은 말하는 자가 문자 그대로 백치임을 상기시키는 실질적인 지시의 임무를 정기적으로 떠맡아야 한다. 다시 말해, 그의 서술은 말하는 자가 숟가락을 쥐여주어야 수프를 먹을 수 있는 장애인이자, 신음이나 분노에 찬 고함으로만 자신의 감정을 표현할 수 있는 바보임을 실질적으로 가리켜야 하는 것이다. 그런데 서술은 서술의 주체와 서술이 가리키는 짐승 같은 놈 사이의 거리를 다시 벌리는 것을 대가로 해서만 말하는 자가 백치임을 상기시킬 수 있다.

　소설은 백치의 말 없는 목소리를 빌려 삶의 부조리에 대해 말하기는커녕, 도리어 또 다른 침묵을 말하지 않는 자의 것으로 간주한다. 소설이 말하지 않는 자의 것으로 간주하는 이 "침묵"은 이전에 플라톤이 비난했던 것, 즉 말의 모든 방향 지어진 도정을 없애버리고, 말하는 존재들 사이의 모든 위계를 거부하

20　병렬법은 접속사 없이 독립된 문장을 연결하는 말하기 방법을 가리킨다. 예를 들어, "나는 큰 개를 봤다"와 "개는 짖었다"라는 두 문장을 연달아 "나는 큰 개를 봤다. 개는 짖었다"로 접속사 없이 연결하는 것이다.-옮긴이

는 비인칭적 글쓰기의 목소리이다. 이와 같은 차용을 통해 소설은 "오래된 녹슨 펌프"—버지니아 울프의 작품에서, 공유된 감각적 순간이 이루는 행복한 회로를 산산조각 냈던—의 알아들을 수 없는 노래에 분명히 발음된 말을 부여할 수 있다. 중요한 것은 백치를 통해 세계가 바보 같다고 말하는 것이 아니다. 중요한 것은 글쓰기를 통해 백치의 소리를 인간적 말로 변형시키는 것이다. 소설의 작업 전체는 마지막 부에 나오는 두 문장으로 요약할 수 있을 텐데, 이 객관적인 부에서 벤지는 물론 말하지 않는다. 객관적으로, 귀먹은 벙어리 백치는 말하지 않기 때문이다. 기껏해야 그는 투덜거릴 뿐이다. 이 대목에서 벤지가 소리 내는 이 불평에 대해 이야기하며 서술자가 우리에게 말하는 것은 다음과 같은 것이다. "그것은 아무것도 아니었다. 그저 소리였을 뿐이다." 그러나 이어지는 문장은 이 아무것도 아닌 것을 모든 것의 잠재성으로 변화시킨다. "이것은 행성들의 회합에 의해 잠시 소리를 낸 시간의, 불의의, 고통의 총체였을 수도 있다."[21] 이 단순한 문장에서, 존재 방식과 말하기 방식을 통해 인간을 위계화하는 데 쓰였던 두 주요한 대립, 아리스토텔레스의 《시학》과 《정치학》에서 나란히 정식화된 대립들이 압축적으로 제시되는 동시에 다시 문제시된다. 우선 두 가지 시간 사이의 대립이 있다. 이에 따르면 사태들이 어떻게 하나하

---

21 William Faulkner, *Le Bruit et la Fureur*, trad. M. E. Coindreau, *Œuvres romanesques*, op. cit., t. 1, 1977, p. 602 (랑시에르의 번역 수정). (한국어판: 윌리엄 포크너, 《소리와 분노》, 379쪽 참조.)

나 잇따라 일어나는지에 대해서만 말하는 연대기의 시간과 사태들이 어떻게 일어날 **수 있는지**에 대해 말하는 픽션의 시간은 서로 대립한다. 그리고 이 대립만큼이나 유명한 또 다른 대립이 있는데, 이 대립은 발성 기관의 두 가지 사용법을 분리함으로써 정치적 공동체를 정초한다. 다시 말해, 이 대립은 느껴진 기쁨이나 고통만을 알리는 동물적 목소리와 정의와 부정의를 표명하고 그것을 토론에 부치는 인간적 **로고스**를 분리한다. 평상시에 말 없는 채로 있다가 잠시 목소리를 내는 부정의의 총체는 정치의 극작법을 떠올리게 한다. 정치의 극작법에서 말하지 못한다고 간주된 존재들은 그들의 괴로움을 표현하기 위해서뿐만 아니라, 말할 수 있는 그들의 능력, 그리고 정의에 대해 말할 수 있는 그들의 능력을 긍정하기 위해 목소리를 낸다. 이를 잘 보여주는 장면이 근대 혁명기에 피에르-시몽 발랑슈 Pierre-Simon Ballanche, 1776~1847에 의해 다시 쓰인 아벤티누스 언덕에서의 로마 평민들의 분리독립운동이다.[22] 평민들은 자신들이 요구하는 바

22　피에르-시몽 발랑슈는 프랑스 작가이자 사상가로, 프랑스 아카데미 회원이었다. 그는 1829년 잡지 《파리 르뷔La Revue de Paris》에 기원전 470여 년 무렵 일어난 고대 로마 평민들의 반란 사건에 대해 쓴다. 전승에 따르면, 로마의 평민들은 자신들의 개혁 요구를 거부한 귀족들에 맞서 로마 바깥에 위치한 아벤티누스 언덕에 오른다. 이에 귀족들은 메네니우스 아그리파를 보내 평민들과 협상하고자 하고, 아그리파는 유명한 위장의 우화를 들어 평민들을 설득한다. 발랑슈는 이 전승을 재구성해, 아그리파가 우화를 통해 평민들을 설득하려 했던 것은 그가 평민들을 자신과 동등한 이해 능력을 가진 존재로 인정했기 때문이라는 점을 강조한다. 랑시에르는 특히 《불화》에서 발랑슈가 다시 쓴 로마 평민들의 반란 사건을 '불화mésentente'의 대표적인 장면으로 논한다. 자크 랑시에르, 《불화》, 진태원 옮김, 길, 2015 참조.-옮긴이

의 정당성을 말하기 위해, 우선 그들이 말한다는 사실부터 들리게 해야 했다. 그들은 귀족들에게 그들의 말을 들려줘야 했는데, 귀족들에게 이것은 자연법칙상 불가능한 일이었다. 귀족들에게 평민들의 입에서 나오는 것은 어떠한 말도 담고 있지 않은 것이었다. 그들 중 하나가 말했던 것처럼, 그것은 오직 "고함과 같은 곧 사라질 소리, 생리적 욕구의 징후일 뿐 지능의 표명이 아닌 것"[23]만을 담고 있었다. 백치의 불평에 대해 이야기하는 포크너의 두 문장은 문학의 시원적인 장면으로 주어지며, 이 장면은 평민들의 분리독립운동에 대한 발랑슈의 이야기가 그리는 정치의 시원적인 장면에 대칭적이다. [아니,] 대칭적인 동시에 비대칭적이다. 왜냐하면 당연하게도, 자신이 말한다는 것을 증명하기 위해 백치가 "스스로" 말하는 일은 결코 없을 것이기 때문이다. "행성들의 회합에 의해 잠시 소리를 낸 시간의, 불의, 고통의 총체"를 드러내는 임무를 맡은 것은 오직 작가일 뿐이다.

이것은 문학이 단어들을 가지고 실천하는 불일치dissensus[의견 대립]의 특수한 형태이다. 정치는 말할 수 있다는 것을 입증하고자 하는 이들이 집단적으로 취한 말의 형태로 불일치를 실천한다. 문학의 경우, 그것은 말할 수 있다는 것을 입증할 수 없는 이들, 절대적으로 말하지 못하는 이들에게 독특한 말을 부여

---

23 Pierre-Simon Ballanche, *Première sécession de la plèbe*, Rennes, Pontcerq, 2017, p. 117.

한다. 소설이 벤지의 것으로 간주하는 말은 백치의 짐승 같은 말, 즉 고통에 대한 말이 아니라, 목소리 없는 자들의 말, 더욱 심오하고 더욱 냉담한 정의에 대한 말이다. 말 없는 자의 목소리를 무언의 글쓰기와 동일시함으로써 포크너의 소설은 그 고유의 정의를 실현한다. 포크너의 소설은 불평이 담론으로 들리는 감각적 세계, 자신의 모순을 포함하는 감각적 세계를 구축한다. 백치에 대한 글쓰기의 역설이 내포하는 것은 사실 희생자들에 대한 순전한 연민이 아니다. 그것은 아우어바흐가 버지니아 울프의 보잘것없는/임의의 순간에서 예고된다고 봤던 공통의 시간과 공통의 세계의 존재이다. 그리고 아우어바흐는 확실히 이에 대해 지나치게 단순한 방식으로 이야기했다. 왜냐하면 공통의 것은 사실 언제나 공통의 것과 공통의 것이 아닌 것, 공유된 것과 공유할 수 없는 것 사이의 긴장관계이기 때문이다. 승리자들의 시간은 모두에게 동일하게 적용될 것이라 단언하지만, 이는 그 시간적 리듬에 적응할 수 없는 자들을 주변부와 수용소로 더욱 효과적으로 쫓아내기 위함이다. 백치에 대한 픽션은 공통의 것과 공통의 것이 아닌 것 사이의 다른 절합을 제시한다. 한편으로 백치에 대한 픽션은 꾀바른 자들의 단조로운 시간에 대립되는 풍부해진 시간, 근본적으로 배가된 시간을 백치에게 부여한다. 다른 한편으로 백치에 대한 픽션은 공통의 세계 심장부에 있는 상처처럼 백치와 정상인을 나누는 분리의 환원불가능성을 유지한다.

이처럼 공통의 것과 공통의 것이 아닌 것 사이의 긴장관계의 한가운데에서, 백치의 독백이라는 독특성은 서사의 복수성이라는 독특성에 절합된다. 백치의 독백에 학생 퀜틴의 독백이 공명한다. 퀜틴의 독백은 백치의 독백으로부터 멀리 떨어진, 학식 있는 자들이 모여 있는 북부에서 이루어지지만, 벤지의 독백처럼 시제 및 목소리의 혼동으로 구성되어 있다. 반면, 이와 같은 벤지와 퀜틴의 독백 사이의 공명에 일직선으로 뻗은 두 서술, 벤지의 말을 알아듣지 못하는 두 서술이 대립된다. 그중 하나는 객관적 서술로, 이 서술은 오직 벤지의 신음만을 듣는다. 다른 하나는 둘째 형이자 합리적 인간인 제이슨의 독백이다. 제이슨은 일을 해 가족을 부양하는데, 그 일이란 무엇보다 자기 돈이 아닌 돈을 가지고 의심쩍은 단기 금융 투자를 하는 것이다. 제이슨은 시간을 혼동하지 않는 인간이자, 경제적 합리성과 역사의 선형적 진보를 대표하는 인간이다. 이러한 진보는 백치들, 더 넓게는 부적응자들, 즉 합리적인 진전에 적응할 능력이 없는 자들을 문밖으로 떠민다. 제이슨의 인칭적 목소리는 플로베르의 소설 속 또 다른 어리석음의 목소리, 즉 오메와 같은 유형의 합리화하는 자들의 목소리이다. 우리가 기억하다시피, 《마담 보바리》의 결말에서 오메의 주요 업무는 흉측한 얼굴로 길거리에서 사람들의 주의를 끌며 문명의 진보를 욕되게 하는 맹인을 수용소로 보내는 것이었다. 제이슨의 시간 또한 각자가 자신이 귀속되는 자리에 있게 될 순간을 향해 펼쳐져 있다. 다시 말해, 제이슨의 시간은 그가 마침내 자신의 집의 주인이 되고, 백치가 아주 당연하게도 백치를 기다리고 있는 장소인 수용소에 있을 순간을 향해 펼쳐져 있다. 소설을 특징짓는 서술적 구조의 복잡성은 시제 및 목소리의 파열과 함께, 제이슨이 자신의 소망을 실행에 옮길 수 있게 될 순간을 무한히 지연시키는 데 쓰인다. 그것은 백치를 공통의 시간과 공통의 세계에 붙잡아 두는 데 쓰인다. 그리고 그것은 경제 및 권력의 시간, 벤야민의 표현을 빌리자면 승리자들의 시간이 주변부를 향해, 장소 밖의 공간들과 시간 밖의 시간들을 향해 끊임없이 밀어내는 모든 이들을 백치와 함께 붙잡아두는 데 쓰인다.

글쓰기의 파열된 시간들은 대문자 역사의 선형적 시간, 로돌프, 오메, 제이슨에게 속하는 시간, 즉 금리생활자의 재력을 증대시키고, 광고업자들에게 훈장을 주며, 장애인들을 수용소로 보내는 시간을 지연시킨다. 바로 여기서 새로운 픽션의 얌전하고 소심한 정치가 실행된다. 새로운 픽션은 장애인을 치료하기 위한 해결책들을 제시하지 않는다. 그러나 새로운 픽션은 장애인들을 수용소로 보내는 자들의 지배를 중지시킨다. 새로운 픽션은 글쓰기의 시간을 통해 장애인들이 갇혀 있게 될 장소로 그들을 보내는 것을 뒷받침하는 근거들의 시간을 무한히 지연시킴으로써 그들을 현재에 붙잡아둔다. "임의의/보잘것없는 순간"은 안톤 체호프Anton Tchekhov, 1860~1904나 모파상의 시대에 중단편소설이 고립시킨, 무한히 반향하는 유일무이한 응축의 순간, 그러니까 도외시되었던 삶과 감정의 세계로 통하는 반쯤 열린 창문과 같은 것만이 아니다. 임의의/보잘것없는 순간은 또한 파열의 힘이자, 배가의 힘이다. 임의의/보잘것없는 순간은 지배적인 시간, 즉 승리자들의 시간의 '승리'가 가장 확실시되었을 때조차 승리자들의 시간을 폭발시키는 힘이다. 지배적인 시간이 말 바깥, 시간 바깥에 있는 이들을 밀쳐낸 곳, 아무것도 아닌 것의 가장자리에서 이 힘은 작동한다.

한없는 순간

주앙 기마랑이스 호자의 소설들

"이야기는 다음과 같이 시작한다. 한 소년이 떠났다."[24] 주앙 기마랑이스 호자João Guimarães Rosa, 1908~1967[25]의 《첫 번째 이야기들》의 첫 문장은 이와 같이 시작한다. 황무지에 대도시를 세우는 건설 현장을 보러 가기 위해 비행기를 탄 소년과 함께. 이 이야기는 〈기쁨의 가장자리〉라고 불린다. 우리는 〈나무 꼭대기〉라는 제목이 붙은 마지막 스물한 번째 이야기에서, 이 나이도 이

[24] João Guimarães Rosa, «Les Bords de la joie», *Premières histoires*, trad. I. Oseki Depré, Paris, A.-M. Métaillé, 1982, p. 1. 이 이야기에 대한 모든 레퍼런스는 언급한 발행본을 참조했으나, 번역을 수정하기도 했다.
[25] 브라질의 소설가, 시인, 외교관으로, 1967년 노벨문학상 후보로 지명되었다. 그는 브라질 내륙 지역의 구어와 신조어를 고풍스러운 문체와 혼합한 독특한 스타일을 창조했으며, *Grande Sertão : Verdas*라는 한 편의 소설과 네 권의 단편소설집을 출간했다. 그의 작품은 모두 세르탕 지역의 삶을 중심으로 실존적이고 철학적인 문제를 다룬다.-옮긴이

름도 모르는 소년, [〈기쁨의 가장자리〉에서] 떠나왔던 길을 되돌아가는 이 소년을 다시 만날 것이다. 이 이야기는 아주 당연하게도, 돌아오는 비행기가 착륙하는 장면으로 끝이 난다. "우리는 마침내 도착했다"고 그 소년과 동행한 삼촌이 말한다. "아니, 아직 아니에요"라고 소년이 대답한다. 마치 이야기의 시간 속에 한순간이라도 더 머물고, 여행의 끝에서 도래하는 것을 연기시키길 원하는 것처럼. "그리고 삶이 시작되었다."[26]

이처럼 모든 것은 이야기가 나오는 지점이자 이야기가 되돌아가는 지점에서 이야기를 분리하는 좁은 간격 속에서 벌어지는 것처럼 보인다. 그 지점이란 바로 삶이다. 그렇지만 소년에게 일어난 이야기에는 스펙터클한 사건들이 거의 없다. 통상 이야기의 소재를 이루는 것은 소년의 이야기에서 주변부로 밀려나 여행의 단순한 원인이나 구실로 변한다. 〈기쁨의 가장자리〉의 경우 여행의 원인 혹은 구실이 되는 것은 건설 중인 대도시의 미래이며, 〈나무 꼭대기〉의 경우는 어머니의 질병으로, 어머니는 아이를 멀리 떠나보내도록 지시한다. 여행 자체는 두 이야기에서 모두 한순간의 찬란함으로 응축된다. 전자의 서사에는 안뜰에서 으스대며 걷는 칠면조의 광경이 보여주는 "기쁨의 가장자리"—기쁜 기슭—가 있다. [그러나] 이 기쁨은 머지않아 상쇄될 것이다. 칠면조가 거기 있었던 이유는 오직 기념일 식사 자리에 초대된 손님들의 만족이라는 더 흔해빠진 만족을 충족

---

26   João Guimarães Rosa, «Les Sommets», ibid., p. 203.

시키기 위함이었기 때문이다. 그리고 후자의 서사에는 나무 꼭대기 위 큰부리새가 주는 행복이 있다. 큰부리새는 매일 아침 정확히 6시 20분에 [나무 꼭대기에] 와 동이 트는 10분 동안 자신의 화려한 색을 과시한다. 이로써 그 새는 어머니가 나았다는 것을 알리는 것이 아니라, 그녀가 **결코** 아팠던 적이 없었으며 "몸 성히 태어났다"[27]는 것을 알린다.

　이 이야기들이 의미하는 바에 대해 오해해서는 안 된다. 중요한 것은 경이로운 것에 대한 유치한 취향을 일상적 삶의 무미건조함에 대립시키는 것이 아니다. 더군다나 안뜰의 칠면조와 나무 위의 큰부리새는 사실 도시화 계획이나 멀리서 어머니의 소식을 전하는 전보보다 더 큰 현실성을 갖는다. 하지만 그렇다고 해서 체험된 사소한 일들을 주요 사건들에 대립시키는 것이 중요한 것도 아니다. 중요한 것은 이야기를 존재하게 만드는 간극, 즉 이야기가 삶에 속하고 오직 삶의 질료들로 구성됨에도 이야기를 삶과 다른 것으로 쓰게 만드는 간극을 명확히 하는 것이다.

　바로 이것이 《첫 번째 이야기들》이 의미할 수 있는 바이다. 이 이야기들은 사실 주앙 기마랑이스 호자가 쓴 첫 번째 이야기가 아니다. 그리고 그는 두 번째 이야기들이 결코 존재한 적이 없었음에도 《세 번째 이야기들》을 출간하는 것을 망설이지 않을 것이다. 이뿐만 아니라 그는 그 이야기들 중 하나를 '제

27　Ibid., p. 201.

3의 기슭'이라 부르는 것을 망설이지 않을 것이다. 세 기슭을 가진 강은 있을 수 없는 것처럼 보임에도 말이다. 사실 세 번째 기슭은 차라리 기슭의 한복판, 그러나 움직이지 않는 기슭이 된 독특한 한복판, 어떤 바다로도 흐르지 않는 강-연못의 한복판에 가깝다. 첫 번째 이야기들은 이렇게 이해해야 한다. 그것들은 이야기의 가장자리들, 모든 이야기의 가장자리를 그리는 준-이야기들quasi-histories이며, 삶이 이야기되며 삶 자체와 분리되어 "진실된 삶"으로 변하는 순간들이다. 진실된 삶은 정확한 가장자리가 없고, 따라서 모든 픽션이 시작, 중간, 끝을 가지고 원인과 결과의 계획된 연쇄를 통해 첫 문장에서부터 마지막 문장으로 나아가야 한다는 아리스토텔레스적 원리를 위반한다. 이는 주앙 기마랑이스 호자가 전통적인 픽션에 맞서 근대적이라고 가정된 몇몇 자기목적적 논리를 내세우고자 한다는 것을 의미하지 않는다. 그는 다른 누구보다 더 픽션을 삶의 기능으로 여기고, 그의 말에 따르면 특히나 세르탕sertão[28]에서의 삶의 기능으로 여긴다. 그에 따르면 세르탕에서는 가축과 농경의 요구가 일단 충족되면 달리 할 일이 아무것도 없다. 여러 장소가 그 사이에 끼어 있어 이웃과 분리된 파젠다fazenda[29]에서 이야기를 창작하는 것을 제외하면 말이다.[30] 그러나 바로 그렇기 때문에, 삶이 아리스토텔레스의 방식대로 픽션화되지 않는다는 것을

---

28 포르투갈어로 내륙지역이나 오지를 뜻하는 말로, 경제적으로는 가난하지만 문화적으로는 다채로운 역사와 풍요로운 민속을 지닌 지역을 가리킨다.-옮긴이

알기 위해서는 세르탕에서의 삶, 즉 이야기 없이 이야기들로 가득 찬 삶을 살아봤어야 한다. 그리고 삶이 어떻게 지각할 수 없을 만큼 서서히, 그리고 근본적으로 삶 자체와 분리되는지, 삶이 어떻게 **있는 것**ce qu'il y a[일상의 경험적 연속]으로부터 **일어나는 것**ce qui arrive[사건의 개연적 연쇄, 고전적 이야기]을 분리하는 경계를 넘어섬으로써 "진실된 삶"이 되는지 보여주기 위해서는, 아무것도 아닌 것과 거의 아무것도 아닌 것, 누군가와 아무도, 사건과 사건이 아닌 것에 대한 몇몇 "비평적 이야기들"[31] 몇몇 준-이야기들이나 실험적인 우화들이 필요할 것이다. 정확히 말해서, [있는 것과 일어나는 것 사이의] 간극은 평소 우리가 믿는 것, 보통 이야기의 원인이 되는 것이 아니다. 그렇기에 비평적 이야기의 가장 단순한 첫 번째 형식은 예상되지만 일어나지 않는 이야기의 형식이다. "예상된" 이야기는 어떤 상황과 그 상황에 처한 인물들에게서 추론되는 이야기이다. 이와 같은 식으로 〈파미제라

29　포르투갈어로 브라질의 농원 제도를 가리킨다. 식민지 시기(16~18세기) 브라질 북동부 지역에 집중된 파젠다에서는 사탕수수 플랜테이션이, 19세기 남동부 지역에 집중된 파젠다에서는 커피 플랜테이션이 주로 행해졌다. 지주는 콜로누colono(식민지 주민 혹은 소작인)에게 주택이나 농구, 토지를 대여해 토지를 개간했으며, 콜로누는 이 토지에서 면화, 사탕수수, 수수, 쌀, 커피나무 등 농작이나 가축 사육으로 생활했다. 농원의 규모는 보통 100헥타르에 이르며, 대농원은 사무소, 주택, 가공 공장, 학교, 교회, 병원, 시장 등을 병설해서 하나의 생활단지를 이룬다.-옮긴이

30　"세르탕에 사는 사람은 그의 자유시간에 이야기를 하는 것 외에 다른 무엇을 할 수 있는가? 유일한 차이는, 나는 이야기를 하는 대신에 글을 쓴다는 것이다." João Guimarães Rosa, *Ficção Completa*, Rio de Janeiro, Nova Aguilar, 1994 t. 1, p. 33 (랑시에르의 번역).

31　Ibid., p. 35.

두〉에서는 험악한 표정의 무장 기병이 세 명의 심복을 거느린 채 화자에게 "의견"[32]을 구하러 온다. 기병이 자신의 이름, 사방에 잘 알려진 자비 없는 살인자의 이름을 말하는 걸 듣자마자, 기병이 구한 그런 의견과 관련해 [화자가] 매우 겁을 먹는 것은 당연하다. 그럼에도 [화자가 내놓은] 의견은 순전히 언어적이다. 난폭한 남자[무장 기병]는 젊은 풋내기 관리가 그에게 붙여준 수식어 "파미제라두Famigerado[전설적인]"가 그를 모욕하는 것이라고 간주해야 할 이유가 있는지 알고 싶어 한다. 그리고 그는 화자가 세 명의 증인들[심복들] 앞에서 그 단어가 단순히 **유명한, 잘 알려진**이라는 뜻이며, 그 자체로는 어떠한 경멸적인 의미도 담고 있지 않다고 그를 안심시키자 만족한 채 되돌아갈 것이다. 분쟁의 동기, 즉 사람들이 모욕적인 말에 대해 앙갚음을 하기 위해 살인을 저질렀던 옛이야기의 동기는 이처럼 그 뇌관이 제거된다. 분쟁의 동기는 이제 언어학자의 의견에 의해 해소된다.

반대로 〈다고베 형제들〉이라는 또 다른 이야기에서는 피로 물든 결말을 피할 수 없는 것처럼 보인다. 사람들은 사악한 네 형제 무리 중 첫째를 매장할 것이다. 그는 한 정직한 남자의 정당방위로 사망했지만, 그렇다고 해서 이 사실이 세 형제의 예상되는 복수에 관해 변화시키는 것은 아무것도 없다. 삶에서 우리는 어떤 사건 이후에 일어날 일을 예상하는데, 이는 각 개인이 어떤 사람인지에 따라 **어디까지** 갈 수 있는지 우리가 알고

---

32   João Guimarães Rosa, «Légendaire», *Premières histoires*, p. 10.

있기 때문이다. 따라서 정직한 살인자가 자신의 진의를 증명하기 위해 관의 네 번째 운반인이 되겠다고 제안했을 때, 장례식 참석자들은 마치 "이미 있었던 일"이 충분치 않았던 것처럼 [세 형제의] **어디까지**를 더욱 부추기는 이 젊은 남자의 기상천외함에 통탄을 금치 않을 수 없었다.[33] 그래서 이 이야기는 **서스펜스**의 공식에 따라 구성된다. 서스펜스의 공식에서 문제가 되는 것은 틀림없이 일어날 것이라고 우리가 알고 있는 일이 어느 순간에 일어날 것인지를 아는 것이다. 그리고 서술의 기법은 긴장이 그 절정에 이를 수 있는 지점까지 이 순간을 지연시킨다. 이 이야기에서 그 순간은 시체가 구덩이에 있을 때, 그래서 형제들이 마침내 다른 일을 하기 위해 자유롭게 힘을 쓸 수 있게 되었을 때로 설정된다. 그러나 그 순간, 사건은 내쫓아진다. 살아남은 형제 중 장남은 단지 **그렇게 된 것**, 즉 그들의 형이 [공교롭게도] 악마 같은 놈이었다는 사실을 말한다. 그리고 형제들은 이야기가 벌어진 장소를 떠나 대도시로 이사한다. 〈다고베 형제들〉의 이야기는 모범적인 비-이야기였을 것이다. 다시 말해, 이 이야기는 끝없는 복수의 사건들일 뿐만 아니라, 상황들 및 인물들이 미래에 대해 품고 있는 것을 우리가 알 수 있었던 옛이야기들의 청산이었을 것이다.

그러므로 "진실된" 이야기들은 더는 예정된 것과 닥쳐오는 것 사이의 연쇄라는 게임의 규칙을 따르지 않는 이야기들이다.

---

33   João Guimarães Rosa, «Les Frères Dagobé», ibid., p. 31.

거기서는 우화의 주제조차 자기 자신의 필연성이기도 한, 발단과 결말 사이에서 있어야 한다는 필연성과 모순된다. 주제는 시간-외부에서, 시작되지 않았기에 정의상 중단될 수 없는 시간 속에서 실현된다. 《첫 번째 이야기들》의 중추를 이루는 거의 아무것도 아닌 것에 대한 우화들에서, 우리는 물론 많은 철학적 혹은 종교적 알레고리들을 발견할 수 있다. 부정신학과 현학적인 무지, 성프란치스코회의 검소, 그리고 상반된 것들 사이의 신비주의적 결합은 끊임없이 독자의 정신에 독해의 틀을 제시한다. 논평자들은 그러한 독해의 틀을 이용하길 그만두지 않는다. 그리고 주앙 기마랑이스 호자는 필요할 경우 주해자들에게 손을 내밀어, 너무나도 명백한 그리스도교적 유비를 제공한다. 그 유비에 따르면, 하얀 옷을 걸친 한 젊은이는 대지진 이후에 나타나 몇몇 비밀스러운 기적과 축복을 행한 후 또 다른 고국으로 다시 올라간다.[34] 그런데 만약 이처럼 폭넓은 교양을 갖춘 사람[주앙 기마랑이스 호자]이 자신의 이야기들을 예증하는 데 알맞은 모든 교리를 염두에 둘 수 있었다면, 그는 확실히 짧은 이야기들, 우화들, 전설들의 전승 또한 염두에 두었을 것이다. 그래서 그의 이야기들이 우리에게 말하는 것은 픽션 자체, 픽션 및 픽션이 내포하는 중단에 관한 것이다. 다시 말해, 그것은 불신의 중단—가장 단순한 것, 너무나 단순한 것—에 대해서뿐만 아니라, 믿음 그 자체를 떠받치는 것, 즉 시간의 일상적인 질

---

34   João Guimarães Rosa, «Un jeune homme très blanc», ibid., p. 113-120.

서의 중단에 관해, 그리고 공간을 점유하고, 스스로를 한 개인으로 정체화하며, 가계에 자신을 기입하고, 사용 양식들이나 소유 대상들에 스스로를 연관시키는 관습적인 방식의 중단에 관해 말한다. 우리는 자연스러운 우화 창작의 장소로서 세르탕에 대한 참조를 오해해서는 안 된다. 픽션은 가보들 및 고향의 전통과 더불어 서민들이 여러 세대에 걸쳐 전승한 보물이 아니다. 픽션은 몇 번이고 되풀이해서 시작되지 않은 것으로의 도약을 시작하는 능력이자, 재차 가장자리를 넘어섬으로써 실재를 이루는 동일성 및 지표들과 함께 실재에 대한 감각 전체가 사라지는 공간들로 진입하는 능력이다.

이러한 공간은 예를 들어, 〈어느 남자도, 어느 여자도〉라는 본보기적인 제목이 붙은 소설의 배경이 되는 파젠다와 같은 공간이다. 이 제목은 두 가지 점에서 정당화된다. 첫째로, 서사에 등장하는 어느 인물도 이름이 없다. 게다가 그들은 결코 존재한 적이 없었을 수도 있다. 한 사람의 머릿속을 제외하고는 말이다. 그는 오래전 한 외딴집에서 일어났던 것처럼 보이는 이야기를 재구성하려고 애쓰지만, 그에게 그 이야기의 진실을 보증해줄 수 있는 목격자는 존재하지 않는다. 더군다나 "기억을 떠올리는" 이 인물의 신원조차 의심스럽다. 서사가 진행되며 그는 삼인칭 시점에서 "소년"이라 불리다가, 그 누구도 그가 가족의 집을 떠나는 것을 본 적이 없음에도 그가 가족의 집으로 돌아오는 그 마지막 순간에 일인칭 시점을 취함으로써 이 기억들에 대한 불확실한 화자가 되기 때문이다. 그리고 [둘째로,] 그가 말하는 이야기—있을 수 있는 이야기—속 등장인물들 역시 고유한 이름이 없다. 소년을 둘러싸고 한 남자, 그 남자의 딸인 것으로 보이는 젊은 여자, 그녀를 사랑하는 젊은 남자(어디서 왔는지?), 그리고 병석에 누워 있는 늙은 여자가 있다—있었을 수 있다. 이 늙은 여자를 둘러싸고 이야기가 구성되는데, 그녀는 "넨하Nenha"라는 부정적否定的 이름을 가진다. 이 이름은 오직 이름의 부재, 정체성의 부재, 심지어는 세대 질서 속 정확한 자리의 부재를 가리킨다. 실제로 어느 누구도 언제부터 이 늙은 여자가 아무것도, 아무도 알아보지 못한 채 마치 요람에 누운 아기처럼 침대에 누워 있었는지 더 이상 알지 못한다. 그리고 어느 누구도 그녀가 누군가의 어머니, 할머니, 증조할머니인지 혹은 이었는지 알지 못한다. 젊은 여자가 탑에 사는 전설 속 공주처럼 소개된다면, 늙은 여자는 한 번도 깨어난 적이 없기에 유아기로 되돌아간 잠자는 숲속의 미녀와 같은 인물이라고 할 수 있다. 그녀는 기상천외하고, 분별없으며, 순수한 존재로, "모든 보통의 생명선 너머로, 영속적으로 지속된다."[35] 그리고 이 움직이지 않게 된 삶은 행복한 운명, 이야기의 평범한 운명, 즉 젊은 여자가 자신을 사랑하는 젊은 남자를 사랑하고, 그와 결혼하는 운명을 금지한다. 젊은 남자, 그러니까 "평탄한 길을 따라 제힘으로 일상을 살아가길"[36] 바라는 "소박한 사람"이 평범하게 바

---

35   João Guimarães Rosa, «Aucun, aucune», ibid., p. 62.

36   Ibid., p. 63.

라는 것이 바로 이 운명이다. 이에 맞서 젊은 여자는 자신의 의무이기도 한, 자신의 바람을 내세운다. 그녀의 바람이란, 삶을 잊어버린 늙은 여자 곁에 머무는 것, 변화를 요하지 않는 삶, 죽음이라는 최후의 부동성까지 움직이지 않는 삶에 충실히 남아 있는 것이다.

아무 일도 일어나지 않는 이와 같은 삶은 단지 세계와 동떨어진 젊은 여자가 바라는 것만이 아니다. 이러한 삶은 픽션의 역설적인 장소, 이야기들이 전개될 수 있는 이야기 없는 장소이다. 젊은 여자는 픽션의 수호자이자 이러한 진실된 삶의 수호자이다. 진실된 삶의 가능성은 언제나 일상적 생활 한가운데 보존되어야 하지만, 또한 [진실된 삶과 일상적 생활 사이의] 분리의 선은 끝없이 다시 그려져야 한다. 기억을 떠올리고자 애쓰는 소년의 이야기와 그 이야기의 대상인 불가능한 사랑 이야기는 이 지점에서 다시 만난다. 이 지점에 필시 어떤 삶이 존재할 것이다. 이 삶 속에서는 모든 것이 서로 뒤섞이고, 그 어떠한 것도 잊히지 않는다. 또한 이 지점에 필시 시간이 존재할 것이다. 이 시간 속에서는 한 "인격"이 된 소년이, 나머지 등장인물들과 함께 단 하나의 동일한 불분명한 삶 속으로 들어선다. 그러나 일상적 삶을 주관하는 법칙은 분리와 망각이라는 법칙이다. 요컨대 〈어느 남자도, 어느 여자도〉는 《잃어버린 시간을 찾아서》가 일곱 권으로 확장시킨 다음과 같은 교훈을 몇 페이지 내로 요약한다. 오직 망각만이 기억의 조건이라는 것, 사랑의 부재는 사랑의 이야기가 전개되는 장소라는 것, 진실된 삶은 삶의 주변부에만 존재하는 삶이라는 것. 그리고 이 삶은 개인들로 하여금 서로에게 의존하게 하는 시간적 연결과 단절함으로써 존재한다는 것.

〈어느 남자도, 어느 여자도〉는 부모를 향한 한 소년의 분노에 찬 외침으로 끝이 난다. 그의 부모는 아주 일상적인 생활의 시간을 살아가고, 소년이 여행에서 모든 짐을 말짱하게 도로 가지고 왔는지 비속하게 알고 싶어 할 뿐이다. "당신들은 아무것도 몰라요, 내 말을 들으세요. 당신들은 당신들이 언젠가 알고 있었던 모든 것을 이미 잊어버렸어요."[37] 그러나 〈제3의 기슭〉에서, 사람들이 망각을 망각한 곳을 향해 손수 만든 카누를 타고 언젠가 떠나는 것은 아버지 자신, 견실하고 온화한 남자이다. 고대 신화에서 레테강은 망각의 강, 죽은 자들의 영혼이 지난 삶의 기억을 잃고, 새로운 신체로 들어갈 준비를 하기 위해 건너야 했던 강이었다. 그러나 문학은 신화가 아니다. 문학은 [강물을] 한 기슭에서 다른 기슭으로 흘러가게 하지 않는다. 문학은 [강의] 한복판, 그 자체로 가장자리 없는 간격 속에 자리한다. 생각할 수 없는 강의 제3의 기슭은 이와 같은 한복판, 흐름이 더는 흐르지 않는 곳이다. 아버지는 어느 날 어떠한 해명도 하지 않은 채—한 명에게는 그 이유를 말했을 수도 있으나, 증인이 될 수 있는 그는 물론 사라졌다—이러한 역설적인 한복판으로 길을 떠났다. 문제는 강의 한복판에서 카누를 타고 생존할 수 있느냐는 것이 아니다. 고대 종교들에서 죽은 자들의 배 안

---

37   Ibid., p. 64.

에 생존을 위한 수단들을 넣어놓았던 것처럼, 아들은 아버지를 위해 강기슭에 은밀히 식량을 놔둔다. 하지만 아버지는 죽은 자들의 기슭으로 떠나지 않았다. 그는 강의 한복판, 심지어는 모든 강을 현실의 강으로 만드는 것, 즉 바다로 흘러들어가는 어떤 강으로 또 다른 강이 흘러들어간다는 사실이 무효화되는 한복판을 향해 떠났다. 왜냐하면 거의 보이지 않는 이 배가 나타날 때면 언제나 같은 장소에서 다시 나타나기 때문이다. 강의 한복판은 헤라클레이토스의 역설들[38]이 더 우세한 역설에 의해 부인되는, 존재하지 않는 지점이자, 강이 흐르지 않는 지점이다. 이것이 바로 짧은 이야기가 들려주는 생각할 수 없는 압도적인 사건, 즉 "있었던 적이 없던 일이 일어났다"라는 의미에서의 사건이다.[39] 아버지는 "강의 간격들 속에, 강의 한복판 중에서도 한복판에" 머물기를 택했다. 이와 같이 표류하지 않고 머무는 기상천외한 행동, "있는 것"이라는 법칙을 움직이지 않은 채 넘어서는 것은 〈어느 남자도, 어느 여자도〉에 등장하는 소박한 젊은 남자처럼 "평범한 삶을 사는 것", 즉 과거에서 미래로 흐르는 평범한 삶을 사는 것을 추구하는 모든 이들에 대해 거

38　기원전 6세기 말 고대 그리스 사상가 헤라클레이토스는 "같은 강물에 두 번 발을 담글 수 없다"는 말을 남겼다. 강 자체는 흐르는 물이라는 변화와 생성의 원리를 통해서만 일관된 존재와 정체성을 가질 수 있다는 것, 그렇지 않다면 강은 더 이상 강이 아니라 빈 도랑이 될 것임을 가리킨다.-옮긴이

39　João Guimarães Rosa, «Le Troisième Rivage du fleuve », Ibid., p. 36. (한국어판: 〈제3의 강둑〉,《이문열 세계 명작 산책 3: 성장과 눈뜸》, 장경렬 옮김, 이문열 편역, 살림출판사, 2003, 326쪽 참조. "전에는 결코 있었던 적이 없는 일이, 일어날 수도 없는 일이 일어나고 있었던 것이다.")

대한 의문부호처럼 서 있다. 이 이야기에서 과거에서 미래로 흐르는 삶을 따르는 이들은 딸과 어머니이다. 딸은 결혼하고 어머니가 되어, 먼 곳에서조차 손자를 보길 원치 않는 아버지에게서 멀리 떨어진 곳으로 남편과 함께 떠난다. 이후 어머니는 결국 딸의 집에 가서 살게 된다. 화자인 아들은 "인생의 짐과 함께"**40** 일상적인 삶을 살아가는 자들의 기슭에 혼자 남아 시간의 바깥, 한복판으로 은거한 자[아버지]의 수호자가 된다. 하지만 수호자의 역할을 완수하기 위해서는 여전히 더 많은 것이 요구될 것이다. 그는 아버지의 계승자가 되어야 할 것이다. 그는 모든 가계를 거부하고 강의 한복판에 있는 자신의 자리를 떠맡으러 떠난 자의 후계자가 되어야 할 것이다. 기슭에서, 아들은 배 위에 있는 아버지에게 이러한 맞바꿈을 제안하고, 아버지는 이를 받아들이는 것처럼 보인다. 그러나 마지막 순간 아들은 이를 피해 도망친다. 그래서 이야기는 이중의 부재와 함께 끝날 수밖에 없다. 아버지는 영원히 사라지고, 아들은 가장자리에 남는다. 그는 "존재하지 않았던 자",**41** 이제 "고요히 머물" 자, 고요 속에 머물 자이다. "진실된 삶"은 자기 자신을 알지 못한다. "진실된 삶"

---

40   Ibid., p. 40. (한국어판: 같은 책, 332쪽 참조.)
41   Ibid., p. 41. (한국어판: 같은 책, 336쪽 참조. "나는 전혀 예상치도 못했던 엉뚱한 사람으로 변해버렸다. 침묵이라고 할 수밖에 없는 그런 몰골인 것이다. 이제 너무 늦었다는 것을 나는 알고 있다. 나는 사막에, 내 인생의 들판 어딘가에 머물러 있어야만 한다. 그리고 그나마도 단축될까 두렵다. 그러나 죽음이 나에게 찾아오면 그에게 요구할 것이다. 나를 데려다 두 강둑 사이로 영원히 흐르는 강물 위의 자그마한 배에 태워달라고. 그러면 나는 강 아래쪽으로 흘러가다 강물에 빠져 강물 속으로 사라질 것이다⋯⋯ 강물 속으로⋯⋯.")

은 부재와 고요 사이 간격 속에, 강의 한복판과 강의 가장자리에서 사라진 두 비존재—강은 언제나 이 두 비존재를 분리시키기 위해 흐른다—사이 간격 속에 머물 운명에 처한다.

고요의 가장자리까지 그리기, 이 부재의 가장자리 없는 가장자리를 그리기, 이것이 바로 픽션의 작업이다. 이것은 픽션이 완수하는 동시에 지각되지 않게끔 만드는 작업이다. 픽션은 합리적이고 조리 있는 광인들과 같은 등장인물들, 즉 그들의 기상천외함이 일상생활의 지표들을 조용히 해체하는 인물들에게 이러한 작업을 맡긴다. 〈아무것도 아닌 것 그리고 우리의 조건〉속 "그 누구도 결코 알지 못했던" 남자가 완수하는 것이 바로 이러한 작업이다. 동화 속에 나오는 왕과 같은 이 남자는 픽션이 행하는 마법에 가장 적합하지 않은 부유하고 성실한 토지 소유주라는 외양에 가려져 있다. 그는 맘안토니우 아저씨라 불리는데, 그는 자신의 아내가 죽자, [〈제3의 기슭〉에 등장하는 아버지처럼] "애매한 간격들과 순간들 내부로"[42] 은거한다. 하지만 그는 멀리 떨어진 곳으로 떠나지도, 어떤 비밀의 방에 자신을 가두지도 않는다. 반대로 그의 계획은 자신의 소유지를 탁 트인 공간의 한가운데, 다시 말해 궁극적으로 소유지가 아닌 어떤 공간으로 만드는 것이다. 바로 이것이 그의 공식이 된 격언에서 단적으로 드러나는 것이다. 그는 삶의 부침에 관해 캐묻는 딸들의 괴로운 채근에 이 격언을 내세우고, 자신의 계획을 실현하기 위

---

42 João Guimarães Rosa, «Rien et notre condition», ibid., p. 94.

해 일하는 노동자들에게 설명 대신 이 격언을 받아들이게 한다. 그 격언이란 바로 "파즈 드 콘타faz de conta"이다. 번역에 따르면, '파즈 드 콘타'란 '가장하라(~인 척하라)Faites semblant'라는 의미이다. 그러나 이는 겉치레에 동의하거나 이를 위해 불신을 중단하는 것이 아니다. 다시 한번 더 말하자면, 중단해야 하는 것은 '있는 것'에 대한 믿음이다. 아버지의 기상천외한 행동이 제안하는 것은 진실된 삶의 길들여지지 않은, 친숙하지 않은 공간을 창조하는 것이다. 그 공간이란, 꼭대기까지 뻗은 공간, 아무것도 시선을 방해하지 않을 때 시선이 다다를 수 있는 곳까지 뻗은 공간이다. 요컨대 그 공간은 짧은 이야기의 공간이다. 이를 위해 맘안토니우는 토목공과 정원사들을 동원해 언덕을 평탄케 하고, 합리적이었던 배우자를 생전에 즐겁게 했던 동산과 화단을 파괴한다. 물론 그의 딸들은 이 공간에서 쫓겨날 것이다. 그의 딸들은 그녀들을 멀리 데려가 살게 할 사위들과 일찍 결혼할 것이다. 게다가 그는 그 자신도 이 공간에서 배제시킬 것이다. 그는 자신의 주위를 맴도는 모든 이들—모든 피부색의 하인들, 소작농들, 소 치는 사람들—에게 자신의 재산을 차차 나눠준 후 죽을 것이다. 그리고 그의 시체는 집을 불태운 최후의 화재 속에서 재로 변할 것이다. 이렇게 해서 픽션은 멀리 떨어진/한복판에 있는 장소, 있을 수 없는 장소를 순식간에 모조리 집어삼키고, 한때 자신이 존재하게 만들었던 기상천외한 남자들과 여자들을 태워 없앤다.

이는 행복한 픽션들은 있을 수 없고, 픽션의 작업, 즉 우리의 조건을 조건 그 자체로부터 분리시키는 아무것도 아닌 것에 대한 작업을 형상화하는 행복한 방식도 있을 수 없다고 말하는 것이 아니다. [〈어느 남자도, 어느 여자도〉에서] 넨하의 보호자인 젊은 여자가 퇴짜를 놓은 연인과 〈시퀀스〉 속에 등장하는 젊은 남자가 대립된다. 이 남자는 사랑을 찾고 있었던 것이 아님에도, 어떤 명확한 순간 잠자는 숲속의 미녀의 저택에서 그를 기다리고 있던 사랑을 발견한다. 그는 그녀의 존재를 전혀 모르고 있었고, 그가 아주 비속하게 뒤쫓고 있던 것, 그러니까 달아난 소를 쫓아 이 저택에 들어서게 되었다. 소는 자신이 어디로 가고 있는지 알고 있었다. 그것은 바로 옛 주인의 집이다. "자신의 운명 너머로" 갔던 어린 소를 뒤쫓는 것은 "시작되지 않은 것, 결정되지 않은 것, 방향이 정해지지 않은 것, 필연적인 것"[43]으로 들어서는 운명에 자기 자신을 맡겨보는 것이었다. 시작되지 않은 것과의 이러한 마주침의 순간은 또 다른 이야기에서 팽창된다. 〈실체〉에서 이 순간은 심지어 시간의 짜임 자체가 된다. 〈실체〉는 소심한 **농장주**fazendeiro 시오네지우와 비참한 신데렐라 사이의, 행복한 만큼 일어날 법하지 않은 사랑 이야기이다. 비참한 신데렐라는 나병환자와 바람둥이 여자 사이에 태어난 딸로, 파젠다의 안뜰에서 그 하얀 분이 눈을 시리게 하는 딱딱한 카사바를 돌판 위에서 부수는 고된 일에 전념하고 있다. 이 이야기에서 카사바의 번쩍이는 흰 빛은 포도주 바구니와 금

43　João Guimarães Rosa, «Séquence», ibid., p. 76.

빛 드레스를 만들어내기에 충분하다. 이로써 왕자는 하녀의 모습을 한 공주를 알아보고, 그 둘은 진실된 삶의 행복, 다시 말해 픽션의 행복에 어울리는 시간과 장소로 움직이지 않은 채 함께 나아간다. 여기서 픽션은 비-사실의 사건이자 비-시간의 사건, "한계 없는 어떤 지점으로 압축되는 삶을 사는 것"[44]이다.

　　물론 한계 없는 지점, 한없는 순간은 말해진 모든 이야기가 끝나게 되어 있는 최종 지점에 더 가까워질 때만 그 무한성을 연장한다. 이는 삶의 슬픈 현실이 픽션의 환영들을 거짓이라고 부인하기 때문이 아니다. 오히려 삶을 무한하게 만들고, 삶을 그 너머로 데려가는 픽션의 능력에 경의를 표하는 수단이 바로 결말 자체이기 때문이다. 그렇다면 모든 이야기의 결말은 동시에 두 가지 것, 즉 유한한 것으로의 무한한 것의 도약과 무한한 것으로의 유한한 것의 이행이다. 아마도 〈요정의 속임수〉와 〈소로쿠, 그의 어머니와 그의 딸〉이라는 톤이 꽤 다른 두 소설이 단적으로 보여주는 것이 바로 이러한 것일 것이다. 전자의 이야기는 중학교에서 벌어지는 우화이다. 선정된 몇몇 운 좋은 학생들은 선생님의 지도하에 학교 축제를 위한 연극을 연습한다. 그들은 호기심 많은 학생들로부터 그들이 공연할 이야기의 비밀을 지키기 위해 거짓 이야기를 꾸며내 유포한다. 그런데 이 거짓 이야기는 다시금 질투 많은 학생들로 하여금 세 번째 이야기를 꾸며내게끔 부추긴다. 공연 당일, 대사를 상기시켜주는 역을 맡

---

[44]　Ibid., p. 180.

은 화자는 예기치 못한 사건으로 주역을 맡게 되고, 선생님은 공석이 된 화자의 역을 대신 맡아 그 자리에서 꼼짝 못하게 된다. 이 기회를 틈타 무리에서 벗어나 단독 행동을 하는 학생이 질투 많은 학생들에 의해 꾸며진 거짓 이야기를 공연에 올리고자 한다. 물론 이에 대응하기 위해 주인공과 그의 공모자 친구들은 그들 자신의 "거짓 이야기", 선생님의 이야기를 비밀에 부치기 위해 꾸며냈던 이야기를 공연한다. 그렇게 해서 이야기 간의 싸움이 자아낸 현기증이 관객석과 무대에 퍼진다. 무대 위에서 배우들은 자신들이 누구였는지 잊은 채 모든 [기존의] 믿음을 넘어서, "자신의 삶을 넘어선다transvivent".[45] 그들은 사랑, 말, 심지어는 그들 자신과 대등한 것으로서 "진실된 삶"에서 날아올라 주인공이 불안에 사로잡히게 되는 지점에까지 이른다. 더는 경과하지 않는 이 시간을 어떻게 끝마칠 것인가? 말의 끝없는 행복은 말의 끝없는 행복에 끝을 낼 수 없다. 단 하나의 해결책만이 남는다. 그것은 말하면서 [무대 앞] 가장자리의 가장자리로 나아가는 것, 관객석으로 곤두박질칠 때까지 나아가는 것이다. 그 이후, 세계는 멈춘다. 그 이후, 그다음 날, 어떤 이야기가 최고였는지 가려내기 위한 주먹다짐과 같은 일상적인 게임이 다시 시작된다.

외관상 〈소로쿠, 그의 어머니와 그의 딸〉의 비가는 중학교에서 벌어지는 소극에 대립되는 것처럼 보인다. [이 이야기에서]

---

45   João Guimarães Rosa, «Perlympsicherie», ibid., p. 54.

극적인 기대나 기상천외한 놀람은 존재하지 않는다. 극은 이미 공연되었다. 그리고 어떤 "미친 남자"도 진실된 삶과 멈춰진 시간에 대해 내세울 자신의 각본을 갖고 있지 않다. 이 이야기에서 미친 여자들은 "진짜로" 미친 여자들, 소로쿠의 어머니와 딸이다. 그리고 그녀들에게 멈춰진 시간, 시작도 끝도 없는 시간은 단지 수용소의 도시인 바르바세나에서 그녀들을 기다리고 있는 시간일 뿐이다. 그녀들은 철창이 달린 기차 객차에 태워져 그곳으로 이송될 것이다. 그렇기 때문에 이 서사는 시작 없는 끝에 대한 이야기, 즉 이러한 유형의 사람들에게 언제나 변함없이 그러했던, 불행이라는 결과에 대한 이야기에 불과한 것처럼 보인다. 이 이야기는 이름 없는 불행한 이들에게 익명의 군중이 베푸는 환송 행사로 축소되는 것처럼 보인다. 하지만 몇몇 다른 일들이 벌어진다. 그것은 거의 아무것도 아닌 일들이다. 젊은 미친 여자가 팔을 든 채 노래를 부르기 시작한다. 이 곡에는 올바른 음조도, 정확한 가사도 없다. 그러므로 이 곡은 《댈러웨이 부인》에 등장하는 나이도 성별도 없는 피조물이 내는 녹슨 펌프 소리를 닮았고, 또한 《소리와 분노》에 등장하는 백치의 불평, 즉 소설가가 곧바로 **모든 것**으로 변형시켰던 **아무것도 아닌 것**에 가깝다. 이제 누구도 알아들을 수 없는 이 잘못된 곡, 젊은 여자를 결국 광기 속에 가둬버리는 것처럼 보이는 시간과 부정의의 이 의미 없는 농축은 주앙 기마랑이스 호자의 서사에서 정반대의 결과를 초래할 것이다. 이 곡은 오페라 무대에서처럼 입에서 입으로 전해질 것이다. [객차가] 떠나는 순간에, 이 노래는 어머니에 의해 다시 시작된다. 손녀를 따라가기 위해 서서히 커진 그녀의 목소리는 끝나지 않는 노래가 된다. 지켜보는 사람들은 가사를 이해하지 못할 것이지만, 그들은 이 노래에서 "이 삶의 엄청난 우여곡절, 그러니까 이유나 장소의 선례 없이, 전후의 상황 때문에 우리를 고통스럽게 할 수 있는 우여곡절에 대한 서사"[46]를 알아차릴 수 있을 것이다. 이후 객차가 멀어졌을 때, 이 노래는 소로쿠의 독창으로 갑자기 다시 시작되고, 결국 그의 빈 집까지 그와 동행하는 합창대 전체의 제창으로 이어진다. "그리고 우리, 사람들은 그와 함께 이 노래가 이르는 곳까지 갔다", 이 서사의 마지막 문장은 이렇게 끝난다. 그러나 바로 그렇기 때문에 이 "어디까지"에는 한계가 없다. 분별 있는sensés 사람들과 분별력을 잃은insensés 사람들, 여전히 거기에 있는 이들과 더는 결코 거기 있지 않을 이들을 분리하는 선을 가로질러 공유된 불행의 노래, 이 의미 없는insensée 노래는 이제 임의의/보잘것없는 순간의 틈 속에서 끝없이 펼쳐진다. 인간의 노래와 짐승들 혹은 사물들의 소리 사이의 나눔을 뒤죽박죽으로 만듦으로써, 이 노래는 공통의 세계 안에 더는 존재하지 않는 자들을 공통의 세계 안에 영원히 붙잡아둔다. 미친 여자는 사람들이 그녀에 대해 예상할 수 있었던 것 너머로 가버렸고, 군중의 연대는 예상되는 형태 너머로 그녀를 뒤쫓았다. 군중의 연대는 자신들이 몰랐던 노래를 부르기 시작했고, 노래 그 자체가 되었다.

---

46   João Guimarães Rosa, «Soroco, sa mère et sa fille», ibid., p. 18.

픽션에 의해 이 **어디까지**는 자신의 한계를 넘어선다. 자신의 빈 집으로 향하는 외로운 남자와 동행하는 익명의 합창대는 다음을 상기시키기 위해 거기 존재한다. 픽션의 과잉은 현실을 위로하는 환영이 아니며, 그렇다고 재주 있는 자들이 기교를 부리는 것도 아니다. 그것은 가장 비천하고 가장 평범한 이들 속에서도 삶이 스스로를 돌보기 위해 자기 너머로 나아갈 수 있는 능력에 속한다.

문학은 각자에게 속한 창작의 능력, 그러니까 자신의 노래를 지어내는 미친 여자, 자신의 이야기를 지어내는 **세르타네주** sertanejo,[47] 그리고 미친 여자와 세르타네주의 이야기를 지어내는 작가에게 속한 창작의 능력을 그 고유의 방식으로 재확인시켜 준다. 세르탕에 사는 사람들은 문학을 읽지 않을 것이기에 작가의 문학은 부질없다고 말하는 사람들은 단지 다음과 같이 말하고자 하는 것일 뿐이다. 아무도 이야기해서는 안 되고, 모두가 **있는 것**만을 믿어야 하며, 존재하는 것만을 고수해야 한다고 말이다. 작가가 가지고 있는 신념은, 만약 그가 세르타네주의 이야기를 떠들기를 멈춘다면, **세르타네주** 역시 이야기하길 멈출 것이라는 것이다. 이와 같은 작가의 신념은 문화에 대한 어떠한 사회학적 조사를 통해서도 검증할 수 없는 것이다. 따라서 작가는 스스로 이 신념을 검증해야 하는데, 그가 그렇게 할 수 있는 유일한 방법은 바로 글을 쓰는 것이다.

---

[47] 브라질 내륙지역이나 오지를 뜻하는 세르탕에 사는 사람들을 가리킨다.-옮긴이

감사의 말

이 작업을 추진할 수 있게 해주고, 그 주제와 윤곽을 스케치할 수 있게 도움을 주신 모든 분께 감사 인사를 드립니다. 우선 2014년 12월 그레나다에서 열린 심포지엄 '문학의 정치들'의 주최자인 아즈세나 곤잘레스 블랜스와 에리카 마르티네스에게 감사드립니다. 로스앤젤레스와 이브린에 있는 캘리포니아 대학, 쿤스트아카데미 뒤셀도르프, 파리의 굴벤키안 재단, 툴루즈/장조레스대학, 이스탄불의 모노클 출판사, 생테밀리옹의 필로소피아 축제와 발파레소 국립대학과 같은 여러 기관의 초청 덕분에 이 작업에 대한 성찰을 계속하고 작업의 주제들을 검토해볼 수 있었습니다. 이브린에서의 제 발표는 〈시간의 픽션들〉이라는 제목으로, 공저 《랑시에르와 문학》(그레이스 헬리에와 줄리안 머펫 편집)에 실렸습니다.

《픽션의 가장자리》는 원래 2016년 2월 굴벤키안 재단이 주최했고, 이후 같은 기관에 의해 자료집으로 출판된 컨퍼런스의 타이틀이었습니다.

〈상상할 수 없는 것〉 장의 첫 번째 판본은 2014년 콘래드에게 헌정된 《카이에 드 에른Cahier de l'Herne》(조지안 파코-위게와 클로드 매소나 감수)에 게재되었습니다.

〈임의의 순간〉 장의 첫 번째 판본은 〈픽션의 정치〉라는 제목을 달고, 알프레도 자의 사진과 함께 2016년 5월 바르셀로나에서 출간된 잡지 《레스타시오L'Estacio》 3호에 실렸습니다.

이 책의 나머지 장들은 모두 이전에 발표되지 않았던 글들입니다.

픽션, 사실임직한 거짓
그리고/또는 진실된 삶[1]

사전상 '픽션fiction'은 "소설이나 희곡 따위에서, 실제로 없는 사건을 작가의 상상력을 통해 재창조해냄, 또는 그런 이야기"를 뜻한다. 그런데 이 정의를 따져보면, 픽션이 문학적 허구와 관련된 문제만이 아니라 실재와 가상, 현실과 비현실, 진실과 거짓의 나눔에 결부된 오랜 철학적 물음임을 알 수 있다. 왜냐하면 픽션에는 대립적인, 그러나 불가분한 두 가지 속성이 한데 내포되어 있기 때문이다. 한편으로, "실제로 없는" 것을 대상으로 하는 픽션은 실재하지 않는 것, 현실적이지 않은 것이라는 소극적 속성을 지닌다. 일상적 용례에 비춰보면, 어떤 것이 픽

---

1   이 글의 일부가 《미학예술학 연구》 제72집, 2024, 184~209쪽에 〈《픽션의 가장자리》를 통해 본 랑시에르의 픽션의 시학과 정치〉라는 제목으로 실렸음을 밝힌다. 또한 이 책의 번역 작업은 포니정재단의 해외박사장학 프로그램의 지원을 받았다.

션에 불과하다거나 리얼리티가 떨어진다고 말하는 경우가 이에 해당한다. 그런데 픽션은 가상이나 비현실이라는 속성에 더해 거짓이라는 부정적 속성도 지닌다. 역사적 사실, 보고서, 다큐멘터리 등에 대한 반의어로 픽션이라는 단어를 사용할 때, 픽션은 사실을 있는 그대로 전달하지 못하는 것을 넘어 사실을 은폐하거나 왜곡한다는 의미이기 때문이다.

그러나 다른 한편으로 픽션은 "상상력"을 통해 실제로 없는 것을 있는 것처럼 만들거나 실제로 있는 것을 다르게 꾸민다는 의미에서 "재창조"라는 적극적 속성을 지니기도 한다. 예컨대 공상과학물이나 가상현실, 증강현실 기술 등을 논할 때, 픽션은 현실에서 실현 불가능한 것을 만들어내거나 실재하지 않는 것을 그럴듯하게 창조해내는 것을 지칭한다. 또한 문학작품으로서 픽션은 우리가 경험하는 현실, 그러니까 자질구레한 일상과 우발적인 사건들로 점철되어 있는 현실을 기승전결을 갖춘 합리적인 이야기로 재현함으로써 그 정수를 드러내는 것으로 간주된다. 이처럼 현실의 합리성을 가중시키는 것, 그리고 세계에 대한 진실을 말하는 것으로서 픽션은 긍정적 속성을 지닌다. 그렇다면 실재보다 못한 비-실재로서의 픽션과 현실보다 나은 초-합리성으로서의 픽션, 진실을 결여한 거짓으로서의 픽션과 진실임직한 거짓으로서의 픽션 사이에서, 우리는 픽션을 어떻게 이해할 수 있는가?

랑시에르의 《픽션의 가장자리》(2017)는 바로 이 간극에서 출발한다. 그러나 랑시에르는 픽션의 양극단에서, 어느 한편에

서기보다 오히려 양편을 양극단으로 나뉘게 한 나눔partage 자체를 문제시한다. 우리는 어떤 점에서 실재와 가상, 현실과 비현실, 진실과 거짓을 나누고, 전자에 가치를 부여해왔는가? 만약 픽션이 경험적 현실을 합리화한다는 점에서 가치가 있다면, 픽션이 갖는 합리성은 어떤 요소들로 이루어져 있는가? 과학을 표방하는 인간과학과 사회과학 역시 인간과 사회에 대한 '합리적' 설명을 추구한다는 점에서 일종의 픽션으로 볼 수 있지 않은가? 그렇다면 문학적 픽션과 과학적 픽션은 어떤 점에서 서로 가까워지고, 어떤 점에서 멀어지는가? 지금까지 픽션으로 합리화할 수 있었던 것은 무엇이고, 그렇지 않았던 것은 무엇인가? 픽션이 될 수 있는 것과 될 수 없는 것을 나누는 경계는 어떻게 작동하는가? 그 경계는 여전히 유효한가?

이 질문들을 종합해보면, 이 책은 '픽션적 합리성'에 대한 분석이라는 한 축과 '픽션의 가장자리'에 대한 탐구라는 또 다른 축이 맞물려 돌아가는 형상을 띠고 있다고 할 수 있다. 기존에 픽션을 픽션으로 식별 가능하게 한 조건으로서 합리성을 분석하는 동시에, 그 가장자리에서 픽션이 어떻게 자신의 타자와 마주하며 변화를 겪고, 심지어는 무효화되는지 탐구하는 것이다. 이 책은 2014년부터 2016년까지 랑시에르가 발표, 게재한 몇몇 글들과 새로 쓴 원고들을 엮은 모음집으로, 총 4부로 구성되어 있다. 각 부는 작품 분석을 통해 전개되며, 1부 〈문과 창문〉에서는 고전적 픽션의 합리성과 근대적 픽션의 합리성 사이의 관계를, 2부 〈과학의 문턱〉에서는 근대적 픽션의 합리성의 두 유형으로서 사회과학과 문학 사이의 관계를, 3부 〈실재의 기슭〉에서는 실재적인 것과 상상적인 것의 관계를, 4부 〈아무것도 아닌 것과 모든 것의 가장자리〉에서는 픽션과 민주주의의 관계를 다룬다. 달리 말하면, 이 책은 어떻게 근대 픽션이 다층적인 의미의 가장자리'들', 즉 고전 픽션, 사회과학, 실재적인 것의 가장자리에서 떠오르는지 살펴보고, 나아가 이와 같은 문학혁명이 어떻게 민주주의의 가장자리를 따라 나 있는지 탐구한다.

따라서 이 책은 제목에서 쉽게 유추할 수 있듯이 《정치적인 것의 가장자리에서Aux bords du politique》(1990)라는 랑시에르의 대표적인 정치철학적 저작과 마주 서 있는 미학적 작품이라고 할 수 있다. 《정치적인 것의 가장자리에서》가 '정치의 감성학l'esthétique de la politique'을 이해하기 위한 주요 입구 중 하나라면, 《픽션의 가장자리》에는 그에 대응하는 '미학의 정치la politique de l'esthétique'의 핵심적인 아이디어가 새겨져 있다. 주지하다시피, 랑시에르에게 정치와 예술은 서로 분리된 항구적 실재가 아니라, '감각적인 것의 나눔le partage du sensible'의 잠정적인 두 가지 형태이다. 정치가 특정 시공 내에서 볼 수 있는 것과 볼 수 없는 것, 이성적 담론으로 들리는 것과 동물적 소음으로 들리는 것을 나눔으로써 개별 신체들에 특수한 자리와 몫을 배분하는 감각적인 체제라면, 미학은 특정한 감각적 실천을 예술 또는 비예술, 고급 예술 또는 저급 예술, 예술을 위한 예술과 삶으로서의 예술 등으로 나눔으로써 공통 세계를 특수한 형태로 보여주는 정치적인 체제인 것이다. 따라서 픽션에 내재한 나눔을 다루는 이 책 역시 '픽션의 미학'이자 '픽션의 정치'를 주제화하는 작업으로 독해할 수 있을 것이다.

　무엇보다 《픽션의 가장자리》는 다른 여러 저작 곳곳에 흩어져 있는 픽션 개념[2]을 전경에 배치하고, 랑시에르의 정치미학에서 픽션 개념이 갖는 중요성을 조명한다는 점에서 의의가 있다. 우선 문학을 지칭하는 픽션은 랑시에르가 한 인터뷰에서 밝혔듯이 "그저 하나의 특수한 예술이 아니라 예술 분야 전반에서 벌어지는 것이 정식화되는 장소"이다.[3] "회화, 영화, 사진에서 쓰게 되는 시각적인 것의 현전 방식들, …… 이런 것들도 먼저 소설혁명을 거친 것"이기 때문이다.[4] 《픽션의 가장자리》는 고전 시학에서 근대 시학으로의 이행을 명징하게 서술함으로써 재현적 예술 체제에 대해 미학적 예술 체제가 갖는 단절 혹은 긴장 관계, 더 정확히 말하면 '대립된 것들의 동일성' '상반된

2　몇몇 대표적인 예를 들자면, 《정치적인 것의 가장자리에서》와 《불화La Mésentente》는 정치의 종언과 회귀라는 지배적인 픽션 그리고 아르케 정치, 유사 정치, 메타 정치를 가로지르는 치안적 신화 및 서사를 분석하고, 《민주주의는 왜 증오의 대상인가La Haine de la démocratie》는 픽션, 인위artifice, 외양apparence으로서의 민주주의의 구성적 성격을 탐구한다. 또한 《역사의 이름들: 지식의 시학에 관한 에세이Les Mots de l'histoire: Essai de poétique du savoir》《감성의 분할Le Partage du sensible: Esthétique et politique》《문학의 정치Politique de la littérature》는 문학성, 역사성, 정치성 사이의 관계를 고찰하고, 《해방된 관객Le Spectateur émancipé》《모던 타임스: 예술과 정치에서 시간성에 관한 시론Modern Times: Essays on Temporality in Art and Politics》《영화 우화La Fable cinématographique》는 연극, 사진, 영화 등 픽션으로서 예술을 논한다.

3　자크 랑시에르·양창렬, 〈'문학성'에서 '문학의 정치'까지〉, 《문학과사회》 85호, 2009, 449쪽.

4　같은 책, 450쪽.

것들의 공존' 관계에 대한 구체적인 이해를 도모한다.[5]

또한 '글쓰기의 기예l'art de l'écriture'를 가리키는 픽션은 말, 언표, 언어, 담론의 문제를 둘러싸고 개진되는 랑시에르의 민주주의론을 이해하는 데도 핵심적이다. 몫 없는 자들은 사물에 다른 이름을 붙이고, 자기 자신을 다른 이름으로 부르는 실천을 통해 말과 사물 사이, 말과 정체성 사이 일대일 대응으로 포화 상태에 이른 현실에 자신의 몫이라는 초과분을 기입할 수 있는 것이다. 자신들에게 금지되었던 언어를 가장함으로써 스스로를 정치적 주체로 구성한다는 점에서, 몫 없는 자들의 말과 글은 픽션의 어원인 라틴어 '핀게레Fingere'가 갖는 양가적 의미—'~인 체하다feindre'와 '벼려 만들다forger'—모두를 따른다.[6] 《픽션의 가장자리》는 정해진 수신자나 발신자 없이, 따라야 할 규범이나

---

5   국내에서 랑시에르의 픽션 개념은 특히 문학 영역에서 순수문학과 참여문학 사이의 대립을 둘러싸고 활발한 논쟁을 불러일으켰지만, 주로 《감성의 분할》이나 《정치적인 것의 가장자리에서》에 기대어 논의가 이뤄졌다는 점에서 아쉬움이 남는다(박기순, 〈자크 랑시에르, 잊혀진 이름의 귀환: 국내의 랑시에르 연구 현황〉, 《역사비평》 105호, 2013, 361~362쪽 참조). 그 주된 이유는 《문학의 정치》를 제외한 랑시에르의 문학 관련 저작들이 아직 번역, 소개되지 않았기 때문일 것이다. 또한 픽션 개념은 다큐멘터리와 극영화film de fiction 사이의 나눔을 재고하거나 영화의 시간성을 사유하기 위해 미학의 영역에서도 다뤄지고 있는 추세이지만(서현정, 〈자크 랑시에르의 허구 개념과 그 정치적 함의: 다큐멘터리 논의를 중심으로〉, 서울대학교 미학과 석사학위 논문, 2017; 이나라, 〈픽션의 작업: 랑시에르의 예술과 정치〉, 《현대미술학 논문집》 22권 1호, 2018; 강선형, 〈랑시에르의 시간과 영화, 그리고 정치〉, 《철학논집》 66집, 2021 참조), 더 확장적인 논의를 위해서는 픽션 개념에 대한 정치한 이해가 선행될 필요가 있다. 따라서 《픽션의 가장자리》에서 다뤄지는 본격적인 픽션론은 문학과 영화를 비롯한 전반적인 예술에 관한 논의에서 풍부한 함의를 지닐 수 있으리라 기대된다.
6   자크 랑시에르, 《영화 우화》, 유재홍 옮김, 인간사랑, 2011, 259쪽.

규칙 없이 떠돌아다니는 언표라는 '준-신체'의 구성을 탐구하고, 이를 통해 어떻게 특정한 자리와 몫을 부여받은 개별 신체들이 '언표 행위의 집단'으로 주체화할 수 있는 가능성이 열리는지 보여준다.

1. 역사적·문학적 방법론

흥미로운 것은 이 책이 내용 측면에서뿐만 아니라 형식 측면에서도 나눔을 문제시한다는 것이다. 물론 내용과 형식에서 나눔이라는 문제 틀은 감각적인 것의 나눔이라는 테제를 세우기 이전부터 이미 랑시에르의 사유에서 작동하고 있었던 것이다. 68혁명의 경험을 통해 알튀세르Louis Pierre Althusser, 1918~1990와 결별하며 독자적인 학문적 여정을 시작한 1960년대 후반 이래, 랑시에르는 줄곧 과학적 지식인과 무지한 대중 사이의 나눔을 문제 삼았고, 이와 같은 나눔이 학문의 분과별 세분화, 사실과 해석의 구분 등 지적 작업의 '자연적' 분할에 의해 뒷받침되고 있음을 지적해왔다.[7] 따라서 랑시에르는 지적인 불평등을 확립, 지속하는 전통 철학 및 사회과학의 내용과 형식 모두를 의문에 부치고자 한다. 이를 위해 그는 철학을 다른 담론들, 특히 역사, 문학과 나누는 경계를 흐리며, 철학적 글쓰기의 관습과 규칙으로부터 탈피하고, 철학이 전제한 지적인 위계를 허문다. 그렇다면 랑시에르의 픽션론에서의 형식적 나눔에 대해 논하기에 앞서, 그의 독특한 역사적·문학적 방법론을 살펴보자.

우선 랑시에르는 지적 불평등이라는 '자명한' 전제 위에 세워진 당대의 과학적 지식을 논쟁에 부치기 위해 19세기라는 근과거로 되돌아가, 인민의 사유와 언어를 재무대화하는 전략을 취한다.[8] 그런데 이때 중요한 것은 그가 오늘의 '과학적 사실'에 지나간 '역사적 사실'을 맞세우는 게 아니라는 점이다. 랑시에르는 오히려 과학과 역사가 담지한 사실성 자체를 탈구축하는 방식으로 과학적 지식에 이의를 제기한다. 사실성을 탈구축한다는 것은 단지 어떤 사실이 시대적, 사회적으로 특수한 담론적 실천을 통해 구성되고, 그 구성에 있어서 단일한 원인을 지정할 수 없다는 것을 밝히는 것만이 아니다: 랑시에르는 지금 여기에서 어떤 역사적 사실을 참조할 때 시공간적 격차가 발생할 수밖에 없음을 긍정하고, 이와 같은 '시대착오' 혹은 '비동시대성'이 언제나 이미 사실성을 오염시키고 있음을 적극 활용한다. 따라서 그에게 역사는 재현된 사실이라기보다 특정 순간 재구성된 '이야기histoire' 혹은 '서사récit'에 가까운 것으로, 지적 불평등

---

7   랑시에르에 따르면, 전통 철학자들과 당대의 사회과학자들은 사유를 자기 고유의 업으로 삼은 채, 대중을 사유할 시간이 없고, 사유할 능력이 없는 존재로 간주한다. 이들은 엄밀한 논증을 통해 주장을 뒷받침하는 학술적 글쓰기의 관습과 규칙에 따라 보편적인 이론 체계를 구축하고, 상이한 연구 주제와 방법론을 고도로 복잡화하는 방식으로 세부 전공별 전문가를 양성하는 것이 곧 인간과 세계에 대한 지식을 진전시키는 길이라고 믿는다. 그러나 사실 이와 같은 학문 장의 관습은 지식인과 대중 사이의 지적인 격차를 끝내 좁히지 못하게 할 뿐이다. Jacques Rancière, *Le philosophe et ses pauvres*, Flammarion, 2010; 자크 랑시에르, 《무지한 스승》, 양창렬 옮김, 궁리, 2016 참조.

의 역사 속에서 지적 평등의 역사를 다시 쓸 수 있게 하는 조건이 된다.

바로 이러한 점에서 사실을 표방하는 과학과 역사 모두에 반하는 허구의 창작으로서 문학은 이제 랑시에르에게 필수불가결한 연구 대상이자 방법론이 된다. 역사의 다시-쓰기는 허구적 이야기를 창작하는 작업과 다름없으며, 이때 '허구적' 이야기는 역사적 장면을 현재에 재무대화함으로써 현재를 변형시키는 '실제적' 효과를 갖는다. 즉 분산된 이질적인 시간들을 중첩시키거나 교차시키는 방식을 통해 현재와 시공간적 틈을

---

8   당대의 이론적, 실천적 상황에 개입하기 위해 가까운 과거를 다시 들여다보는 랑시에르의 전략은 푸코의 고고학적, 계보학적 작업과 맥을 같이한다. 푸코는 초시간적이고 보편적인 것으로 여겨지는 것들이 사실 역사적으로 가변적이고 특수한 지식-권력관계에 의해 구성된 '역사적 아프리오리a priori historique'임을 입증하기 위해 16세기 이래 서양 문화를 탐구한다. 따라서 푸코의 표현을 빌려 말하자면, 랑시에르는 자신이 속한 오늘, 현재성과 관계 맺는 '저널리스트 철학자philosophe-journaliste'인 동시에, 총체적인 이론적 체계를 구축하기보다 국지적 상황에 논쟁적으로 개입하는 것을 이론적 목표로 삼는 '특수한 지식인intellectuel spécifique'이라 할 수 있다. (Michel Foucault, «Les intellectuels et le pouvoir» entretien de Michel Foucault avec Gilles Deleuze, 4 mars 1972, *Dits et Écrits*, tome II, Texte n°106; «O mundo é um grande hospicio» [«Le monde est un grand asile»; propos recueillis par R.G. Leite; trad. P.W. Pardon Jr.], *Revista Manchete*, 16 juin 1973, pp. 146-147. *Dits et Écrits*, tome II, Texte n°126 참조.) 그런데 랑시에르의 관심사는 지식-권력관계의 가능 조건과 그 한계를 밝히는 '권력의 계보학'에 있다기보다 무지한 대중의 주체화를 탐구하는 '평등의 계보학'에 있다고 할 수 있다. 그는 과학적 지식인과 무지한 대중 사이의 분할이 어떤 감각적인 것의 나눔의 질서에서 형성되고 작동하는지 분석하기보다 지식인과 대중 사이의 지적인 평등을 입증하는 역사적 장면들을 현재로 소환하는 데 초점을 맞추기 때문이다. 즉 그는 기존의 감각적인 것의 나눔의 질서가 부과한 경계들이 어떻게 이동되었는지 드러냄으로써 감각적인 것의 나눔의 (불)가능 조건을 밝히고자 한다.

벌리고, 이 틈 속에서 현재를 다른 방식으로 지각하고, 사유 가능케 하는 역사/이야기를 창출해내는 힘을 갖는 것이다. 따라서 랑시에르는 역사적 서술이 이야기의 재구성과 식별 불가능해지는 지점까지 글쓰기를 밀고 나간다. 우리는 이와 같은 랑시에르 고유의 글쓰기 전략을 '역사적·문학적 방법론' 혹은 랑시에르 자신의 표현을 빌려 '역사적·해석학적 방법론'[9]이라 부를 수 있을 것이다.

그런데 이때 지적 평등의 역사/이야기를 쓰는 '주체'로서 지식인, 지식인으로서 랑시에르는 어떤 자리와 몫을 점유하는가? 지식인의 자리와 몫은 글을 쓰는 과정에 앞서, 글쓰기와 상관없이 결정되어 있지 않다. 그것은 노동자 대중의 역사적 장면을 현재의 무대로 소환하는 과정에서, 그 과정을 통해서만 결정된다. 만약 지적 평등의 역사를 기승전결을 갖춘 하나의 완결된 소설로 만든다면, 이것은 설명 가능한 원인과 예측 가능한 결과를 부과함으로써 경험적 현실을 합리적이고 총체적인 이야기로 재구성하는 것이자, 이 이야기의 유일한 발화 주체로 지식인을 놓는 것이나 다름없다. 노동자 대중이 역사의 주체라면, 그들 역시 역사의 전개에 대한 지식을 담지한 지식인과 다를 바가 없어지기 때문이다. 그렇기에 지식인은 노동자 대중을 자신이 쓰는 역사의 대상으로 놓을 수밖에 없고, 나아가 불평등을

---

9   자크 랑시에르, 〈정치화된 예술의 동시적 이중 효과〉, 《감성의 분할》, 오윤성 옮김, 도서출판b, 2008. 게이브리얼 록힐과의 인터뷰를 번역한 이 파트의 원제는 "The Janus-Face of Politicized Art"로, 영어판에만 수록되어 있다.

불변의 전제로, 평등을 도달해야 할 목적으로 상정함으로써 지적 평등의 이야기를 불평등에서 평등으로 나아가는 점진적이고progressif 진보주의적인progressiste 역사로 재구성할 수밖에 없다. 그렇다면 이는 다시금 사유와 논증을 자기 고유의 업으로 삼는 지식인과 그렇지 못한 노동자 사이의 지적 위계를 세우는 것이 될 터이다.

따라서 랑시에르는 대중 혹은 인민을 대표하고 대리하는 사유의 주체의 자리에서 물러나 그곳에 인민의 '주체화' 장면을 기입하고자 한다. 지적 불평등의 논리에 예속되어 있던 인민이 어떻게 자신의 말 없는 말을 들리게 함으로써 지적인 평등을 입증하고, 이를 통해 스스로 주체화하는지 살피고자 하는 것이다. 이를 위해 그는 우선 지적 평등의 배후나 심층에 또 다른 아르케arkhé(기원이자 원리) 혹은 텔로스telos(목적이자 끝)가 감춰져 있다고 보는 사고방식에서 탈피한다. 그는 지적 평등 그 자체를 전제로 받아들이고, 이 평등 전제를 입증하는 인민의 역사를 다시 쓰는 것을 자신의 과제로 삼는다. 그리고 이를 위해 그는 철학에도, 역사에도, 문학에도 속하지 않는 글을 쓴다. 다시 말해, 그는 의미를 제공하는 전통적인 철학자의 지위나 역사적 사실을 서술하는 역사가의 지위 혹은 개연적인 줄거리를 창작하는 소설가의 지위 모두를 거부하며, 오히려 철학, 역사, 문학이라는 분과 학문들 사이의 경계를 가로지르는 글쓰기를 수행한다.[10]

이러한 맥락에서 문학을 다루는 《픽션의 가장자리》는 랑시에르 고유의 글쓰기 전략에 대한 일종의 방법서로 읽힐 수 있다. 이 책은 문학작품 분석을 통해 사실과 허구 사이의 새로운 나눔을 주제화하는 동시에, 그 자체로 이 새로운 나눔의 실례가 된다. 즉 사실과 허구의 나눔을 다르게 사유하고 실천하는 방식을 스스로 입증하는 문학적·역사적 작업인 것이다. 랑시에르의 문체 역시 이를 효과적으로 보여준다. 본문에서 그는 전통적인 이분법을 탈구축하기 위해 '간극écart' '틈새interstice' '간격intervalle'과 같은 용어들과 '절합articulation'과 '접속conjonction'의 정식을 종종 사용한다. 그리고 이와 같은 논지 전개 방식은 '한편으로, 다른 한편으로'를 '~인 동시에à la fois, en même temps' 혹은 '~도 ~도 아닌ni ~ ni ~'으로 연결하는 등위접속사conjonction de coordination의 사용을 통해 잘 드러난다. 이를테면 특정 문학작품이 어떻게 픽션의 고전적 형태와 그 근대적 변형 사이에서 이중으로 구속되어 있는지 밝히거나, 새로운 픽션이 어떻게 수평축의 인과적 시간성과 수직축의 시간성의 위계를 이중으로 부정하는 방식으로 출현하는지 탐구하는 식이 그러하다. 랑시에르는 '나눔'의 중의적인 의미—'공유하다'와 '분할하다'—에 따라 따로 또 함께, 연결하고 분리하는 방식을 자신의 글쓰기 전략으로 취한다.

10　지식인의 '탈정체화désidentification'와 노동자의 '주체화subjectivation'를 바탕으로 한 지적 평등의 역사/이야기의 대표적인 예로 우리는 《프롤레타리아의 밤》(1981)을 살펴볼 수 있다. 랑시에르는 이 책에서 명사문과 자유간접화법을 통해 서술되는 내용이 노동자의 말인지 저자의 말인지 모호하게 처리하거나, 노동자의 글을 인용한 후 그에 대한 동의문 형태의 해설을 덧붙여 말하는 자와 해설하는 자 사이의 위계를 무너뜨린다. 또한 접속사를 되도록 쓰지 않음으로써 원인과 결과 사이의 인과성이나 연속성을 명확하게 보여주지 않는다. Charles Ramond, *Jacques Rancière, l'égalité des intelligences*, Berlin Education, 2019 참조.

나아가 각 부와 장 역시 독특한 나눔의 방식을 따른다. 각 부와 장은 책의 형식에 따라 나뉘어 있지만, 사실 그 사이에는 공통으로 다루는 시대, 사조, 작품, 작가, 장르, 규칙 등이 있고, 이것들은 서로에게 서로를 반향한다. 이 책에 등장하는 표현을 빌려 말하자면, 각 부와 장 사이, 작품들 사이, 더 나아가서는 랑시에르의 작품과 랑시에르의 작품이 아닌 다른 작품들 사이에 "잠재적인 서술의 실fil"[11]이 흐르고 있는 것이다. 그리고 이들 사이의 "다른 연결의 실fil"[12]을 직조하는 것은 독자의 몫이라 할 수 있다. 이는 "잘못된 실을 당겼다는 느낌을 자신의 꿈속에서까지 떨쳐버리지 못하는"[13] 것과 같이 괴로운 과정이기도 할 테지만, 흥미진진한 지적 모험의 여정이기도 할 것이다. 왜냐하면 우리에게는 이미 주어진 어떠한 방법méthode—그리스어로 '메소도스 μέθοδος'는 '따라야 할 길'을 뜻한다—도 없고, 오직 이것과 저것을 연결해보면서 이쪽저쪽으로 빠져 헤매면서 글을 읽어나가는 방법 아닌 방법만이 있기 때문이다. 그리고 이 과정에서 우리는 랑시에르가 강조하는 지적인 평등, 즉 점진적이고 진보주의적인 교육학과는 다른 배움의 방법을 실천할 수 있을 것이다.

따라서 본 글에서는 몇몇 키워드를 실마리fil conducteur 삼아 가능한 하나의 독해의 그물망을 직조해보고자 한다. 우리는 우

---

11 이 책 53쪽.

12 이 책 188쪽.

13 W. G. Sebald, *Les Anneaux de Saturne*, trad. B. Kreiss, Paris, Folio / Gallimard, 2007, p. 13. (이 책 198쪽에서 재인용.)

선 픽션적 합리성을 이루는 요소들을 살펴보고, 이 픽션적 합리성이 오늘날 사회과학과 문학에서 어떻게 변주되는지 고찰해 볼 것이다. 이어서 고전적 픽션적 합리성의 가장자리에서 근대적 픽션을 구성하는 상이한 방식들을 살펴볼 것이다. 그렇다면 근대 문학혁명 이후 픽션이 겪어온 변동, 더 정확히 말하자면 픽션의 내부와 외부, 중심부와 주변부, 한복판과 가장자리를 나누는 경계의 이동을 랑시에르와 함께 다시 그려보자.

2. 지식의 시학

고전적 픽션적 합리성

"시는 역사보다 더 철학적이고 고귀하다. 왜냐하면 시는 보편적인 것을 말하고 역사는 개별적인 것을 말하기 때문이다."[14] 《시학》의 그 유명한 문장을 통해 아리스토텔레스는 플라톤에게서 평가절하되었던 시를 복권시킨다. 플라톤에게 철학은 참된 이데아를 탐구하는 학문이었기에 픽션은 거짓된 시뮬라크르에 불과한 것, 즉 철학에 반하는 것이었다. 반면, 아리스토텔레스에게 철학은 현실을 탐구하는 학문으로, 시의 규범을 명확히 밝히고 그 효과를 분석하는 일 역시 철학이 해야 하는 일이었다. 그런데 시poésie가 "역사보다 더 철학적"이라고 말할

---

14   아리스토텔레스, 〈시학〉 9장, 1451b, 《수사학/시학》, 천병희 옮김, 숲, 2017.

때, 아리스토텔레스가 말하는 '포에지poésie'는 '운문으로 쓰인 작품'이라는 의미에서 시가 아니다. 역사 역시 운문으로 쓰일 수 있기 때문이다. 오히려 포에지는 비극적이거나 서사시적인 픽션의 내러티브적 구성을 뜻한다.

'있는 것ce qu'il y a', 즉 경험적 현실의 개별적 사태들을 계기적으로 나열함으로써 사태들이 어떻게 '일어나는지arrivent' 기술하는 역사와 달리, 내러티브적 픽션은 가능한 현실의 사태들을 인과적으로 연쇄함으로써 사태 일반이 어떻게 '일어날 수 있는지peuvent arriver'를 보여준다. 역사의 연대기적 시간성 속에서 사건들은 우연히 벌어진 일에 그치지만, 픽션의 인과적 시간성 속에서 사건들은 개연적으로, 심지어는 필연적으로 벌어질 수 있는 일로 여겨진다. 개별성의 자리에 일반성이, 그리고 우연성의 자리에 개연성과 필연성이 놓이면서, 현실에는 보다 합리적인 설명이 주어지는 것이다. 따라서 "픽션을 일상적 경험과 구별하는 것은 결여된 현실성이 아니라 과도한 합리성"[15]이다. 플라톤에게서 픽션이 진실에 반하는 거짓을 가리키는 것이었다면, 아리스토텔레스에게는 오히려 경험적 현실보다 더 진실임직한 거짓을 가리킨다.

그런데 이처럼 진실과 가깝게 거짓을 창작하는 것은 단순히 진실을 말하는 것보다 훨씬 까다롭다. 랑시에르는 픽션을 진실임직한 거짓으로 만들어주는 합리성, 즉 픽션적 합리성

---

15   이 책 5쪽.

과 그것을 이루는 요소들을 아리스토텔레스로부터 추출해낸다. 그에 따르면, 픽션적 합리성은 1) 원인과 결과의 연쇄[인과적 시간성], 2) 진실임직함[개연성], 3) "겉으로 드러나 보이는 것 apparence"과 "예상했던 것expectation"—그리스어 '억견doxa, δόξα'의 양가적 의미—의 반전[급전péripétie]이라는 세 가지 요소로 구성된다. 부연하자면, 어떤 이야기를 합리적인 것으로 만들기 위해서는 그럴듯한 인과연쇄를 통해 이야기의 시작과 끝, 앞뒤가 맞아떨어지게 만드는 것으로는 충분치 않다. 이에 더해 아무것도 모르거나 억견에 빠져 있던 주인공이 외양 및 예상과 정반대되는 진실을 알게 되면서 행복의 상태에서 불행의 상태로 추락하게 되는 것과 같은 사건의 급전이 필요하다. 무지와 지, 행복과 불행이라는 대립, 그리고 이와 같은 대립을 개연적으로 상호 절합하는 인과연쇄가 바로 픽션적 합리성을 구성하는 요소가 되는 것이다.

소포클레스의 비극 《오이디푸스 왕》은 고전적인 픽션적 합리성의 전형이다. 오이디푸스는 신적인 권능에 의해 부과된 숙명을 그대로 따르는 인물이 아니라, 스스로 모종의 의도와 계획을 품은 채 행동하고, 그 과정에서 자신이 저지른 실수나 오류에 의해, 또는 무지의 결과로 운의 부침을 겪는 인물이다. 랑시에르가 오이디푸스를 특히 주목하는 것은 지식이 오직 '무지ignorance'를 경유해야만 주어질 수 있다는 점 때문이다. 왜냐하면 진실은 언제나 이미 '거짓의 진실', 즉 억견(외양, 예상)을 뒤집는 진실, 억견 아래 혹은 뒤에 숨어 있는 진실이기 때문이다. 진실과 거짓을 나누는 기준으로서 참된 진실이 존재하고, 이 나눔을 통해 거짓이 순 거짓이 되는 것이 아니다. 오히려 합리적으로 구성된 진실임직한 거짓이 비합리적으로 구성된 진실임직하지 못한 거짓보다 진실에 가까운 것이 된다. 이때 진실은 성공한 거짓의 진실일 뿐이고, 거짓은 실패한 거짓의 진실일 뿐이다.

근대적 픽션적 합리성: 사회과학과 문학

그런데 이와 같은 픽션적 합리성은 단지 아리스토텔레스의 시대, 시학에만 국한된 것이 아니다. 오늘날 인간 행동과 사회, 역사를 다루는 거시적인 이론들뿐만 아니라 정치인들, 전문가들, 기자들, 수필가들이 생산해내는 각종 글쓰기에서도 고전적인 픽션의 모체를 찾아볼 수 있기 때문이다. 다만, 고전적 픽션이 소수의 행동하는 인간들과만 관계되었다면, 근대 이후의 픽션은 인간 전체와 관계한다. 아리스토텔레스 시대에 대다수의 인간은 생존을 위한 노동과 재생산의 굴레에 갇혀 늘 같은 일만 반복한다고 여겨졌기에 결코 픽션의 대상이 될 수 없었다. 이 수동적인 인간들은 그저 인과관계가 부재한 '있는 것'의 무질서에 종속된 존재로, 픽션에서 다루는 '일어날 수 있는 것'을 겪는 능동적 인간들이 "모르거나" "무시하는"—'ignorer'의 이중적 의미에서—이들일 뿐이다. 따라서 픽션 속 인물들이 무지의 상태에서 지의 상태로 이행한다고 할 때, 이 이행은 이들이 수동적 인간들에 대해 모르거나 혹은 무시해도 되는 것으로 취급한다는 사실을 전제한다.

이와 달리, 근대적인 픽션적 합리성의 대표적인 두 가지 유형인 사회과학과 문학은 각기 다른 방식으로 능동적 인간과 수동적 인간 사이의 나눔을 폐지함으로써 고전적인 픽션적 합리성에 변화를 가한다. 우선 근대 사회과학은 능동적 인간들의 세계에 한정되었던 픽션적 합리성의 요소들을 수동적 인간들의 세계에 확대 적용한다. 수동적 인간들 역시 능동적 인간들 못지않게 인과적 시간성을 살아가고, 개연성의 논리를 따르며, 사건들의 급전을 겪는다는 것이다. 마르크스는 여기서 한 발 더 나아가, "물질적 삶의 생산과정이라는 현실과 그 역사적 발전이라는 현실"을 사회의 보이지 않는 원인으로 설정하고, 이를 "이데올로기의 암실에서 산출된 뒤집힌 상"에 대립시킨다.[16] 이로써 그는 고전적인 픽션의 대립관계를 반전시킬 뿐만 아니라, 급전의 논리를 제거한다. 거짓된 외양의 반전을 통해 진실에 도달하는 아리스토텔레스적인 논리 대신, 거짓된 외양에서는 단지 거짓만을 끌어내고, 외양 너머의 진실에서는 오직 진실만을 발견하는 플라톤적인 논리가 작동하는 것이다. 이에 따라 능동적 인간들이 몰라도 되었던, 혹은 무시해도 좋았던 사람들과 사물들의 세계가 곧 진실의 세계, 지식을 생산하는 세계가 된다. 그러나 노동자들은 세계의 진실을 또 다른 의미에서 모른다. 그들 중 대다수는 진실의 세계에 거주함에도 이데올로기에 빠져 진실을 오인하는 존재로, 오직 역사의 법칙을 파악한 과학자들의

---

16   이 책 140쪽.

인도를 받아야만 진실에 다다를 수 있기 때문이다.

반면 근대문학은 고전적 픽션적 합리성의 적용 범위를 넓히기보다 그 가장자리에 머물러 있던 것들에서 새로운 픽션적 합리성을 발견한다. 고전적 픽션적 합리성에 이질적이었던 요소들이 고전적 픽션적 합리성을 내부로부터 파열시키는 이 역설적 과정을 살펴보기 위해 랑시에르는 게오르크 루카치와 에리히 아우어바흐의 리얼리즘 문학비평에 주목한다. 마르크스주의 문예비평가인 루카치에 따르면, 서양문학은 의도와 목적을 가지고 능동적으로 행위하는 인간을 주인공으로 삼아, 그 인간이 가담한 사건들의 연쇄를 서술함으로써 끊임없이 변화하는 사회적 현실 및 역사적 발전의 구조를 드러내는 리얼리즘 문학에서 정점에 다다른다. 하지만 이후 등장한 자연주의 문학은 수동적인 관객의 관점에서 현실 세계를 마치 정물화의 연속인 양 세밀하게 묘사하는 데 그치고, 심지어 현대문학은 정적이고 물화된 내면 심리와 파편화된 경험을 묘사하는 쇠퇴의 길로 접어든다.

아우어바흐 역시 리얼리즘 문학을 현실의 재현으로 본다는 점에서는 루카치와 큰 차이가 없어 보인다. 그러나 그가 재현의 대상과 방식을 행위 및 사건의 인과적 연쇄에 대한 서술이 아니라 임의의 순간moment quelconque에 대한 묘사에서 찾는 순간, 그는 루카치와 갈라진다. 임의의 순간이 사회적 현실의 총체를 반영했던 플롯을 대체 보충하면서 리얼리즘 문학을 완수한다는 것이다. 랑시에르는 루카치가 '쇠퇴'로 평가절하한 것이자 아우어바흐가 '완수'로 모순적으로 옹호한 것, 즉 "보잘것없는" 존재들과 "임의의" 순간들—'quelconque'의 두 가지 의미에서—에 대한 묘사에서 근대적 픽션적 합리성을 찾는다. 근대적 픽션적 합리성은 아무리 보잘것없는 인간일지라도 영혼의 깊이를 지닌 주체이고, 과거에 대한 사색이나 몽상에 빠지는 임의의 순간이야말로 능동적 행위와 수동적 비행위, 여가와 재생산이라는 활동의 위계를 중지시키는 시간성임을 입증한다는 것이다. 이처럼 능동적 삶과 수동적 삶, 인과적 시간과 연대기적 시간 사이에서 새로운 절합을 낳는 근대적 픽션은 이제 새로운 지식을 낳는 가능성을 내포한 세계로 이해된다.

무지=지식의 역설

따라서 플라톤과 아리스토텔레스가 제기했던 진실과 거짓의 나눔의 문제는 랑시에르에게서 지와 무지의 나눔의 문제로 되돌아온다. 플라톤에게서 온전한 진리인 이데아는 순전한 거짓인 시뮬라크르가 지배하는 어두운 지하동굴에서 빠져나와 밝은 태양 세계로 향할 때만 접근 가능한 것이었다. 반면 아리스토텔레스에게서 진실은 반복과 재생산이라는 어둠의 세계에 머무는 수동적 인간들이 아니라 행동과 사건이라는 빛의 세계에 사는 능동적 인간들만이 도달할 수 있는 것으로, 수동적 인간들에 대한 무지 혹은 무시를 바탕으로 지식에 다다르는 능동적 인간들에 대한 진실임직한 거짓으로서 픽션을 창작하는 것이 관건이었다. 이러한 맥락에서, 고전적 픽션적 합리성에서 근대적 픽션적 합리성으로의 변화를 특징짓는 것은 무지와 지의 나눔에 가해진 변화에 있다.

앞서 살펴봤던 것처럼 사회과학은 사회에 합리적 질서를 부여하는 원리를 물질적 생산이라는 어두운 세계에서 찾음으로써 진실과 거짓, 지와 무지의 위계를 거꾸로 뒤집는다. 하지만 이것은 위계를 이루는 항들과 구조를 계속해서 유지하는 것일 뿐만 아니라, 진실을 오인하는 무지한 노동자와 이러한 노동자를 진실로 인도하는 지식인 사이의 분할을 새로이 도입하는 것이다. 특히 마르크스는 카메라 옵스큐라처럼 전도된 상으로 지하세계를 비추는 빛과 이 거짓된 빛에 눈이 멀어 진실된 어둠을 보지 못하는 생산자들 사이의 간극을 다시 벌린다. 이와 달리, 근대문학은 밝은 진실과 어두운 거짓, 어두운 진실과 밝은 거짓을 둘러싼 온갖 대립 사이에서, "명암(밝음과 어둠)의 즐거움"[17]을 말하고, 거기에서 진실을 찾는다. 다시 말해, 근대문학에서 무지는 (수동적 인간들에 대한 무시를 바탕으로) 지식으로 나아가는 것도 아니고, (결국에는 오인된 진실로 귀착되는) 지식으로 곧바로 치환되는 것도 아니다. 근대문학에서 무지는 지식과 동등한 것, 즉 기존의 지식 생산의 틀을 벗어남으로써 새로운 앎을 생산할 수 있는 것이다.

비-지식도, 무지도, 오인도 아니라, 그 자체 내에 새로운 지식의 가능성을 내포한 것으로서의 무지. 이와 같은 무지=지식

---

17   이 책 44쪽.

의 역설은 앞서 역사적·문학적 방법론을 통해 살펴봤듯 픽션의 문제인 동시에 역사의 문제이다. 아리스토텔레스의 시학과 그 영향하에 있는 근대의 사회과학에서 비합리적인 것으로 치부되었던 역사/이야기는 랑시에르에게 또 다른 픽션적 합리성를 담지한 것으로 새로운 지식을 생산하기 때문이다. 따라서 실제적인 효과를 갖는 허구적 '이야기의 구성'이자 과거의 사건을 현재에 상연하는 '무대의 구성'으로서 역사는 시학, 즉 제작의 기술에 속한다. 랑시에르가 자신의 역사/이야기에 대한 탐구를 '지식의 시학'이라 부르는 이유가 바로 여기에 있다. 다음 절부터는 이처럼 지식의 나눔과 연동된 픽션의 시학·정치의 견지에서 본격적으로 《픽션의 가장자리》의 내용을 살펴보고자 한다.

3. 창문의 메타포

랑시에르가 말하는 근대의 문학혁명 혹은 좀 더 넓은 범위에서의 미학혁명은 앙시앙 레짐을 철폐하고 민주주의 시대를 연 프랑스혁명과 밀접한 관련을 맺고 있다. 랑시에르가 1부 〈문과 창문〉에서 인용하는 비평가 아르망 드 퐁마르탱 역시 사회의 변화로부터 픽션의 변형을 유추해내며, 특히 픽션 속 '창문'의 메타포를 통해 귀족주의 시대의 소설과 민주주의 시대의 소설을 구분한다. 이때 창문은 물론 작품 속에서 등장인물들을 이어주는 통로나 가로막는 장애물로 등장해 서술의 목적에 기여하는 소재이기도 하지만, 동시에 픽션이 구축하는 상징적 세계의 지형을 암시적으로 드러내고, 픽션의 세계가 현실 세계와 맺고 있는 연속적, 불연속적 관계를 나타내는 메타포이기도 하다. 다시 말해, 창문은 "픽션이 구축하는 실재의 유형과 픽션을 가능케 하는 현실의 유형에 대한 메타포"[18]인 것이다.

제3의 리얼리즘

1부 1장 〈유리창 뒤에서〉는 플로베르의 《마담 보바리》에 대한 퐁마르탱의 비평에서 출발한다. 그는 민주주의 시대가 도래하면서 상류층의 섬세한 감정과 영혼의 깊이를 묘사했던 옛 픽션의 광활한 공간 속으로 하층민들의 저속한 일상에 대한 과도한 리얼리즘적 묘사가 침입하게 되었다고 논한다. 귀족과 평민을 분리했던 '보호용 창문'이 열리게 된 것이다. 그런데 랑시에르에 따르면 이와 같은 퐁마르탱의 시나리오는 픽션의 변형들 및 픽션이 사회적 변화와 맺는 좀 더 복잡한 관계를 성급하게 단순화한 것이다. 이뿐만 아니라 그는 사회적 현실이 픽션의 상징적 지형에 투영된다고 말하면서 거꾸로 후자가 전자를 지각하고 사유하는 하나의 해석의 격자가 되는 것을 역이용한다. 왜냐하면 퐁마르탱은 민주주의 시대의 소설에서도 여전히 혼잡하고 지저분한 길을 서민의 자리로, 감정을 느낄 수 없는 신체를 서민의 몫으로 할당하기 때문이다. 이는 곧 서민들에 대한

---

18   이 책 28쪽.

귀족주의적 사고방식을 고수하게 하는 것과 다름없다.

따라서 랑시에르는 사회적 계급의 분할에 상응하는 픽션의 장르와 규칙을 역설하는 퐁마르탱의 비평에서 벗어나 픽션적 민주화의 다층적이고 복합적인 측면을 조명하고자 한다. 이를 위해 그는 스탕달과 발자크에서부터 보들레르와 프루스트를 거쳐 릴케에 이르는 작가들의 작품에 등장하는 창유리, 창틀, 창가의 메타포를 해석한다. 우선 스탕달은《적과 흑》,《파르마의 수도원》에서 감옥의 창문 덧창에 난 작은 구멍을 통해 감옥에 갇힌 평민 남성과 성에 사는 귀족 여성을 사랑에 빠지게 만든다. 멀리 떨어진 남녀가 창문 틈을 통해 소통한다는 개연성이 떨어지는 서사는 평민 남성 역시 귀족 여성 못지않게 시선과 몸짓을 통해 자신의 감정이 드러나는 '투명한 표면', 즉 감성적 영혼으로 그려진다는 점에서 보충된다. 스탕달에게 창문은 투명한 영혼의 닮음을 기반으로 귀족과 평민이 만나는 통로로, 그의 창문은 퐁마르탱이 말한 "귀족들을 보호하던 옛 창문들과 그 당시 활짝 열린 문들 사이에서"[19] 일어난 또 다른 변화를 보여준다.

하지만 발자크의 소설로 넘어오면서 창문은 다시금 창밖과 안 사이의 시야를 가로막고, 귀족과 평민을 나누는 '불투명한' 장애물이 된다. 하지만 이 불투명한 창문은 퐁마르탱이 전제했던 픽션의 위계를 이중으로 전복하는 기능을 하기도 한다.

---

19 이 책 29쪽.

한편으로《골동품 진열실》에서는 창문이 일종의 '포획 장치'가 되어 창문 바깥의 저속함으로부터 등을 돌린 채 집 안에 머무는 상류층들을 유리상자에 갇힌 '사회적 종espèce social'으로 변형시킨다. 이제 내부에서 외부로 향하는 도정은 역전되고, 상류층들은 과학자의 시선으로 관찰되며 '도표tableau'로 분류되는 대상이 된다. 다른 한편으로《이중 살림》과《폼 경기를 하는 고양이 간판을 단 집》에서는 창문이 액자 틀이 되어 창문 너머로 얼핏 보이는 노동자의 모습을 아름다운 '그림tableau'으로 탈바꿈시킨다. 이제 서민들은 고된 노동에 함몰된 존재가 아니라 화가와 극작가의 시선이 좇는 '예술적 광경'이자 '사랑의 대상'이 된다.

그런데 여기서 중요한 것은 픽션 속 상류층과 서민의 지위가 뒤집히고, 창문 안과 바깥 사이의 도정이 뒤바뀌었다는 것만이 아니다. 중요한 것은 신분이나 계급에 부합하는 생김새, 특징으로 분류되는 사회적 종들의 도표 속에서 종들 사이의 가시적인 차이를 흐리는 그림, 즉 행복한 표정을 짓고 있는 노동자의 얼굴이 떠오른다는 것이다. 이에 따라 "포획 장치가 지닌 이 명백한 가시성은 곧 탁해지고, 포획하는 자는 포로가 된다".[20] 이는 윤곽이 뚜렷한 형태 대신 시간의 흐름에 따라 변화하는 빛과 그림자의 미묘한 명암이 중시되는 시대가 도래하며 회화에서 '가시성의 혁명'이 일어난 것과 운을 같이한다. 픽션의 등장인물들은 고정된 유형이 아니라 동등한 개별성과 '무한한 뉘

---

20   이 책 37쪽.

앙스'를 띠게 되는 것이다. 그 결과 사회적 종들에 대한 총체적 도표를 그리고자 한 과학자이자 체계적 전서全書를 꾸리고자 한 극작가, 즉《인간 희극》의 작가 발자크의 계획은 교란된다.

나아가 회화적 시선은 등장인물들을 사색이나 몽상의 중지된 순간에 붙잡아둠으로써 행위의 시공 속으로 들여보내는 것을 지연시킨다. 고전 픽션에서 행위를 개시하는 데 적합한 요소들을 제공하는 부차적 수단에 불과했던 묘사는 이제 그 자체로 가치를 지니고, 심지어 픽션적 사건들을 불필요하거나 작위적인 것으로 만든다. 예컨대 〈지갑〉에서 화가 이폴리트 쉬네는 저녁 시간대 어슴푸레한 빛이 야기하는 사색에 빠져 있고, 이 순간은 사건의 연쇄 및 급전에 제동을 건다. 또한《나귀 가죽》에서 다락방의 연구자 라파엘은 창문을 통해 여러 사회적 종들을 관찰하거나 그림 같은 서민들의 모습에 매료되다가, 결국 한 창문에서 다른 창문으로 표류하는 몽상에 잠긴다. 몽상가의 시선에서 사회적 종들 사이의 분할과 위계는 소거되고, 이들은 오직 동등한 예술적 관심 혹은 무관심으로 오염된다. 그리고 이 몽상의 묘연함 속에는 나귀 가죽의 기상천외한 이야기보다 훨씬 신빙성 있고 강력한 힘을 가진 '서사의 잠재성'이 존재한다.

종합하자면, 스탕달의 리얼리즘은 아우어바흐가《미메시스》의 〈라 몰 후작댁 1-스탕달의 비극적 리얼리즘〉 및 〈라 몰 후작댁 2-두 개의 리얼리즘〉에서 밝힌 바와 같이 섬세한 감수성의 특권을 보잘것없는 존재에게 민주화시키는 방식으로 가능해진다. 그리고 발자크의 리얼리즘은 사회적 현실에 가담한 인물들의 전형을 그리는 기획과 이와 같은 기획을 작위적인 픽션의 내러티브로 만들어버리는 몽상 사이에서 흔들린다. 즉 발자크의 픽션은 한편으로는 루카치식 리얼리즘에, 그리고 다른 한편으로는 《미메시스》의 마지막 장인 〈갈색 스타킹-새로운 리얼리즘과 현대사회〉에서 아우어바흐가 강조한 임의의 순간에 대한 묘사로서의 리얼리즘에 붙잡혀 있는 것이다. 이로부터 우리는 리얼리즘에 대한 랑시에르적 해석을 다음과 같이 이야기할 수 있을 것이다. 그의 리얼리즘은 평민을 감성적 영혼'처럼', 노동자를 예술의 광경'처럼' 그리는 것으로서 실재와 가상, 현실과 상상 사이의 구별되지 않는 속성을 하나의 놀이처럼 다루는 것이다. 그리고 그는 이를 가능케 하는 몽상이 어떠한 원인도 지정하지 않고 어떠한 결과도 약속하지 않는 지식을 탄생시킴으로써 원인의 연쇄를 설명하는 학자의 과학과 결과에 대한 두려움을 초래하는 극작가의 과학을 어떻게 심연 속으로 잠기게 하는지 주목한다.

배운 것을 잊는 법을 배우기

그런데 극작가의 기교를 중지시키는 몽상은 언제든 작위적인 픽션적 내러티브의 구성으로 빠질 수 있다. 몽상은 픽션적 합리성의 구성 요소들을 재배치하는 작업과 관련될 뿐만 아니라, 그것이 전제하고 있는 작가의 상상력의 도식과도 관계를 맺기 때문이다. 랑시에르는 이를 1부 2장 〈빈자들의 눈〉에서 보들레르의 시에 등장하는 "마차 출입 대문"이라는 메타포를 통해 살펴본다. 보들레르의 시에서 카페에 자리 잡은 시인은 유리창 바깥에서 카페를 그림처럼 바라보는 빈자들의 눈을 바라보며, 그 마차 출입 대문같이 활짝 열린 눈 너머 그들의 생각을 '공유'할 수 있다고 믿는다. 하지만 빈자들의 눈에 순간 번뜩이는 것은 시인이 상상하듯 '접근할 수 없는' 카페의 환상 세계에 대한 경탄이나 부러움, 망연자실이 아니라, 오히려 시인 자신이 접근할 수 없는 섬세한 감정과 정서일 수 있다. 활짝 열린 것처럼 보였던 빈자들의 눈은 이제 시인에게 현기증 나는 영혼의 깊이를 그 뒤에 감춘, "열리는 순간 바로 다시 닫히는 출입구"[21]로 변한다.

프루스트의 《잃어버린 시간을 찾아서》의 주인공 마르셀은 순간적으로 나타났다 사라지는 이 영혼의 진실에 다다르고자 한다. 랑시에르는 이에 주목해 1부 3장 〈엿보는 자들이 보는 것〉에서 창문 너머로 엿보는 시선이 앎에 도달하는 두 가지 방식을 살펴본다. 한편으로, 알베르틴의 취향을 파악하고자 하는 마르셀은 그녀에게서 관찰할 수 있는 것들을 일종의 기호로 해석한다. 그는 기호의 거짓된 외양을 일소하고 그 이면에 숨겨진 진실을 해독하고자 하지만, 기호는 끊임없이 기호들이 드러내야 하는 것과 기호 사이의 좁힐 수 없는 간극만을 가르쳐줄 뿐이다. 다른 한편으로, 우연히 게르망트 저택에 들어서게 된 마르셀은 본의 아니게 샤를뤼스의 마조히즘적인 동성애 취향에

---

21   이 책 50쪽.

대해 알게 된다. 하지만 육체의 노출에 의해 폭로된 진실은 화자와 독자가 샤를뤼스에게서 봤고, 작가가 그렇게 보게 만들었던 인물을 정반대로 뒤집은 것에 불과하다. 책의 초반부터 샤를뤼스는 강박적으로 남성성에 집착하는 바람둥이이자 스완 부인의 공공연한 연인으로 묘사되었기 때문이다.

따라서 알고자 하는 이에게 앎은 주어지지 않고, 자기 자신조차 알지 못하는 사이에 맞닥뜨리게 되는 벌거벗은 육체들만이 앎을 계시할 뿐이다. 그리고 예상치 않게 주어진 앎은 겉으로 드러났던 사실, 알고 있었던 사실을 반전시킨 앎이라는 점에서 충분히 예상 가능한 '거짓의 진실'이나 다름없다. 작가 프루스트는 이렇게 해서 지식에 이르는 두 경로를 동전의 양면과 같은 것으로 만든다. 그런데 그는 자신이 조직한 이 거짓의 진실과는 다른 '거짓 없는 진실'이 있다고 믿으며, 이를 아무것도 볼 것이 없고 해석할 것도 없는 감각적인 것의 차원에서 찾고자 한다. 예컨대 홍차에 적신 마들렌의 맛이나 도로에서 분리된 포석과의 접촉과 같은 감각들은 어떠한 가시적인 외양으로도 나타나지 않고, 어떠한 의미로도 환원되지 않은 채 오직 다른 감각들만을 가리킬 뿐이다.

하지만 창밖의 세계가 시인의 몽상을 통해 보일 것이나 알려질 것이 아니라, 모든 의미 작용으로부터 떨어져 나온 감각들, 즉 미지의 것으로 주어진다면, 우리의 시인은 어떻게 이야기를 만들어낼 수 있는가? 랑시에르가 1부 4장 〈거리를 향해 난 창문〉에서 릴케의 《말테의 수기》를 통해 보여주는 것이 바로 이것이다. 말테는 군중 속으로 스며 들어가 개개의 내면의 영혼과 합일을 이루고자 한 보들레르의 방식으로는 더 이상 이야기를 만들 수 없다. 바깥 세계는 실재에 앞서 존재하고 실재에 질서를 부여하는 상상력의 도식적인 활동을 멈추도록 강제하고, 보이는 것에 대해 알고 있고 보이는 것이 어떤 장르에 속하는지 알고 있는 시선의 습관적인 거리로부터 빠져나오도록 강제하기 때문이다. 그렇기에 이야기를 만들기 위해서는 우선 '제한 없는' 바깥으로 나가 이리저리 길을 헤매고 자기 자신을 잃어버려야 한다. 즉, 보는 법을 잊는 법을 배워야 한다. 알고 있는 것을 잊는 법을 배워야 한다.

말테가 거리에서 우연히 맞닥뜨리는 노파 거지, 무도병 환자, 맹인 신문 판매상, 죽어가는 간이식당의 노인의 손짓과 몸짓, 혹은 빈자들의 숨결이 배어 있는 건물 벽의 잔해는 그의 시선을 만지고 그의 시선에 충격을 가한다. 이 실재의 파편들은 의미 작용을 가능케 하는 감각적인 종합을 해체한다. 그럼에도 만약 말테가 이것들로부터 무언가를 만들어낼 수 있다면, 그것은 바로 이것들이 사물로 변하고, 죽음으로 사라지기 전까지의 얼마 되지 않는 시간을 그가 '공유'할 수 있기 때문이다. 말테는 소멸을 앞둔 실재의 파편들을 그러모으고 이어붙이는 방식으로만 이야기를 만들어낼 수 있는 것이다. 그러나 그는 여전히 '창가'에 서 있다. 그는 거리로 나가 보는 법을 다시 배워야 한다는 '바깥'의 요구와 엄습하는 바깥의 위협으로부터 스스로를 보호해야 한다는 '안'의 요구 사이에 붙들려 있다. 그는 익숙한 감각 세계 전체를 삼켜버린 의미 작용의 소멸 이후 미지의 세계에서 계속해서 살아갈 수 있을지 의심한다.

이와 달리 항해사로서 세계의 바다를 누리던 소설가 조지프 콘래드는 바깥 세계로부터 이야기를 길어오는 데 익숙하다. 그는 반대로 자신이 만나보거나 겪어보지 못한 이들을 픽션 속 등장인물과 상황으로 상상하는 데 어려움을 겪고, 다시금 작위적인 픽션적 내러티브로 빠진다. 그렇다면 이야기를 만들어내는 작가의 상상력이란 무엇인가? 이 문제를 둘러싸고, 랑시에르는 3부 〈실재의 기슭〉의 1장 〈상상할 수 없는 것〉에서 콘래드의 픽션 속 '창작된 사실임직함vraisemblance inventée'에 대립되는 '진실된 상상력l'imagination véritable'을 논한다. 콘래드는 《로드 짐》의 서문에서 주인공 로드 짐이 "고의적으로 왜곡된 사유의 산물"이 아니라 "햇볕이 내리쬐는 어느 아침, 동방의 한 정박지"에서 자신이 본 "눈길을 끄는 특색 있는 실루엣"이라고 밝히며, 작가의 몫은 "모든 공감을 동원해 그 실루엣에서 의미를 표현하는 말들을 찾는 것"이라고 말한다.[22] 이에 따르면, 작가의 상상력은 현실과 상관없이 사실임직한 이야기를 지어내는 능력이 아니라, 언젠가 어디선가 본 실루엣이 간직한 이야기의 잠재성을 펼치는 능력이라고 할 수 있다.

그런데 이러한 상상의 능력이 가능하기 위해서는 작가가

---

22   Joseph Conrad, *Lord Jim*, trad. H. Bordenave, *Œuvres*, Paris, Gallimard, «Bibliothèque de la Pléiade», t. 1, 1982, p. 829. (이 책 155쪽에서 재인용.)

로드 짐과 같은 이들이 품고 있는 공상에 '공감'할 수 있어야 한다. 다시 말해, 그들을 복잡한 감정과 정서를 가진 "우리 중 하나"[23]로 알아보고, 그들의 공상을 환영이 아니라 그들을 살아가게 하는 실재로 알아볼 수 있어야 한다. 만약 공상을 환영으로 치부하고, 작가 자신이 현자의 위치에서 이 환영으로부터 인물들을 각성시키는 역할을 맡고자 한다면, 그 순간 공감은 불가능해지고, 상상력은 작동되지 않는다. 작가는 공감할 수 없는 인물 혹은 상상할 수 없는 상황에 대해 오직 '반감'만을 가질 뿐이다. 이중 첩자의 이야기를 다루는 《서구인의 눈으로》와 《비밀요원》에서 콘래드 자신이 말의 조작자가 되어 사실임직한 이야기, 즉 '진실 없는' 이야기를 꾸며내는 것도 테러리즘과 진보주의적 캠페인에 대한 그의 몰이해와 반감에 있다고 할 수 있다. 진실은 오직 공상의 편에 있다. 경험의 진실 그 자체가 바로 공상이기 때문이다. 따라서 작가는 오직 인물들과 '함께-느끼기 sentir-avec' 혹은 '함께-고통받기souffrir-avec'의 관계를 맺음으로써만 진실임직한 거짓의 세계에서 빠져나온 경험의 진실된 세계를 구축할 수 있다.

새로운 픽션은 말테와 함께 바깥으로의 모험을 감행함으로써 보는 법을 잊는 법을 배우고, 콘래드와 함께 바깥에서 마주친 이들의 공상에 공감함으로써 이들에게 잠재된 이야기를 상상하는 것으로부터 출발할 수 있을 것이다. 이제 작가는 자신

23　이 책 155쪽.

의 내면세계를 위협하는 동시에 진실된 상상력을 가능케 하는 역설적인 장소, 즉 바깥과의 관계 맺음을 통해서만 픽션을 창조할 수 있는 것이다.

4. 픽션, 과학, 역사

그런데 근대 픽션이 고전 픽션과 근대 사회과학을 단번에 대체하는 게 아니라는 점에서 우리는 문학과 사회과학 사이의 자리 옮김을 살펴볼 필요가 있다. 앞서 살펴봤듯 사회과학은 배타적으로 현실적인 것을 다루는 과학이 아니고, 문학은 현실에서 초래된 결과 혹은 현실을 왜곡하는 반영이 아니다. 랑시에르에게 사회과학과 문학은 모두 픽션의 논리에 따라 우리가 살아가는 공통의 세계를 지각 가능하고 사유 가능하게 하는 형식들이다. 바로 이와 같은 관점에서 2부 〈과학의 문턱〉 1장 〈상품의 비밀〉에서는 마르크스의 《자본론》이, 2장 〈인과성의 모험〉에서는 추리소설이 분석 대상이 된다.

《자본론》의 극작법

2부 1장 〈상품의 비밀〉에서는 비극으로서 과학의 속성, 그리고 과학과 역사의 길항 작용을 조직하는 마르크스의 독특한 극작법을 조명한다. 《자본론》에서 마르크스가 자본주의적 생산양식을 밝히기 위해 상품 분석에서 출발한다고 밝힐 때, 그는 축적된 상품이라는 거짓된 감각적 명증성을 상품 그 자체라는 본질로, '다중적인 것'을 '단일한 것'으로 환원하는 일반적인 과학의 절차를 밟고 있는 듯 보인다. 그런데 분석이 전개됨에 따라 상품은 "유용한 대상과 가치를 담지한 대상, 사용가치와 교환가치, 구체적 노동과 추상적 노동, 상대적 형태와 등가적 형태, 노동가치와 노동력가치"[24] 등으로 계속해서 이중화되며 그 모습을 바꿔나간다. 요컨대, 상품은 "노동의 사회적 성격을 노동생산물 자체의 물적 성격으로 보이게" 만들고, "생산자들의 사회적 관계를 그들 외부에 존재하는 물건들의 사회적 관계로 보이게" 만드는 '감각적-초감각적 존재'가 됨으로써만 자신의 비밀을 표현하는 것이다.[25] 따라서 상품은 '변신극'의 등장인물과 같고, 과학적 분석은 한 무대에서 나타났다 그 배후에 있는 또 다른 무대에서 또 다른 모습으로 나타나는 상품의 모순을 밝혀내는 작업과 같다. 즉, 과학이 상품의 위장을 들춰나감에 따라, 상품의 비밀은 끊임없이 지연된다.

그렇기에 마르크스는 상품의 변신 과정에서 생겨나는 모순을 손쉽게 청산하고자 하는 비-과학적, 비-역사적 시도들을 비판한다. 그 대표적인 예로, 프루동이 주창한 '자유로운 생산자들의 연방(국가)', 즉 생산물과 서비스의 직접 교환을 통해 생산에 대한 균등한 보상과 생산자들 사이의 화해를 도모한 시

---

24   이 책 90쪽.

25   카를 마르크스, 《자본론 1-상》, 김수행 옮김, 비봉출판사, 2015, 93쪽.

도를 들 수 있다. 그런데 랑시에르가 보기에, 마르크스가 프루동에 반해 내세우고 있는 것은 자본주의사회에 대한 과학 혹은 과학으로서의 역사가 아니라, 오히려 '희극적인 역사/이야기'에 대한 '비극적 역사/이야기'이다. 왜냐하면 《자본론》이 따르고 있는 것은 등장인물들 사이의 적대감과 대립 구도, 그리고 상황의 반전이라는 비극의 논리인데, 프루동의 시나리오는 선한 이에게는 상을, 악한 이에게는 벌을 주는 식의 공평한 결산을 통해 반목과 급전을 해소하는 희극의 논리를 따르기 때문이다.

그런데 마르크스의 역사과학은 대립 항들 사이의 반전이라는 비극의 논리를 따를 뿐만 아니라, 과학과 역사 사이의 대립을 내포하고 있기도 하다. 과학이 "한눈에" 주어진 외양 속 감춰진 상품의 진실을 밝히고자 했다면, 역사에서는 상품의 진실 그 자체가 "한눈에" 주어져 있기 때문이다.[26] 공장주들은 잉여가치의 창출을 극대화하기 위해서는 무급 노동시간을 최대한 늘리고, 재생산 시간은 최소한으로 줄여야 한다는 것을 숨김없이 고백한다. 그리고 이 고백은 여러 공장의 사례들을 거치며 시초축적의 폭력이라는 비밀에 관한 비밀의 폭로에까지 이른다. 따라서 상품들의 교환 아래 '감춰진 것'과 공장의 현실에서 '드러난 것', 자동인형과 같은 상품들이 만들어내는 '환상 동화'와 공장에서 일하는 육체에 쓰인 '지옥으로의 서사시', 분석의 복잡성을 증대시키는 '이론적인 전개'와 공공연한 강탈이라는

---

26   이 책 100쪽.

단순성으로 돌아가는 '실례들의 축적', 즉 "과학의 운동"과 "역사의 반-운동" 사이의 긴장이 《자본론》에 "독특한 내러티브 구조"를 부여한다.[27] 과학적 분석이 도달한 결론이 역사적 서술의 출발점과 일치한다면, 역사는 과학의 법칙이 적용되는 대상이자 과학적 작업이 유래하는 최초의 동인이다.

그렇다면 이제 문제는 과학과 역사의 '공-연公演/共演, jouer ensemble'을 통해 해명된 자본주의적 생산양식의 고리를 깨는 것이다. 세계의 항구적인 재생산을 밝히는 논리에서 세계의 파괴를 설명하는 논리를 끌어내야 하는 것이다. 이를 위해서는 영속적이라고 가정된 정치경제학적 법칙이 한정된 역사적 생산양식임을 입증해야 한다. 마르크스는 이와 관련해 두 가지 모델을 제시한다. 첫 번째 모델은 자본주의적 생산의 팽창-수축 운동을 설명하는 '천체 공전의 모델'이다. 이 모델은 운동의 정상적인 주기에 불규칙적이고 우연적인 사건들이 끼어들어 정상적인 주기를 단축시키고 위기를 악화시킬 가능성을 제시한다. 그러나 우발적인 역사는 자연의 법칙을 따르는 과학의 필연성을 대체할 수 없기에, 역사 자체가 필연성을 전유해야 할 필요성이 대두된다. 그리하여 두 번째 모델, 즉 지각의 융기라는 지질학을 부정의 부정이라는 변증법과 결합시킨 '자연사 모델'이 등장한다. 이 모델에 따르면. 자본주의적 생산은 스스로 자신의 부정을 산출할 수밖에 없다. 자본주의 체제하에 억눌려 있던 힘과

---

27   이 책 107쪽.

정념이 언젠가 분출해 체제를 궤멸시킬 것이기 때문이다.

리얼리즘을 푸닥거리하는 추리소설

마르크스의 《자본론》이 고전 비극과 서사시의 그림자 아래에서, 그리고 변신극과 환상동화라는 근대의 연극적 발명품의 빛 속에서 출현하는 일종의 픽션이라면, '과학적 소설'을 표방하는 추리소설은 소설적 플롯의 리얼리즘적 해체를 끝끝내 푸닥거리하고자 한다. 2부 2장 〈인과성의 모험〉에서는 추리 합리성의 변천사를 짚어나가며, 그 변천 과정에서 어떻게 추리소설이 "평범한 등장인물들, 반복되는 시간, 중요하지 않은 사건들"[28]을 배척하고자 했는지 살펴본다. 이는 추리소설의 원형으로 여겨지는 에드거 앨런 포의 〈모르그가의 살인〉에서부터 확인할 수 있다. 대부분 가족 간의 다툼에서 비롯되어 이웃들의 증언으로 끝나는 1840년대의 일상적 범죄는 경찰이 동원하는 것과 같은 인과적 합리성으로도 충분히 해결할 수 있는 것이었다. 반면 포의 소설 속 밀실살인이라는 범행은 그 수수께끼 같은 실행 방식이나 동기로 인해 전모를 밝히는 데 고유의 합리성을 필요로 하는 것이다. 그 결과 소설 속 범행은 경찰의 조사가 아니라, 뒤팽의 분석적 능력을 통해 해결된다. 다시 말해, 경찰의 추론은 내부에서 닫힌 문과 창문으로 인해 막혀버리지만, 뒤팽은 눈에 보이는 여러 세부들을 범행의 단서로 추론하는 한

---

28   이 책 133쪽.

편, 이 단서들에 보이지 않는 총체적인 연관을 부여함으로써 밀실살인을 해결할 수 있는 것이다. 뒤팽은 육체의 시각vision에 기초한 평범한 연역을 넘어 정신의 통찰력vision, 즉 예외적인 직관直觀을 이용해 사건을 해결했다.

그러나 뒤팽식의 추리 합리성은 세계의 구성을 전적으로 정신적인 연관에서 찾던 19세기 스베덴보리주의의 시대에 한해 통용되는 것이다. 따라서 포는 〈작법의 철학〉에서 보여주듯, 결말을 구상한 뒤 글쓰기에 돌입함으로써 소설 전체를 관통하는 '결과의 일관성'을 획득하는 또 다른 추리 합리성을 고안한다. 이를 통해 추리소설은 플롯의 진행을 무미건조하고 무질서한 세부 묘사로 잠식하는 리얼리즘에 맞서 다시금 픽션의 인위적인 기교의 전통을 되살린다. 세부를 범죄 해결의 단서로 만들어 다른 단서들과의 연쇄 속에 질서 있게 배치하고, 이와 같은 인과연쇄를 통해 믿기 힘든 사건을 '일어날 수 있는' 것으로 만드는 것이다. 문제는 세부가 특정 사회와 시대를 표식하는 일종의 기호로, 그리고 사건의 연쇄적 사슬을 구성하는 데 필수불가결한 하나의 고리로 쓰이기 위해서는 여전히 사물과 기호 사이에 스베덴보리주의적인 정신적 연관을 가정해야 한다는 것이다.

실증적 과학의 시대인 20세기로 넘어오면서 이와 같은 정신성에 대한 믿음은 완전히 사라지고, 리얼리즘이 지배적인 조류로 자리 잡게 된다. 위기에 빠진 추리소설은 리얼리즘을 일부 흡수해 픽션적 기교의 전통을 지키는 전략을 취한다. 이때 관건은 세부의 활용에 있다. 에밀 가보리오의 《르루주 사건》에 등장하는 탐정 타바레와 경찰 르코크는 세부를 전유하는 추리 합리성의 두 모델을 대표한다. 우선 타바레의 경우, 그는 온갖 의미 없는 세부를 '진실'을 담지한 단서로 보고, 이 단서들에 기초해 범죄의 모든 장면을 재구성함으로써 세부에 주목하는 리얼리즘적 방법을 추리 합리성으로 격상시킨다. 그러나 그의 모델은 너무나 단조롭고, 사태들의 연속을 통해 구성되는 연대기적 시간성에 가깝다. 이 때문에 르코크에게 세부는 진실과 대립하는 '순 거짓'으로 설정되고, 이에 더해 범인은 이 거짓된 세부를 활용해 르코크를 함정에 빠뜨리는 자로 설정된다. 따라서 르코크는 수많은 거짓 단서들이 믿게 만드는 것을 거꾸로 거슬러 올라가는 추론을 통해서만 진실에 다다르게 된다. 즉, 이때 단서는 사태들이 '일어날 수 있었던' 방식을 가리키는 것이 아니라, 사태들이 '일어나지 않았던' 방식을 가리키는 것이 된다.

확실히 르코크의 대립된 추론의 모델은 타바레의 연속적 추론의 모델보다 복잡하고, 추리 합리성의 절묘한 솜씨를 필요로 한다. 그러나 단서가 진실된 것이든 거짓된 것이든 간에, 대량생산의 시대가 도래하며 세부는 단서로서의 쓸모를 잃게 된다. 그리고 세부-단서에 기초해 구축되었던 범죄의 결과에서 원인을 추리하는 것 역시 와해된다. 다시 말해, 추리소설은 더는 세부라는 '작용인'의 연쇄에 기초해 궁극적인 '목적인', 즉 범죄자의 정체와 범죄의 동기를 밝히는 것까지 곧바로 나아갈 수 없게 된다. 예를 들어, 《르루주 사건》에서 범죄의 궁극적인 원인은 범죄가 일어난 시공과는 전혀 다른 시공에서 벌어진 사건으로 설명되고, 이 사건은 순전한 우연의 연속에 의해 밝혀진다. 그 결과, 대실 해밋 등 오늘날 추리소설의 계승자들은 범죄의 원인을 멀리서 찾기보다 범죄를 유발한 범죄적 환경 자체에서 찾게 되고, 이를 통해 추리 합리성은 자연주의적 묘사와 사회과학적 분석으로 기운다.

5. 픽션의 정치

새로운 픽션의 형상과 형식

지금까지 살펴봤듯, 고전적 픽션적 합리성에서 근대적 픽션적 합리성으로의 이행, 그리고 근대적 픽션적 합리성의 사회과학과 문학으로의 양분dédoublement은 단정적인 것이 아니라 언제나 비결정적인 것이다. 나아가, 이와 같은 양분은 문학 자체 내에서 작동하기도 한다. 리얼리즘 소설의 한가운데에서 근대적 서사의 주요한 두 형태가 태어나는데, 그것이 바로 전반적인 사회역사적 현실을 다루는 거시-서사macro-récit와 보잘것없는 개인들의 일상적 경험에 주목하는 미시-서사micro-récit이다. 4부 2장 〈빈자들의 두 이야기〉에서 다뤄지는 포크너의 《팔월의 빛》은 이와 같은 두 서사 사이의 교차를 주제화한다. 소설은 창문을 등지고 앉아 바깥에서 들려오는 소리에 귀를 기울이는 하이타워를 중심으로 전개되며, 이 하이타워의 저택에서 서민의 딸

리나 글로브의 이야기와 8분의 1 흑백 혼혈아인 조 크리스마스의 이야기가 만난다. 육신의 취약함을 극복하는 리나의 이야기가 보잘것없는 존재에게 닥친 미미한 사건을 다루는 미시-서사에 속하는 것이라면, 불순한 혈통으로 인해 죽임을 당하는 크리스마스의 이야기는 태곳적 왕족에게 내려질 법한 저주의 형태로 유색인종에게 가해진 근대적 폭력을 다루는 거대-서사에 속하는 것이다.

그렇다면 근대문학에서 새롭게 등장하는 형상들과 그에 연동되는 형식들은 무엇인가? 1부 2장 〈빈자들의 눈〉에 등장하는 빅토르 위고와 기 드 모파상의 소설은 근대문학의 새로운 형상들과 형식들의 씨앗을 품고 있다. 위고의 《레 미제라블》의 내러티브 구조는 주인공 코제트를 불행에서 행복으로 이끌어가는 일련의 사건들로 완결되는 듯 보이지만, 그 말미에 마리우스를 향한 에포닌의 사랑 고백이 끼어들면서 일순간 중단되고, 에포닌의 말은 '완서법litote'을 통해 극적으로 팽창된다. 그리고 모파상의 〈의자 고치는 여인〉은 에포닌이 남긴 잠재적인 서술의 선을 '소품épigramme'으로 연장시킨다. 의자 고치는 여인은 도둑질을 당해 울고 있는 부르주아 소년에게 수중에 있는 돈을 전부 쥐여주며 미친 듯이 뽀뽀 세례를 퍼부음으로써 단 한순간 사회적 계급 및 정서의 위계를 역전시키고, 이 광기의 순간을 죽기 전까지 되풀이한다.

아리스토텔레스의 비극이 '재담bon mot'[29]의 구조에 따라 불행을 예상하게 하는 두려움과 그 효과에 호소하는 연민 사이에서 정서들의 작용을 조직했다면, 에포닌과 의자 고치는 여인의 이야기는 완서법이나 소품과 같은 간결하고 압축적인 형식을 통해 공감(함께-느끼기)과 연민(함께-고통받기)의 정서를 증폭시킨다. 에포닌의 고백은 지나치게 적고, 약한 표현으로 기술되기에 강하고 풍부한 감정을 전달할 수 있고, 의자 고치는 여인의 이야기는 너무나 짧고 사소하게 서술되기에 오래 곱씹어볼 의미를 전할 수 있는 것이다. 따라서 이들이 예증하는 새로운 픽션은 픽션이 되어 마땅한 것들과 그렇지 않은 것들을 분리하는 경계 위에서, 보잘것없는 존재들이 겪는 감정과 사건의 세계를 향해 내러티브적 구조를 열어젖힌다. 그리고 서사의 '곧 사라질 열림', 그 임의의 순간은 "아무것도 아닌 어떤 삶의 단순한 불행을 모든 것으로 바꿔놓을 수 있"는 역량을 내포한다.

그렇다면 '아무것도 아닌 것rien'을 '모든 것tout'으로 만드는 이 '픽션의 정치'는 구체적으로 어떻게 작동할 수 있는가? 이어지는 절에서는 랑시에르가 3부 〈실재의 기슭〉에서 다루는 조지프 콘래드, W. G. 제발트의 소설과 4부 〈아무것도 아닌 것과 모든 것의 가장자리〉에서 다루는 버지니아 울프, 윌리엄 포크너, 주앙 기마랑이스 호자의 픽션에 주목함으로써 픽션의 정치가 어떻게 새로운 형상과 형식을 입고 변주되고, 확장되는지 살펴볼 것이다.

29　예상되는 결말을 뒤집어 청자로 하여금 자신의 오류를 즐기게 하는 형식.

여담과 공존의 공간

3부 2장 〈문서들의 풍경〉에서는 제발트의 픽션에 주목해 새로운 픽션의 모델을 그린다. 한 교수의 영국 해안가로의 여행에 대한 이야기를 들려주는 《토성의 고리》는 여행이 시작되는 구체적인 날짜를 밝히고, 돌아다니게 되는 지역의 현실성이나 만나게 되는 사람들의 실제 존재를 명확히 하며, 기념품이나 우편 엽서, 문서고의 기록물들을 찍은 사진을 통해 이야기의 진실성을 예증함으로써 일종의 탐방기를 이룬다. 그러나 이 현실성, 실제 존재, 진실성은 첫 에피소드에서부터 의문에 부쳐진다. 여행의 시작을 알린 첫 문단은 곧 여행 1년 후 교수가 누워 있는 병실로, 그리고 300년 전 어떤 작품에 대한 이야기로 이어지면서 시공간을 규칙 없이 가로지르는 여담을 되풀이하기 때문이다. 따라서 이 책은 탐방기로도 기행문으로도 "분류할 수 없다고 여겨지는 책" 혹은 "몽상 속으로 흩어져버린 책"이 된다.[30] 그러나 이러한 픽션의 무질서는 픽션이 인과적이고 개연적인 플롯을 구성하는 활동이 아니라, 근본적으로 이를 가능하게 하는 동시에 불가능하게 만드는 연결을 직조하는 작업임을 방증한다.

인간적인 구축과 파괴의 흔적을 쫓는 여행을 그리는 《토성의 고리》는 이러한 픽션의 (불)가능 조건을 드러내기에 적합하다. 구축/파괴는 "시간이 공간에 가하는 힘",[31] 즉 다다라야 할

---

30   이 책 173쪽.

끝을 향해 특정 장소에서의 임의의 순간들을 끊임없이 제거하는 발전이며, 그에 대한 이야기는 도달해야 할 결말과 이를 위해 따라야 할 질서 외에 다른 모든 것을 생략하는 고전적인 픽션의 모델에 부합하기 때문이다. 하지만 제발트는 '파괴의 연대기'를 쓰는 고전적인 픽션에 맞서 픽션을 '반-파괴antidestruction'로 구축한다. 그는 반복되는 여담을 통해 특정 순간, 특정 장소에서 일어났던, 일어나는, 일어났을 수도 있을, 일어날지도 모를 일들을 같은 순간, 다른 장소에서, 또는 다른 순간, 같은 장소에서 일어났던, 일어나는, 일어났을 수도 있을, 일어날지도 모를 일들과 수평적으로 연결함으로써 모든 다른 현실적, 상상적 시공간을 잠재적으로 포함하여 끝없이 팽창하는 '공존의 공간'을 직조한다. 그렇기에 제발트의 픽션에 입각해보면, 고전적 픽션은 선택된 몇몇 사건들을 인과연쇄적으로 연결 짓는 특수한 방식일 뿐이고, 픽션을 가능케 하는 것은 이 연결 자체이다. 그리고 분산된 시공, 복수의 양태를 가진 사태들, 꿈과 현실, 보고 들은 것과 창작된 것 사이에서 또 다른 연결을 보여주는 제발트의 픽션은 고전적 합리성을 불가능하게 만드는 새로운 합리성이라 할 수 있다.

《토성의 고리》의 누에 이야기는 제발트의 새로운 픽션적 합리성을 상징적으로 보여준다. 서태후의 잔인함을 그리는 에피소드에 등장하는 누에 이야기는 구축/파괴의 역사에서 잊힌

---

31   이 책 188쪽.

것들, 소멸의 극단에 있는 것들을 낯선 방식으로 증언하는 픽션에 관한 픽션, 즉 '메타-픽션'을 이룬다. 나아가 잉여가치의 생산이라는 노동의 법칙을 따르지 않는 누에의 활동은 구축/파괴의 표식이 찍힌 영토 어느 곳에서든 행해지고 있는 수집가들과 아마추어 제작자들의 활동을 상징하는 것이기도 하다. 죽어 있는 것에서 삶을, 낡은 것을 통해 새로운 것을, 산업적 재료들을 가지고 예술을, 사소한 사건들과 거의 지워진 흔적으로부터 역사를 창조하는 '대항-작업contre-travail' 말이다. 결국 누에의 활동은 이 대항-작업에 대한 기억을 떠올려 새롭게 연결 짓는 제발트의 '기억/픽션'의 작업 자체를 상징하는 것이다. 요컨대 문서더미가 아무렇게나 쌓여 눈 덮인 산이나 흘러내리는 빙하와 같은 풍경을 이루는 재닌 데이킨스의 서재나 끊임없는 덧칠로 인해 캔버스에서 긁어내진 물감 찌꺼기들로 바닥이 뒤덮인 막스 오락의 화실에서 무질서가 아니라 새롭게 직조할 연결의 질서를 발견하는 작업 말이다.

누에 이야기 외에도 제발트가 《전원에 머문 날들》에서 직접 인용하는 요한 페터 헤벨의 달력 이야기 〈칸니트페르스탄〉은 "종속시키지도 파괴하지도 않으면서 연결시키는 공통 감각을 생산"[32]하는 새로운 픽션적 합리성을 입증한다. 이 이야기에서 헤벨은 항만에 쌓인 상품 궤짝들의 부와 창가에 핀 꽃들의 화려함, 그리고 장례식 연설의 유려함이라는 장면들 사이에서

---

32   이 책 240쪽.

피식민지의 번영, 그 이면을 이루는 착취와 폭력, 그리고 이를 정당화하는 종교의 사탕발림 사이의 연결을 만들어내지 않는다. 오히려 그는 이와 같은 연결에 대한 '이해'를 바탕으로 파괴의 활동을 '비난'하는 지식에 무지할 것을 역설하고, 이를 위해 병렬구조나 등위접속사를 사용해 각각의 장면을 동등하게 연결한다. '이해하지 못한다'는 의미의 '칸니트페르스탄'이 보여주는 것은 바로 이 새로운 지식의 운용, 새로운 유형의 픽션, 새로운 종류의 공통 감각이다.

위반과 동요의 순간

그런데 공존의 공간에서 문제가 되는 것은 단지 모든 것을 모든 것과 연결하는 것만이 아니다. 중요한 것은 공유된 것과 공유할 수 없는 것 사이의 나눔을 위반하는 것이다. 4부 1장 〈임의의 순간〉에서 다루는 버지니아 울프의 픽션은 이러한 위반에 주목해, 공존의 시공이 어떻게 분별 있는 사람들과 분별없는 사람들, 의미와 무의미를 나누는 경계를 이동시킴으로써 기존의 공통 감각을 탈구축하고, 새로운 공통 감각의 세계를 열어젖히는지 보여준다. 《댈러웨이 부인》에서 파티 준비를 위해 꽃을 사러 나간 부인 주위로 임의의 순간이 이루는 원환들이 짜이는데, 이 원환은 두 '한계 형상figures limites'을 만나 멈춘다. 하나는 알아들을 수 없는 노래를 부르는 정체불명의 노파이고, 다른 하나는 망상에 빠져 헛소리를 지껄이는 청년 셉티머스이다. 댈러웨이 부인이 속한 의미의 세계는 '의미의 결여'로서 어리석음과 '의미의 과잉'으로서 광기를 가리키는 이 두 인물의 세계 앞에서 흔들리고, 그녀의 '방향 지어진' 시간은 노파의 '응고된' 시간과 셉티머스의 '방향을 잃은' 시간 앞에서 동요한다.

　따라서 임의의 순간은 공존의 시공을 이루는 요소인 동시에, 그 자체로 '동요의 순간'이기도 하다. 사건의 시간과 의미의 세계 안에 살아가는 이들과, 이 시간과 세계 바깥에서 살아가는 이들이 마주치는 순간 말이다. 울프는 바로 이 순간, 공통 감각 혹은 양식의 질서가 해체되는 순간을 그림으로써 다가올 공통의 삶, 새로운 공통 감각의 세계를 예고한다. 이 세계에서는 시간의 수평축의 배제와 시간의 수직축의 배제가 이중적 포함의 시간으로 뒤바뀔 것이다. 각 순간을 연이어 오는 다른 순간 속으로 사라지게 만들거나, 행동의 세계에 사는 이들을 반복의 지하세계에 사는 이들로부터 분리함으로써 시간성의 축에서 배제되었던 이들이 다시 포함되는 것이다. 다시 말해, 임의의 순간들은 서로 관통하고 점점 더 커지는 원환 속으로 확장, 지속될 것이며, 아무것도 일어나지 않았던 이들에게 무언가가 일어날 것이다. 즉 아무것도 아닌 것이 모든 것이 될 것이다.

　4부 3장 〈말 없는 자의 말〉에서는 윌리엄 포크너의 《소리와 분노》에 등장하는 백치 벤지가 어떻게 아무것도 아닌 것을 모든 것으로 뒤바꾸는지를 보여준다. 《소리와 분노》는 하나의 객관적인 서사와 세 개의 주관적인 서술로 이루어져 있고, 각각의 서술은 콤슨가의 형제들인 지식인 퀜틴, 계산가 제이슨, 그리고 백치 벤지에게 맡겨진다. 벤지는 자신이 본 것을 이해하지 못하고, 느낀 것을 연계시키지 못하는 백치로 묘사되지만, 그의 독백을 특징짓는 현재와 과거의 뒤얽힘, 지각과 기억의 혼동은 대학생 퀜틴의 독백에서도 마찬가지로 나타난다. 또한 벤지는 귀먹은 벙어리로 묘사되지만 그의 서술은 그를 둘러싸고 사람들이 주고받는 말들을 충실히 전한다. 말의 주체와 말이 가리키는 대상 사이의 이와 같은 간극을 설명할 수 있는 유일한 방법은 '말하는 귀먹은 벙어리'인 백치의 목소리가 '서술의 비인칭적 목소리'라는 것이다. 말의 모든 방향 지어진 도정을 없애버리고, 말하는 존재들 사이의 모든 위계를 거부함으로써 백치의 침묵을 발화로 변형시키는 비인칭적 글쓰기 말이다.

따라서 소설의 제목인 '소리와 분노'는 셰익스피어의 《맥베스》에 나오는 그 유명한 문장, 즉 "삶은 백치가 떠드는 소리와 분노의 이야기, 아무것도 의미하지 않는 이야기이다"[33]를 문자 그대로 해석한 것일 수 없다. 오히려 벤지의 신음과 불평에 대해, "그것은 아무것도 아니었다. 그저 소리였을 뿐이다"라고 쓴 직후, "이것은 행성들의 회합에 의해 잠시 소리를 낸 시간의, 불의의, 고통의 총체였을 수도 있다"라고 쓴 소설의 마지막 부분에 주목해야 한다.[34] 이에 따르면, 벤지의 목소리는 아리스토텔레스의 《시학》과 《정치학》에서 나란히 정식화된 대립과 위계, 즉 생리적 욕구만을 표현하는 동물적 소리와 지능을 표명하

---

33 이 책 238쪽.

34 이 책 242쪽.

기에 정치적 공동체의 토대가 되는 인간적 로고스 사이의 나눔의 정식을 문제 삼는 것이다. 아벤티누스 언덕에 올라 분리독립 운동을 펼친 고대 로마의 평민들 역시 이 정식을 문제 삼는다. 자신들이 요구하는 바의 정당성을 말하기 위해 우선 그들이 말한다는 사실부터 들리게 해야 했던 이 평민들의 장면이 정치의 시원적인 장면을 이룬다면, 벤지의 말 없는 말은 픽션의 정치의 시원적인 장면을 이룬다.

하지만 로마의 평민들과 달리, 백치의 목소리를 들리게 하는 것은 백치 자신이 아니라 비인칭적 글쓰기이다. 이것이 바로 픽션이 말들을 가지고 실천하는 '이견/불일치dissensus'의 특수한 형태이다. 불일치는 일상적 삶의 체험을 의미 없는 사소한 사실들과 교착시킴으로써 현실을 현실 그 자체와 닮게 만드는 감각들 및 의미들 사이의 '합의/일치consensus'와 대립한다. 그런데 픽션의 정치는 정치가 전제하는 대문자 역사의 진보와 승리의 시간성을 문제 삼는다는 점에서 더욱 근본적인/급진적인radicale 변화를 수행하는 것이기도 하다. 포크너는 백치의 파열된 시간을 서술의 시간적 구조의 복잡성에 연결시킴으로써 제이슨과 같은 인물이 대표하는 서술의 선형적인 시간을 무한히 지연시키고, 그 증식된 시간 속에서 백치를 공통의 세계 속에 붙잡아둔다. 따라서 임의의 순간은 또한 '파열의 힘'이자 '증식의 힘'이다. 벤야민이 승리자들의 시간에 맞선 시간의 중지, 포개짐, 회귀, 격돌을 이야기했듯, 포크너의 픽션은 시간을 압축하고 팽창시키며 파편화하고 혼합함으로써 아무것도 아닌 것을 모든 것으로 승격시킨다.

6. 준-이야기

이야기의 영점: 가장자리 없는 한복판

제발트의 픽션을 통해 수집가들과 아마추어 제작자들이 직조해내는 공존의 공간을, 울프의 픽션을 통해 어리석은 노파와 망상에 빠진 셉티머스라는 한계 형상이 일으키는 동요의 순간을, 그리고 포크너의 픽션을 통해 백치 벤지가 상징하는 시간적 파열과 증식의 힘을 살펴봤다면, 4부 4장 〈한없는 순간〉에서 다뤄지는 주앙 기마랑이스 호자의 픽션에서는 정체를 알 수 없는 인물들이 어떻게 고전적 픽션의 시간성을 넘어 한없는 순간을 만들어내는지 조명한다. 우선 《첫 번째 이야기들》이라는 제목을 단 소설집 중 첫 번째 에피소드인 〈기쁨의 가장자리〉와 마지막 에피소드인 〈나무 꼭대기〉에서는 공통적으로 이름도 나이도 모르는 한 소년이 등장하는데, 전자의 이야기는 "그리고 이야기는 시작된다. 한 소년이 떠났다"라는 문장으로 시작되고, 후자의 이야기는 "우리는 마침내 도착했다" "그리고 삶이 시작되었다"라는 문장으로 끝난다.[35] 이 소설집은 이야기가 나

---

35 João Guimarães Rosa, «Les bords de la joie», *Première histoires*, trad. I. Oseki Depré, Paris, A.-M. Métalillé, 1982, p. 1., «Les cimes», op. cit., p. 203. (이 책 250쪽에서 재인용.)

오는 지점이자 되돌아가는 지점이 바로 삶이라는 것을 보여준다. 그런데 도착을 알리는 삼촌의 말과 삶의 도래를 알리는 마지막 문장 사이에서, 소년은 "아니, 아직 아니에요"[36]라고 말한다. 그는 삶과 이야기를 나누는 이 간격 속에서 "여전히" 머물고 싶어 한다.

우리는 이 '간격'이 의미하는 바를 《세 번째 이야기들》의 〈제3의 기슭〉이라는 상징적인 에피소드에서 살펴볼 수 있다. 《첫 번째 이야기들》이 호자가 처음으로 쓴 작품집이 아니었듯, 《세 번째 이야기들》은 두 번째 이야기를 건너뛰고 출간된 작품집이다. 그리고 강의 상안과 하안이라는 두 기슭과 달리 존재하지도 않고 생각할 수도 없는 제3의 기슭은 '표류 없는 기슭', 즉 강물이 더 이상 흐르지 않는 '부동의 지점'으로 묘사된다. 따라서 호자는 문장, 에피소드, 작품집의 차원에서 모두 첫 번째, 두 번째, 세 번째로 이어지는 선형적이고 연속적인 시간성을 군데군데 끊어놓는다. 그리고 호자는 이 끊어진 간격, 즉 시작점과 끝점이 결정되어 있지 않기에 특정 방향을 따라 이행하지 않는 시공간 자체를 작품의 주제로 삼는다. 흥미로운 것은 호자가 바로 이 부동의 시공을 이야기가 몇 차례고 되풀이되며 다시 시작되는 이야기 없는 장소, 즉 '이야기의 영점point zéro'으로 삼는다는 것이다.

부동의 지점이자 이야기의 영점에서 나오는 이야기들은

---

36 이 책 250쪽.

고전적 픽션이 전제했던 '일어날 수 있는 것'과 '일어나는 것', '일어나는 것'과 '있는 것', 그리고 '있는 것'과 '없는 것' 사이의 경계와 위계를 해체한다. 우선 〈파미제라두〉와 〈다고베 형제들〉에서는 일어날 수 있는 일, 틀림없이 일어날 일을 일어나지 않게 하거나 어쩌다보니 일어난 일로 만든다. 옛 픽션에서 우리는 각각의 등장인물이 '어디까지' 갈 수 있는지 알고 있었기 때문에 이미 있었던 일 이후에 어떤 일이 일어날 수 있는지 알 수 있었다. 그러나 호자의 이야기들에서는 인물들의 동기가 제거되고, 예상되는 것과 닥쳐오는 것 사이의 연쇄가 중지됨에 따라 모욕에 대한 앙갚음이나 살인에 대한 복수라는 사건들이 일어나지 않는다. 이야기가 절정에 다다른 순간, 즉 사건이 일어나야 하는 순간, 이야기는 단지 '그렇게 된 것'이라는 설명으로 해소되고 만다. 이렇게 해서 〈파미제라두〉와 〈다고베 형제들〉은 옛 픽션을 이루던 급전과 서스펜스가 증발된 '비-이야기non-histoire'를 이룬다.

호자의 앞선 이야기들이 고전적 픽션의 합리성의 '어디까지'를 중지, 삭제시키는 방식으로 작동했다면, 〈요정의 속임수〉와 〈소로쿠, 그의 어머니와 그의 딸〉은 이 어디까지라는 한계를 넘어서는 서로 다른 방식을 보여준다. 전자의 이야기가 일어날 수 있는 일에 다른 여러 일어날 수 있는 일들을 거듭제곱시킨다면, 후자의 이야기는 어떠한 일도 일어날 수 없는 세계에서 일어나는 거의 아무것도 아닌 일들을 조명한다. 우선 〈요정의 속임수〉에서는 연극 무대에 오른 학생들이 거짓으로 꾸민 여러 배역을 오가며 자신의 삶을 넘어서 산다. 거짓에 거짓을 보태며 증식되는 이들의 삶은 무대의 끝에 다다라 말 그대로 굴러떨어질 '때까지' 계속되고, 내러티브의 시간적 연쇄는 그 이후에야 다시 시작된다. 마치 발자크의 〈지갑〉에서 몽상에 잠겨 있던 화가 이폴리트 쉬네가 사다리 밑으로 추락하는 사건을 통해 픽션적 행위의 시공으로 진입하듯 말이다. 다른 삶을 연기하는 것은 곧 몽상에 잠기는 것이고, 몽상에 잠기는 것은 곧 시작도 끝도 없는 시간 속에서 특정할 수 없는 임의의 순간들을 무한히 연장하는 것이다.

반면 〈소로쿠, 그의 어머니와 그의 딸〉 속 어머니와 딸에게는 거짓된 배역을 연기하며 자신의 삶을 넘어서 살아가는 무대가 주어져 있지 않다. 이들은 진짜로 미친 여자들이고, 오직 수용소라는 정해진 끝을 향해 달려가는 시간 속으로 사라지는 것처럼 보인다. 그런데 수용소로 향하는 기차가 출발하기 직전, 젊은 미친 여자는 가사도 음조도 알아들을 수 없는 소리를 내기 시작한다. 이 의미를 결여한 노래는 기차가 떠나는 순간 늙은 미친 여자에 의해 다시 시작되고, 객차가 멀어져갈 때 소로쿠에 의해 또다시 시작되며, 결국에는 입에서 입으로 전해져 군중 전체로 퍼진다. 소로쿠가 자신의 빈 집에 다다를 '때까지' 제창으로 이어지는 이 노래에서 미친 여자들은 더 이상 존재하지 않지만 하나 이상의 반향을, 픽션의 과잉을 낳는다. 〈요정의 속임수〉에서 학생들의 유한한 삶이 무대의 가장자리를 앞두고 무한으로 도약했다면, 〈소로쿠, 그의 어머니와 그의 딸〉에서 미친 여자들의 유한한 노래는 그것이 다다르는 곳을 넘어 무한으로 이행한다. 새로운 픽션은 고전적 픽션이 전제했던 어디까지라는 한계 너머로 보잘것없는 삶과 임의의 순간들을 데려간다.

〈소로쿠, 그의 어머니와 그의 딸〉에서는 미친 여자들의 의미 없는 노래를 이어 부르는 거의 아무것도 아닌 일이 벌어졌다면, 〈제3의 기슭〉과 〈아무것도 아닌 것 그리고 우리의 조건〉에서는 이 거의 아무것도 아닌 것이 바로 "있었던 적이 없던 일이 일어났다"[37]고 말할 수 있는 조건임을 보여준다. 〈제3의 기슭〉 속 아버지는 "강의 간격들 속에, 강의 한복판 중에서도 한복판"[38]으로 사라진다. 그리고 〈아무것도 아닌 것 그리고 우리의 조건〉에서 맘안토니우는 자신의 소유지를 "탁 트인 공간의 한가운데", 즉 "소유지가 아닌 어떤 공간"으로 만들어 그 속으로 사라진다.[39] 여기서 '한복판'과 '한가운데'는 가장자리를 가지지 않는 장소인 동시에, 기존의 가장자리를 넘어서 한없이 펼쳐지는 순간을 가리킨다. 다시 말해, 테두리 없는 중간으로서 공간-바깥의 공간이자, 시작되지 않았기에 정의상 끝날 수 없는 시간-바깥의 시간인 것이다. 그리고 기껏해야 그저 거기에 있는 것으로밖에 말해질 수 없는 이 전대미문의 시공은 이제 전에 없던 일이 벌어지는 곳이 된다.

---

37 João Guimarães Rosa, «Le Troisième Rivage du fleuve», op. cit., p. 36. (이 책 261쪽에서 재인용.)

38 이 책 261쪽.

39 이 책 264쪽.

〈어느 남자도, 어느 여자도〉는 바로 이 미증유의 시공에서 펼쳐지는 기상천외한 이야기이다. 소설에 등장하는 나이 든 여성은 누구의 증조할머니인지 할머니인지 어머니인지 알려지지 않은 채 오직 넨하라는 '부정적'인 이름만을 가진다. 그녀는 '한 번도/결코' 잠에서 깨어난 적이 없기에 "죽음이라는 최후의 부동성까지 움직이지 않"[40]게 된 존재이자, 계속해서 살아 있기에 가계의 생명선을 넘어 '영원히' 지속되는 존재이다. 그런데 넨하의 이 죽음에 가까운 지속, 부재로서 현존은 거기에 그저 있음으로써 '있는 것'의 법칙을 움직이지 않고 넘어선다. 즉 넨하는 능동적 행위와 사건의 연쇄를 통해 있는 것의 세계를 넘어서는 자가 아니라, 있는 것을 없는 것에 가까워지게 만듦으로써 있는 것의 법칙을 넘어서는 자이다. 이제 어떤 인물도 아닌 넨하는 특정인이 아니라는 바로 그 이유 때문에, 하나 이상의 이야기를 만들어낼 수 있는 이가 된다. 다시 말해, '아무도 아닌 이' 혹은 '아무것도 아닌 것'에 접혀 들어가 있는 '모든 이' 혹은 '모든 것'의 이야기를 상징하는 인물 아닌 인물이 되는 것이다.

진실된 삶으로서 이야기

종합해보면, 호자의 이야기들은 고전적 이야기를 배반하는 '준-이야기들quasi-histoires'이다. 그것들은 급전과 서스펜스가 제거된 '일어나는 것'의 이야기이자, 시작도 끝도 없이 중간만

---

40 이 책 259쪽.

덩그러니 남은 '있는 것'의 이야기이며, 이야기의 시공을 넘어 한없이 이어지는 거의 '없는 것'의 이야기이다. 그리고 삶과 삶 사이의 간격 속에서만 일시적으로 존재하는 이 준-이야기들은 이제 '진실된 삶véritable vie' 그 자체가 된다. 진실된 삶으로서 이야기는 삶과 이야기를 나누던 한계가 존재하지 않는 이야기이다. 따라서 호자의 이야기는 고전 픽션의 관점에서 보면 이야기에 준하지 못하는 '의사-이야기pseudo-histoire'이지만, 근대 픽션의 관점에서 보면 진실된 삶에 준하는 '준-이야기'라 할 수 있다. 호자는 이와 같은 준-이야기를 만들어내기 위해 삶과 이야기 사이에, 그리고 이야기 내에 한계가 없다고 믿는 "파즈 드 콘타faz de conta", 즉 "~인 척하는 것faites semblant"을 강조한다.[41] 그래서 그는 파즈 드 콘타를 행하는 파젠다에서의 삶, 농경과 가축이라는 생업을 제외하고는 몽상에 빠져 이야기를 지어내는 세르타네주의 삶에 주목한다. 그들은 자신의 이야기를 지어내고, 작가는 이 이야기에서 '경험된 현실의 진실'을 알아보며, 이로부터 이야기를 창작함으로써 이야기를 '진실된 삶'으로 만든다.

《첫 번째 이야기들》의 첫 문장과 마지막 문장이 모두 "그리고"로 시작하는 이유가 여기에 있다. "그리고 이야기는 시작된다." "그리고 삶이 시작되었다." 삶의 끝에서 이야기는 시작되고, 이야기의 끝에서 삶이 다시 시작되는 식으로 맞물려 있는 것이다. 만약 여행을 떠났다 되돌아온 소년이 "아직" 이야기의

끝에 도착하지 않았다고 말하면서, 여전히 이야기 내에 머물고 싶어 하는 것처럼 보인다면, 그것은 다시금/새로이 이야기와 삶이 만들어내는 나선형의 순환을 되풀이하기 위함이 아닐까? 물론 이때 삶 '그리고' 이야기는 '그러나'라는 역접을 그 안에 언제나 포함하고 있는 순접이다. 다시 말해, 이야기와 삶을 동등하게 만드는 병치는 아무것도 아니었던 삶을 이야기의 모든 것으로 만드는 대립을 내포하는 것이다. 그렇다면 픽션의 정치의 주체가 되는 것은 포크너의 소설에서처럼 백치 벤지에게 비인칭적 목소리를 부여하는 작가라고만 말할 수 없다. 모든 작가는 독자이고, 모든 독자는 작가이기 때문이다. 세르타네주는 자신의 삶에서 이야기를 만들어내는 작가이면서 호자의 이야기를 읽는 독자이고, 호자는 세르타네주의 이야기를 듣는 독자이면서 그들의 삶을 이야기로 옮기는 작가이다. 따라서 픽션의 정치적 주체는 삶과 이야기가 만들어내는 순환 속에서 이야기로서의 삶을 읽어내고, 삶으로서의 이야기를 지어내는 아무나, 즉 누구나이다.

이 책을 번역하는 과정에서 많은 분들의 귀중한 도움을 받았다. 이분들의 지원이 없었다면 이 책이 한국 독자들 앞에 나오기 어려웠을 것이다. 이 자리를 빌려 그분들께 깊은 감사의 인사를 드린다. 특히 현대정치철학연구회의 강길모, 김상운, 김우리, 김정한, 양창렬, 이보경, 황재민 선생님들께서 보내주신 격려와 비판적 조언은 큰 힘이 되었다. 또한 강독 세미나를 기꺼이 열어주신 필로버스의 김정인, 권순모 선생님께도 진심으로 감사드린다. 더불어, 번역 경력이 부족한 나를 믿고 출판의 기회를 주신 오월의봄 출판사와 원고를 세심하게 다듬어주신 편집자님께도 감사드린다. 이외에도, 지면의 한계로 이름을 일일이 열거하지 못했지만 지금까지 학업의 길로 이끌어주신 여러 선생님들께도 마음속 깊이 감사를 표한다. 마지막으로, 이 책에서 뜻이 불명확하거나 논지가 혼란스러운 부분이 있다면, 그 책임은 전적으로 번역자인 나에게 있음을 밝힌다.

찾아보기

픽션의 가장자리

초판 1쇄 펴낸날	2024년 9월 9일
초판 2쇄 펴낸날	2024년 10월 10일
지은이	자크 랑시에르
옮긴이	최의연
펴낸이	박재영
편집	임세현·이다연
마케팅	신연경
디자인	조하늘
제작	제이오
펴낸곳	도서출판 오월의봄
주소	경기도 파주시 회동길 363-15 201호
등록	제406-2010-000111호
전화	070-7704-5018
팩스	0505-300-0518
이메일	maybook05@naver.com
X(트위터)	@oohbom
블로그	blog.naver.com/maybook05
페이스북	facebook.com/maybook05
인스타그램	instagram.com/maybooks_05
ISBN	979-11-6873-124-0 03800

만든 사람들

책임편집	박재영
디자인	조하늘